河北省哲学社会科学规划研究重点项目
非物质文化遗产研究系列

燕赵文化研究系列丛书

河北文学通史

第三卷 下

【王长华 主编】

【陈超 本卷主编】

科学出版社
www.sciencep.com

内 容 简 介

中国幅员辽阔,每一地区有每一地区的风俗和文化,也同样有每一地区的个性鲜明的文学。本书作为一部区域文学史著作,用200多万字的篇幅深入浅出地记述和描绘了中国大地上的一个重要区域——河北文学近三千年的发生和发展,第一次细致全面地展示了拥有光荣文学传统的古燕赵区域内自上古神话产生到今天文学蓬勃发展的整个历程。书中既有对文学史发展轨迹的分类和具体描绘,又有对重要作家作品的深入分析与评介。

本书既适合作为区域文学研究的参考教材,也适于中等文化水平以上的文学爱好者阅读、自学。

图书在版编目(CIP)数据

河北文学通史第三卷(下)/王长华主编.—北京:科学出版社,2010
(燕赵文化研究系列丛书)
ISBN 978-7-03-026052-9

Ⅰ.河… Ⅱ.王… Ⅲ.文学史-河北省 Ⅳ.Ⅰ209.922

中国版本图书馆 CIP 数据核字(2009)第 211171 号

责任编辑:王贻社 王剑虹 王昌凤/责任校对:张 琪
责任印制:钱玉芬/封面设计:鑫联必升

科 学 出 版 社 出版
北京东黄城根北街 16 号
邮政编码:100717
http://www.sciencep.com

双 青 印 刷 厂 印刷
科学出版社发行 各地新华书店经销

*

2010 年 1 月第 一 版 开本:B5(720×1000)
2010 年 1 月第一次印刷 印张:16 3/4
印数:1—1 500 字数:324 000

定价:400.00 元(全 7 册)
(如有印装质量问题,我社负责调换)

河北省哲学社会科学规划研究重点项目

河北文学通史

第三卷（下）

主　　编　王长华

本卷主编　马　云

撰 稿 人　前　言　张俊才

第一编　张俊才

第二编　马　云

第三编　司敬雪

第四编　王维国　马　云

（其中第二章第四、五节　李惠敏；第四章第二节中的"杨朔"和第三节　李惠敏；第十一章　郑欣欣；第十四、十五章　周大明）

目　录

第四编　20 世纪 40 年代的河北文学（1937～1949 年）

第一章　文学创作概况 ……………………………… 3
　第一节　小说创作 ………………………………… 4
　第二节　诗歌创作 ………………………………… 9
　第三节　散文、报告文学创作 …………………… 17
　第四节　戏剧创作 ………………………………… 23

第二章　不同区域的小说创作 ……………………… 26
　第一节　王林与冀中的小说创作 ………………… 26
　第二节　管桦与冀东的小说创作 ………………… 29
　第三节　康濯、俞林与冀西的小说创作 ………… 32
　第四节　冀东南的小说创作 ……………………… 42
　第五节　赵树理的小说创作 ……………………… 50

第三章　孙犁 ………………………………………… 57
　第一节　小说创作 ………………………………… 57
　第二节　散文创作 ………………………………… 62
　第三节　诗歌创作 ………………………………… 64

第四章　"延安作家群"的小说创作 ……………… 68
　第一节　孔厥、袁静的小说创作 ………………… 68
　第二节　邵子南等的小说创作 …………………… 71
　第三节　曾克等的小说创作 ……………………… 87
　第四节　丁玲的小说创作 ………………………… 96

第五章　"晋察冀诗人群"的创作 ………………… 100

第一节 "战地社"诗人的创作 …………………… 100

第二节 "铁流社"诗人的创作 …………………… 110

第三节 陈辉、张志民等的诗 …………………… 117

第六章 田间 …………………… 125

第一节 政治抒情诗《给战斗者》 …………………… 126

第二节 《假使我们不去打仗》等街头诗 …………………… 127

第三节 叙事诗 …………………… 129

第七章 冀西南的诗歌创作 …………………… 132

第一节 马紫笙等人的诗 …………………… 132

第二节 柯岗与冈夫的诗 …………………… 141

第三节 阮章竞 …………………… 148

第八章 旧体诗和民歌童谣 …………………… 155

第一节 老一辈革命家的旧体诗 …………………… 155

第二节 其他人的格律诗 …………………… 157

第三节 丰富多彩的抗日歌谣 …………………… 158

第九章 外来作家的报告文学创作 …………………… 165

第一节 周立波等的报告文学 …………………… 165

第二节 沙汀、何其芳的报告文学 …………………… 174

第十章 战地记者的报告文学 …………………… 179

第一节 仓夷等的报告文学 …………………… 179

第二节 哈华等的报告文学 …………………… 187

第三节 报告文学集《冀中一日》 …………………… 195

第十一章 冀西南的报告文学 …………………… 201

第十二章 散文创作 …………………… 207

第十三章 晋察冀边区的戏剧创作 …………………… 217

第一节 崔嵬、丁里等的戏剧创作 …………………… 217

第二节 民族新歌剧 …………………… 222

第十四章　太行区的戏剧创作 ························ 225

第一节　《万象楼》等戏剧创作 ···················· 225

第二节　胡奇 ·································· 233

第三节　歌剧《王克勤班》 ······················ 240

第十五章　工人生活题材的剧作 ···················· 245

第一节　话剧《红旗歌》 ························ 245

第二节　话剧《不是蝉》 ························ 249

第三节　其他剧作 ···························· 252

参考文献 ·································· 255

第四编

20世纪40年代的河北文学

（1937～1949年）

　　1937 年 7 月 7 日，中国进入全面抗战时期。中国共产党在河北大地上建立了晋察冀和晋冀鲁豫两大抗日民主根据地，开展敌后抗日斗争。为了适应新形势的需要，大批文艺工作者来到抗日民主根据地，用他们手中的笔加入抗日斗争的队伍中来。文艺工作的重心也随之发生转变，文艺成为鼓动群众、组织抗日力量的武器。在毛泽东《在延安文艺座谈会上的讲话》的精神的指引下，边区文艺界确立了文艺同工农兵相结合的道路，在创作的题材、主题、人物形象塑造、艺术风格、表现手法等方面均呈现出新的面貌。这一时期河北文学出现了空前繁荣的局面，产生了大量的作家作品，外来作家与本土作家相互影响交融，文学视野更加开阔，文学形式也呈现多样化特点。这一时期的河北文学对新中国成立后"十七年"的河北文学产生了深远的影响。

第一章 文学创作概况

　　随着晋察冀边区新政权的建立，许多外地作家来到晋察冀边区。在抗日战争初期，中国共产党选派了不少文化干部和青年知识分子到晋察冀，其中有邓拓、成仿吾、沙可夫、邵子南、魏巍、康濯、钱丹辉等。同时，也有些作家先后访问过晋察冀边区，写出了许多反映晋察冀边区生活的作品，包括周立波、刘白羽、沙汀、何其芳、周而复等。1945 年 8 月，抗战胜利后，张家口成为晋察冀边区的首府，许多文艺工作团体和文艺工作者随党政机关入城，周扬、丁玲、艾青、肖三、肖军、贺敬之等一大批著名文学艺术家从延安来到了张家口。他们筹办出版社，创办文艺刊物，极大地繁荣了河北文学，文学创作呈现空前繁荣局面，作品数量激增，作家数量和作品数量都要大大超过前 30 年。

　　这一时期文学的内容和形式发生了深刻的变化。这一时期的河北文学创作主要以抗日救亡为目的，以大众化文艺为基本方向。文学的功能以救亡图存为核心，文学的题材和内容直接表现现实斗争，文学的战斗性得到空前的发挥，许多战地记者直接记录了战争的场面和战斗的过程，如周而复散文报告文学集《歼灭》写的都是根据地军民的对敌军事斗争；魏巍的报告文学《黄土岭战斗的日记》、《狼牙山的儿女》等充满了战斗的抒情色彩；邵子南的小说《李勇大摆地雷阵》是对敌斗争的凯歌，而田间的诗歌则是战斗的号角，诗人被称为"擂鼓诗人"和"时代的鼓手"。一些表现后方军民生活的作品也在鼓舞人民的战斗意志，号召他们上前线，打败日本侵略者，如孙犁的小说都是表现根据地老百姓对前线的支持、军民之间的深厚情谊的。胡丹沸的独幕剧《把眼光放远一点》就是启发老百姓，只有打败了日本侵略者，才能过上安生日子，不要只想着自己一家一户，而要从长远去看。解放区进行的土地改革运动是对敌斗争的重要组成部分，是激发群众积极性的动力，这方面的作品大量涌现，其中不乏一些优秀之作，如张志民的叙事诗《王九诉苦》、丁玲的长篇小说《太阳照在桑干河上》等。

文学内容的变化决定了艺术形式的变化，根据现实斗争的需要，文学以灵活多样的形式出现，既有老百姓喜闻乐见的民间文艺形式，如快板、民歌和信天游，也有借鉴西方艺术形式的话剧、歌剧和地方戏；既有传统的旧体诗词创作，也有现代意识和现代形式的民族新歌剧。

同时，文艺传播方式也丰富多彩，不仅有报纸杂志，而且有"街头诗"、"街头剧"、"枪杆诗"、"墙头小说"、"广场剧"等多种传播形式。

当然，在特殊的战争时代，因为现实斗争的需要，作家顾不上艺术上的完美和雕琢，许多都是急就章，看到就写、想到就写，粗制滥造不可避免，许多作品在当时起到了宣传群众和动员群众的作用，而时过境迁之后，就失去了艺术价值和魅力。然而当我们回顾历史的时候，这些作品仍然有着自身的历史价值。

第一节　小说创作

40年代的河北小说创作，从其发展看可分为前后两个时期，前期自1938年至1943年；后期则指从边区开展文艺整风、作家普遍到基层深入生活开始，直至新中国成立前的这段时间。

在前期的小说创作中，最早出现的抗战小说是路一创作的《马老婆子的血也沸腾了》，作品刊登于1938年3月20日出版的《红星》半月刊创刊号上，小说描写已经成为沦陷区的东四省人民节衣缩食支援关里人民的抗日斗争，学校的杂役马老太婆为师生们高昂的抗日情绪所打动，毅然捐出了为自己送终的一点积蓄。此后，边区文坛出现较多的是一种战时文艺的特殊品种——墙头小说。墙头小说的名称源自日本左翼文坛，1931年丁玲主编的"左联"杂志《北斗》曾向国内作过介绍。边区第一篇墙头小说是塞东的《祖国的孩子》，刊载于1938年10月7日的《抗敌报》上。小说描写的是定县一个12岁的少年英儿，因做买卖每天往返于敌占区定县和根据地曲阳县之间，秘密地为八路军提供定县敌人的情报。他被鬼子抓住后，不受敌人枪毙的威胁和金钱的引诱，最后英勇牺牲。1941年3月7日孙犁曾在《晋察冀日报》撰文《关于墙头小说》，专门介绍这种文体，但对见诸报刊的墙头小说并没有作出严格的界定，那些篇幅短小、简洁有力的小小说似乎都可称为墙头小说。如果这种理解不错的话，那么抗战初期发表于《抗敌报》等报刊上的那些超短小说，虽然没有标明墙头小说的字样，却都可归入墙头小说的行列，如史塔的《虚惊》、新绿的《复仇》、白雪的《初试》等。到了1941年和1942年，或许是孙犁的文章发挥了作用，边区的墙头小说创作经过一段沉寂之后出现了蓬勃发展的局面，仅在1942年1月颁发的首批"军民誓约运动征文"获奖作品中，荣获甲等奖的墙头小说就有11件，乙等奖15件。重要的作者有鲁藜、丁克辛、方冰等，较著名的作品有《白桦山的老人》、《出奔》、《母亲的眼泪》等。这些小说的篇幅很短，最长也不超过1000字，人物、故事生动具体，情节集中，整篇没有静止的描写，给人一种简洁有力的感觉。

在1938年和1939年，边区的小说创作还处于起步阶段，墙头小说之外，见诸报刊的作品只有孙犁的《一天的工作》、耐衣的《张妈的梦》、司徒隆的《红眼睛》、史轮的《十个驾驶员》等几篇。1940年之后，随着八路军"百团大战"等军事斗争的节节胜利，随着根据地各项民主建设成果的取得，边区得到进一步巩固和发展。伴随着大批外地文艺工作者的到来，伴随着众多文艺报刊的创办，边区的文学创作也获得了长足发展。小说在起初那种故事单纯、篇章短小的创作基础上，逐渐走向成熟。首先，出现了一批较有成绩的小说作家，如孙犁、康濯、丁克辛、莎寨、胡青坡、柳杞、路一、梁斌、王林、林漫、萧也牧、秦兆阳、杨朔、周而复、马加、李英儒、邓康、王炜、俞林等，诗人邵子南此时也创作了短篇小说《死人画》、中篇小说《胜利》等，其中后者还荣获了 1942 年边区"军民誓约运动征文"奖，由此可见小说创作在边区被文艺工作者重视的程度。其次，小说创作数量迅速增加，当时边区的文艺报刊如冀西的《五十年代》、《晋察冀文艺》、《晋察冀日报·晋察冀艺术》、《晋察冀日报·鼓》；冀中的《冀中文化》、《文艺学习》；冀南的《新文艺》、《苍鹰》等，经常刊登各种小说作品，使小说创作在诗歌创作之后出现了空前的繁荣。最后，产生了一批小说佳作，较著名的有《邢兰》、《丈夫》、《平静的初春》、《桌子和筷子的故事》、《过甸子梁》、《守卫》、《月黑夜》、《客人》、《赵发和骡子》、《一个排的诞生》、《不是兵的故事》、《棉油不卖了》等。这些作品以其生动的故事和感人的艺术形象在边区产生了较大影响，比如小说《棉油不卖了》，描写的是一个油贩子听到王高路战役胜利的消息，剩下的棉油贵贱都不卖，径自挑去慰劳八路军了。晋冀鲁豫边区政府主席杨秀峰在边区参议会的报告中引用了这篇小说，称赞它真切地反映了敌后人民抗日拥军的热情。从艺术上看，这时期的小说创作大多密切配合边区的抗日斗争，基本是以现实中的真人真事为题材，虽经过作家一定的艺术加工，仍呈现出一种写实的特点。作品一般篇幅短小，情节集中，朴素平易，通俗易懂。这些作品的主人公尽管没有脱离生活原型，但由于经过作家精心选择和突出刻画，人物形象仍以个性特征鲜明、事迹生动感人而产生了较大的艺术感染力，发挥了其应有的社会作用。

后期的小说创作始于 1943 年边区文艺整风之后，在这一时期，广大作家通过学习毛泽东《在延安文艺座谈会上的讲话》，纷纷下乡深入农村基层生活，改变了同农民群众的思想感情，积累了丰富的创作素材，为下一步创作打下了坚实的基础；同时，作家经过一段时间的创作实践，逐渐积累了丰富的创作经验，思想和艺术水平都有了较大的提高；而且一些作家在边区搜集创作素材之后，由于工作变动去了延安或大后方，获得了比较优越的创作条件，留在边区的作家也争取到抗战结束后那段较安定的创作环境，一些作家则从外地来到边区，站在新的高度上进行创作，所有这些都促使边区小说创作的整体质量普遍上了一个新台阶，从而很快迎来了边区抗战小说创作的大丰收。作为这一小说创作收获期标志的，首先是中长篇作品的出现。中长篇小说以其反映社会生活广阔、描写人物众多、深刻表现时代特点等优点而备受作家青睐，这种具有较大篇幅和较多生活含量的鸿篇巨制，是一定时期或一定地域的文学创作达到了相当成熟程度的产物。在1943年之前，边区只有尚不成熟且未流传下来的两部中篇小说：邵子南的《胜利》和丁克辛的《武委会主任》。1943年之后，中长篇小说则一部接一部地问世，重要的作品有《滹沱河流域》、《红石山》、《村长和他的兵》、《白求恩大夫》、《雁宿崖》、《老赵下乡》、《杨赶会的一家》、《腹地》、《新儿女英雄传》等，它们凭借广阔复杂的生活画面和巨大的思想容量，在一定程度上反映了河北抗战小说创作的实绩。其次是收获了一批短篇小说杰作。短篇小说具有快速、灵活地反映社会生活的特点，它可以通过富有典型意义的人物形象和生活片断，以小见大地反映瞬息万变的现实生活，对有重大意义的社会问题作出迅速反应。这些短篇精品包括《荷花淀》、《芦花荡》、《李勇大摆地雷阵》、《十八匹战马》、《"无住地带"》、《我的两家房东》、《家和日子旺》、《家庭》、《一天》、《周大娘》、《雨来没有死》等，它们以典型的人物形象和各自鲜明的艺术特点，在中国现代文学史上占据了重要地位。再次是形成了一个河北抗战小说作家群。河北敌后军民艰苦卓绝的抗日斗争，外地作家在这块热土上的云集，土生土长作家的迅速成长，这些都促成了一个以河北抗战为题材的小说作者群的诞生，其中主要的作家有孙犁、王林、康濯、杨朔、周而复、邵子南、马加、俞林、孔厥、袁静、林漫、丁克辛、萧也牧、路一、柳杞、苗培时、胡青坡等，他们以各自别具特色的作品推进了河北抗战小说创作的繁荣发展。

如果仔细阅读河北抗战小说，对它又可作更细的划分。由于河北地域经济文化的差异，由于敌寇对根据地的分割与封锁，以及各地文学创作发展的不平衡，河北抗战小说呈现出不同的地域特点。冀西山区是晋察冀边区的腹心地区——北岳区的所在地，地处晋冀两省的交界，山高地僻，经济落后，物资缺乏，群众的文化水准普遍较低，也是敌人兵力较少达到的地区，因此也成为抗日根据地的中心。这里驻扎着边区的党政军首脑机关，聚集了边区各种门类的大专院校、边区级的新闻机构和文艺团体及许多文学艺术工作者。落后的地域涌来先进的文化，淳朴善良的农民遇到新文学作家，这种似乎矛盾的现象出现在冀西山区，在小说创作上也必然有所反映。活跃在冀西的小说作者有康濯、俞林、丁克辛、邵子南、萧也牧、秦兆阳、林漫、董逸风、葛文、牢寒、张雷、陈勃等，他们的小说中直接描写战争的篇章并不多，更多的是表现山区农民的生产救灾、减租减息、巩固根据地的斗争，反映农村基层干部密切联系群众的优良工作作风，描写勤劳朴实的农民形象，赞扬抗战以来边区出现的新思想和新风尚。作品的语言朴素平易，富有地方特色，通体散发着浓郁的乡土气息。冀中是河北省的富庶地区，经济和教育发达，人民的文化水准普遍较高，抗战中自然成为日寇的重点防护区，太平洋战争之后还被当做敌人的兵站基地。冀中残酷的斗争形势，一方面迫使人民利用青纱帐、芦花荡和地道同敌人展开英勇斗争，从而为文学创作提供了丰富的素材；另一方面，也使外地作家很难在此立足，所以冀中的小说创作者均为土生土长的作家，如孙犁、王林、路一、梁斌、李湘洲、李英儒、李克明、崔璇、张庆田、刘光人等，他们的创作直接面对家乡人民如火如荼的抗日斗争，对其中的英雄人物和普通人民倾注了深挚的情感，因此，他们的作品大多近距离地反映冀中平原和水乡人民的抗日斗争，描写真切而生动，感情深挚而浓烈，具有较强的艺术感染力。冀南也是日寇统治严密的地区，特别是日寇灭绝性的"四二九"大扫荡，给冀南的抗战文学造成了巨大损失，此前及抗战胜利后有抗战小说问世的冀南作者仅有莎寨、苗培时、胡青坡、马紫笙、张凤轩等几位。冀东是日寇的确保治安区，斗争环境极为残酷，以致严重影响了抗战文艺的发展，冀东知名的小说作者只有管桦一人。尽管如此，冀南、冀东的小说创作也取得了一定的成绩，他们的创作都植根于当地人民的战斗生活，真实反映出本地区抗日斗争的特点，特别是对这些地区异常严酷的斗争环境和人民顽强不屈的战斗精神，进行了深入的描写和热情的歌颂，为后人提供了一份难得的抗战时期冀南、冀东人民英勇抗敌斗争的生动材料，确实是弥足珍贵的。

从整体上看，河北抗战小说呈现出一种鲜明的现实主义特色。初期的墙头小说迅速、及时地反映当前存在的问题，具有极强的现实针对性；后期的作品则在更为广阔的范围内，真实地反映了河北敌后根据地人民丰富多彩的抗敌斗争生活，中长篇和短篇小说的题材几乎涵盖了各个地区人民抗日斗争的各个方面，譬如武装斗争、参军支前、生产救灾、减租减息、统一战线、民主建设、文化教育、移风易俗，所有这些构成了一部河北敌后抗战的生动而形象化的历史。这些作品通过生动的艺术刻画，塑造了一批从边区普通农民之中成长起来的抗敌英雄，如李勇、雨来、牛大水、杨小梅、辛大刚、水生嫂、老赵、金凤等，他们站在一起便组成了一座栩栩如生、光彩夺目的河北抗敌英雄的画廊，从中可以看到河北敌后军民在民族抗战中所创造的可歌可泣的英雄业绩，在对敌斗争中所表现出的炽热燃烧的爱国情感、不屈不挠的战斗意志和无私无畏的献身精神。在艺术形式上，这些小说都充盈着一层浓郁的生活气息，尽管它们有着各具特点的地方色彩，却共同表现出一种民族化、大众化的特点，作品质朴无华、通俗易懂，一些作家还借鉴了传统小说的艺术表现形式，努力使老百姓更加喜闻乐见。作品的语言朴实生动、平易自然，特别是一些作品采用了活在群众口头上的语言，显得更加活泼风趣，富有表现力。

第二节 诗歌创作

诗歌是感情喷涌的产物，它对准时代的最敏感点，伴随社会前进的脚步，和着人民群众心音的律动，燃烧着作者炽热的情感喷涌而出；加之它短小精悍、形式活泼，因此，在抗日战争风云初起之时，在民族面临灭亡的威胁、人民奋起反抗的时刻，诗歌自然地站到了时代的最前列。它不遗余力地为神圣的民族抗战呼号呐喊，迅速唤起了广大群众的抗日热情，鼓舞和坚定了人民的战斗意志，充分发挥了尖刀和匕首的战斗作用。在河北敌后抗日根据地，诗歌是文艺工作者首先使用的一种战斗武器，也是在各个艺术门类中收获最早并取得巨大成绩的一个文艺品种。

这一时期的河北诗歌创作经历了三个发展阶段：1938～1939年为初创期；1939～1943年为蓬勃发展期；1943～1949年为深入发展期。1938年3月，冀中根据地创办的第一个综合性文化半月刊《红星》杂志上，即有抗战诗歌发表；1938年春，冀南根据地的中心南宫县《动员周报》上也开始刊登抗战诗歌作品；晋察冀边区的《抗敌报》经常刊载韦平、温拓、殷洲的诗作，7月3日出版的"战地文艺"还刊发了诗歌专刊。特别是，以1938年晚秋《抗敌报》创办《海燕》文艺副刊为标志，河北抗战诗歌创作开始了它的起步阶段。1938年10月26日出版的《海燕》创刊号发表了史塔的《关于街头诗》，文章介绍了刚刚在延安组织发起的"街头诗运动"，并具体说明了这种"贴到街头上，写在墙头上，给大众看，给大众读"的诗歌形式的特点，号召边区的文艺工作者到街头去，用街头诗这一武器唤起和鼓舞民众，推进边区抗战的发展。在边区第一个文艺团体海燕社的带动下，河北敌后抗日根据地的诗歌创作由街头诗开始形成初步的规模。这一时期在《红星》杂志、《抗敌报·海燕》文艺副刊、《抗敌报·老百姓》文化副刊和冀南《战斗报》上发表的主要诗歌作品有小沙的《中国的名字》、路一的《战士》、左儿的《夜行军》、麦青的《我们生活着》、鲁萍的《"抗敌"之歌》、耐茵的《栓牛！我要拥抱你的灵魂》、丹辉的《故乡活着》、郭苏的《边区，我们的乳娘》、无名氏的《怒吼了，南宫》等。这些诗作代表了河北抗战诗歌起步阶段创作的基本风貌，作品充满了热烈和激动的情绪，昂扬着奋起抗战的火热感情，但诗中缺乏生动具体的斗争生活，多少给人一种浮泛的感觉。

1939～1943年为河北抗战诗歌的蓬勃发展阶段。在这一时期，河北抗战诗歌创作出现了空前繁荣的新局面。这种新局面的首要标志是诗歌队伍的迅速聚集与空前壮大。1938年冬天，在党的深入敌后战场的号召的鼓舞下、在河北敌后抗日根据地火热斗争生活的吸引下，大批延安的诗歌创作者陆续抵达河北这块战斗的土地，他们中有：隶属于由东北挺进纵队干部队组成的铁流社的钱丹辉、兰矛、叶正煊、郑成武、徐灵、邓康等；隶属于由西北战地服务团组成的战地社的田间、邵子南、曼晴、史轮、方冰、章叶频、力军、谷扬、张克夫、甄崇德、戈焰等；隶属于八路军总政治部前线记者团的雷烨、魏巍、林朗、程追等；分配到华北联合大学、抗日军政大学第二分校的蔡其矫、姚远方、章长石、徐明、邢野、任霄、劳森、玛金等；分配到边区各部队、各报社工作的陈辉、流茄、鲁藜、商展思、林采、司马军城、陈陇、郭小川、王炜、陈布洛、周奋、于六洲等。坚持在河北敌后抗日根据地的本地诗歌写作者则有冀中区的路一、远千里、孙犁等；冀南区的马紫笙、王博习、刘艺亭等；冀东区的管桦、陈大远等。大批外来的诗歌创作者与本地的诗歌写作者汇聚在河北敌后抗日根据地，同声相应、同气相求，彼此呼应、相互砥砺，很快形成了一个以田间为首、以邵子南、钱丹辉、魏巍、曼晴、方冰、史轮、陈辉、远千里、马紫笙、王博习、刘艺亭为骨干的河北抗战诗人群，他们纵横驰骋在烽火燃遍的辽阔山地和平原，掀起了一个个轰轰烈烈的抗战诗歌的创作热潮。

在蓬勃开展的河北抗战诗歌创作活动中，影响最大的当属"街头诗运动"。街头诗又称墙头诗、岩头诗、传单诗，其特点是短小、精悍、有力、快速、及时。"街头诗运动"首先兴起于1938年的延安，两个月后传到了晋察冀边区。1938年10月，延安抗战文艺工作团来到河北敌后抗日根据地，延安"街头诗运动"发起人之一的高敏夫，将街头诗的种子带到边区。1938年10月26日的《抗敌报》文艺副刊《海燕》创刊号开始刊登街头诗，随后又发出了开展"街头诗运动"的号召。是年冬天，铁流社和战地社先后来到晋察冀边区的平山县，两个诗歌团体于1939年1月在平山县蛟潭庄，共同组织了一次"街头诗运动"，揭开了晋察冀边区"街头诗运动"的序幕。此后，街头诗开始风行整个边区。《诗建设》、《诗战线》、《边区诗歌》等刊物纷纷发表街头诗作品。1939年8月，《诗建设》为纪念延安"街头诗运动日"一周年，发起了1000首街头诗创作活动。边区的诗歌作者和各机关、部队、学校、文艺团体的诗歌爱好者纷纷响应，创作出来的大量街头诗作品，除诗歌刊物发表一部分外，更多的诗作则书写出来，直接张贴在墙头和山岩上，或者油印成传单散发出来，后来搜集出版了《粮食》、《战士万岁》、《文化的民众》、《在晋察冀》、《街头》、《给自卫军》、《力量》、《冀中街头诗选》等街头诗诗集。"街头诗运动"不仅宣传了抗日的道理，向群众普及了诗歌，而且，作为一项群体活动，它极大地调动了诗歌写作者的创作积极性，有效地组织和发动了边区抗战诗歌创作活动的蓬勃开展。一些初学写作者，如郭起、和谷岩、甄崇德、刘照红等，则从"街头诗运动而走向年青的街头诗人之路"①，成为河北抗战诗歌队伍的新生力量。街头诗是河北敌后根据地诗人在早期创作中普遍使用的一种诗歌形式，它作为"作者从人民对于政治事变的突发的感应里面把政治动员溶化进去了的鼓动小诗"②，在抗战中发挥了非常重要的战斗作用。

支持这一时期河北抗战诗歌创作繁荣的物质基础是大批被开垦的诗歌园地。在日寇频繁扫荡、敌人严密封锁、经济十分贫乏的边区，出版文艺报刊的困难是可想而知的。但正如《红星》杂志的编辑所说："在这敌人四面封锁的区域内出东西，真是一个铅字要出一粒汗珠的，而我们偏要出它的理由是，我们看到日本帝国主义不只破坏了中国领土的完整，而且粉碎了中国的文化教育，在这长期抗战的过程中，我们不敢放松一点，好似人类生活着不敢半刻离开空气。我们在计划着批判地接受遗产，认真配合现实，来建立目前需要的而且新兴的文化教育事业，我们要把它当作武器参加到神圣的伟大的民族革命的战场来。"边区广大的文艺工作者怀着这种拯救民族危亡的伟大信念，抱着誓死抗击敌寇的坚强决心，克服难以想象的重重艰难险阻，在河北敌后根据地这片贫瘠的土地上，创办了一个又一个

---

① 田间：《庆祝街头诗运动第二周年纪念日》，《诗建设》，1940年。
② 胡风：《关于诗和田间底诗》，见《胡风全集》，湖北人民出版社，1999年，第600页。

铅印的、石印的、油印的诗歌刊物，让硝烟弥漫的敌后战场盛开出一簇簇壮丽的文艺之花。据统计，河北敌后根据地除了大量兼发诗作的综合性文艺刊物外，纯诗歌刊物就有《诗建设》、《诗战线》、《边区诗歌》、《新世纪诗歌》、《诗》、《诗文》、《诗歌》、《草芽》、《诗歌前卫》等10余种。铁流社的《诗战线》是一个在部队出版的油印诗刊，骡马驮着钢板、蜡纸、油印机翻山越岭，战士则背着大捆的稿件行军、打仗、反清剿。到了宿营地，骡马休息了，编辑们却开始了紧张的编稿和刻印工作。这份在频繁的战斗环境中坚持出版的诗刊，有着浓重的炮火硝烟气息，它活跃了部队的文化生活，培养了丹辉、魏巍等一批抗战诗人。《诗建设》是边区出版时间最长、发表作品最多、社会影响最大的一个诗歌刊物。它作为河北抗战诗歌运动的中心，团结了边区广大的诗歌作者，发表了近千首反映边区军民火热斗争生活的诗篇，有力地扶植了边区的诗歌创作，它还经常刊载边区诗歌运动的报道和诗歌理论的文章，为边区诗歌水平的提高和晋察冀诗派的形成作出了重要贡献。1942年之后，冀中、冀南根据地遭到日寇毁灭性打击，冀西根据地也遇到了空前的困难局面，绝大多数诗刊被迫停办，整个边区的诗歌创作迅速走入低谷，这从反面证明了文艺报刊对诗歌创作繁荣发展的重要作用。

当然，代表这一时期诗歌创作繁荣的主要标志还是大量涌现的高质量的诗歌作品。首先是作为"街头诗运动"主要成果的街头诗诗集的编印与出版。在全国各抗日民主根据地普遍开展的街头诗创作中，唯有河北敌后根据地的"街头诗运动"开展得持久而深入，并且取得了无比丰硕的成果，先后出版了《粮食》、《街头诗》、《力量》、《在晋察冀》、《给自卫军》、《冀中街头诗选》等10余部街头诗诗集，为现代诗歌发展史留下了弥足珍贵的文字资料。其次是大批史诗式的长篇叙事诗的问世。田间创作的长诗《亲爱的土地》和《铁的子弟兵》，"开辟了纪念碑式的大叙事诗的方向"①。随后有邵子南的长诗《会场上的诗章》和《在新的年代的第一个

---

① 胡风：《给战斗者·后记》，见《胡风全集》，湖北人民出版社，1999年，第164页。

早晨》，魏巍发表了《晋察冀的大山》、《黎明风景》、《钢板上的梦》、《清明寄》等四部长诗，陈辉创作了叙事长诗《红高粱》，孙犁也有《儿童团长》、《梨花湾的故事》、《白洋淀之曲》等长诗在报刊发表。长篇叙事诗的出现是诗人经过长期创作实践，具备了相当丰厚的艺术积累之后的结果，是一定区域的诗歌创作达到了相当发展水平之后才出现的创作现象，即创作成熟和丰收的标志。再次是创作出一批产生广泛影响的诗歌作品，如田间的《多一些》、《一杆枪一个张义》，邵子南的《花》、《英雄谣》，陈辉的《姑娘》、《为祖国而歌》，魏巍的《午夜图》、《好夫妻歌》，曼晴的《羊圈》、《打灯笼的老人》，方冰的《拿火的人》、《歌唱二小放牛郎》，丹辉的《夏收》、《红羊角》等。这些诗作以真切地反映边区军民的抗敌斗争和较高的艺术水准而深受读者的喜爱，它们不仅在延安及各敌后抗日根据地广泛传播，而且被重庆、昆明等地的报刊发表或转载，受到国统区文艺家和人民的高度称誉。

在谈到河北抗战诗歌创作繁荣期的作家和作品时，不能遗忘燕赵诗社和大量的旧体诗创作。燕赵诗社于1943年1月15日在平山县温塘成立，时值晋察冀边区召开参议会，"各地缙绅耆老、硕彦鸿儒济济一堂，彼此欢叙，畅谈国是民瘼"。会议期间，与会者有感于"古来燕赵，豪杰所聚，慷慨壮歌，千秋景慕"，于是由聂荣臻、宋劭文、刘奠基、张苏、于力、邓拓、吕正操、皓青、阮慕韩等发起成立了燕赵诗社，成仿吾、刘仁、马致远、张临晓、曲凤章、田间、沙可夫、王承周、刘子容、段良弼、魏孔音等踊跃参加。诗社以"昂扬士气，激励民心，以燕赵之诗歌，作三军之号角"为宗旨，大力提倡旧体诗创作。燕赵诗社成员包括了边区党政军的主要领导同志，边区不同党派、阶层和宗教信仰的人士。因此，诗社的成立在边区产生了很大影响，不仅有力激发了边区旧文人的爱国参政热情，而且极大地鼓舞了边区广大民众的抗敌斗志。皓青老人有诗云："将军弓马故盘旋，巧胜夷人是此年。提倡民权开议会，发扬诗兴筑吟坛。七言篇什融千古，八路声威塞地天。华北英贤方荟萃，鸡皮亦得列鸳班。"旧体诗创作

颇有成绩的边区诗人，除了皓青之外还有从燕京大学来边区的于力，他的
《野场行》称赞死难者"义烈此节塞天地，慷慨此心泣鬼神"，而格律诗集
《游击草》更被人誉为"革命抗战时的纪行诗"。邓拓在边区建立之初即于
报刊发表旧体诗，创作颇多，著名的诗篇有《晋察冀军区成立志感》、《狼
牙山五壮士》等。冀东的陈大远也有数十首格律诗问世，《出塞五首》记录
了作者的战斗历程，《悼顾宁同志》则表达了民族抗战到底的决心。

　　反映河北人民抗日斗争的诗歌创作还有另外一种情形，即诗人本人并
未来过这块敌后根据地，他们通过间接的方式获得了创作素材，并为河北
抗日军民英勇的抗敌斗争精神所强烈吸引和深深感动，于是借助这些二手
资料，写下了一首首激动人心的诗篇。比如艾青，1941 年他在延安从一位
由河北敌后根据地返回的随军记者那里听到关于一匹战马的故事，随后据
此创作了长诗《雪里钻》。诗篇叙写我军一支骑兵部队深入敌占区炸毁敌人
军火列车的战斗，激烈交战和杀出重围的场面惊心动魄，骑兵间的追赶和
驰越冰河的艰险撼人心弦，诗篇真实地展现了河北抗日战场的严酷环境，
浓重地渲染出敌后战斗的惊险紧张气氛，并通过赞美俊秀而机敏的战马，
歌颂了八路军战士的英勇顽强。篇末高扬一种平静的乐观主义情调，足以
激发起战士迎接新战斗的饱满情绪。这首诗不愧为河北抗战题材诗歌创作
中的重要收获。

　　1943～1949 年是河北抗战诗歌创作的深入发展阶段。1943 年 4 月，边
区文艺界开展文艺整风，根据延安文艺座谈会的精神，检查边区文艺工作
中存在的艺术至上主义倾向，点名批评了《诗建设》第 71 期社论《加强诗
的宣传》。整风之后，边区文艺工作者迅速掀起了下乡的热潮，田间、邵子
南、林采、方冰、曼晴、蔡其矫、邓康等诗人先后下乡参加实际工作。
1944 年 1 月，毛泽东《在延安文艺座谈会上的讲话》传到河北敌后抗日根
据地，边区更多的诗歌工作者深入现实生活，与广大群众打成一片，思想
和创作水平都得到了巨大提高。譬如田间，他在 1943 年到盂平县（山西省
盂县与河北省平山县在抗战期间合并的产物）深入生活，担任县委宣传部

长，由于广泛接触了基层的群众，诗歌的题材和诗风都发生了较大变化，他此时创作的小叙事诗《下盘》、《拜年》以及街头诗《坚壁》，直接取材于群众的现实生活，感情深厚，质朴无华。稍后创作的长诗《赶车传》借鉴和吸收了许多群众口头上的生动语汇，并在探索民歌、民谣入诗方面作了成功的探索。总之，经过文艺整风和下乡入伍的锻炼，河北敌后根据地的诗歌工作者们直接接触了基层群众的生活和斗争，思想感情发生了较大变化，诗人们更紧密地贴近了边区人民群众的斗争生活，作品更真切地反映了边区人民的所思所想、愿望和追求，作品的风格也向大众化、通俗化方面有了较大迈进，这时期出现的大量适合老百姓欣赏口味的诗作，如曼晴的《纺棉花》、《打野场》等，使他们能读、爱读，使诗歌真正走向了人民大众。

河北广大诗歌作者经常处在血与火、生与死的搏斗中，并亲身参加了一次次战斗，他们时时记录下前线激烈战斗的场面，常常"把新的血的战争现实写入诗里"[①]，自然形成了一种鲜明的战斗的诗风，因此，这一诗派亦可称为"前线诗派"。他们之中许多年轻而有才华的诗人，如陈辉、史轮、雷烨、温沙、司马军城、任宵、方壁等就英勇牺牲在抗日的战场上，以自己的鲜血和生命书写了壮丽的诗章。这一诗人群体主张诗歌贴近社会现实，面向人民大众，反映时代风云变化；要求以诗歌为武器，直接投身于对敌斗争之中，充分发挥诗歌的战斗鼓舞作用。他们的诗歌，在内容上几乎涵盖了敌后根据地和游击区发生的所有斗争，尤其是边区军民夜间进行的各种抗日活动，更得到了生动、真切的反映，战斗的诗歌成为该诗派的一大特色。在诗歌形式上，初期以街头诗创作为主，短小精悍、朴素明快的诗作很受广大读者的欢迎。此后，诗歌形式逐渐转入小叙事诗创作，小叙事诗是这一诗派的重要创造，它追求具体的、明朗的、朴实的意象，语言简洁，节奏明快，没有繁缛的修饰，富于较强的直观性，容易产生宣传效果。后来又逐渐产生了一批长篇叙事诗，它们以较大的容量、较深厚

---

① 陈辉：《十月的歌·引言》，作家出版社，1958年。

的艺术积累、较大的社会影响在河北敌后抗战诗歌创作中占有更重要的地位。在艺术风格上，诗人群有共同的创作倾向和大体一致的艺术追求，但同中也有异，如田间的诗简洁明快、凝练有力，邵子南的诗自然洒脱、韵味醇厚，魏巍的诗感情饱满、想象奔放，曼晴的诗朴实无华、亲切自然，方冰的诗情真意切、色彩鲜明，陈辉的诗热情洋溢、真挚清纯，远千里的诗明朗率直、通俗风趣，马紫笙的诗嬉笑怒骂、语言尖锐……这些诗人汇聚在一起，共同演奏了独具特色的河北抗战诗歌创作的大合唱。

第三节　散文、报告文学创作

在河北抗战文学中，报告文学是最先跃上抗日战场，并取得辉煌成就的一种文艺样式。河北省的广大区域是创建最早的敌后抗日根据地，在这个山川平原燃遍抗日烽火的神奇土地上，两千多万抗日军民每天都在同民族敌人进行着殊死的搏斗，到处都传诵着血与火谱写的悲壮故事，边区人民这种艰苦卓绝、可歌可泣的斗争事迹，为报告文学的成长提供了肥沃的土壤。而边区本地和外来的作家，面对眼前急剧多变的战斗生活，适时地拿起以迅速反映社会现实见长的报告文学之笔，准确生动地记录下这伟大时代的斗争面影，从而促进了河北敌后抗日根据地报告文学创作的迅速兴起和蓬勃发展。

从报告文学创作的发展来看，它经历了三个阶段。边区建立之初的两年间为发动和起步阶段。1938年3月，冀中区文建会创办了边区第一个兼载文艺作品的综合性刊物《红星》，首先刊出了李芬的报告文学《泛滥着的血流》，并在"编者的话"中热情地期待作者们"把日本帝国主义的烧杀行为，把火线上的情形，以及民众的参战事实报告出来"，在边区首次发出了写作报告文学的号召。1938年10月，边区第一块文艺阵地——《抗敌报》文艺副刊《海燕》诞生了，它将报告文学列为该刊首要的征稿内容，并在创刊号上发表了东方的文章《谈报告文学》，首次在边区介绍了这一战斗文艺形式的特点和写作要求，号召边区的文艺工作者"为了适应我们这激烈战斗的时代，报告文学应当发展起来"。此后，报告文学创作便以《晋察冀日报》、《冀南日报》、《子弟兵报》、《边区文化》等报刊为阵地逐渐发展起来，1939年第4期的《边区文化》还特意组织了一组报告文学特辑，发表了周鹰、么璇、陈镜吾等五位作者的五篇作品，借以推动边区报告文学创作的发展。这时期比较活跃的报告文学作者有丁丘山、史塔、林朗、蒲金、韦明、夏风、范瑾、周奋等随军记者，他们采自火线附近的战地报告，带着硝烟和炮火的气息呈现在人们面前，极大地鼓舞了边区军民的战斗意志。这时期的重要报告文学作品有雷加的反映八路军保护边区第一个丰足秋收战斗的《王冠上的宝石》、夏风的记叙陈庄歼灭战中两个作风泼辣的工人连队的英雄事迹的《解决战斗的保证》、贺义彬的讲述曲周县长郭企之被捕后宁死不屈与壮烈殉国事迹的《追怀一个悲壮殉国的民选县长》等。林朗的《雁宿崖的歼灭战》和《黄土岭的胜利》是报道击毙日寇"名将之花"阿部规秀这一著名战斗的最早篇章，作者运笔高瞻远瞩，对敌我攻守态势和整个战局的发展有着全面的观照，记叙详略得当，条理清晰，是边区早期报告文学创作中的精彩之作。从整体上看，这时期的报告文学作品在内容上集中于对根据地初建时期激烈战斗的报道上，题材较为单一，多数作品还仅仅局限于对事件的简单叙述，缺乏必要的文学修饰，明显带有初期创作的痕迹。

随着边区军事斗争的节节胜利和根据地各项建设事业的迅速发展，边区的报告文学创作于1940年开始出现了繁荣发展的新局面。在1940年震惊中外的"百团大战"中，在1941年冀西军民英勇的秋季反扫荡中，在1942年初夏冀南、冀中异常残酷的"四二九"和"五一"反扫荡中，在边区第一届参议会期间和各级抗日政府的民主选举中，在边区轰轰烈烈的军民誓约运动中，广大文艺工作者都以自己勤奋的笔，创作了大量优秀的报告文学作品，真实生动地记录了河北敌后军民英勇顽强的抗日斗争，热情赞颂了一个个杰出的抗敌英雄和他们感人至深的战斗故事。其中，沈重的

《冷落了的大亚公司》、仓夷的《纪念连》、李薇的《王祥》、董红千的《武老六》等作品荣获了 1942 年的边区鲁迅文艺奖。经过根据地火热战斗生活的洗礼，特别是经过几年创作实践的磨炼，边区的报告文学作者在战争中洗濯了自己的笔，思想和艺术水准都得到较大提高，报告文学创作获得了长足的进步。这时期涌现出了一大批重要的报告文学作者，如仓夷、魏巍、周游、沈重、张帆、邓康等，并产生了《五十九个殉难者》、《棋盘陀上的五个"神兵"》、《冀中宋庄之战》、《纪念连》、《晋察冀，英雄多》、《焦大海》等众多优秀报告文学作品。同前期创作相比，这时期的报告文学在题材上较初期大为丰富和多样化，许多作品在篇章构思、语言运用、结构安排等方面都有各自鲜明的特色，特别是在描摹战场的风云变幻时，普遍注意了对人物形象和各种英雄性格的生动刻画，从而产生了较强的艺术感染力，受到广大读者的一致好评。这时期报告文学创作的发展也引起了理论批评界的注意，1942 年 10 月，《晋察冀日报》连载了仓夷的长篇报告文学《纪念连》，12 月 18 日，该报连载发表了丁克辛的长篇评论文章，对这篇优秀作品立刻作出了评价反应。该文全面深入地分析了《纪念连》的思想和艺术特点，高度赞扬了这篇"边区迄今为止反映民族神圣抗战"内容最丰富的佳作，同时指出了作品缺乏浓烈感情的不足。这篇关于报告文学的长篇评论文章，对边区报告文学创作的健康发展、创作水平的提高都起到了积极的推动作用。

边区文艺整风开展之后，毛泽东《在延安文艺座谈会上的讲话》也传到边区。根据整风精神，中共中央晋察冀分局号召文艺工作者走同工农兵相结合的道路，要求作家当前"特别注意发展最适合战争要求的样式，如报告文学"。1943 年 5 月，广大文艺工作者响应党的号召纷纷"下乡"和"入伍"，到基层获取报告文学素材，由此开始了边区报告文学创作的深入发展期。在这一时期，报告文学作者普遍深入基层工农兵斗争生活，从而出现思想感情的转变和作品风格的大众化。这一时期报告文学创作的突出特点是广大作家将创作的视角对准边区各行各业的工农兵英雄模范人物，通过自己的笔，努力使这些模范人物的英雄行为和感人事迹在边区内外广为传播。在1944年初晋察冀边区第二届群英大会期间，广大作家纷纷到会，积极采访各位英模，很快创作出了近百篇人物特写和报告文学作品，较著名的有林江的《子弟兵的母亲戎冠秀》、仓夷的《韩凤龄》、魏巍的《燕嘎子》、沈重的《神枪手李殿冰》、周游的《侯松坡越狱记》、张帆的《阜平劳动英雄胡顺义》等。这批报告文学将晋察冀边区一批著名的英模人物隆重推出，立刻在根据地产生了一种巨大的轰动效应，它不仅向广大读者展示了一幅边区新人物的壮丽长卷，而且集中显示了边区报告文学创作的实力，反映了这时期边区报告文学创作所取得的巨大进步。这些进步主要表现在：作品在思想内容和艺术表现两个方面都更加纯熟，作品的主题较以前更加鲜明、突出，写人、记事明显注意了人物和事件的典型性，人物描写语言和故事叙述语言更讲究文学色彩，许多作品都成为河北抗战题材报告文学创作的代表作。

在河北敌后抗日根据地报告文学创作队伍中，活跃着三个阵容可观的作者群。大批外来作家是边区报告文学创作中"扛大旗"的人，他们的创作起点高、选材精、雕刻细、韵味浓，许多精品都成为边区文学作品的扛鼎之作，并极大地提高了河北敌后抗日根据地报告文学创作的声誉。这些外来作家包括：1938年6月到达边区的延安文艺工作团成员刘白羽、雷加、金肇野、韦明、林山，1939年1月到达边区的西北战地服务团成员田间、邵子南、史轮、曼晴，以及单独或随队来到边区的周立波、周而复、沙汀、何其芳、李公朴、杨朔、吴伯箫、马加等。这些作家和诗人在民族奋起抗战的庄严时刻，纷纷奔赴抗日前线——河北敌后抗日根据地，有的担任战地记者，有的在部队或地方从事实际工作，有的则以作家的身份在火线上采访写作。他们暂时放下了自己手中所熟悉的文学体裁和题材，迅速拿起了报告文学这一短小而有力的战斗武器。沙汀与何其芳1938年底随贺龙的一二〇师来到冀中，他们深入敌后的目的"就是为了写报告文学"，田间担任晋察冀通讯社战地记者后，从不勉强写诗，而是将适宜的素材写成散文和通讯。这些作家和诗人在边区，以单纯而老辣的笔触，将敌后军民火热的斗争现实及时地反映出来，极大地鼓舞了前后方人民的抗敌热情与斗志，并产生了一批脍炙人口的传世之作，如《晋察冀边区印象记》、《随军散记》、《诺尔曼·白求恩断片》、《华北敌后——晋察冀》等，这些作品不仅为河北抗日根据地赢得了荣誉，而且在国内外产生了深远的影响。

众多的新闻记者是边区报告文学创作的主力军，他们的作品数量多、题材宽、传播广、影响大，创作紧连根据地的斗争和建设，与人民群众生活息息相关，因而在边区内外发挥了非常重要的作用。他们中有 1938 年 12 月到达边区的八路军总政治部前线记者团的雷烨、沈蔚、林朗、范瑾、韦明、蒲金、程追，有边区各通讯社、报刊的新闻记者仓夷、周游、魏巍、沈重、张帆、哈华、苗培时、田间、肖白、夏风、邓康、田流、魏伯、姚远方、田雨、丁原、秋蒲、雷行、羽山、江涛、林漫、一石、肖逸等。这些记者凭借职业上的特长，活跃在敌后的各个战场上，及时记录下边区每天出现的军民团结打击敌人的英雄故事，并通过边区的各种报刊，将这些带着炮火硝烟气息的报告文学迅速传播到根据地内外的四面八方。1940 年 8 月，八路军发动了著名的"百团大战"，边区众多的新闻记者迅速奔赴火线，实地报道了百团雄师英勇出击的惊人战果。三个月间，边区各报刊陆续刊登了田间、周而复、夏风、韦明等 20 位记者的 40 余篇通讯报告，形成了蔚为壮观的"笔阵"，构成了打击敌人的又一条奇伟战线。在敌后异常残酷的斗争环境中，边区的新闻记者同根据地军民并肩战斗、出生入死，许多优秀记者壮烈牺牲在工作岗位上，如仓夷、雷烨、田雨等。他们那些采自火线旁的报告文学，在迅速准确地反映现实、及时有力地配合革命斗争，以及作品的真实性和现场感等方面，都是其他作者的创作所不能及的。其中的一些优秀之作，如《冀中宋庄之战》、《棋盘陀上的五个"神兵"》等，在中国现代文学史上也占有重要的地位。

广大群众作者是边区报告文学创作队伍中一支最强的力量，据报告文学集《冀中一日》作者统计，群众写作者包括农民、工人、学生、教员、妇女、儿童、部队中的干部战士、政府机关中的领导同志和一般工作人员。这些群众在政治和经济上获得翻身之后，焕发了极大的文学创作热情，经过边区文艺和新闻团体的引导和培养，他们在抒写自己亲身参加的抗日斗争时，很快掌握了通讯报告这种简便易行的文学样式。1941年5月，晋察冀通讯社为了发展群众写作队伍，在边区扩大地、县级通讯网，人数由原来的四五十人，迅速增加到1159人，许多干部、群众踊跃参加通讯报告作品的写作。在冀中区举办的"冀中一日"创作运动中，参加写作的群众达到十万人，并涌现出王任、辛冷、邓小云、胡玉英、华实芳、郭德、刘文年等一批优秀作者。1943年5月，毛泽东《在延安文艺座谈会上的讲话》传到边区之后，边区文艺和新闻部门更加重视对群众写作队伍的培养与扶持，边区文联第二届代表大会将"广大工农通讯员的培养教育、巩固和发展文艺小组"作为今后工作的中心，进一步推动了边区群众写作者的迅速成长。这些生活在基层的实际工作者，用自己的血肉创造了英雄史迹，又用自己粗糙的手将它们记录下来，给边区的通讯报告创作带来了蓬勃的朝气和崭新的色彩。

　　三个作家群的创作囊括边区报告文学的方方面面，其主题之鲜明、题材之广阔、内容之丰富格外引人注目。这些作家自觉充当这伟大时代的记录员，用笔和纸塑造了一座河北敌后军民抗日斗争的巨大浮雕，镂刻下火线上敌我鏖战的激烈场面，敌后战场上八路军游击队奋勇杀敌的矫健身姿，人民群众同仇敌忾支援前线的雄壮队伍，解放区新的世界中新的人物的生动面影，根据地光明社会伟大建设的壮丽图景。从这一幅幅斑斓多彩的历史画面中，我们可以看到巍然挺立起来的民族巨人的形象，听到河北敌后军民胜利前进的宏大足音。在艺术表现上，作家、记者和群众这三个作者群体现了不同的创作风格。外来作家具有较高的文学素养，加之多数作品是回延安或在大后方的安定环境中写作的，作品文采飞动，人物栩栩如生，更富于文学的形象性；新闻记者的创作紧密配合现实革命斗争，迅速传递人民群众所关切的信息，作品及时、敏感、尖锐，叙事清晰明白，有更强的新闻性；群众作者是作品所记叙事件的直接参加者，他们所描写的事实沾染了自己的血和肉，文字必然具有血和肉的力量，作品朴素、亲切、刚健、清新，富有更浓郁的生活气息。这三个作者群在创作中互相影响、互相促进，形成了河北抗战题材报告文学共同的民族化、大众化艺术特色。

河北敌后抗日根据地的散文创作与报告文学大致同步发展，它伴随着边区抗日战争的进程，和着根据地抗日军民前进的脚步声，发挥了文艺轻骑兵的战斗作用。在边区文艺队伍中没有专门的散文作家，有较多散文作品问世的作者，大多数从事其他文艺体裁的创作，或者说以其他文艺体裁创作为主。在这类作家中，冀中的作者主要有孙犁、王林、杨沫，冀南有杨朔、吴伯箫、李风，冀东及平西有雷烨、马加、金肇野。其他作家还有刘白羽、周而复、雷加、田间、穆青等。他们的散文作品记人叙事、抒发感受，具体生动、言之有物，文笔较通讯报告更为轻快活泼。散文这一文体既便于抒情，又长于叙事，但在边区的散文作品中，尽管也奔涌着作者的感情波涛，但它更侧重于叙事，更多地描写边区人民丰富多彩的战斗生活，真实地记录英雄人物的感人事迹，写人写事都弥漫着敌后抗日斗争的烽火硝烟，从而真实生动地描摹出时代的风云变幻，反映了根据地人民的愿望和心声。这些作品传神地表现出边区军民的战斗生活和思想情绪，并以其写人记事自然生动、亲切感人而具有独特的艺术魅力。

第四节　戏　剧　创　作

1937年9月，八路军一一五师进入晋察冀地区，创建根据地。随着革命政权的建立，边区的文化生活迅速开展起来，组建了许多演出团体，诸如战线剧社、七月剧社、冲锋剧社、火线剧社、前锋剧社、前进剧社以及平西的挺进剧社、冀东的尖兵剧社等。1939年1月，西战团抵达晋察冀边区，同年，华北联合大学文艺学院和联大文工团也到达边区，军队和地方的戏剧队伍共同推动着边区戏剧的繁荣和发展。

1939 年 7 月 7 日，抗敌剧社、战斗剧社、西战团和抗大文工团等在灵寿县组织了晋察冀戏剧界抗敌协会，提出了戏剧运动"战斗化、现实化、大众化"的口号。

1939 年 11 月在河北唐县庆祝晋察冀军区成立两周年，边区的主要戏剧团体举行了会演。抗敌剧社演出了《我们的乡村》、《两年间》，战斗剧社演出了《警惕》，冲锋剧社演出了《回到祖国的怀抱》，七月剧社演出了《放哨》等。会演后，各个剧社的创作热情更加高涨。抗敌剧社创作了《当兵去》、《斗争三部曲》、《清明节》、《血的五月》、《往那里去》等 20 多个话剧作品；战斗剧社集体创作了《水灾》、《顺民》等话剧作品；西战团创作了《担架》、《烽火》、《抓汉奸》、《模范国民》、《父与子》、《动摇》等剧作。

1940 年 11 月，晋察冀边区举行了第一届艺术节，这次艺术节不仅展示了许多优秀作品，也涌现出一大批戏剧创作人才，如王林、丁里、邢野、王血波、胡可等。在艺术节上，华北联大文艺学院、联大文工团、西战团和抗敌剧社联合演出了根据高尔基同名小说改编的话剧《母亲》。

1939 年，冀中形势日益严峻，大多数剧社分组独立行动，经常是一边演出，一边准备转移。1942 年 5 月，日军对冀中平原进行"五一大扫荡"，冀中根据地被分割成 2000 多个小块，处于敌人的包围和火力控制之下，成为敌占区。剧团被迫化整为零，分散活动，在深入敌占区的过程中，创作了大量短剧，如杜锋《党的孩子》，胡可《英雄末路》、《瞎了眼睛的人》等。同年冬，华北根据地得到新的发展，在毛泽东《在延安文艺座谈会上的讲话》思想引导下，华北地区的戏剧创作进入了丰收期。

火线剧社是由几个剧社整合而成的创作演出团体，戏剧家崔嵬在此担任领导工作，胡苏、胡丹沸等创作人员也逐渐成长起来，创作了话剧《把眼光放远一点》和歌剧《王秀鸾》等优秀剧目。

1944 年初，抗敌剧社在边区群英会上演出了丁里的《子弟兵和老百姓》，抗战胜利后在张家口公演，新中国成立后，此剧也多次上演。同时，胡可创作的《戎冠秀》、杜烽创作的《李国瑞》也在当时产生了巨大影响，为中国战时话剧创作增添了光辉的一页。

　　抗战胜利后，中国又陷入内战之中，抗敌剧社转战张家口、大同、石家庄、太原等地，创作了大小话剧30多出，其中包括胡可的《枪》、《喜相逢》、《生铁炼成钢》等。前线剧社后改编为晋冀鲁豫军区文工团，创作了《王克勤班》等优秀作品。

第二章　不同区域的小说创作

抗战期间，由于斗争的需要，许多抗日斗争根据地相继建立，形成了相对的封闭性，一些作家在这些区域坚持创作，其作品表现出不同的区域特征。

第一节　王林与冀中的小说创作

王林（1909～1984 年），原名王弢，笔名王镌闻，1909 年生，河北省衡水县人。1930 年考入青岛大学外语系，1932 年夏天因领导罢课斗争被学校开除，当年到上海参加了左翼戏剧家联盟。1936 年作为地下工作者参加西安事变，创作了话剧《火山口上》、《打回老家去》，受到东北军官兵和广大群众的欢迎。抗战爆发后回到冀中，担任冀中文化界抗战建国联合会副主任、冀中火线剧社社长、冀中文化协会主任等职，是冀中文艺运动的主要组织者和领导者。《大公报》记者潘讷在《冀中解放区漫记》一书中称王林为"冀中的百科全书"，的确，王林在抗战时期一直生活和战斗在冀中，即使是在 1942 年残酷的"五一大扫荡"中，王林也一步没有离开过冀中，他以一个战斗员的身份亲身参加了那场血与火的战斗，并像准备遗嘱一样，蹲在堡垒户的地道口上，写出了那段惊心动魄的民族革命战争的历史——长篇小说《腹地》。他对冀中的各种风土人情了如指掌，讲起冀中的游击战争更是"如数家珍，绘声绘色，风趣生动"[①]，素有冀中"活地图"、"活字典"之称。

《十八匹战马》是王林反映冀中人民抗日斗争短篇小说的代表作，1946

---

① 张学新：《王林选集·编后记》，百花文艺出版社，1987 年。

年 4 月 11 日发表于《北方文化》第一卷第三期，收入 1946 年 6 月东安东北书店出版的《解放区短篇创作选》第一辑。小说描写了一个悲剧故事，一场情与理的冲突：随着日寇日益残酷的大扫荡，八路军骑兵团被迫转移到外线作战，留在冀中黄冢村的 18 匹战马难以隐藏，随时都有被敌人抓去用来围剿八路军的危险。一位地方干部决定杀掉这些战马，但村长、村民、骑兵团战士都不愿宰杀这些立有战功的马匹，这位干部也没有坚持杀了马再离开现场。结果，18 匹战马全部被敌人捕获掠走了。这篇小说写得非常感人。作者王林是一位出色的剧作家，在小说中，他围绕着要不要宰杀 18 匹战马，设计了多方面的矛盾冲突，并通过这些矛盾冲突生动地展现了人物美好的心灵和高尚的情感。大家所共同面临的矛盾冲突是情与理的冲突：杀了这些战马还是让敌人抓去。从道理上讲，似乎每一个人心里都明白与其被敌人掠去，不如趁早把它们杀掉；但多数人却抱着扫荡可能很快结束，敌人可能发现不了战马的侥幸心理，于是便发生了村长、村民、骑兵团战士同地方干部"我"的冲突。村长想方设法不把马杀掉，村民故意拖延着杀马的时间，骑兵团战士竟怀疑"我"是敌人的奸细。这一冲突还引发了村民与屠户之间的冲突，屠户出于私利前来杀马，愣小伙子骂他是汉奸并同他厮打起来。屠户这一落后人物作为矛盾冲突的对立面，将抗日军民深挚的爱马之情衬托得更加鲜明和突出。

　　围绕着杀马而出现的这些外在的和人们内心的矛盾冲突，生发了震撼人心的情感力量。除此之外，作品还满怀深情地讲述了战马在战斗中立下的屡屡战功、战马与战士之间的生死情义、战士爱马的真挚感情，讲述了骑兵团同冀中人民之间的鱼水之情，讲述了黄冢村民为掩护战马而做出的流血牺牲，讲述了"我"虽然抱着杀马的决心，满腔却沸腾着的爱马的热血。这些描写将军民爱马的感情抒发得淋漓尽致，读后令人荡气回肠、潸然泪下。这样，战马最后被敌人掠走了，读者便会同"我"一样原谅了他们："善良的农民，善良农民出身的骑兵团战士们，怎么肯下手杀死跟自己一同战斗过的战马呢！"小说也写活了几个颇有个性的人物，年轻的村长老成持重，办事不紧不慢，表面上忙于应付，心中却自有主张。愣小伙子粗鲁直爽得非常可爱，性格单纯、爱憎分明，在同青年战士一起为马而失声痛哭中表现出炽热的情感。三个骑兵团战士写得各有特点，而屠户的唯利是图和对八路军战马的麻木不仁，从他急于杀马和屡次坚持杀马的举动中表现出来。这篇小说选材独特，描写深刻，感情浓烈，不愧是解放区小说中的名篇。

长篇小说《腹地》创作于1942年冬至1943年夏，1949年9月由新华书店出版。小说以1942年冀中"五一大扫荡"前后的抗日斗争为背景，通过荣军辛大刚回到家乡之后的种种生活和斗争经历，真实反映了冀中根据地艰苦卓绝的抗日斗争和复杂的党内斗争，生动展现了冀中人民坚韧不拔的斗争意志和英雄主义气概。作品并存着三条发展线索：第一条是以辛大刚为首的辛庄民兵同日本侵略者进行的生死搏斗；第二条是辛广德、辛大刚等正面力量同范世荣、姜保年等蜕化变质分子的斗争；第三条是辛大刚与白玉萼之间的爱情发展线索。这三条情节线索彼此交织、相互影响、共同发展。在着力表现冀中根据地军民英勇顽强、不屈不挠的抗敌斗争这一主线的同时，作品还以相当大的篇幅交叉描写了混进党内、基层政权及群众团体内的投机、蜕化分子集团，表现了坚定正直的共产党员带领群众同他们争夺农村领导权的斗争，以此批判和抨击根据地内部存在的这股黑暗势力。这两种斗争随着敌人"五一大扫荡"的开始和人民反扫荡斗争的发展，真金和渣滓在战火的冶炼中泾渭分明，两种力量的对比与消长发生了根本变化，辛大刚同白玉萼的恋爱也在战斗中结出了果实。当然，内部斗争这条线索表现得并不成功，"写反'扫荡'是本书最拿手最成功的地方"。这条主线在作品的后半部表现得格外突出，出现了许多精彩动人的场面，这也是全书最辉煌、最感人的部分。

辛大刚是作家所着力塑造的典型人物，他是抗战前的老党员，领导过盐民斗争，抗战后在八路军中当连长，久经沙场，七次负伤，屡立战功，"有的是赤胆忠心，又勇敢又积极"。他伤残后回到村里受到投机分子的打击，曾一度产生了消极情绪。在残酷的反扫荡中他又重新振作起来，带头组织民兵游击队，利用现有武装主动打击和消灭敌人，舍生忘死救护处境危急的八路军伤员，用巧计接二连三地端掉鬼子的炮楼，极大地鼓舞了人民的抗战情绪。作品突出表现了辛大刚的热情正直的品质、较高的军事素养和勇敢顽强的英雄性格，同时描写了他的儿女情怀，他怯于内部斗争的软弱，以及情绪上的种种波动，但更使人感到有血有肉、朴实平易，有一种源于生活的真实感。这样的人物应当有其存在的位置。

正如孙犁所说："生活丰富，是本书最大的特色。对于冀中抗战时期的农村生活异常的熟悉，写下一个伟大时代的风习，是本书的生命根源。"的确，作品以作家对冀中风土人情的谙熟，对冀中人民英勇抗日斗争的近距离的描写，使之带上了一种鲜明的时代色彩，散发着一种浓重的生活气息。小说写了敌人扫荡前农村错综复杂的内部斗争，写了敌人扫荡给冀中人民带来的深重灾难，写了活下来的人民顽强不屈的反抗和战斗，用炭墨画的笔法绘制了一幅伟大的"民族苦难图和民族苦战图"。这幅严峻甚至残酷的现实图画所透露出来的，是用民族的血泪浇灌起来的民族新生的灵魂，是人民在空前的苦难中表现出来的英雄主义气概和乐观主义精神，所以孙犁评价说："本书最精彩的地方还是真正写出了冀中人民的生活的战斗的情绪。"① 王林也因此成为冀中最具代表性的小说作家。

第二节　管桦与冀东的小说创作

管桦，原名鲍化普，1922 年 1 月 9 日生，河北省丰润县人。自幼在家乡读书，1938 年因父亲参加冀东暴动躲避到天津，进天津志达中学学习，阅读了许多进步书籍，并开始学习文学写作。1940 年被接回冀东，与弟弟一起参加了八路军，不久被送进华北联合大学文学系学习，一年后回冀东做《救国报》记者，开始在报刊上发表文章。1942 年春进冀东军区政治部

① 孙犁：《腹地》，见《孙犁文集》（四），百花文艺出版社，1982 年，第 458 页。

尖兵剧社，先后任文艺组长、队长、副团长，从事歌词、剧本、小说和文艺通讯的写作，两年中先后出版了中篇小说《荆各庄的故事》和短篇小说集《妈妈同志》。新中国成立后任北京市作协主席，出版了反映冀东抗日斗争的长篇小说《将军河》。

管桦是冀东抗日根据地小说创作的代表，由于抗战时期他主要在报社和剧社从事通讯、歌词和剧本创作，反映抗战的小说作品并不多，但篇篇都是精品。《还乡河之夜》以非常平静的文字，叙述了一个悲壮的故事。在还乡河边，朱荣久，一位67岁的老人，每天晚上撑船过河为县委宣传部的秘密印刷所运送食品和宣传品。在最后一次运输中，他被巡河的鬼子抓住了。敌人逼着老人说出八路军宣传部的地址，并用殴打和火烧等刑法折磨他，在一切都无济于事的情况下，敌人把他装入麻袋扔进了还乡河，此时，"夜，死一般寂静，还乡河芦苇被风刮着沙沙地响，一只水鸟在低声叫着，擦着芦苇梢头，飞走了"。小说非常简短，除了夜晚的还乡河，只选取了八路军的印刷所和日寇的宪兵队两个场景，这两个场景形成了鲜明的对比，对朱荣久老人来说更是两个截然不同的世界，小说以老人在两个世界的遭遇深刻揭示了作品的主题。作品还通过细节描写和环境渲染写出了冀东抗日斗争的艰难困苦，由于环境恶劣，县委宣传部的印刷所只能设在阴森潮湿、窗户堵塞、"三年不动烟火的空庄户"里，运送这样重要的物品却只有一位年过花甲的老人；而在漆黑寂静的河边，青蛙和水鸟的鸣叫更衬托了敌占区的危险和不测。由于作品写出了斗争环境的险恶，读者不由地为渡河的老人捏了一把汗，这从另一方面表明了小说的成功。

《妈妈同志》通过作者与遵化县圣水院村一位抗日妇女的三次见面，描写了她一心抗战、忠贞报国的感人事迹。第一次见面时，她的家饥寒交迫，八路军开展减租减息斗争使她过上了好日子，她主动为战士缝补洗涮，站岗放哨，战士们亲切地称她为"妈妈同志"；第二次八路军和日寇在她们村打仗，她冒死救了一位受伤的八路军机枪手，自己的丈夫却因此被鬼子杀害，可她二话没说，第二天就把唯一的儿子送到部队；第三次见到"妈妈同志"是在1944年春天，她的家受到政府的照顾，女儿也快出嫁了，生活过得很好。她热情地让战士们吃这吃那，临走时还给带上煮鸡蛋。这篇小说只完整地讲述一件故事，却写出了一个个性鲜明的人物。"妈妈同志"矮个儿，瘦削脸庞，"黑的盖满蜘蛛纹的脸透着愉快的红晕"。她性格的主要特征是直爽和刚强，对八路军她热情、爽朗，是个急公好义的女人，她把战士当亲人一般看待，谁见外她就一脸的不高兴；对敌人她又显得格外勇敢和刚毅，她在敌人的眼皮底下救助八路军伤员，然后又机智地将伤员转移出去；丈夫去世后，她一声不响地安排儿子参军，并留下响当当的话："二头哇，要不给你爹爹报仇，不是你娘养的！"这篇小说意在刻画"妈妈同志"的性格，尽管篇中只是零碎地描写了有关她的几件事情，女主人公的英雄形象却巍然站立在读者面前了。

《雨来没有死》是管桦抗战小说的代表作，新中国成立后被编入中学语文课本。小说写的也是还乡河边发生的故事，12岁的儿童雨来住在河边的芦苇村，在敌人的一次扫荡中，当民兵的爸爸到区上集中了，妈妈也给东庄的民兵送信去了，家中只留下雨来一个人。被鬼子追击的区交通员李大叔跑到家里，雨来帮他藏进地道，自己却被鬼子抓住了。鬼子为了让雨来说出交通员的下落，给他糖吃，给他金戒指戴，然后又把他的鼻子打出血来。在软硬兼施都不能奏效的情况下，敌人把雨来拉到河边枪毙。几声枪响之后，村民们都为雨来的死而惋惜，沿着河边寻找他的尸体，没想到雨来从水里伸出脑袋，欢蹦乱跳的。原来，雨来在鬼子开枪之前，早一个猛子扎进水里游走了。这篇小说极富故事性，结局也符合中国老百姓的欣赏习惯，所以它一直在读者中流传，特别受到少年儿童读者的喜爱。小说生动塑造了小英雄雨来的形象，他机智而调皮、活泼又可爱，生性爱玩儿，水性极好。他在敌人的威逼利诱面前毫不动摇，表现得异常坚定勇敢、威武不屈，不愧是一位坚强的抗日小英雄。小说为给雨来的英雄事迹作铺垫，专门写了他在还乡河边练就的一身好水性，写了他在夜校课本上学的课文："我们是中国人，我们爱自己的祖国。"由于作品写出了雨来所具备的思想基础和性格基础，便使他后来的英雄举动真实而自然了。

管桦的抗战小说真实地写出了冀东地区抗日战争的特点，冀东在抗日战争全面爆发之前，即已成为日寇策划的自治区域，"七七事变"后更变成敌人严密控制的地区。《还乡河之夜》中那阴森恐怖的夜晚，《雨来没有死》中随时发生的日寇追剿，《妈妈同志》中与老百姓隔门睡觉的鬼子兵，都表明了冀东人民生存环境的恶劣、斗争形势的严峻。而正是在如此残酷的环境里，才更显示出冀东人民抗日斗争的艰难与可贵，同时也显示了作家创作的价值所在。管桦的创作深深植根于冀东人民的战斗生活，他的作品突出表现了冀东人民朴素的革命感情、顽强不屈的战斗精神和深沉而坚毅的英雄性格，热情歌颂了他们崇高的民族气节和伟大的献身精神，为我们提供了不可多得的冀东人民英勇抗敌的壮丽画卷。

第三节　康濯、俞林与冀西的小说创作

以阜平、平山为中心的冀西山区是晋察冀边区的核心地带，这块被称为边区心脏的地域是晋察冀边区党政军领导机关的所在地。这里聚集了边区主要的文化教育部门、众多的文艺团体和作家艺术家，因此，冀西区的文艺创作取得了更为突出的成就。在小说创作方面，除去一批早已成名的外来作家的优秀作品外，一些年轻的作者也出手不凡，他们的作品大多描写山区农民的生活和斗争，反映农村干部公而忘私的工作作风，表现农民勤劳和睦的家庭生活，语言朴素，感情真挚，散发着浓郁的乡土气息，形成了一个引人瞩目的冀西小说作者群。他们以自己丰富多样的作品，在文艺界产生了广泛影响，其中较为突出的作家有康濯、俞林和丁克辛。

康濯（1920～1996 年），原名毛季常，1920 年 2 月 21 日生，湖南省湘阴县人，先后在湘阴和长沙读小学、中学。1938 年到延安鲁迅艺术学院文学系学习，毕业后做鲁艺文学研究室研究生。1939 年调任华北联合大学文艺工作团文学组长，并开始发表作品。当年，随华北联合大学奔赴华北敌

后晋察冀边区，先后担任晋察冀边区文艺界抗敌协会常务理事、边区文化界抗日救国会宣传部长、边区各界抗日救国联合会宣传干事等职。此时他深入山区农民的生活之中，创作了一批广受好评的小说作品。解放战争时期，康濯先后担任边区《工人报》、《时代青年》杂志主编和《华北文艺》编辑，创作了《工人张飞虎》、《黑石坡煤窑演义》等作品。

在晋察冀边区的10年中，康濯主要生活在北岳区农村，"做群众工作，搞土地问题和生产，搞农村剧团，编通俗报刊，做一般的宣教工作"①，同农民群众生活在一起，积累了丰富的创作素材。他的第一篇小说《"二百五"和他的枪》发表于1941年第4期的《五十年代》，小说塑造了一个憨厚却勇敢的八路军战士形象，颇得读者好评。他前期的作品还有《"卖布的"区长》、《老石的经历》等，这两篇小说荣获了1941年边区"军民誓约运动"征文一等奖。

1943年之后，康濯的创作有了飞跃性的发展，此时，他学习了毛泽东《在延安文艺座谈会上的讲话》，注意克服初期创作中的一些"猎奇"倾向，努力向现实生活的深层开掘。他后期创作的重心转向了农民和土地问题，并取得了较丰厚的成果。《腊梅花》写了作者在平山县东白红村居住时的房东——佃户范老五，在向地主开展减租减息斗争前后所发生的巨大变化。范老五原是一个聪明、活泼的青年农民，跟人学了许多秧歌小曲，过年过节时常登台演出，在方圆20里地远近闻名。他家欠了齐家地主的债，被弄得家破人亡。后来因为粮食被土匪和地主打掉了左半边的牙，落了个残疾，整天用手掌托着半边脸。范老五很穷苦，却有一个隐秘的精神寄托，他年轻时同地主家的闺女有过一段私情，作为一种甜蜜的回忆，常哼唱小曲《腊梅花》。这样一个直爽、朴实、性格开朗的农民，却仍惧怕地主的权威，在齐家地主面前竟不敢同八路军工作人员说话，这说明地主封建势力在根据地农村仍有不小的市场，农民对党的土地政策和减租减息法规还未真正了解。而两年之后，当作家再次来到东白红村时，范老五则跳上讲台，当

---

① 康濯：《在学习的路上》，《人民日报》，1949年7月6日。

面斥责地主在土地和减租上的反攻倒算，简直像换了一个人一样："这会儿我脑筋开了！我不怕你个狗日的吓唬！地是咱庄户人淌汗卖命熬出来的！你一辈子也别想抽！"小说生动地刻画了主人公鲜明的个性特征，描写了其性格的发展变化，范老五经过斗争彻底摆脱了封建观念的束缚，精神世界也得到了极大解放，他盘算着好好"闹闹"生活光景，还要"拾掇演戏庆祝胜利！"

《灾难的明天》最初连载于 1946 年 1 月延安的《解放日报》，并受到评论界的称赞。① 小说以祥保一家为典型描写了 1942 年的严重干旱给晋察冀边区人民带来的灾难，以及根据地人民在政府帮助下渡过难关的过程，生动表现了生产自救运动给边区人民的思想感情带来的深刻变化。祥保一家本来就不和睦，少见的饥荒则使家庭几近分崩离析：为糊口祥保卖了家里的老驴，妻子春妮儿要去沦陷区逃荒，婆婆又气又饿直骂媳妇，一家三口人三条心，整天吵来吵去，闹得夫妻不和、婆媳不和，妻子还要离婚，家已经不像家了。这时，边区政府组织生产救灾，村农会主任老吴开展深入、细致、具体的帮困工作。祥保外出跑运输，媳妇、婆婆也纺线卖钱，物质生活得到改善，家庭关系也开始变得融洽与和睦。祥保的性格开朗了，婆媳不再吵嘴斗气了，夫妻变得亲热起来，婆婆也想该抱孙子了。这篇小说反映了边区人民在摆脱贫困的过程中逐渐更新的家庭关系，表现了人们在战胜自然灾害的同时也在改变着人的自身，但作品没有将这种变化过程简单化，没有生硬的说教，没有空洞的叙述，而是对祥保、春妮、婆婆的性格，对他们之间的相互关系作了准确的把握和细致的描写，尤其对他们从落后到进步的转变、家庭关系的变化过程，以及每个人的心理活动都作了深入、精确、具体的描写，因而给人真实自然的感觉。

《我的两家房东》是康濯的小说代表作。作品从一位下乡干部的视角，通过这位干部断断续续的所见所闻，描写了边区青年男女追求自由恋爱、争取幸福婚姻的动人故事。新房东陈永年老人有两个女儿，大女儿嫁给一

---

① 陈辛：《读"灾难的明天"》，《解放日报》，1946 年 1 月 22 日。

个坏男人，受到婆家的百般虐待；二女儿14岁同人订了婚约，可对象不求进步，还被村里斗争过。两个女儿的婚事成了陈家的老大难问题，家里常常为此忧愁烦恼。边区政府颁布"双十纲领"之后，在老康的帮助支持下，大女儿离了婚，获得了新生；早就同栓柱自由恋爱上的二女儿金凤，解除了她所不同意的封建礼教婚约，公开了同心上人的恋爱关系。有着陈旧的封建老脑筋的房东陈永年在青年人的进步面前，不得不尴尬地退让一边。金凤是作品中性格突出、令人喜爱的人物，她热情开朗，活泼直爽，努力学习文化，积极要求上进，尽管在外人面前还免不了有些羞涩，但她大胆地自由恋爱、勇敢追求个人幸福的举动，为边区农村青年树立了榜样。通过金凤这一人物，读者看到了边区民主改革取得的巨大成果，看到了抗日根据地一代青年新的精神风貌，看到了解放区正在形成的新的思想观念和道德观念。小说的构思颇为巧妙，作品以下乡干部老康更换住户，将作者先后住过的两家房东连接起来，并引出了下庄的栓柱与上庄的金凤一对自由恋爱的恋人。小说饶有兴味的是，作品以局外人老康的角度来写，他对故事来龙去脉的了解是非直接的，栓柱、金凤之间的恋爱也是秘密地逐渐发展进行的，所以，这种恋爱描写给人一种曲折含蓄、朦朦胧胧、留有悬念、引人入胜的美感。这篇小说清新质朴、格调明快，描写细腻，作品以"描绘了解放后农村男女新生活的愉快光景"[1] 而被收入了《解放区短篇创作选》（第一辑）。郭沫若称赞小说"达到了完善的地步"，"简直是惊人之作"，认为"作家的笔力可以说已经突破了外边的水准"。[2]

　　康濯在晋察冀边区的"大部分时间生活在农村和农民家庭里"[3]，这使得他对根据地农村各式各样的家庭有了较深入的了解，对发生在农民家庭里的纷争和纠葛了如指掌。因此，他的作品常常通过农民家庭中出现的大事小情，通过家庭成员之间的思想矛盾和感情纠葛，以及他们相互关系的

---

① 周扬：《新的人民的文艺》，见《周扬文集》（一），人民文学出版社，1984年，第516页。
② 郭沫若：《谈解放区文艺》、《"板话"及其它》，《晋察冀日报》，1946年8月24、28日。
③ 康濯：《腊梅花·自序》，湖南人民出版社，1978年。

变化，来反映敌后根据地人民的抗日斗争，表现解放区出现的新人物和新生活，展示农民精神风貌所发生的巨大变化。而且，由于这些作品都来自作家亲身的体验和观察，因而对农民的思想情感、心理状态、行为方式、处理问题的细节等等，描写和刻画得非常真切、自然，孙犁曾称赞说："我觉得一个南方人，对这里的人民生活和情绪体会到这样非常不容易。"①

俞林，原名赵凤章，1918 年 10 月 30 日生，河北省河间县人。幼年在家乡读中小学，后到北京读高中。1938 年入燕京大学西语系学习，翌年开始在学校从事地下革命工作。1941 年到晋察冀边区，先后担任中共中央北方局宣传干事、阜平县城南区委宣传部长、华北联大教育学院教员等职，参加边区反扫荡战斗及开荒、减租、创办互助组等工作，同时开始文学创作。解放战争时期在冀中搞土地改革运动，后南下中原。新中国成立后担任中南作家协会副主席、江西省文联主席等职，出版了长篇小说《人民在战斗》、《在青山那边》等。

俞林的小说创作起步较晚。在农村基层工作中，他起初为报刊撰写通讯、速写、特写、故事等作品，而后才开始小说创作。俞林在晋察冀边区的创作不多，但常常引起人们的注意。《家和日子旺》通过一个农民家庭人际关系所发生的变化，展现了解放区农村出现的新面貌和新气象。在 1943 年的灾荒中，老寿星家缺吃少穿，大媳妇二媳妇又闹着分了家，大家常为使用一头共有的耕牛发生争吵，一家人闹得不可开交。在 1944 年的春耕生产中，三儿子夫妻俩想方设法团结全家互助生产，结果，懒惰的二媳妇下了地，嘴巴尖刻的大媳妇也乐于助人，一家人变得和和睦睦，亲如一家，各家的生产也全搞上去了。作家将笔触深入农民家庭，写了农村中司空见惯的兄弟分家、妯娌不和、懒媳妇不干活、争家产吵架等一系列家常事，但作家将这些放在了抗战时期的根据地，便使它们具有崭新的内容和重要的意义。作品中的民兵队长三锁及妻子妇救会委员贞贞，在促进家庭的变化中发挥了主要作用。他们觉悟高、思想好，年轻聪明，工作生产双带头，

---

① 孙犁：《孙犁致康濯信》，《新文学史料》，1985 年，第 1 期。

是农村中新生力量的代表。他们将大家的心气儿集中到发展生产、巩固抗日根据地上来，并使巧计让当八路军的二哥来做二嫂的工作，终使大家在互助的劳动中相互理解，消除隔阂，重新过成一家子。小说在情节发展中适当地添加了一些顺口溜，通过这些琅琅上口的快板刻画人物、推进故事、渲染气氛，给作品增添了一层轻松活泼的色彩。

《老赵下乡》是俞林的代表作，描写1943年阜平秋季反扫荡后，县农会干部老赵奉命到胭脂河区刘家台督促救灾和种麦工作中所发生的故事。在敌人扫荡的间隙里抢种已过节气的小麦，本是一件十分紧急的事情，刘家台的干部却为清理被敌人抢劫的财物而一再拖延。老赵当机立断地结束了清财工作，连夜召开干部会催促立即开始种植小麦，并在全面调查的基础上发放了拖欠多日、群众普遍有意见的救灾粮。这些问题解决之后，老赵却没有看到农民第二天热火朝天的种麦场面，而是纷纷提着篮子到沟里拾枣。农民为什么不想种麦子呢？老赵经过一整天的走访调查，终于发现了问题的症结：由于主要村干部腐化堕落，村中出现了地主抽地、收高租的现象，挫伤了广大农民的种田积极性。据此，老赵果断召开农会大会，发动群众清查并弥补了减租工作中的漏洞，挖出了地主隐藏的粮食，撤换了蜕化变质的干部，于是，种麦工作轰轰烈烈地开展起来了。小说从一个新的角度反映了抗战时期根据地农村的阶级斗争和经济斗争，揭示了地主阶级拉拢和分化农村干部队伍的现象，说明了干部"下水"以及由此对革命工作造成损失的严重性。

小说较好地塑造了县农会干部老赵的形象。他敦厚质朴、平易近人，下乡的行李从不像别的干部折成方形背包，而是卷起来用麻绳一捆，又根棍子扛在肩上。他是本地干部，"比外来干部更清楚人们的苦处"，所以群众有事也愿意同他谈。他公而忘私，一个多月的反扫荡结束后，顾不上回家看一眼便奔赴新的工作岗位。一进村，老赵便接二连三地发现了问题，但他没有立刻发表意见，而是平心静气地观察了解，在同村民一起劳动中进行调查研究。他做工作耐心细致，认真负责，在对村中的各种问题有了全面的掌握之后，才依靠广大群众，按照党的政策加以纠正。作品通过这样一位密切联系群众、工作深入扎实的好干部形象，反映了1942年边区整风之后干部队伍所发生的巨大变化。这篇小说的故事性很强，情节贯穿始终，有头有尾，是一部标准的中篇小说。作品由小悬念发展到大悬念，然后通过主人公工作的不断深入，悬念才一层层逐渐解开，因此小说读起来脉络清晰，情节曲折，引人入胜，读起来很有味道。

俞林1948年奉命南下中原之后，又根据晋察冀边区的抗日斗争生活创作了中篇小说《杨赶会的一家》，短篇小说《郭三元和康米贵》、《借粮》等，其中《杨赶会的一家》较有特色。小说以抗日战争为背景，描写了冀西山区白草沟村贫苦雇农杨赶会一家的生活变化，并以这个家庭为主体，表现了冀西根据地人民反扫荡、减租减息、打击地主的破坏活动等一系列斗争，展示了边区人民读书识字、自由结婚、生产互助、改善生活等一派生动景象。小说写活了几个人物，地主耿百岁为富不仁，欺压佃户，横行霸道。他每年亲自到村中收租，一进村便风传得满村皆知，大人和孩子说话都不敢高声。他收谁的租子在谁家吃饭，稍不顺意便加租或收地，一副"土皇上"的派头。为了破坏减租斗争，他到处散布谣言，日寇来了还企图投敌，后来落魄了，又表现出一副少有的穷酸相，竟至偷拿佃户的庄稼，这个地主给读者留下了较深刻的印象。杨小山似乎是与杨赶会对照着来写的，杨赶会的胆小软弱更衬托出弟弟杨小山的爽直和勇敢。面对地主的蛮横无理，忠厚老实的哥哥只有赔礼求情，以放羊为生的杨小山却敢于当面顶撞他："耿财主，你这是庙门口攥要饭的，要穷人一死吧！"一开始便显示了他突出的性格特征。在后来的斗争中，杨小山迅速成长起来，当了游击组长，带领民兵反扫荡、保家乡，组织民兵开展互助生产，冲破封建习俗和传统观念，自由恋爱，新式结婚，成为抗日根据地一代新人的典型代表。

或许是俞林长期工作在基层农村，在边区农村开荒、减租、土改和互助生产中比较深入地熟悉和了解了农民的生活，特别是他们的家庭生活，因此，俞林的小说多数选材于边区农民的家庭生活，即使那些展现社会生活面比较宽广的作品，其中心内容和精彩部分也是在家庭生活的描写上，并通过一个个生动、真切的家庭，表现或折射出广泛的社会内容与时代特点。他的作品现实性强，生活气息浓厚，将北方农民的家长里短娓娓道来，如数家珍。语言生动质朴，富有鲜明的地方色彩。

除了康濯、俞林，丁克辛也是冀西比较有影响的小说作家。

丁克辛，原名胡惠德，1911年出生，江苏省江阴县人。1933年从无锡师范学校毕业，并开始发表文学作品。抗战爆发后进山西民族革命大学学习，不久来到晋察冀边区，编辑《边政导报》。1939年初到延安鲁迅艺术学院学习，夏天随华北联大回到晋察冀边区，先后担任华北联大文学系教师、边区文协干事、易县抗日救国联合会宣传部长等职，此时创作的短篇小说多次获得边区"军民誓约运动"奖。抗战胜利后进驻张家口市，担任《工人报》编辑、纸烟厂厂长等职，创作了《村长和他的兵》等中短篇作品。

丁克辛的小说创作分为前后两个时期。1939年7月第二次到边区至1942年底华北联大停办为前期，这时期他主要从事文艺教学和边区文协的工作，有比较充裕的时间，创作的作品比较多，主要有中篇小说《武委会主任》，短篇小说《一个排的诞生》、《辞职》等10余篇，其中墙头小说《出奔》、《不做顺民》、《带路?》、《父母官和官父母》、《三个疯子的故事》、《一只羊和一挺机枪》等，获得了晋察冀边区"军民誓约运动"文学作品奖。他这时期的小说描写的都是边区人民在民族抗战中开展的各式各样的对敌斗争，作品以反映边区军民英勇的抗日战斗、揭露与抨击日寇统治的黑暗残暴为主题，用以激励抗日军民的战斗意志和必胜信心。墙头小说《出奔》是这一时期创作的代表，作品以非常简洁的笔墨摄取了敌占区日常生活的一个场景：日寇联队长索要该村伪村长的女儿，供他寻欢作乐。伪村长流着眼泪请求伪维持会长替他向鬼子求情，免去他家的这一灾难。伪维持会长开导他：这不是做父亲的罪过，就当没有生这样一个女儿，管他是人干的勾当不是人干的勾当。伪村长哀求说："会长，你替我想想，换了你是我，你怎么样？"伪维持会长苦恼地回答："到了实在无法'维持'的时候，就是大伙儿倒霉的日子。"就在双方僵持不下的时候，事情突然发生了反转性变化：勤务员送来一张日寇联队长给伪维持会长的通知单，说明他又喜欢上了伪维持会长的女儿，并且"限九点钟送到"，至于伪村长的女儿就暂时不要了。伪维持会长脸上的肌肉在剧烈颤抖，他像一根被雷劈了的枯木，烧红的脸在惨黄的灯光里映成可怕的青紫色。在被逼无奈的情况下，两人毅然携带家眷逃离了敌占区。这篇仅有千字的小说以富有戏剧性的情节，展现了沦陷区在日寇统治下暗无天日和惨无人道的现实，为根据地人民提供了一个活生生的标本，其教育意义是十分明显的。这篇荣获边区"军民誓约运动"甲等奖的作品，简短得像一个掐头去尾的小小说，但简短的篇幅却容纳了丰富的内容和深刻的含义，显示了作家捕捉与表现生活的能力。

1943年5月边区文艺整风之后，丁克辛下乡到易县做了两年基层群众工作，为他后期的小说创作积累了丰富的素材，抗战胜利后便开始了他第二个创作收获季节。他这一时期小说具有明显地异于前期创作的特点，在题材上均取材于农村基层干部的工作和生活，多以反映他们的工作方式和工作作风为主题，作品侧重于塑造忠诚正直、公而忘私的农村好干部的形象。中篇小说《村长和他的兵》描写了易县水村村长赵文平在1943年的反扫荡中，带领村游击小组同敌人进行顽强战斗的故事。小说介绍了村长以前的身世，讲了他过去耍钱玩乐等荒唐事，抗日的战火锻炼了他，使他逐渐成长为一个模范抗日村长。如果说这篇小说侧重写农村干部同敌寇的英勇斗争，那么《调解》表现的则是农村干部巧妙解决村民内部纠纷的工作方法。在一次反扫荡后，荣成媳妇托婶子为她照看家产，婶子却趁机偷走了她家的财物，这本是一个农村中并不常见的恶性事件，而且窃物者拒不承认偷盗的事实。面对这一难题，县村干部首先把老妇人偷拿侄子东西的原因归结为生活困难，然后把造成她生活困难的原因归结到日本侵略者身上，这样就把失窃和偷窃双方的仇恨与注意力引到了共同的敌人一边。老妇人不仅承认了偷盗的事实，而且情绪激昂地诅咒了日本鬼子；受害人尽管只得到一点补偿，却也表示"我要争，我跟鬼子去争，不跟自家人争"。问题圆满地解决了，而"屋里的人都为一种仇恨和苦难所窒息"。作品抓住一件边区农村常见的干部调解家庭纠纷的小事，表达了控诉日寇侵略罪行的主题，既教育了边区普通的老百姓，又显示了边区干部较高的思想和政策水平。

《一天》是丁克辛河北抗战小说的代表作，新中国成立前即被选入《解放区短篇创作选》，新中国成立后又被选入多种作品集中。小说通过县抗联会李主任一天24小时的生活和工作，刻画了一位兢兢业业的农村基层干部的形象。下乡抓土地和生产问题已半个月的李主任，接到县里通知回县汇报总结。在乡下"半个月来几乎没有睡过一夜好觉"的他，赶了80里夜路顾不上多休息，又开始了紧张忙碌的一天：清晨至中午调查解决夏家庄因土地问题导致妇女上吊的事件；中午到傍晚参加全县总结汇报会；散会后忙着起圈送粪；傍晚给不愿调动工作的青年干事小王做说服工作；晚上来了一群甘河村的农民要求帮助解决土地回赎和减租问题，除了打了两个盹儿外，他又几乎工作了一夜；第二天一早他又赶着为奔赴新工作岗位的小王送行。作品突出表现了主人公一天到晚的紧张繁忙，一件接一件的事情在追赶着李主任，或者说是李主任在追赶着一件又一件的工作。由于作家在情节发展和事情的描述过程中，比较注意必要的过渡与插叙，如主人公的回忆和思考、风趣幽默的对话、说笑热闹的吃饭场面等等，这使作品中的这些工作没有像流水账一样枯燥无味，同时又较好地表现了李主任从事这些工作时的诚恳热情、深入细致、认真负责。《减租》写了另外一位好干部——区农会的谢主任。他工作深入细致，对情况了如指掌，但他不是代替群众去工作、去斗争，而是支持、扶持他们，让群众在斗争中成熟起来。作品涉及了根据地减租减息斗争中某些地主分子明减暗不减的问题，接敌区的寨头村由于特殊的地理位置，地主分子顽固不化、阴险狡猾，农民群众也胆小怕事，缺乏应有的斗争性。在减租减息工作中，以卢子安为首的地主用欺骗的手段蒙蔽了前来工作的青年干部李凯元，大会上慷慨激昂地大减租息，实际上一点也未兑现。区农会的谢主任了解到问题的严重性，更感到动员群众自己起来斗争的重要。他没有像其他干部一样亲自指挥或参加斗争，而是在幕后进行精细的组织和严密的部署。尽管他悄悄地深入到寨头村，对减租斗争作了细密的安排，但并不露面，而是让群众自己同地主展开面对面的说理斗争。最后，减租减息斗争胜利了，农民在斗争中也得到了锻炼提高，他们成立了保卫胜利果实的新的农会和游击小组，农民们在真正的意义上获得了翻身解放，这正是老谢所期盼的事情。

丁克辛现存的小说作品，大多为反映农村干部生活和工作的，他在《村长和他的兵》中曾明确表示将这篇作品"献给全边区的游击小组和县、区、村干部们"。从作品中可以看出作家同农村干部有过广泛的接触，具有非常丰厚的生活积累，他对农村中许多具体的工作、对基层干部的工作特点描写得非常真实细腻，亲切生动，作品富有浓郁的农村生活气息，表现了一种敦厚质朴的艺术风格。

第四节　冀东南的小说创作

这一时期的河北抗战小说创作，冀中、冀西地区人才济济，精品佳作层出不穷。相比之下，冀东和冀南地区的小说创作相对薄弱一些。冀东地区过于严峻的抗日斗争形势，一方面影响了文艺活动的正常开展，另一方面又给作家提供了丰富的创作素材，催发了好作品的产生。冀南地区由于日寇的灭绝性的"四二九"大扫荡，使仅有的部分文艺资料遭到无可挽回的巨大损失，一些较好的小说作品只知题目，却无缘一睹其绚丽的风采。尽管如此，冀东、冀南的小说创作仍取得了突出成绩。

于黑丁，原名于敏道，山东即墨县人，1913年出生。1933年在上海参加"左联"文艺活动，并开始发表作品。抗战爆发后奔赴延安，担任延安文艺界抗敌协会秘书长等职。1945 年到达晋冀鲁豫边区，担任边区文联常务理事和编辑部主任等职，在此期间创作了《母子》、《熊掌子》等作品。

短篇小说《母子》是 1946 年 5 月作家在邯郸边区文联创作的，最初发表于 1946 年 6 月 15 日出版的《北方杂志》创刊号。作品的主人公申老太婆是解放区一个普通的农民。她的大儿子春生在反扫荡战斗中英勇牺牲。二儿子春起参加了八路军，申老太婆原来盼望着抗战胜利后二儿子能回到家乡，不料国民党背信弃义进攻解放区，春起在内战的烽火中牺牲了。在全村追悼抗日死难烈士大会上，人们对国民党发动内战的行径十分愤慨。为了保卫胜利果实，争取全国和平民主，全村掀起了一个参军高潮，申老太婆毅然把小儿子春发送去参军。小说通过申老太婆一家的故事，控诉了蒋介石发动内战，破坏人民和平生活的罪行；同时号召人民为了保卫胜利果实和国民党反动派进行坚决的斗争。作品所放映的这些生活内容，在当时有着很强的现实意义。

小说最大的成就在于成功地塑造了英雄母亲申老太婆的形象。申老太婆性格十分坚强，她有着解放区人民群众那种刚毅的精神。当大儿子春生牺牲时，她没有流泪，匆匆掩埋了儿子，对大家说："他为全村老百姓牺牲了。日本和伪军别想叫咱们屈服，我还有两个孩子当民兵！"二儿子春起接着也牺牲了，这一连串的打击使她痛苦得无法自制，可是当她想到全村的人都像她一样受尽苦难，却没有谁屈服过时，就又振作起来。可贵的是，作者在塑造申老太婆的形象时，没有作简单化的处理。这不是一个概念化的人物，而是有着丰富思想感情的有血有肉的人。在作品里，作者用生动细腻的文笔描写了她对儿子的爱。她等待小儿子归来，坐也坐不稳，睡也睡不着。一会儿开开屋门，望望天上的星星；一会儿又坐在炕上纺线，仿佛听见儿子在用手拨动门闩。当申老太婆听到二儿子牺牲的消息，"她仿佛从噩梦中惊醒，头上扎着的一块黑头巾弄掉了，花白的头发也披松开了。她两只冒火似的眼睛，瞪得大大的，眼泪沿着两颊，滚到抽动的嘴腮上。她咧着嘴，咬着牙，一会儿她攥着拳，在炕上咚咚地捶，一会儿她又伸开手，在自己膝盖上拍拍地打。"这些描写都逼真地揭示了一个母亲内心巨大的痛苦。申老太婆是抗日根据地的英雄母亲，也是一个鲜明突出、具有艺术概括力的人物形象。作者怀着极大的热忱歌颂了她的献身精神，使我们从申老太婆身上，看到了中国农民在抗日的烽火中，在中国共产党的教育下，已经具备了高尚的爱国主义思想和无私的奉献精神。

《母子》在艺术上也取得了一定的成就。作品对人物的心理状态没有去做静止孤立的描写，而是在尖锐的矛盾冲突中进行深入分析。作品的时代气氛十分浓厚，山西农村的生活风光也写得色彩鲜明。例如，文中展现了农村元宵节时的盛景：街上垒着一座座大火炉，炉里加上层层煤块，燃起熊熊火苗，照耀得如同白昼一样。人们围着"娱乐火"敲锣打鼓，家家户户门上挂着红灯笼，贴在门框上头的标语口号，花花绿绿的"彩吊"，像一串飞跃的灯蛾。这些描写既表现了抗战胜利后人们欢乐的心情，也是一幅绝妙的风俗画。小说的语言通俗易懂，克服了前期作品中过分欧化的缺点。

《熊掌子》于1946年4月修改、定稿于邯郸，作品写了农民组织起来、斗倒地主得翻身的故事。熊掌子是地主三霸王的佃户，长时期受压迫已使他变得胆小怕事，奴相十足。当村里的农民行动起来，准备与地主开展减租减息斗争时，他顾虑重重，一方面有"变天"思想，担心八路军待不长，顽固军会打过来；一方面慑于三霸王的气焰，担心发生了什么事情，别人袖手不管。因此，虽然心中有万般的仇恨和愤怒，他也只是埋在心里，不敢站出来诉说。最后他在李大个子和其他群众的帮助下，才逐步打消了心中的顾虑，在斗争三霸王的大会上挺身而出。经过减租清债，熊掌子得到了退出来的粮食。他看着退回来的金黄的谷子，听着谷粒从指缝漏下时发出的细微的声音，高兴得笑了。

熊掌子是作品着力刻画的人物。小说通过人物外在的行为和内在的心理两个方面，逐步描写了熊掌子的翻身历程。作为地主三霸王的佃户，熊掌子已经50多岁了，还是光棍一条，无家无业，住的是地主的房，种的是地主的地，"两条跛了的腿（这是从小睡湿地冰的——引者注），拖着一双开花的大破棉鞋"，穿的是一件补了又补的小棉袄。经济上的赤贫一目了然。几十年的受压迫剥削，已经使他老实得"活像一堆豆腐渣"，说话是小声，身子是习惯性的鞠躬作揖的姿态。作品主要描写了他思想的四次波折：第一次，当李大个子对他进行说服动员时，他只是低着脸，对李大个子讲的道理似信非信，内心充满了疑虑："共产党八路军是为咱们穷人，减租好是好，可是人家肯吗？"想翻身，但不敢翻身，这就是熊掌子的心态。第二次，当熊掌子回到家，迎头便是三霸王的一番训斥和恐吓。面对地主的淫威，刚刚从李大个子那儿带回的一股热力、一点希望和勇气，从身上一下子消逝了。他赔着笑脸，两条腿几乎要弯到地上，第二天吓得连门也不敢出，而是把梯子搭在墙头上，偷偷爬到李大个子家里，向李大个子哭诉"三霸王要给咱砸锅底，他不让咱吃顿安生饭"。他翻身的希望被地主无情地扼杀了，表现了农民在尚未组织起来单个面对尚且强大的地主时所可能有的命运。第三次，在群众动员会上和会后，经过李大个子等人的教育和帮助，他沉重的心变得有些痛快了，也轻松了。李大个子以熊掌子的身世来叩击熊掌子的心灵，帮他挖穷根，指出之所以苦命都是因为地主的剥削，因为地主的强取豪夺，从而使熊掌子摆脱了怨命的思想，摆脱了内心的顾虑，激发了对地主的仇恨和向地主斗争的勇气。第四次，经过一夜的反思和斗争，在斗争三霸王的大会上，受到其他群众争先恐后控诉和斗争的鼓舞和感染，熊掌子终于挺直了腰杆冲上前去，哭诉三霸王欺压自己的罪行。熊掌子终于站起来了。

在翻身农民中，熊掌子这一形象无疑具有相当的典型性。作为一个老一代农民，他身上承袭着历史的重负，在翻身的过程中显得比较艰难和迟缓。但是，时代的变化，必然推动着他（们）向前进。熊掌子一个人面对地主时显得无助和无奈，可一旦农民组织了起来，有了组织的支持，再来与地主进行较量时就发生了根本性的变化，从而也改变了人物的命运。作品歌颂的是农民的翻身，歌颂的是农民组织起来的力量和胜利，揭示了历史发展的必然。

在作品中，地主三霸王的形象虽然着墨不多，但个性鲜明、突出，对刻画熊掌子形象、揭示熊掌子思想的演变也起到了一定的陪衬烘托作用。他强横霸道，"想把别人的地，别人的东西，都弄到自己手"。为此他巧取豪夺，把熊掌子的驴卖了，卖了2000元钱，只分给熊掌子100元；与熊掌子合伙做生意，谎称赔了本，霸占熊掌子的15石粮食。他用手枪逼迫，强奸了李大个子的老婆并致使其病死。他欺压百姓，为所欲为，阴险、狡猾，一肚子坏心眼儿。在八路军快要解放武安之前，他一看情形要变，就赶快把家里的两头骡子倒腾出去一头，送到山里一个亲戚家；为了逃避减租减息，他把自己的地上了弟兄三个名字还不算，又瞎编了几份，大户变成小户。他恐吓熊掌子，散布"变天"思想，妄图阻止农民翻身，最终只能是痴心妄想。虽然由于篇幅所限，作者对这一形象未能充分展开，但我们已经看到了《太阳照在桑干河上》中地主钱文贵的一些影子。

这篇小说中的人物性格鲜明突出，情节的发展有起有伏，跌宕有致，一些俗语的运用也使作品带有地方色彩和生活气息，显示了作者在民族化、大众化方面的努力，如"猪怕冬，狗怕夏，穷人怕过年"，"花椒树上挂黄连，苦命人遇上苦命人"，等等，增强了作品的艺术表现力。

葛洛，原姓常，1920年出生，河南省汝阳县人。1938年夏到陕北入抗日军政大学学习，1939年初入延安鲁迅艺术学院文学系学习。此后开始文学创作，发表了一些小说、散文、特写。1945年抗战胜利后，到豫北农村做群众工作。1946年至1947年担任晋冀鲁豫边区文联理事、北方大学文艺研究室教员等职，并在农村工作。在此期间写作了小说《雇工》。

《雇工》于1946年5月15日在邯郸写成，发表于1946年6月15日出版的《北方杂志》创刊号上。小说以解放战争初期国民党军队向解放区大举进攻为背景，叙述了一个"押解的故事"。当国民党军队已经过了黄河，战斗还在向这边继续进展，情况越来越紧急起来的时候，村里的情报委员老陈接受了押解地主恶霸孔庆昭转移的任务。老陈曾在孔家做过多年雇工，苦大仇深。孔庆昭则担任过伪保长，在村里勒索敲诈，吸尽了群众的血，群众对他的冤仇非常深重。在押解途中，孔庆昭和老陈攀交情、套近乎，以"好歹咱们是掌柜伙计一趟，在一起圪蹴了好几年"，哀求老陈的同情，试图动摇瓦解老陈的立场。但老陈立场坚定，态度坚决，没有丝毫的动摇。经过千辛万苦，老陈好不容易把孔庆昭押到了区农会所在地，不料由于情况危急，区农会已经转移到其他地方了。老陈又押着孔庆昭朝前走，孔庆昭为了逃命以自己的全部家当为诱饵收买老陈，老陈依然不为所动。在押解的路途上，老陈与敌人遭遇，孔庆昭伺机挣脱逃跑，结果被老陈开枪打死，老陈在战斗中也负了重伤。

作品成功刻画了雇工出身的干部老陈的形象。在作品中，雇工既是他昔日的身份，也是他现在的阶级标志，显示了他与恶霸地主孔庆昭的阶级对立。孔庆昭与自己的深仇大恨老陈固然铭记在心，当孔庆昭为自己的罪责辩解时，老陈记起的并不仅仅是自己的一点儿"私仇"，而是"逼死史成双的女人、打赵二旦的黑枪"等这些对全村老百姓所犯下的罪行。老陈严词拒绝了孔庆昭的哀求，也不为金钱的诱惑所动，经受住了情感与金钱的双重考验。而在作品的最后，当孔庆昭逃跑时老陈毅然将其击毙，伴随着孔庆昭尸体的重重倒下，老陈的光辉形象也悄然树立了起来。

这篇小说除了人物性格的鲜明突出外，作品的情节紧张而曲折，时代气氛也很浓厚。小说开篇即交代了急迫的战争氛围，使人物一开始就面临着异乎寻常的考验；等老陈经过艰辛的努力，终于到达区农会所在地时，区农会却已经转移走了，致使人物经受了更为严峻的考验。直至与敌人遭遇，孔庆昭逃跑，老陈将其击毙，情节的发展遂达到高潮。

苗培时，北京房山人，1918年出生。在学生时代曾参加了"一二·九"爱国运动。抗日战争爆发后，与平津学生一起流亡南京，曾任全国学联委员。1938年夏到达延安，先后在陕北公学和鲁迅艺术学院学习。1940年初被派往华北敌后任全民通讯社战地特派记者、新华社特约记者，遍访了华北各个抗日根据地。在冀南抗日根据地，苗培时有过较长时间的生活和斗争经历，解放战争期间曾任邢台市文教工作委员会主任。他创作的反映冀南抗日根据地斗争生活小说有《鞋》、《炮》和《炮楼跳舞》等。

《鞋》发表于1946年9月1日出版的《文艺杂志》第二卷第一期。小说反映了内邱、冯村、北良一带八路军领导的"保家民团"的抗日斗争。这一带是"敌后的隐蔽根据地"，是"敌后的敌后"。在这里，"保家民团"坚持与敌寇进行斗争，他们经常炸断平汉铁路的桥梁，包围火车站，背走车站上的电话机，出其不意地袭击炮楼，将"钉子"拔掉，搞得敌人日夜不得安宁。作品描写了在这样的斗争形势下，"保家民团"意欲对内邱车站进行的再一次袭击。作为袭击前的准备，游击队员石秋明奉命深入内邱车站与内线联络，进行先期的摸底侦察。第二天，他在摸清了敌人的兵力、武器部署和物资存放情况后返回的路上，却被特务缠住并最终被捕。原来他化装时忘记换掉脚上的山鞋，因而引起了特务的怀疑。石秋明被捕后对敌人的严刑逼供置之不理，"咬着牙，一哼也不哼"，对自己的生死也不放在心上，他挂念的是团长交给的任务。最后他与难友一起打死了看守，逃回团部，胜利完成了任务。

作品主要刻画了主人公石秋明的形象。石秋明是一个长工的儿子，他"长得个儿矮矮的，粗粗的；脸蛋子两道浓黑的眉毛，盖着两只细细的肉泡眼。大腿又粗又结实，像两根粗木棍子"。他表面上长得笨，又不好和别人多说笑，被别人认为缺个心眼，是个半傻子。其实他表面上看着很笨，心里却很有主意、有办法。他的爹爹被敌人杀害后，为了给爹报仇，他参加了"保家民团"，由于在战斗中勇敢无畏，得到了团长的信任。本来石秋明刚刚发了一场疟疾，好了没几天，"身上软绵绵，走路都打晃儿"。但当接受了侦察任务之后，紧张、兴奋使他的病一下子没有了。在去执行任务的途中，他想"最好三天完成任务"。在被敌人抓住之后，他担心的不是自己的生死，而是为作为一个共产党员，没有完成党交给的任务而伤心。经过敌人的严刑拷打刚刚恢复知觉后，他脑子里想着的是"三天完成任务啊"，并为此计划出逃，最后终于勇敢机智逃脱了魔掌。在第三天，太阳才从东边露出了一点红，石秋明终于回到了团部。见到团长后，他响亮地喊着：

"我完成了你给我下的命令……三天，我回来了"，还没有报告完，便晕倒在地上。此外，小说还多次描写了主人公石秋明外表的"笨"下所掩藏着的机智——粗中之细，如他看到盐堆后盘算出的作战方案，被捕时对敌人未发现游击队内线时的安慰，他越狱前的计划和安排，等等，以此表明在他笨拙的外表里，蕴藏着由对革命的忠诚而激发出的丰富智慧。这些描写，使我们清晰地看到了一位忠诚的革命战士形象。

小说《炮》写了一个关于炮的故事。日寇侵华带来了一门八八式野炮，它的威力巨大，"炮弹炸开了，方圆 50 步内，什么东西都要给炸光、炸毁、炸完、炸平。炮响起来，和地震差不多"。大炮助长了侵略者的嚣张气焰，正如桑木师团长所说："皇军有着这门炮，皇军是无敌的。"正由于这门炮厉害，八路军设计在葫芦口战役中从敌人手中夺下了这门大炮，使它变成了八路军的大炮。从此，根据地军民中间传开了关于八路军大炮的神话。在 1941 年冀南高王路战役中，八路军用大炮打下了敌人最坚固的马固庄据点。八路军只一炮，就在半天时间内扫平了高王路上的 24 座炮楼。于是，边区老百姓中立刻传开了关于炮的神话："八路军的炮可大哩，光拉炮的骡子，就是 2 里地长，一个大炮弹 1000 多斤，16 个兵抬着"，"那炮不知有多大，一炮就可以从南京打到北平"。民兵游击队也趁机借着大炮的神威，在月夜下用装了麦秸的马车和拉着棺材的骡车恫吓敌人，一枪不放地端掉了敌人的炮楼。齐河的老百姓在村口塑了一尊泥炮，也吓跑了一小队抢粮的伪军。在小说中，作家既写了关于炮的传奇和笑话，也写了鬼子的两次找炮，写了根据地老百姓为隐蔽大炮、保护大炮所进行的顽强斗争。他们用自己的房屋、财产、鲜血和生命换来了大炮的安全，使它在战略反攻中发挥了应有的作用。在艺术上，这篇小说带有民间故事的味道，故事曲折生动，而且饶有趣味。但作为一篇小说，文学性稍嫌不足，叙述明显多于描写，没能把故事充分展开，从而限制了作品表现出更强的感人力量。

《炮楼跳舞》是直接描写我军对敌斗争的小说。八路军某部攻打刘官屯的战斗昨天夜里就开始了。模范突击班在班长郭明德的带领下，趁着天黑，悄悄地爬进了敌人的据点，如神兵天将般突然出现在敌人面前，很快占领了伪军司令部。在战斗中，班长的肚子被炸开，肠子都流出来了。鬼子被围困在孤零零的一所大院子里，炮楼又高又大，十分坚固，鬼子就凭借着坚固的堡垒负隅顽抗。为了避免太大的牺牲，易旅长下命令："从离敌人大炮楼最近的地方，打个暗洞，打到那大炮楼的底下，放炸药，炸它。"一切准备好后，只听"轰隆"一声，大炮楼从地上飞起来，飞起来两三丈又整整地摔下去。人们到处传说着打刘官屯的奇闻，"八路军让它（炮楼）跳舞啊！"《炮楼跳舞》与《炮》一样，写的都是我军创造的战争神话，但前者更趋于写实，直接写出了战斗的惨烈，场面的宏伟、壮观。可惜由于篇幅所限，给人留下印象最深的仅是爆炸的瞬间，未能全面而细致地展开对战斗的描绘。

苗培时是冀南抗日根据地创作比较活跃的作家，他的作品比较充分地反映了冀南根据地人民抗日斗争，比如，破坏敌人的石德路、高王路战役等冀南区几次较大的斗争，在他的作品中都有所表现，而且斗争的形式和特点也带有明显的冀南平原地区对敌斗争的特征。

第五节　赵树理的小说创作

在河北南部解放区小说作家中，赵树理无疑是最重要，也是成就最高的一位。在来河北南部解放区之前，他曾发表了《小二黑结婚》、《李有才板话》等优秀作品，在解放区文坛崭露头角，并成为享誉中国现代文坛的著名作家。赵树理在河北涉县、武安等地工作期间，依据其一贯的创作思想，将他在当地生活和工作中的所见所闻、所触所感，写成了新的"问题小说"，并贡献出了《地板》、《邪不压正》等一批小说力作，为冀南解放区小说创作园地增添了夺目的奇葩。

赵树理于1906出生在山西省沁水县尉迟村一个贫农家庭，从小受到民间文学、地方戏曲的熏陶，对旧中国农村有很深的了解。在长治省立第四师范读书时接触了新文学，他有感于新文学与农民之间的隔阂，立志为农民写作，做一个"文摊文学家"。抗战爆发后，赵树理先后在长治"牺盟会"、华北新华日报社、华北新华书店工作。从1942年初开始，赵树理多次到太行抗日根据地的腹心地区涉县、武安工作。1946年开展土改运动以后，长期工作在武安县直到1948年9月迁往平山。在河北南部解放区，赵树理先后创作了小说《地板》、《刘二和与王继圣》、《小经理》，在平山创作了反映武安土地改革的中篇小说《邪不压正》。

《地板》创作于1944年，刊登于1946年4月1日出版的《文艺杂志》第一卷第二期上。这是赵树理"最纯粹意义上"①的"问题小说"。作者自述，他参加反奸、反霸、减租、退租运动，发现佃户和地主进行说理斗争的时候，迟迟不能回答地主的狡辩："没有我的地板，你的劳力能从空中生产出粮食来吗？"在当时，交租纳粮天经地义的封建剥削观念，在农民的头脑中根深蒂固，认为出租土地不纯属剥削者依然大有人在。为了解除农民心中的困惑，赵树理写了这篇小说。②小说发表两月之后，延安《解放日报》转载了《地板》，并加了"编者前记"：

> 这篇作品，粉碎了像王老四这样的地主以为土地可以产生财富的剥削阶级的反动思想，它极其深刻地揭露了封建剥削的本质，同时，又深刻地说明了一切都是由人——由劳动者创造这个千古不易的真理。

这是一篇把劳动创造财富的道理形象化、通俗化的演讲。作品采用第一人称手法，让已经自食其力的王老三现身说法，证明"粮食确确实实是劳力换的，地板什么也不能换"，来教育那个"一千年也不能跟你们思想打通"的地主王老四。

以破落户讲述"千古不易的真理"的大胆手法，在赵树理的小说中是

---

① 杨义：《中国现代小说史》，第3卷，人民文学出版社，1988年，541页。
② 赵树理：《也算经验》，《人民日报》，1949年6月26日。

别具一格的，"他不用一句经济术语，就把一些既没有趣味又不通俗的抽象的经济学原理很幽默地扩展成一个故事"①，显示了基于坚实的生活功底、化抽象为形象的能力。

《刘二和与王继圣》是赵树理唯一一篇带有自传性而又不解决问题的小说，在《新大众》半月刊第三十四期到四十五期上连载。在这篇小说里，赵树理调动了自己小时候在私塾的经历和遭遇，原计划写到抗战爆发前后农民与地主恶霸之间的冲突和斗争，但因提纲失落而未能完成。

在作品中，通过村庙唱戏的场面描写，作品还塑造了桀骜不驯的锻磨石匠聚宝的形象。他多才多艺，靠手艺为生，在经济上对地主没有直接的依附关系，因而在思想上对地主也不逢迎。他"只会说一股老直理"，只能挺直腰杆做人，绝不肯在地主阶级的盛气凌人面前弯腰屈膝。他懂戏，每逢唱戏，大家都愿意请他来点戏，但当先生说"村长说叫你去点戏啦！"只多说了个"村长说"就惹起他的脾气来了。看戏的时候，他看不惯地主随意改戏，出言相讥；看到地主及狗腿子在群众面前耍威风，他忍不住用言语顶撞，且一副不管不顾、豁出去的架势。他身上有一股凛然的正气，使地主对他也无可奈何。作品对聚宝虽然着墨不多，但其反叛的性格已经鲜明地表现了出来，其反抗性较之《李有才板话》中的李有才，还要主动得多。

这篇小说表现了赵树理善于通过日常生活的描写来刻画人物的特点，同时具有浓郁的生活气息，如孩子们"水汪冲旱汪"的游戏、惩治王继圣的"老牛看瓜"、关帝庙唱戏的场面等，都描绘得相当生动形象。特别是关帝庙唱戏一节，在不多的篇幅中，写出了打杂的长工，看戏的农民、儿童，看戏兼谈事情的地主乡绅，看戏兼摆威风的太太、少爷，以及农民与地主的冲突与对立，仿佛鲁迅在《风波》中所描绘的江南水乡辫子风波中的场景。

《小经理》主要写了小经理三喜经营合作社的事，刻画农村新人形象。

---

① [日]洲之内彻：《赵树理文学的特色》，见黄修己编：《赵树理研究资料》，北岳文艺出版社，1985年。

在村民斗倒了合作社的旧经理张太之后，为了继续办好关系到群众生活的合作社，好青年三喜临危受命，当上了经理。作品围绕着三喜对掌柜王忠的改造，表现了三喜不畏困难、刻苦钻研的品质。因为王忠与张太是一伙的，在三喜上任后，他有意与三喜过不去，不按平常结算的办法来结算，事事让三喜出主意。为了能叫王忠老实一点，三喜暗下苦功，为了学算账，当王忠不在的时候，自己翻开账本偷偷地学。王忠每天晚上回家之后，他就关上门来翻开账本研究，常常是半夜不睡觉。半年工夫下来，账本上用的那几个字他学得差不多了。王忠以装病相要挟，却见三喜并不发急，最后自己反而沉不住气了。当他回到合作社，看见账上不仅没有多少错字，连那些粮食换货物、现钱和赊欠……一切很复杂的账理一项也没有弄错时终于沮丧了。从此以后，王忠果然老实了，转变了。小说通过这件事，非常本色地刻画出了农村新人小经理三喜这一形象。

《邪不压正》是"问题小说"的集大成者，取材于作家在武安县赵庄蹲点进行土地改革工作时的见闻，作品最后完成于赵树理随华北新华书店迁到平山之后，小说最初连载于1948年10月13日、16日、19日、22日的《人民日报》上，后来收入华北新华书店1949年4月出版的《赵树理短篇小说选集》。

小说讲述了这样一个故事：下河村地主刘锡元有钱有势，于是逼迫中农王聚财的漂亮女儿软英与自己的儿子刘忠订婚作填房，媒人是狗仗人势的流氓小旦。婚事还在筹办中，八路军便进了村，刘锡元在群众运动的打击下死去。有人劝王聚财解除这桩婚约，把女儿嫁给她意中人小宝。但王聚财嫌小宝家里穷，同时担心"变天"，"人没前后眼，你知以后是谁的天下"，要"看看再说"。后来村里开展填平补齐的运动，把一批中农，包括开荒起家、两三辈受刘家剥削的王聚财也列为"该割的尾巴"，理由是他地多粮多，还与刘家联姻，有"变天思想"。当此之时，已经摇身变成积极分子的小旦又来为农会主任小昌的儿子提亲，胁迫、利诱将软英许给年仅14岁的小贵，答应成了这门婚事就可以收回几亩好地，不然就说王家收受过刘家的真金镯子的财礼。不久，政府公布土地法，村里来了工作团。王聚财被改划为中农，退补他 10 亩好地，小昌、小旦受到斗争，区长代表政府宣布软英和小宝的关系是合法的。

作品中刻画最为出色的人物是小旦。赵树理曾说："据我的经验，土改中最不易防范的是流氓钻空子。因为流氓是穷人，其身份很容易和贫农相混。在土改初期，忠厚的贫农，早在封建压力下折了锐气，不经过相当时期鼓励不敢出头；中农顾虑多端，往往要抱一个时期的观望态度；只有流氓毫无顾忌，只要眼前有点小利，向着哪一方面也可以。这种人……在运动中要加以教育，逐渐克服了他的流氓根性，使他老老实实做个新人，而绝不可在未改造之前任为干部，使其有发挥流氓性的机会。可惜那地方初期土改中没有认清这一点，致使流氓混入干部和积极分子群中，仍在群众头上抖威风。"①

小旦正是这样一个流氓分子。在刘锡元当道时，他是助纣为虐的帮凶，在为刘锡元的儿子保媒时，面对王聚财一家，一副为虎作伥、有恃无恐的嘴脸："怎么？你还要跟家里商量？不要三心二意了吧！东西可以多要一点，别的没有商量头！老实跟你说：人家愿意跟你这种人家结亲，总算看起你来了！为人要不识抬举，以后出了什么事，你可不要后悔！"八路军一来，他最初还为躲起来的刘锡元父子通风报信，后来迫于形势，他又领人把刘家父子捉回来；在斗争那一天，看见刘家的势力倒下去，他也在大会上发言，变成了积极分子；清债委员会组织起来以后，他胡捏了一个问题，分了一头骡子、几担粮食；后来看见元孩、小昌他们当了干部，他就往他们家里去献好；看见刘忠的产业还留得不少，就又悄悄去给刘忠他娘赔情。真正是见风使舵、八面玲珑、投机钻营的行家。

应该说小旦这样的人物是相当阴险，也是相当危险的，这不仅是由于他的善于见风使舵、投机钻营，还在于他在往上爬的时候，以极"左"的面目出现，不惜置人于死地，以他人的尸体做自己向上爬的阶梯。在作品

---

① 赵树理：《关于〈邪不压正〉》，《人民日报》，1950 年 1 月 15 日。

中，小旦的阴谋没有得逞，可在现实生活中呢？谁能说这样的人物没有大行其道呢？赵树理在那个时代能写出这样的人物，应该说是独具慧眼的，显示了他对生活的透彻的认识和直面现实的勇气及胆略。

在作品中，小昌这一人物也具有独特的认识价值。他是刘锡元的长工，当小旦到王家逼婚时，他是抬食盒的，属于被欺压之列，翻身当了农会主任之后却多拿多占，住进了地主刘锡元的后院，还分得20多亩地。在开展填平补齐运动时，他趁人之危，让小旦到王家为自己的儿子小贵提亲，还在群众会上与小旦联起手来批斗积极分子小宝。小昌是赵树理继《李有才板话》中的陈小元之后，塑造的又一成功的蜕化变质分子。对于这类人物，赵树理有着深刻的认识：“群众未充分发动起来的时候少数当权的干部容易变坏；在运动中提拔起来的村级新干部，要是既没有经常的教育，又没有足够监督他的群众力量，品质稍差一点就容易往不正确的路上去，因为过去所有当权者尽是坏榜样，稍学一点就有利可图。”① 当解放区作家都在毛泽东《在延安文艺座谈会上的讲话》精神的指引下，热衷于描写和刻画农村新人形象时，赵树理勇于揭示存在于农民群体中的蜕化变质分子，这是他深入生活的发现，表现了一个作家的卓见和勇气。

赵树理在冀南解放区的小说创作，基本延续了他一贯的“问题小说”的创作思想。“我在做群众工作的过程中，遇到了非解决不可而又不是轻易能解决了的问题，往往就变成所要写的主题。”“在工作中找到的主题，容易产生指导现实的意义。”② 赵树理在冀南解放区做过机关驻地的群众工作，在1947年又做过八个月的土地改革工作。作为农民的儿子，他熟悉农村，了解农民。对于党的政策，他总是站在群众的立场，用群众的实际情况来衡量、理解，所以理解得深刻、准确，实事求是，而不是站在干部的立场上，从完成任务的角度来理解政策。他能够塑造出老杨同志这样联系群众的好干部形象，是因为他自己就是这样的好干部，他能够清醒地认识

---

① 赵树理：《关于〈邪不压正〉》，《人民日报》，1950年1月15日。
② 赵树理：《也算经验》，《人民日报》，1949年6月26日。

到章工作员式的干部对工作可能带来的伤害和损失。

赵树理这位山西作家在冀南解放区的小说创作，除延续了其一贯的"问题小说"的创作思想外，在来到河北后也受到了当地风俗人情的影响，并在某些作品中有所表现。《邪不压正》表现的是武安地区的土地改革运动，在对人物和风俗的展现方面便流露出了浓郁的地方风味，如姐夫与小舅子见了面，总喜欢说几句话打趣的风俗；遇了红白大事，客人都吃两顿饭——第一顿是汤饭，第二顿是酒席的习惯；在下聘的时候，女家在送财礼这一天请来了姑姑、姨姨、妗妗一类的女人们与媒人吵闹、故意挑刺儿的风俗。这些都表现出了当地的风俗和文化特征。

第三章　孙　　犁

孙犁，原名孙树勋，曾用笔名林冬苹，1913 年 4 月 6 日生，河北省安平县人。1927 年考入保定育德中学，开始在校刊发表文学作品。1936 年在白洋淀边上的同口镇教书，初步熟悉了白洋淀人民的生活。1937 年冬参加家乡的抗日战争，在吕正操领导的人民自卫军司令部做宣传工作，编写并油印出版了《民族革命战争与戏剧》小册子。1938 年春天，孙犁担任冀中人民武装自卫会宣传部长，秋天到冀中军区抗战学院教授《抗战文艺》。1939 年，孙犁调到阜平晋察冀通讯社工作，编写出版了《论通讯员及通讯写作诸问题》。1941 年，孙犁回冀中帮助编辑《冀中一日》。1944 年去延安鲁迅艺术学院工作和学习，并发表了《荷花淀》等作品。1945 年回到冀中，参加土地改革运动。1949 年进入天津，在《天津日报》任编辑，并担任天津市作协副主席，先后创作了《白洋淀纪事》、《铁木前传》、《风云初记》等作品，在中国现代小说史上产生了重要的影响，是河北现代文学史上的领军人物，是"荷花淀派"的创始人。

第一节　小 说 创 作

孙犁的小说创作始于 1939 年，其抗战小说创作分为前后两个时期，前期从 1939 年至 1943 年，后期从 1944 年春天去延安到新中国成立前夕。前期的小说有 13 篇，比较重要的作品有《邢兰》、《女人们》、《琴和箫》、《丈夫》等。

《邢兰》写了与作家有过直接交往的一位农民，一个颇为"怪异"的人物。他身材矮小，面容憔悴，家境贫寒，且患有痨病，但对抗日工作却十分积极。他主动当了村里代耕团和互助团的团长，一个人拼命往山上扛大树，二月天赤着脊背在坡上打坯，白天下地劳动，晚上巡查线路，拿出仅有的一点柴火给工作人员取暖。邢兰的女孩冬天没有裤子穿，处于极度贫困中的他，却常常爬到树杈上用口琴吹奏自编的欢快曲调。作品从这位外表卑微的农民身上，透视出他"藏在胸膛里的一颗煮滚一样的心"，通过邢兰这位具有非凡献身精神的感人的艺术形象，读者可以看到河北敌后根据地农民忠厚朴实的品质、吃苦耐劳的顽强意志和乐观的生活态度。《丈夫》是孙犁前期小说创作的高峰，作品从妻子的角度描写丈夫，并通过两家丈夫的对比来表现丈夫的志向与追求，同时，也从妻子对丈夫的逐渐了解和认识中，反映了抗战之后人民的觉醒。小说名为《丈夫》，主人公却是妻子，她起初对婚后总在家埋头看书的丈夫不理解，常羡慕姐夫家的欢快热闹。抗战后丈夫参加了八路军，常不在家，她又埋怨丈夫"为什么你出去受罪？"后来，当了伪军的姐夫受到村民的鄙视，自己的丈夫却备受村民夸奖，她感到"很荣耀"。上了冬学，她终于懂得了抗日的道理，懂得了"以前不知道的丈夫的心里的事"。尽管中秋节丈夫没回家，她却由于接到了丈夫的信而"快活了一晚上，竟连那圆圆的月亮也忘了看"。小说对妻子觉悟的提高、情感的变化以及心中的喜悦，都采取了一种含蓄的表达方式，显示了其创作向诗化小说方向发展的过程。

如果说孙犁前期的小说创作，在题材上兼有反映冀中、冀西人民抗日斗争生活的作品，那么后期的创作则均取材于冀中的斗争生活。前期创作中的一些篇章是作家"有所闻见，有所感触，立刻就表现出来，是璞不是玉"[①]，后期的创作则达到了挥洒自如、炉火纯青的艺术境界。在延安，孙犁首先创作了反映家乡人民抗日斗争的《杀楼》，描绘了一位在村里打仗杀敌不顾家的八路军英雄的形象。作为孙犁小说成熟标志及其后期创作代表作的，是发表于 1945 年 5 月 15 日《解放日报》上的《荷花淀》。

小说以抗战初期的冀中白洋淀为背景，表现了水乡人民高昂乐观的抗

---

① 孙犁：《孙犁文集·在阜平》（三），百花文艺出版社，1982 年，第 197 页。

日情绪。小苇庄的几个青年瞒着妻子参加了游击队，妻子们知道后找了个理由，划着小船去看望丈夫。不巧遇到鬼子大船的追击，她们慌忙往荷花淀里藏，不想反将鬼子引进了游击队的包围圈，结果一举全歼了敌人。她们由此受到鼓舞，回村后也成立了抗日队伍。小说着力塑造了以水生嫂为首的一群年轻妇女的形象，他们与丈夫难舍难分又深明大义、勤劳朴实又乐观开朗、聪颖贤惠又争胜好强，表现出战争年代冀中水乡妇女以抗日为重的高尚情操和坚贞美丽的心灵。这篇清新优美、充满诗情画意的小说一发表立刻引起文坛的广泛赞誉，小说的编辑方纪回忆说："读到《荷花淀》的原稿时，我差不多跳起来了，还记得当时在编辑部里的议论——大家把它看成一个将要产生好作品的信号。那是延安文艺座谈会以后，又经过整风，不少人下去了，开始写新人——这是一个转折点；但多半还用的旧方法……这就使《荷花淀》无论从题材的新鲜，语言的新鲜和表现方法的新鲜上，在当时的创作中显得别开生面。……《荷花淀》的出现，就像是从冀中平原上，从水淀里，刮来一阵清凉的风，带着乡音，带着水土气息，使人头脑清醒。"① 的确，这篇小说使解放区文坛耳目一新，它给孙犁赢得了文名，开启了一个文学流派，同时进一步巩固了河北敌后抗战文学在全国文坛的重要地位。

《荷花淀》获得成功之后，孙犁又以冀中人民抗日斗争生活为题材，相继创作了《村落战》、《麦收》、《芦花荡》、《碑》、《钟》、《藏》、《新安游记》、《采蒲台》等小说。

《芦花荡》是一部与《荷花淀》齐名的短篇佳作，小说描写了一个每天来往于白洋淀上、给隐藏在芦苇中的八路军运送给养的老艄工，他身子精瘦、双眼明亮，有一身极强的水上功夫。也许是过于自信，在一次护送两个生病的女孩时，被鬼子打伤了一个，老人内疚得几乎羞于见人，向女孩发誓明天要让 10 个鬼子流血。果然，老人以一船莲蓬作诱饵，将十几个鬼子引入布满钩子的水中……小说以传神之笔描写了夜晚的白洋淀那种神奇

---

① 方纪：《一个有风格的作家》，《新港》，1959 年，第 4 期。

的景观，描写了那场发生在芦苇荡中的奇特的战斗，更突出地表现了老艄工炽热的爱国情感、顽强的斗争意志、超人的勇敢与智慧，为读者塑造了其作品中比较少见的抗日老人的英雄形象。

《藏》的故事和情节写得曲折含蓄，很富有戏剧性。小说以新卯和他的媳妇浅花之间的误会为悬念，表现新卯为抗日工作日夜忙碌、夜不归宿的献身精神，以及对革命工作的忠诚、对家人严守秘密的优秀品质。浅花对丈夫的误会、跟踪富有情趣，最终她明白了丈夫所做的工作。在敌人的严酷折磨下，浅花咬牙挺着，直到昏倒在地上。她和乡亲们都没有说出那些秘密。最后战士们集合起来，打败了敌人，解救了浅花和乡亲们。浅花在新卯挖的地洞里生下了一个女孩，她给这个孩子取名叫"藏"。小说生动地表现了战争中的民众生活与情感。

孙犁的抗战小说虽然也写到边区军民的反扫荡斗争，但直接表现战斗的场面很少，作品往往通过抗战时期河北山地或水乡人民的日常生活，以侧面描写的方式来反映伟大的人民抗日斗争，"用谈笑从容的态度来描摹风云变幻"①。孙犁写的是战争时期人民群众宝贵的和平生活，他写战争间隙中人民群众对和平生活的珍爱。《荷花淀》把水生嫂编席的日常生活写得那么美，她好像坐在云朵里一样。就在这时，水生回来报告了他要去前线打仗的消息，水生嫂听了以后，手指颤抖了一下，正在编席的手指被割破了。和平的生活即将被战争所打破，但英雄的人民不得不面对。这样一个细微的动作，表现了水生嫂内心复杂的情感，也使读者更加感到和平的重要，更加激起了打败侵略者的信心。

孙犁在小说创作中追求"玄远"之境。他说："我很欣赏这个玄远，如果你们的小说能在凝炼之中作到淡远之想，则你的思路，视野就不会胶滞在眼前的生活上，能够化开，中国的古典哲学、欧洲的古典哲学能够给人开阔思路，对宇宙、社会、人生，能自相生发，产生一种情调达到玄远之

---

① 茅盾：《反映社会主义跃进的时代，推动社会主义时代的跃进》，见《茅盾全集》（二十六），人民文学出版社，2001年，第40页。

境。"孙犁小说往往在结尾时，把情调推到"玄远"之境。孙犁多次提到，他很喜欢司马迁的"太史公曰"，认为其"既不生硬，也不主观，发人深思，留有余想，对正文来说，他这段文字，又像是补充，又像是引申，又像无关紧要，又像关系重大，言近而旨远，充满弦外之音，真正达到了一唱三叹的艺术效果"。他说，他也喜欢《聊斋志异》的"异史氏曰"，认为蒲氏"直接承继了司马迁的真传"。孙犁的小说继承了这一传统。在小说的结尾，都有一段言近旨远的抒情话语。如小说《钟》，主人公慧秀是一个尼姑，一直受老尼姑的虐待。在抗战期间，老尼姑死了，慧秀还了俗，参加了抗日工作。曾与她相好过的大秋当上了抗日村长，两人在感情上产生了隔膜。但是在民族大义面前，在敌人威逼指认抗日村长大秋的刺刀下，慧秀表现出惊人的勇敢和不屈的精神，她的胳膊被敌人刺伤了。最后大秋和青年游击队打败了敌人，大秋也看到了慧秀金子般的心灵，两人结为伴侣，共同与敌人斗争。小说的结尾写道：

> 不管在平原秋天的夜晚，还是冬天的早晨，春季的风，夏季的雨里，它清脆洪亮的响声，成了全村男女老少的号令，是鼓励和追念，是在祝贺一个女人，她从旧社会火坑里跳出来，坚决顽强，战胜了村里和村外的仇敌。

这段抒情文字使小说人物的境界升华到一个新的高度。又如《碑》，小说记述的是八路军路过敌占区，要过一条河，请村民赵老金帮助撑船。在河岸，战士们遭遇敌人的埋伏和阻击，20个人最后只剩下2个，李连长也在战斗中牺牲了。赵老金非常悲痛，每天都在河里打捞，想打捞起李连长他们的遗体。小说的结尾写道：

> 他不是打鱼，他是打捞一种力量，打捞那些英雄们的灵魂。
> 那浑黄的水，那卷走白沙又铺下肥土的河，长年不息的流，永远叫的是一个声音，固执的声音，百折不回的声音，站立在河边的老人，就是平原上的一幢纪念碑。

孙犁的小说创作好像登山，一步步往上攀缘，最后总要登上一个具有无限风光的高峰。

孙犁的小说文本比较模糊，短篇小说、散文、特写、速记、文艺通讯，似乎都说得通。郭志刚就曾说过，孙犁的许多小说也往往有实录的成分，以至于有时不容易让人分清它们到底是散文还是小说。孙犁是一个记者出身的小说家，他于1939年到晋察冀通讯社工作，他的第一篇文艺通讯稿《一天的工作》，看做小说也无不可，《孙犁文集》就把它放在小说卷里。孙犁一直强调他小说的真实性，他说："在这一时期，新闻也好，通讯也好，特写也好，都不存在什么虚构的问题，其中更没有谎言。"他坚信这样的创作是"可以取信当时，并可传之子孙的"。孙犁小说的创作源于通讯和传记，但他最终超越了一般意义上的通讯和传记，使其成为艺术品，一种文本的新形式，一种介于纪实与虚构之间的新文体——通讯小说、散文体小说。孙犁是一个文体家。新的文体打破了纪实与虚构、散文与小说、通讯与小说、传记与小说的界限，给孙犁带来了艺术创作的充分自由。

孙犁的作品擅长以轻灵的笔触刻画人物英勇、坚毅和智慧的品格，发掘他们美好和善良的心灵，描摹平原和水乡迷人的自然风光。孙犁善于刻画农村妇女的形象，他笔下一个个活泼可爱、爽直开朗的女性，体现了中国劳动妇女聪明、美丽、多情、勇敢的性格特点。他的作品清新隽永、凝练优美，充满了诗情画意。这种诗化小说，具有一种特殊的美感，这种美感不仅有美的乡土、人物，美的思想、情感，还有美的语言、文体等，这使孙犁的小说建立了一种个人的风格，在解放区小说创作中独树一帜。孙犁小说的诗化与散文化具有承上启下的作用，对后世产生了深远的影响。

第二节 散文创作

孙犁以小说名世，但他也写了很多散文。在抗战时期，孙犁写了不少优美的散文，它们是作家在边区"所见于山头，遂构思于涧底，笔录于行军休息之时，成稿于路旁大石之上"。《游击区生活一星期》记述了作家在曲阳游击区的经历和感受。人民群众在同一切悲苦命运的顽强斗争中表现出的乐观向上的思想情绪，给作家留下更深的印象，他感到"生活在这里是这样的充实和有意义，生活的经线和纬线，是那样复杂、坚韧。生活由战争和大生产运动结合，生活由民主建设和战斗热情结合，生活像一匹由坚强意志和明朗的智慧织造的布，光彩照人"。文章的第一节《平原景色》开篇写平原上的好风景：

> 太阳照在前面一片盛开的鲜红的桃树林，四周围是没有边际的轻轻波动着就要挺出穗头的麦苗地。
>
> 从小麦的波浪上飘过桃花的香气，每个街口走出牛拖着的犁车，四处是鞭哨。

这里一派美好的田园风光，洋溢着和平景象。然而，村庄里立着些大大小小的炮楼，顿时让人感到杀风景！文章写道：

> 面前这一个炮楼，确是比远处那两个高大些，但那个怪样子，就像一个阔气的和尚坟，再看看周围的景色，心里想这算是什么点缀哩！这是和自己心爱的美丽的孩子，突然在三岁的时候，生了一次天花一样，叫人一看见就难过的事。

炮楼！这是战争留下的怪物。在孙犁的笔下，战争与和平总是这么刺目地呈现在人们眼前，发人深省。

《采蒲台的苇》是一篇写得很有意境的散文，作者笔下景色迷人的苇塘，不只是一种风景，每一片苇塘都充满了火药的气息，都有英雄的传说。敌人的炮火曾摧毁了它，"人民的血液保持了它的清白"，白洋淀的苇塘之所以成为冀中的名胜，是因它和这里的人民的崇高思想和美好追求连为一体。作品正是将苇塘的胜景与人民的情感、情和景交融在一起，构成了它那优美的意境。《塔记》则是冀中人民一曲慷慨悲歌。这篇旌表蠡县抗日烈士英雄事迹的碑文，详略得当地记叙了抗敌志士生前的不屈奋斗和牺牲后的影响。在这类难得展开的烈士碑文中，作者仍发挥了他善于以抒情笔法叙事的艺术特长，整篇作品写得悲壮慷慨，令人志坚胆壮，肃然奋进。

《山里的春天》写山里的农民参加八路军去了，家里的地都是村里人帮着种，山里的春天是温暖的，其中写青年农民参军以后，年青的媳妇们凑成一队去给他们送衣服，实际上是想再看看他们的丈夫，但是这些丈夫们都藏匿起来不与媳妇见面，怕她们拖后腿，表现了抗日战士的决心。文章写得很有情趣，年青妇女思念和担心丈夫的心理、丈夫们想见媳妇又怕见媳妇的复杂心理都写活了。

作者写于解放战争期间的不少散文，都是描写一人、一事或一种感受的短小篇章，但精粹凝练，以小见大，意蕴深远。《像片》描述了作者为一位军属写信的场面，这位妇女在给丈夫的信中，捎去了一张从日伪时期"良民证"上撕下的照片，为的是让这苦楚的容影激发丈夫打败蒋匪军、结束苦难日子的决心。通过一张小小的照片，作品传神地刻画了边区人民群众"深刻明亮"的觉悟和勇敢战斗的精神风貌。《天灯》只写了一家贫农过年时立起了一盏天灯和观灯时人物的几句对话，却显示了土地改革使农民摆脱贫困、逐渐富裕起来的历史性变化，反映出翻身农民喜悦和自豪的心情。立天灯本是冀中一些地方过年时普遍的习俗，但作家从这极平凡的事物中看到了它不平凡的意义。天灯像一面旗帜，成为穷人翻身的标志。孙犁的散文正是通过对日常生活的逼真描写，记录下劳动人民的思想、情感、意志和操守，发掘他们生活和斗争中的美，举重若轻地反映时代风云的变幻，给人以美的享受。

第三节 诗 歌 创 作

孙犁是由写诗走上文坛的，1934 年他在《大公报》上发表了一首诗《我决定了》，诗歌表现一个离开农村妻儿老小准备到大城市流浪的青年人的感受。他怀着决绝的心情离开了农村，可是眼前的城市却令他厌恶：

> 都市的烟，
>
> 都市的尘土，
>
> 都市的丑恶，
>
> 都市内的热力
>
> 掠过我的眼，
>
> 肥美的大腿，
>
> 骷髅似的脸面。

这首诗表现了孙犁对都市的厌恶情绪。诗歌像是诗人的断想，诗句不整齐，一节中有七句的，也有三句两句的。诗句是凝练的，如格言警句，发人深省，如"一部分的人，正在输血，给那一部分的人"，"多量的血，形成了少数人的健康美。多量的泪，换来了一两个浅笑"，抨击了失衡的社会带来的不公和人生价值的扭曲。

孙犁认为："诗应该有一种力量：号召的力量，感动的力量，启发的力量，或是陶冶的力量。"孙犁在抗战时期，写诗的兴趣比较大，他说那时走在路上，脑中时常涌现一些诗句。这个时期，他写了一些叙事诗。孙犁将抗战时期写的诗汇集成册，题为《白洋淀之曲》。其中，《儿童团长》一诗，叙述一位13岁的儿童团长小金子参加抗日工作的故事。这个小金子白天黑夜地参加组织抗日工作，安排儿童们送信站岗，不管刮风下雨。当他在危险的环境里感到害怕时，一想到抗日，就战胜了内心的恐惧：

> 小金子，
>
> 闭上一会儿眼，
>
> 身上紧接着来了见阵寒战。
>
> 但是一个念想，
>
> 像一条火绳，
>
> 闪耀在他眼前，
>
> "我是在抗日呵！"

小金子的工作非常扎实，他安排了工作，晚上还要摸着黑去查岗。他"忘记了雷，忘记了闪，忘记了打寒战，忘记了跌跤，忘记了脚被石子划破了"。他为抗日奔忙着，看到部队打了胜仗，他笑了。

《梨花湾的故事》一诗叙述了阜平县一个叫梨花湾的村子，有一个牧羊人叫李俊，日寇来了以后，他的刚生产五天的妻子因为避难逃到野地里，受了惊吓和风寒而死去。李俊组织伙伴们参加抗日，为妻子报了仇，也成了抗日英雄。

《白洋淀之曲》一诗，叙述了白洋淀的一位姑娘菱姑的故事。全诗共分三部分，第一部分写菱姑得到水生受伤的消息后，迅速赶往水生那里，诗歌对环境的描写十分冷峻：

> 昨天飘了雪，
> 早晨还阴着天，
> 柳树上挂着冰柱，
> 淀的周围浓着一层烟。
>
> 白洋淀已经成了一片冰，
> 这里是一个真的水晶宫；
> 远处有一片荻苇，
> 挑着芦花在寒风里抖动。

诗的第二部分写水生牺牲，游击队的战士们与菱姑为水生送葬，战友们发誓要为水生报仇。诗的第三部分写菱姑接过丈夫手中的枪继续战斗：

> 过去她拿起水生的枪，
> 曾经手颤；
> 现在握住枪，
> 就像按住了水生跳动的心房！
>
> 伴着水生，
> 菱姑走上战场；

在战场，

就像两人生活在船上。

诗歌歌颂了中国人民抗敌斗争的勇气，前赴后继、不屈不挠的革命精神。

1940年，孙犁在《抗敌报》上发表了诗歌《"七七"画十景》，用民间卖唱郎演唱的方式，描述了晋察冀边区巧画工白秀英所画的"十景图"。这些图画画的是八路军、边区青年、妇女、儿童，也有日寇汉奸，表现了中国民众抗战的热情，边区改革的前景，也暴露了侵略者的丑恶嘴脸。

1946年10月，孙犁在《冀中导报》发表了鼓词《民兵参战平汉线》歌唱冀中民众积极支援前线、一心打败蒋介石政权的英雄壮举。鼓词的语言质朴，其中有不少人物的对话，全是朴素的口语。

1946年11月，孙犁在《冀中导报》发表了《翻身十二唱》，歌唱土改运动给农民带来的新生活，全诗共12节，每节4句。诗歌以农民孙老德为代表，揭示了土地改革后农民生活发生的巨大变化。在精神面貌上，孙老德"唱唱喝喝大街走，再不是愁眉苦脸的人"；在物质生活上，孙老德分得三间房，三亩园子五亩地，一眼大井在中间，还有一辆车和自己的牛。更重要的是，孙老德打了半辈子光棍，现在娶了媳妇，彻底翻了身。

孙犁的诗是质朴的，也许有人会说这些诗的味道不足，但它是时代的记录。

第四章　"延安作家群"的小说创作

　　河北抗战时期的文学与延安时期的文学有着割不断的血脉联系，一方面是在党的统一领导下，对党的文艺精神的贯彻执行；另一方面，延安的作家不断进出河北解放区，在晋察冀边区及其他解放区工作、生活和写作，写出了反映当时河北革命斗争的真实历史，播下了延安的精神火种。这些作家的情况比较复杂，有些作家是从延安来到河北解放区的，如孔厥、袁静、曾克、王南、丁玲等；有一些作家是从延安到河北，又从河北返回延安的，如邵子南、周而复、杨朔、马加等。他们虽然在河北的时间不同，创作的风格不同，也没有形成一个创作集体，但是他们的创作实际上形成了一个相对分散的创作群体。

第一节　孔厥、袁静的小说创作

　　孔厥、袁静是两个以小说体裁反映冀中人民抗日斗争生活的合作者。孔厥，原名郑志万，1914 年出生，江苏省苏州人。抗战前后在宜兴创办或编辑《平话》文艺周刊和《抗战日报》。1938 年进延安鲁迅艺术学院学习，并留鲁艺文艺研究室工作，创作了《受苦人》、《一个女人翻身的故事》等作品。袁静，原名袁行庄，1914 年出生，江苏省武进县人。早年就读于北平中法大学、冯庸大学及艺术专科学校，抗战初期在江苏、安徽、武汉等地从事抗日宣传活动。1940 年入延安陕北公学学习，后调边区文艺协会从事专业创作，出版了秦腔《刘巧儿告状》、秧歌剧《减租》等作品。1947 年，孔厥、袁静撤离延安，来到河北解放区腹地冀中，参加白洋淀地区的土改斗争，深入基层群众生活，了解和采访白洋淀人民的抗日斗争，创作了长篇小说《新儿女英雄传》。

《新儿女英雄传》最初从 1949 年 5 月 25 日起连载于《人民日报》，1949 年 8 月和 9 月分别由冀南新华书店、上海海燕书店出版。小说以章回体的艺术形式，以冀中平原的白洋淀为故事背景，以牛大水、杨小梅悲欢离合的恋爱婚姻为情节线索，在中国人民八年抗战这样广阔的时间范围内，生动展现了河北敌后抗日根据地人民在中国共产党领导下，同日本侵略者及汉奸地主进行的艰苦卓绝的英勇斗争。与反映河北抗战的其他小说相比，《新儿女英雄传》具有十分突出的特点，它描写了抗日战争的全过程，从根据地人民在战争初期的揭竿而起，到战略相持阶段敌我之间的复杂斗争；从敌人的"五一大扫荡"到边区军民遭受的重大损失；从 1943 年之后的根据地大变样到战略反攻的最后胜利，小说描绘了冀中人民八年抗战的全景图，使读者得到了一个关于中国抗日战争的完整印象，为我们提供了河北敌后抗战的丰富内容。小说几乎涵盖了武装斗争、防奸除特、建立政权、统一战线、民主选举、减租减息、拥军支前、冬学识字等边区抗日斗争的各个方面，特别是对闻名国内外的白洋淀雁翎队的抗日斗争，作了较为全面和深入的描写。对于战争风云初起之时国民党军队闻风而逃、一溃千里，地主、土匪武装遍地蜂起，共产党领导农民白手起家打日本的景象，小说也作了相当真切的描绘，并伴随着战争的发展，细致地表现了敌我双方力量的对比以及此长彼消的变化。作品还从许多方面形象地描写了中国共产党对敌后抗战的坚强领导，深刻揭示了党领导人民赢得抗战胜利的伟大真理。从某种意义上说，这部小说堪称冀中抗战的百科全书。

小说的另一个成就是刻画了几个形象饱满的农民抗日英雄。最突出的是牛大水，他原本是一个极普通的穷苦农民，勤劳朴实，安分守己，有着浓厚的农民意识。黑老蔡约他一起去取抗日武器时，他怕耽误了自己的农活，说："行倒行……就是明天我地里有点活。"共产党员高屯儿介绍他入党时，他不禁随口问道："在了党，我还种地不？"大水最初的愿望不过是勤勤恳恳种好地，松松心儿娶媳妇。参加抗战后，这样一个土生土长的农民没有马上变成一位英雄。培训时他不会发言，打仗时他不会使枪，他领导的游击队没打上伪军却打伤了自己人。然而，抗日战火的磨炼，艰苦斗争的考验，使他逐渐成长起来。他以惊人的毅力忍受住敌人的严刑拷打，表现了宁死不屈的顽强意志；他只身一人深入虎穴，以超人的勇敢和智慧打开了申家庄工作的局面；他领导的游击队也以化装送亲和夜间偷袭的方式，先后端掉了敌人的两座炮楼，成为能打大仗的过硬队伍。牛大水本人则从一个大字不识的农民，逐渐由村农会主任、村长、游击队中队长、区小队长成长为区委书记，成为党的成熟的基层领导者。杨小梅与牛大水一样也是一个成长中的英雄人物，她经历了抗日斗争的种种磨难，更走过了妇女精神解放的艰难历程。她被母亲强迫嫁给兵痞张金龙，受到种种虐待，参加抗日工作后才解除了封建礼教式的婚约。她在斗争中表现出女同志少有的坚定和勇敢，如孤身一人进村侦察敌情，自告奋勇到危险的城关地区开辟工作等，斗争烈火的磨炼终于使她成为众人景仰的抗日女英雄。作品在塑造牛大水、杨小梅的英雄形象时，以较多的篇幅描写了他们所经受的种种锻炼，细致地勾画出他们艰难的成长过程，生动地展示了普通的青年农民在抗日战争中所焕发出的巨大力量。郭沫若读了小说之后兴奋地说："这里面进步的人物都是平凡的儿女，但也都是集体的英雄。是他们的平凡品质使我们感觉亲热，是他们的英雄气概使我们感觉崇敬。……读者从这儿可以得到很大的鼓励，来改造自己或推进自己。……不怕你平凡、落后，甚至是文盲无知，只要你有自觉，求进步，有自我牺牲精神，忠实地实践毛主席的思想，谁也可以成为新社会的柱石。"① 由郭沫若的评论可以看出这部小说所具有的巨大的教育作用。

这部作品在《人民日报》刚一刊载即受到广大读者的好评，成为全国最受欢迎的读物之一。这除了小说塑造了一批栩栩如生、可亲可爱的英雄人物的原因外，小说的艺术形式也为广大读者所喜闻乐见。作品借用了章回体小说的叙述方式，同时又对这种传统的小说艺术形式进行了改造。作

---

① 郭沫若：《新儿女英雄传·序》，见孙厥、袁静：《新儿女英雄传》，上海海燕书店，1949年。

品在回目上仍沿用了章回的名称，但题目已不再是刻板的诗词，而是在简洁的标题下辅以民歌、民谣、民谚或成语，对每章的内容进行提示，这样既适应了读者的阅读习惯，又使作品带有了新时代的气息。小说的情节结构也具有章回小说的特点，基本上采取花开两朵、各表一枝的方法，但也灵活多变，不拘泥于一格，给人以连贯而又有变化的感觉。故事以两条线索发展，一条是在共产党员黑老蔡的领导下，牛大水、杨小梅等抗日军民同日寇及汉奸何世雄、张金龙的斗争；另一条是牛大水与杨小梅两人之间的爱情纠葛。这两条线索彼此交织、相互影响，并随着斗争的深入而逐渐发展。牛大水与杨小梅本来互相爱慕，嫌贫爱富的杨母却将女儿许给破落户张金龙，参加抗日工作的小梅看不惯不务正业的丈夫，而张金龙为虎作伥终使小梅同他分道扬镳。牛大水与张金龙展开了多次针锋相对的斗争，而他同小梅在共同的抗敌斗争中培养了爱情的花朵，并由战友结为伉俪。如果没有人民英勇奋起的抗日战争，没有两人在艰苦斗争中的磨炼，他们之间不会结出爱情的果实。作家将这样曲折的爱情故事放在轰轰烈烈的抗日斗争之中，并以生动和细致的笔触加以描写，使读者在获得较大的艺术享受的同时，也受到爱国主义的教育。作品很讲究故事性，情节曲折多变，险象环生，每章结束时留下耐人寻味的悬念，下一章再慢慢道来，使小说跌宕起伏，引人入胜。此外，小说在"人物的刻画，事件的叙述，都很踏实自然，而运用人民大众的语言也非常纯熟"，为此，郭沫若撰文称赞说："这的确是一部成功的作品，大可以和旧的《儿女英雄传》，甚至和《水浒传》、《三国演义》之类争取大众的读者了。"①

第二节 邵子南等的小说创作

在河北敌后抗日根据地活跃着一大批外来作家，他们在河北抗战题材文学创作园地上辛勤耕耘，以旺盛的创作力和感人的作品推动了边区抗战

---

① 郭沫若：《新儿女英雄传·序》，见孙厥、袁静：《新儿女英雄传》，上海海燕书店，1949年。

文学的繁荣发展。在小说创作方面也是如此，这些外来作家大多先在河北战地生活和战斗了若干年月，积累和掌握了丰富的创作素材，然后回到延安之后才敷写成篇。这些经过细致雕刻的小说作品刊发在延安和国统区的文艺报刊上，不仅有效地扩大了作品的传播面和影响面，同时为河北敌后抗日根据地赢得了崇高的荣誉。人们通过这些小说作品了解了战斗在敌后的河北人民，也由此认识了这些小说的写作者。在这些外来作家中，应当首推邵子南、周而复和杨朔。

邵子南，原名董尊鑫，字少南，1916年生，四川省资阳县人。自幼在家乡读书，1932年初中毕业，因失学外出做工，同时开始学习写作。1937年在上海发表小说《"青生"》、《搬米》等。抗战爆发后到山西入八路军随营学校学习，1938年初到延安，进西北战地服务团，参与发起了延安"街头诗运动"。1938年10月随团赴晋察冀边区，主持"战地社"的日常工作，主编《诗建设》，并任边区义救会、边区文协、边区文联和边区诗会的理事、常务理事。1943年边区文艺整风后到阜平任小学教师。在反扫荡中，与群众生活、战斗在一起，1944年被评为晋察冀边区模范工作者。当年5月随西战团返回延安。1955年在重庆病逝。1980年重庆人民出版社出版了《邵子南选集》。

邵子南是晋察冀边区一位著名的诗人，他由长期从事诗歌创作改为写作小说，经历了一个艰苦的过程。1943年初边区文艺整风时，邵子南因"化大众"观点受到批评，为了改造自己的思想，当年5月他同广大文艺工作者一起下乡、入伍，到阜平县一区担任了小学教员。在基层，他同农民一起种地收稻，配合民兵进行反扫荡斗争，全身心地投入到群众的实际工作中，经受了艰苦生活的磨炼和考验。在半年多时间里，他热情辅导村剧团的演出活动，写作了20部大小剧本，68篇报道反扫荡斗争的稿件。他由于出色的工作被评为边区工作模范，并光荣出席了1944年边区的群英大会。下乡锻炼使作家的文艺观念发生了巨大变化，他明确表示："从前，除了文艺，别的不高兴作，那不是关心文艺，那是'万般皆下品，唯有读书高’的士大夫思想。自然，我现在也不轻视文艺，我将来可能还是在文艺岗位上，但它是群众斗争的一部分了。"① 1944年5月，邵子南随西北战地服务团回到延安，开始根据他在晋察冀边区下乡期间收集到的素材进行文学创作。为了便于反映阜平人民丰富多彩、生动感人的抗日斗争，他主动放弃了老百姓不大欣赏的诗歌体裁，改用群众普遍喜闻乐见的评书体创作小说作品。

　　他的第一篇小说《李勇大摆地雷阵》发表于1944年9月21日的《解放日报》上。作品以晋察冀边区著名爆炸英雄、阜平县五丈湾村民兵中队长李勇为原型，以李勇和他领导的民兵爆炸组的战斗事迹为蓝本，生动描写了晋察冀边区军民用地雷粉碎日寇扫荡的英雄故事。小说活灵活现地讲述了地雷战的各种战法及其巨大威力，李勇创造了"地雷加大枪"的战术，并运用游击战、蛮子战、麻雀战等战术配合地雷战，使得"敌到雷到"，"敌不到叫敌到"，"敌未到雷先到"。鬼子走大道，大道炸；走小道，小道炸；庄稼地也炸，渠道里也炸。鬼子走河里，河里陷；走苇子地，苇子地炸。敌人进了阜平城，"城里地雷五百三，看你鬼子哪里窜"，敌人抬门板挨炸，搬大鼓挨炸，坐凳子挨炸，进草棚挨炸，拔萝卜挨炸，刨山药挨炸，直炸得敌人丢盔弃甲、魂飞魄散，整个山区都变成了埋葬日寇的坟场。作品突出刻画了李勇的形象，他热情、勇敢，性子"像干透了的劈柴，一点就着火"，少年时瞒着父亲跑去当八路军，被父亲强拉回家，哭嚎了一夜，第二天还以绝食抗争。父亲死后，不到20岁的他挑起了养家的重担，人变得老成了，还当了民兵中队长。在描写李勇的性格特点时，作品侧重于描写他的脸色：鬼子擦雷而过，雷不响，他的脸变黑了，"这个黑法，好比乌云挂满了天，好比那无底洞儿黑沉沉，好比那黑夜只等闪电光"。雷响敌到后，他的脸早变了颜色，"好比那日出乌云散，好比那雪地梅花开，好比那闷热天气下大雨，好比那黑夜森林着了火"。鬼子败退，民兵追击时，李勇脸上成了青苍苍的，"所谓'威风凛凛，杀气腾腾'"。这种富有评书特点的

---

　　① 邵子南：《写于群英会上》，《晋察冀日报》，1944年3月4日。

性格描绘，虽然有些类型化，却很能调动读者的想象力，更好地突出了人物的性格。小说还以相当多的篇幅描写了党对李勇的引导和教育，描写了李勇克服骄傲自满情绪，自觉向其他英雄人物学习，使得李勇的形象避免了传奇人物的虚无缥缈，更为真实可信，可敬可亲。

《李勇大摆地雷阵》获得成功之后，作家又以阜平人民的抗日斗争为题材，连续创作了《贾西哲夜夜下西庄》、《牛老娘娘拉毛驴》、《阎荣堂九死一生》等评书体小说，其中，后一篇在人物性格的刻画上较为突出。主人公阎荣堂是阜平县鹞子河边南窝口村的粮秣员，老成持重、责任心强。在日寇疯狂的秋季大扫荡里，他负责坚壁19窖公粮的安全，日夜操劳，从不懈怠。敌人将他和村游击组长刘发荣逮捕后，逼问公粮的下落。在敌人的严刑拷打面前他们坚贞不屈，经受住了九死一生的严峻考验。小说在刻画人物的性格时，将阎荣堂与刘发荣对照着来写。刘发荣年轻气盛，性格暴烈，为了掩护阎荣堂和坚壁的公粮，他承认自己是游击组长，在痛骂了敌人一通之后，又将日寇引到早已开启的地窖边予以嘲笑，最后壮烈殉国。阎荣堂则处处表现出一个胆小怕事的老百姓的模样，始终不暴露自己的真实身份，外柔内刚，软硬不吃。他察言观色，沉着应敌，终于骗过了敌人，并巧妙地探得了一个本地汉奸的踪迹，然后逃出了虎口，成功地保住了八路军的公粮。通过小说平实的叙述和细腻的心理描写，阎荣堂的性格在性情刚烈的刘发荣的衬托下，显得更加成熟老练、机警睿智。这一文学人物也取自现实生活中真人原型，经过适当的艺术加工，如实地再现了根据地农村中比较常见的一类基层抗日干部的形象。

邵子南由文人化的诗歌改写更为通俗的小说，目的是让老百姓乐意看、看得懂，为此，在小说的内容上，作家努力去写群众自己所从事的斗争生活，让老百姓自然地产生一种亲切感和亲近感；在作品的外在形式上，作家也借用一些民间说书所特有的手法，以期通过这些老百姓所喜闻乐见的艺术形式，使小说更加引人入胜。在作品的开头和结尾，作家采用古代话本小说的"入话"和"散场诗"的形式，以诗、词、歌曲等开篇，概括故事情节或提示人物性格，以期引起读者的阅读兴趣。在进入正题前，作品常以一个"引子"做引导。在小说《牛老娘娘拉毛驴》中，作家讲了一个老大娘在敌人的扫荡中误入鬼子占领的村庄，在敌人的眼皮底下牵走一头毛驴的故事。为使故事让人想听、爱听，作品的"引子"如说书的"开场白"一般："这里说一个非常平凡的老人家，她干出了一件叫人胆寒的事儿。——她没干，谁也不敢干；她干出来了，人们看来倒也并不希罕。……愿意知道这事的，听我慢慢说来。"在故事的开头抛出一个"凤头"般的"引子"，足以于一开篇即吸引读者的注意力。在故事的叙述语言上，作品更多地运用了评书的夸张、渲染、铺陈及排比的句式，从而更为突出而生动地表现边区军民惊天动地的抗敌斗争，如描写民兵等候地雷炸响时的全神贯注：

> 什么都不想了！千种聪明，万种本事，全丢开了！只干一件事："注意！"这种情境，打惯游击的老乡都知道。这么趴着，趴一天半天，真只当一会儿事，不饿不冷，太阳晒着不热，不撒尿，不拉屎；说他傻不是傻，说他痴不是痴；头儿仰着，嘴儿闭着，脸上皮肉死，就是眼睛向前直视；谁的手动一动，众人心头麻烦死；风儿不吹，鸟儿不叫——

这种叙述方式在夸张化的客观描述之外，还加上了作家的主观评价和解说，边讲边说，夹叙夹议，既有效地渲染了环境和气氛，也使小说生动而富有变化。加之篇中还在故事发展的关节处插入诗词、俗语进行点题和说明，读者在阅读时更觉新鲜活泼、有滋有味。作品大量地采用了有着鲜明地方特色的群众化语言，通俗朴实、平白如话，生动风趣而富有表现力，使作品体现出一种民族化、大众化的艺术特色。

周而复，原名周祖式，1914年1月3日生，安徽省旌德县人。1933年入上海光华大学英文系学习，参加左翼文艺运动，参与编辑《文学丛报》、《小说家》月刊，并开始文学写作。1938年大学毕业后去延安，任陕甘宁边区文学顾问委员会主任。1939年秋作为八路军总政治部文艺小组组长赴晋察冀边区，在晋察冀军区做宣传和文艺工作。他受到边区轰轰烈烈的战斗生活的感染，先后写作了《黄土岭的夕暮》、《开荒曲》等报告文学作品。到1942年冬天回延安中央党校学习为止，周而复在晋察冀同边区人民一起度过了三年的战斗生活，三年紧张的战地生活使他无暇构思鸿篇巨制，却为他积累了极其丰富的创作素材，为后来创作的丰收打下了坚实的基础。

周而复在边区参加了许多重要的战役，作战间隙即创作了不少短篇小说，如反映1940年八路军百团大战的小说《侵略者底最后》、《消灭》、《一个农民的衷曲》等，这些作品描写了八路军战士的英勇顽强，同时揭露了日本兵受军阀蒙蔽而表现出的愚蠢麻木。语言简洁生动，刻画人物却很细腻，某些作品颇有速写的味道。作家反映边区军民抗日斗争的小说更多地写作于离开晋察冀之后，其中，在延安创作了一批短篇小说。在以"晋察冀童话"为副题的一组小说中，作家描写和歌颂了边区少年儿童机智勇敢的抗日斗争。《在一条小胡同里》写了敌占区的抗日少年小栓栓，在青抗先刘队长的指示和帮助下，利用几次进城看望奶奶的机会，对东北籍的伪军士兵程文良进行策反工作，最后获得三个伪军投诚的结果。《遛马的孩子》中的主人公牛儿，与胡大伯一起进山参军，不料被鬼子抓了起来。牛儿趁替鬼子遛马的时机，突然跃马飞奔，带着两匹战马投奔了八路军。《围村》是这组儿童题材小说的代表作，小说叙述的是一个在边区比较常见的日寇围村的故事，故事的情节也是日寇常用的将村民按类分开，然后让村民辨认自己家人，以此来抓捕八路军和抗日干部。这篇小说的特点一是抓住日寇认为成年人辨认不可靠，别出心裁地让小孩来认亲的办法，着力塑造了二虎子这一英雄儿童的形象。他只有11岁，长着一对"黑溜溜的小眼睛"。在匆忙之中被赶到空场上、未得到大人指点的情况下，他没有被敌人的新办法所吓倒，临危不惧、镇定自若地以"哥哥"相称，救下了区民政助理老王，鬼子对二虎子从容不迫的态度也无可奈何。小说在非常短小的篇幅里，将日寇狡猾的围村方式、鬼子阴险毒辣的搜捕八路军的办法、汉奸特务为敌寇效劳的卑鄙无耻、抗日干部在强敌面前的镇静自若、军民之间生死相依的血肉关系、抗日小英雄勇救亲人的机智沉着等，清晰而简洁地叙写出来，在千字出头的短篇里包容了如此丰富的内容，充分显示了作家高超的把握题材和概括生活的能力。

《第十三粒子弹》是作家在延安创作的代表作。作品写了八路军某部七团通讯参谋张明镜和侦察员高怀玉，奉命到北平西郊妙峰山采买军需品而壮烈牺牲的故事。小说真切地写出了平西游击区严酷的斗争环境，鼋地洼村的村长明里是一个两面村长，实际上已死心塌地为日寇做事，他屡次向大鞍山敌人据点递送情报，使抗日军民多次遭受重大损失。对此，八路军却毫不知情。张参谋一来，村长便偷偷向鬼子据点送了情报，因此对盼咐他找伕子的事一再拖延，一会儿让烟，一会儿让水，一会儿又让吃饭，小说在这种一方急于要走，一方却居心叵测地有意拖延的情境中，制造了一种紧张的气氛，为后来发生的事变埋下了伏笔。作品用对比的手法描写了两个人物，张参谋早年从军，久经沙场，胆大心细，有勇有谋，在敌占区和游击区更是格外警觉，保持着高度的敌情观念，在战斗中沉着应战，销毁了秘密文件，还消灭了大量敌人。高怀玉常在敌占区活动，滋长了严重的麻痹思想，他的轻敌观念，将行动路线暴露给敌人，从而招致了惨痛的失败。这篇小说写出了游击区斗争生活的凶险和惨烈，写出了我军因麻痹大意所招致的损失，在当时同类作品中显示了较大的思想和艺术深度。

1946 年夏天，周而复被派到香港从事文化工作，优越的创作环境为他提供了建构鸿篇巨制的条件，于是，反映河北敌后抗战生活的长篇作品此时得到收获。这年年底他根据他的报告文学《诺尔曼·白求恩断片》，创作完成了长篇小说《白求恩大夫》，先在 1948 年 7 月的《小说》月刊连载，后由上海知识出版社于 1949 年 2 月出版。同作家的报告文学相比，这部传记体小说更为全面和生动地描写了白求恩同志在晋察冀抗日根据地，无私地支援中国人民抗日战争的一系列感人故事，成功地塑造了一个崇高的国际主义战士的伟大形象。作品写了白求恩大夫令人折服的高超医术，写了他培训战地医生的特殊方法，写了他对工作极端负责的态度，还写了他对伤病员无上的关心和爱护。通过这些生动的事例，作品较全面地表现了白求恩兢兢业业、无私忘我的思想情怀。不仅如此，作品更突出地刻画了白求恩鲜明的个性特征，塑造了一个活生生的人物形象。白求恩性格的主要特点是执著和直爽，他的这些个性在生活和工作中处处表现出来。到达晋察冀边区的当天，白求恩发现许多伤员没有棉被，他对伤病员的关怀立刻转为对卫生部徐部长的严厉质问，当得知医院没有棉被时，白求恩主动拿出了自己的棉被。他对医疗工作严肃认真，容不得半点错误出现。他检查出一例不合格的手术，便坚决拒绝实施此手术的方主任参加特种外科医院的培训，当他得知方主任是通过刻苦的自学才成为八路军的土医生时，感到了深深的内疚，亲自写信向王旅长承认错误。小说还从许多细小的方面来表现白求恩的性格和情感，比如，他看到方主任做了一例好手术，高兴地把方主任抱在怀里；他工作劳累之后便不自觉地向童翻译发脾气；他获得缴自日寇的战利品像小孩子似的欢喜异常。作品通过这些细节真实地表现了白求恩的内心世界，同时使白求恩思想性格的各个侧面更加丰满和充实。

《雁宿崖》也是作家写作于香港的一部长篇小说，1947年12月完成，1949年9月由群益出版社出版。作品以平西根据地人民的抗日斗争为背景，描写了旧属河北省宛平县一个名叫雁宿崖的村子，在抗战初起之时村民配合八路军反击日寇扫荡的战斗故事。小说一开始便铺上了一层惊险紧张、复杂多变的色彩：暗藏的特务夜半三更去取情报，村中谣言立刻四起，到处散有鬼子欺骗村民的"回心票"，表明村中隐藏着汉奸，斗争形势十分严峻。作品开头颇有些通俗小说的味道，但并未贯穿下来。小说全面描写了雁宿崖军民反扫荡的整个过程，着重刻画了几个人物，值得提出的是对地主张乐山形象的刻画。他是个称霸一方的大土豪，在地面上很有些威望。从本性上他不满八路军的政策，但又顾着自己的脸面和气节，因此不愿给日寇当汉奸。张乐山一直处在这种深刻的矛盾状态中：日本人来了，他贪生怕死，又舍不得万贯家财；藏在石洞里，他饥饿难耐，却又不敢出去；

被鬼子抓住后，一方面忍不住饥饿，另一方面又不愿背上骂名；最后受了陪绑的威吓才做了敌人的县知事。作品抓住了这类人物的性格特点，通过比较细腻的心理描写，对其充满矛盾的心态作了深入挖掘，从某些方面丰富了抗战文学作品的人物画廊。

周而复的小说比较注意选材，他善于捕捉那些并未引起许多人重视的题材，并经过辛勤的劳作为文坛提供一种崭新的东西。对于那些大路性题材，他也努力以较新的视角切入，写出一些读者很少经验或尚不熟悉的人物和故事，多少给人一些新鲜的感觉。他的小说比较注意人物的心理刻画，描写细腻，语言朴实平易，使人在平静的叙述中得到深深的感染。

杨朔（1913～1968 年），原名杨毓缙，1913 年 4 月 28 日生，山东省蓬莱县人。抗战爆发后，到上海、武汉参加抗战文艺活动。1939 年 6 月在重庆参加全国文协组织的作家战地访问团，奔赴华北敌后战场采访和写作，并作为战地随军记者留了下来。在近三年的时间里，走遍了冀南、冀中、冀西的广大地区，此时创作的短篇小说《霜夜》、《月黑夜》、《风暴》和《麦子黄了》，收入小说集《月黑夜》。1942 年，杨朔回延安中央党校学习了三年，1945 年又同丁玲等人组成延安文艺通讯团来到晋察冀边区，到宣化龙烟铁矿深入生活和创作。

《霜夜》是一篇反映冀南地区军民相互支援、顽强斗敌的作品。小说描写了八路军侦察员冯卯子深入敌后，探知到敌人准备"扫荡"八路军防地的消息，连夜赶回部队送信，途中与敌遭遇不幸被捕。后来，冯卯子凭借自己的机智与勇敢逃离了敌人的据点，但身上负了重伤。在村民金大娘的帮助下，冯卯子巧妙地躲过了敌人的追捕。金大娘的女儿妞子则带着冯卯子的紧急情报，冒着深夜的风霜送到八路军驻地。

作品突出表现了八路军侦察员冯卯子对革命的忠诚。他在得知敌人准备扫荡的消息后，"急匆匆地走出城，连夜要赶回部队去送信"。在被敌人抓住后，他牵挂的不是自己的生死，只是担心万一自己死了，情报无法送到，更多的同志会受到敌人的暗算，给革命带来损失。在逃出敌人的虎口后，他不顾自己已经身受重伤，不顾自己当时的生死安危，而想到的是把要紧的情报报告上级，忍着疼痛挣扎着要走，直到"沉重地跌倒，再也不能动弹了"。正是其对革命的忠诚和献身精神，打动和鼓舞着金大娘母女，激发了她们对八路军的敬佩之情。诚如金大娘所说的，"我不能眼睁睁见死不救。像你这样年纪，出生入死，还不是为的咱们？我活了半辈子，还怕，还怕什么死？有我就有你，放心好了"。

对于金大娘母女，作品着力揭示了其思想发展的脉络，作品一开始交代"金大娘住在敌占区，眼睛看的，耳朵听的，甚至于亲身受的"，"都是敌人的肮脏气"，反映了其对敌人的仇恨之心。正是由于对敌人的恨，金大娘对八路军充满了期盼，每次见到冯卯子，"就像见到亲人一样欢喜，总盼望八路军早一天赶走敌人，让她过几天好日子"。敌人建立新据点后在她家小铺三天两头地胡闹，女儿妞子在城里当女招待的屈辱经历，增添了她们对敌人的仇视，使她们先是在心理上亲近了八路军，继而在行动上掩护帮助八路军，最终妞子直接走上了为八路军送情报的道路。正是由于层层铺垫，金大娘母女思想和行为的转变显得十分自然、合理，真实可信，没有人为拔高的嫌疑。

这篇小说重点表现了战争年代军民一家人的亲密关系，同时通过金大娘母女的思想转变，昭示了敌占区人民群众的人心走向，揭示出敌败我胜的社会心理基础。小说篇名为《霜夜》，既点明了故事发生的时间背景，也象征性地暗示了当时残酷的社会环境。正是因为群众的热诚支援，敌后抗战必将会冲破霜夜，迎来光明的明天。

《麦子黄时》也是一篇表现敌后军民关系的作品，不过地点放在了抗日根据地。小说写了敌后的反"扫荡"的斗争，"年年麦子黄的时候，鬼子就要出来'扫荡'，糟蹋庄稼"。作品的主人公"我"，是一名八路军文化战士，寄住在狗剩哥家养病，因而亲身经历了反扫荡斗争的全过程，目睹了房东狗剩哥的英勇行为，也亲身感受到了狗剩嫂对八路军态度的转变。

狗剩哥是"村里基干自卫队的中队长"，"宽肩膀，高胸脯，那张方脸黑里透紫，浑身的筋肉一棱一棱地突起，满是力气"。他明白"军队不来，咱们脚底下会有这几亩地？"他对"我"的关心和态度表现了一个觉悟的群众对八路军的情感。在平时，他对我十分照顾，甚至不管老婆的嘀咕，把老婆在家里偷着吃的小米面饼拿给"我"吃。在与鬼子遭遇后，为了掩护"我"，他引着日本兵朝另一个方向跑去。正是狗剩哥舍己救人的行为深深地打动了"我"，"狗剩哥的形象一直盘踞在我的脑子里，到头来更加鲜明：方脸，粗眉，大眼，宽肩膀，高胸脯——不过不像是平常了，却变得又高又大，像是根铁柱子，头顶着天，脚踏着地，不让天塌下来"。作品除了表现狗剩哥对革命同志的"爱"外，还通过狗剩哥在对敌斗争中的英勇无畏，表现了他对敌人的"恨"。在离开村子时，他在自家门后，"给鬼子留下个荷包蛋"（手榴弹——引者注）；回来后看到别人留下的手榴弹爆炸了，而且炸死了鬼子，他有些懊恼，觉得"鬼子还挑肥拣瘦的，倒不肯尝尝我的荷包蛋！"当鬼子再次进村与他遭遇时，他先是把手榴弹投向敌人（可惜是个臭弹），后来与敌人周旋时，勇敢地同敌人展开肉搏，抢过刺刀把敌人刺了个透心凉，好不容易逃离了危险，嘴里居然还含着敌人的一根手指头。

与狗剩哥相比，狗剩嫂则要"落后"许多。对待"我"这个八路军，她不像其丈夫那样友善，认为是"给军队支差"，因而有抵触情绪，不把"我"当一家人，"老是给我窝窝头啃，有时倒背着我烙小米面饼，躲着家里偷吃"。在平时，她一会儿抱怨自己命不好，一会儿又说丈夫没出息，流露出落后的思想意识。她对八路军悄悄开拔十分不满，"还问呢，早不知什么时候走了！"当八路军胜利归来时，她不明底细，爱理不理的；可当她得知这就是昨天晚上那支队伍刚刚打了胜仗凯旋归来时，态度一下子来了个一百八十度的大转弯，变得又说又笑，忙前忙后给部队烧火做饭。狗剩嫂对八路军由不满到欢迎的变化，显示了她对八路军认识的深入，认识到八路军是为大家谋利益的。

《月黑夜》是杨朔这一时期的小说代表作，作品描写了八路军李排长在风雨交加的黑夜，率部到滏阳河北岸取回一包以前反"扫荡"时坚壁下的重要文件。他们在庆爷爷及乡亲们的帮助下，顺利通过了几道敌人的封锁线，圆满地完成了任务，但庆爷爷却为此献出了自己的生命。

小说最大的成功是塑造了庆爷爷的高大形象。在作品中，他的公开身份是敌占区一个村庄的村长（并非地下党），可他的心却是向着八路军的，所做的事也主要是为八路军服务的，而且最终以身殉职。对于这样一个身份复杂的人物，作品细致地描写了其思想发展的轨迹。两年前，当八路军初来此地时，庆爷爷对八路军比较冷漠。由于他一生遭遇了太多的苦难，变得犹如狐狸一样多疑，当李排长对他谈起抗日的大道理时，他却"白瞪着眼"，一副漠不关心的样子，表示"当老百姓的只图过个太平日子，谁坐江山给谁纳粮，哪管得了许多闲事"，显示出独特的人生经历给他带来的心理和思想负担，以及农民的自私和境界的狭隘。然而，残酷的现实却促使庆爷爷的思想发生了明显的转变，改变了其当一个顺民的想法。由于日本人三天两头地骚扰，不是要吃的，就是要喝的，使老百姓不堪重负，自己当村长，整天吃力不讨好，说不定什么时候脑袋就会搬家。在农业生产上，日本人"不是逼着种大烟，就是逼着种棉花，官价定的又低，卖的钱还不够买粮吃"，"老百姓简直是活受罪！"到了这个时候，庆爷爷才真正看清楚了，只有八路军才是"老百姓的救星"。思想的转变带来了行为的转变。当李排长带着部队再次来到村子后，他先是带着人热情接待，在第二天黑夜又亲自带着人用船把李排长等人送过了河。他的举动被敌人发现，最后英勇地牺牲了。

作品在塑造庆爷爷的形象时采用了多种艺术手法，庆爷爷一出场，先描写了人物的外貌，"一张古铜色的脸膛，满顶花白头发"，让人很容易想到莫泊桑小说《米龙老爹》中的主人公。然后，作品通过李排长的视角，通过与庆爷爷前后两次接触，交代了人物思想的转变以及人物此时的心理状态。最后，通过人物的行动，完成了对人物性格的直接刻画，突现了人物的英雄品格。由于作者在刻画人物时，紧紧抓住了人物作为一个农民的身份特征，这使得人物显得真实可信，并没有人为拔高的痕迹。

作品在总体上显示出一定的诗意特征。篇名为《月黑夜》，一方面交代了故事发生的时间和自然环境，八路军进村和八路军过河都是在"月黑夜"；另一方面，"月黑夜"也让人很自然地想到当时的社会环境，即敌占区庆爷爷等人险恶的生存环境，也正是在这样"黑暗"的背景下，庆爷爷的英雄形象才像暗夜中的明灯一样耀眼夺目。此外，在具体描写上，作品的语言也是相当优美的，如描写天黑——"黑暗形成一所无情的监狱，把李排长一群人牢牢地禁锢起来"；描写风急雨急——"一阵急风暴雨劫走这个人下边的话，不知抛到哪里去了"，"西南风夹着大雨点，狂怒似的呼啸着，越吹越紧，把马的脚步都吹得摇摇晃晃的"；描写部队在村中潜伏——"这支骑兵潜伏在村中，犹如一群大鱼不小心游进浅水湾子，乖觉地隐藏在水草底下，不敢轻易活动"。

《风暴》描写的是在河北大平原上发生的一场抗日大风暴——共产党组织群众破坏敌人沧石路的行动。小说描写了这一行动的组织发动、进行过程以及尾声，声势浩大，波澜壮阔。作品开头肆虐的自然风暴与作品最后日寇的清剿遥相呼应，暗示出敌人在华北大平原上的肆虐疯狂。但是，面对敌人的残暴，人民还以更大规模的风暴。在这里，作品多少带点象征意味地揭示了当时敌我斗争的残酷情形，并暗示出敌人的疯狂是最后的疯狂，人民必将取得最终的胜利。

与环境描写相对应，作品也描写了一些人物，并通过对他们的描写，显示了人民的觉醒，从而暗示了斗争的希望。谢三财带病工作，最后为了保存革命的力量，为了解救人民的性命，他挺身而出，"竟把自己献做牺牲"。当被敌人围困，赵区长面临危险时，一位素不相识的妇女上前相认（孩子他爹），从而使赵区长摆脱了危险。拴儿年纪尚幼，但已经走上了传递情报的道路，最终被残酷杀害。这些存在于人民身上的革命火焰是与敌人抗争的力量，也是革命的希望与未来。

杨朔后期的抗战小说创作始于他深入宣化龙烟铁矿工人的生活，主要成就是长篇小说《红石山》。同前期相比，杨朔此时的思想感情发生了较大变化，他白天到采矿工地，晚上有时钻进大工房，有时到矿工家属宿舍走家串户，同工人谈天说地，了解矿山生活，有时还一块喝几盅，彼此毫不见外，许多矿工成了他的好朋友。杨朔感到他"第一次真正接近了人民"，"我的生活、工作，已经开始跟他们连结在一起，觉得他们像自己的亲人一样"①。带着这种思想感情，杨朔在小说中真实地展示了宣化铁矿工人在日寇统治下的血泪生活，生动描写了矿工们英勇悲壮的反抗斗争。作品深刻揭露了日本帝国主义为了支援太平洋战争，疯狂地从中国掠夺各种战略物资，在原察哈尔省红石山铁矿，工人进了矿山犹如进了监狱一般。日本监工为了多出矿石，不顾工人死活，有一口气就被逼下矿井，死了一扔了事。年近半百的工人董长兴重病卧床，被拖下矿井不久便病累身亡。作品中一次次出现的狼群进矿和喊叫着埋死人的场面，读来让人触目惊心，惨不忍睹。

小说更突出地表现了工人们不屈的反抗斗争。作品主要描写了三个工人的形象，一个是董长兴，他饱受敌人的欺压和虐待，对压迫者充满了深仇大恨，但老实本分，生性柔弱，未能表现出积极的反抗斗争，最后在贫病的双重困境中含恨而亡。另一个是殷冬水，他是个性格火爆的汉子，乐观豪爽，勇猛刚烈，同敌人作斗争敢做敢为，无所畏惧，在不能忍受敌人的残酷重压时，毅然带领矿工逃离矿山，虽然被砍头示众，其英雄豪气令人敬仰。第三个是胡金海，他也是一个血气方刚的年轻小伙子，同情受难的工友，乐于帮人解困。他对矿山的压迫者也极富反抗性，但更善于运用自己的聪明智慧，讲究斗争的方式方法。在怒劈鬼子大毛驴之后，他有幸逃出虎口，并在当八路军的姐夫王世武的带领下参加了游击队，最后带领部队解放了苦难的矿山。这三个工人都是活生生的、有血有肉的人物，有着自己的生活方式和生命轨迹，但他们又是互相映衬、互为补充而存在的，由董长兴敢怒不敢言的柔弱衬托出殷冬水敢做敢为的英勇反抗；由殷冬水孤助无援的个人反抗衬托出胡金海参加有组织的斗争而显示的集体的力量。

---

① 杨朔：《我的改造》，见《杨朔文集》，山东文艺出版社，1984年，第597页。

作家写活了这三个人物，并从这三个人物的鲜明对比中深刻表现了作品的主题思想，它给人的启发和教育是形象而真切的。

　　同作家后来的秀美的散文相比，杨朔此时的小说创作具有一种壮美的格调，作品多描写中国人民"艰难的、痛苦的"斗争经历，记录民族解放阔大的、雄壮有力的奋进步伐，塑造的人物大多具有粗犷、果敢、坚毅、勇猛的性格，笔调也热烈、雄浑，如《风暴》中描写呼啸而来的北风：

　　　　从北边，从荒漠的古长城外，亚细亚的风暴又吹起来了。黄色的尘头沿着原野滚来，带着呼呼的吼声，像是驰突的兽群。尘头越近越响，树木摇晃了，房屋震颤了，天色暗淡了，风暴的领域是更开拓、更辽阔，直扫过遍体创伤的沧石路，吹到遥远遥远的南边，整个大平原翻滚起来了。

作品给人的是一种刚烈的感觉，一种有力的鼓舞和鞭策。

　　马加，原名白永丰，曾用笔名白晓光。1910年2月7日生，辽宁省新民县人。1928年入东北大学读书，并开始文学创作。"九·一八"事变后流亡到北平，参加了左翼作家联盟。1938年5月入延安陕北公学学习，10月作为八路军第三批战地文工团成员奔赴冀南、冀中和平西敌后抗日根据地，采访了冀南行政公署主任杨秀峰同志，同平西军区司令员肖克将军和白乙化团长有过亲密的交往。在敌后两年半的时间里，马加参加了著名的陈庄和洪子店战斗，亲身体验了平原和山地游击战争的艰难和残酷，并在枪林弹雨中经受了严峻考验。1941年马加奉命回到延安，分配到延安文艺界抗敌协会从事专业创作，他根据在晋察冀和晋冀鲁豫边区搜集的大量创作素材，陆续创作了一批反映河北敌后抗日根据地人民抗敌斗争生活的短篇和长篇小说。

　　马加反映河北抗战题材的短篇小说均写作于1941年至1945年间，主要作品有在延安《谷雨》杂志发表的《宿营》、《恐惧》，在《解放日报》发表的《过甸子梁》、《减租》、《飞龙梁上》、《母亲》、《间隔》、《距离》等。这些作品都取材于斗争生活相对比较艰难与残酷的平西抗日根据地，本身具有一定的区域代表性和较高的艺术价值。《距离》以一个离家三年的富裕中农回到平西老家的经历和见闻，表现了抗战初期平西抗日根据地人民高昂的斗争情绪。抗战爆发之后，王老五在北平躲避了三年，等他回到家一切全变了：村口放哨的儿童团员不让他进村，他原来的长工当了村农会主任，他的妻子也成了村妇救会主任。他与奋起参加抗日斗争的村民们产生了距离，更同积极外出工作、踊跃缴纳公粮的妻子产生了矛盾，最后因为打了妻子而受到全村群众的一致谴责，王老五陷入了惶惶不可终日的可悲境地。小说通过这一普通的小事，反映了抗战给平静落后的农村带来的巨大变化。《减租》写了平西地区减租斗争中的一个小故事。作品的主人公二顺子和病弱的母亲逃荒来到偏僻的山乡，开垦并租种了地主金大叔的一片荒山。娘俩十年间饱受地主的盘剥，八路军到来开展减租减息斗争后，地主仍然以恐吓的手段进行欺压，最后农会刘主任亲自到家访查，才使其实现了减租。小说的特点是真实地写出了长期遭受封建势力压迫的普通农民，在争取初步的翻身解放时所经历的艰巨的思想斗争，作品中二顺子在深更半夜饿着肚子，将已经减掉的租子一袋一袋又背回地主家的情节，给读者留下了极其深刻的印象，它形象地说明了农民在改变传统的土地观念时必然要遇到的障碍和艰难。

《过甸子梁》是反映部队生活的作品，也是马加河北抗战题材短篇小说的代表作。小说描写八路军通讯员孙林在部队被围的紧急情况下，奉命追回已经转移的另一支部队前来救援的故事。当他得知部队已经翻过冰冻的甸子梁时，不顾个人的生死安危毅然尾随上山，尽管他被冻掉了一只耳朵，却赢得了那场全歼敌人之战的胜利。小说写的是另外一种战斗——孤身一人深夜穿越严寒封锁的雪山，因为"到梁上不放枪也要死人的"，所以这场不见炮火的战斗一样是对战士胆量和意志的严峻考验。作品突出了甸子梁恶劣的气候状况，尤其对梁上几起冻死人的传闻进行了大力渲染，加之"阴天下雪不过梁，起早贪黑不过梁，单身汉不过梁"这种类似武松打虎"三碗不过冈"的规矩，更加重了过梁的困难。作品对战士所处的险恶环境作了如实的描述，从而充分显示了通讯员孙林此次行动的难能可贵之处，有力地衬托出这位小战士的超人勇敢和顽强意志，并给读者以深刻的艺术感染。作者另一篇描写部队生活的短篇小说《间隔》，接触了一个他人较少涉及的题材：县妇救会干部杨芬在一次反扫荡中巧遇一支八路军部队，支队长劝她随部队一起活动，并把她安排到部队剧团工作。后来支队长以组织解决的方式要同杨芬结婚，却遭到杨芬的拒绝，因为她有自己的恋人。作品在抗日民主根据地、在八路军内部较早地提出了恋爱自由和婚姻自主的问题，表明了感情是婚姻的基础这一基本态度，它在解放区文学中的地位和意义是不能低估的。

马加的长篇小说《滹沱河流域》最初在延安《解放日报》连载，是延安当时唯一问世的一部长篇小说，萧三同志曾给作家写信，对作品进行了称赞。小说描写了1939年初夏冀西滹沱河边一个叫东庄的村子，农民们组织起来踊跃抗日支前的生活和斗争。作品像一幅炭墨画，从青年参军、减租减息、妇女识字、赶做军鞋等方面，勾勒出晋察冀根据地人民的战斗生活，展现了抗战初期农村的阶级斗争。作品的主人公孙国亮由普通农民到农会主任，后来成长为一村之长，他朴实正直、乐观慷慨，一心帮助穷苦的农民群众，积极同破坏减租减息工作的地主进行说理斗争，受到广大村民的一致拥戴。反面人物许庭坚，阴险狡猾、贪婪无度，他剥削雇工，一毛不拔，千方百计逃避减租，是实行合理负担的主要障碍。小说语言活泼，富有华北抗日前线的战斗气息和地方特色，但结构比较松散，人物和故事有简单化的倾向。

总的来看，马加的小说比较注意作品的文学性，他善于写景，并通过景物描写来衬托人物的思想和感情。他写人物常常将笔引入人物的心灵深处，细腻并且带有抒情色彩地刻画出人物的心理活动。

第三节　曾克等的小说创作

抗战胜利之后，一批延安的作家来到河北南部解放区，聚集在刚刚回到人民怀抱不久的邯郸、邢台以及武安县城等根据地新的文化中心地区。这批作家有的在抗战之前就已成名，有的则在延安发表了许多成功的作品。他们来到边区之后，大多成为边区文联的领导成员或专业作家，成为边区文坛小说创作的主力军。这些新来的作家居住在边区文联的驻地，并以他们活跃的创作构成了边区小说创作新的风景线。

曾克是边区一位多产的女作家，原名曾佩兰，1917 年生，河南太康县人。1936 年在开封读中学时因参加学生运动被学校开除，后到上海，参加了上海妇女俱乐部。抗战爆发后开始小说创作。1940 年冬到延安，在延安文艺界抗敌协会从事专业创作。抗战胜利后来到晋冀鲁豫边区，担任边区文联理事和《北方杂志》编委。在此期间，她参加了太行老抗日根据地人民的生产和土改斗争，并有多部作品问世。在不到一年的时间里先后创作了小说《解放 5000 发电厂》（1945 年 12 月下温村）、《织布机响声》（1946 年 5 月邯郸）、《女射击手》（1946 年 8 月武安龙泉）、《掩护》（1946 年中秋节邢台）、《爱》（1946 年 9 月），这些作品大多收入短篇小说集《新人》中。

《解放 5000 发电厂》描写的是日本投降后，八路军在工人的帮助下解放发电厂的情形。作品及时反映了日本刚刚宣布投降时工厂的现状：工人们再没有什么顾虑和恐惧，翘首以待，为保卫工厂、保护机械、迎接八路军的到来积极准备着；日本人则是惶惶不可终日，一改往日的凶残和不可一世，有的逃走，有的陷入慌张和惊恐。作品描写的是太行区武安县峰峰矿区、彭城、滏阳河一带的生活和斗争，刻有鲜明的地方烙印。

《女射击手》和《掩护》反映的都是抗战时期边区农村的斗争生活。《女射击手》塑造了边区一位女英雄的形象。冯凤英是大陌村妇女自卫队的队长，在她的带领下，妇女自卫队的工作更加活跃。作品一方面表现了她对工作的热情、投入，她对群众问寒问暖，关怀备至，为修械所里的工人解决实际困难，帮他们缝缝补补；另一方面，作品通过她对敌斗争的主动性、积极性以及无畏的英雄气概，表现了她对敌人的仇恨。她曾在太行区举行的民兵竞赛中，荣获了女射击手的光荣称号。在敌人开始"扫荡"时，她与丈夫定下了练武和消灭敌人的竞赛。在把群众安置妥当之后，她主动投入战斗，打死了几个鬼子，以自己的行动赢得人们的赞誉。作品在刻画冯凤英的形象时，紧扣人物的女性特征，如在做群众工作时的细心、周到、热情；在对敌斗争中也表现出女性的机敏和聪慧，如解下头上的毛巾盖住枪栓，防止子弹推上枪膛去的响声惊动敌人；再有面对两个敌人，她仔细端详两个人站立的位置和方向，然后确定自己的站位，"一枪打俩"，"子弹直射进那个靠右后边的敌人的右胳膊里，从左腋下出来，正准穿进左边那个人的右肋骨里"。同样是英雄气概，却明显带有巾帼的特色。

《掩护》发表于 1946 年 10 月出版的《北方杂志》第一卷第五期，表现的是抗战时期边区的反扫荡斗争。作品没有正面展开敌我双方剑拔弩张的斗争，而是选取了斗争的一个侧面，通过赵老奶奶机智地掩护区委的同志，巧妙地把从坏女人肖金鱼嘴里得到的情报及时传递给同志们，使他们安全撤离，由此反映了当时敌我斗争的尖锐、激烈，并成功塑造了一位革命老母亲的形象。在作品中，赵老奶奶的老伴被鬼子残酷地杀害了，儿媳妇黑夜躲难，从山崖跌下摔断了腿，日本鬼子对自己的家庭和全村所犯下的滔天罪行，激发了她的复仇意志，并开始在家里帮助八路军和抗日政府做一些革命工作。作品选取了赵老奶奶一天的革命经历。这一天，她在家门口为区委的同志放哨，当发现县里的交通员被伪军缠上时，她机智地为他解了围。坏女人肖金鱼被敌人派回村子探听消息，缠住了赵老奶奶。凭借自己的智谋，赵老奶奶不仅很好地掩护了屋里开会的同志，还从肖金鱼的嘴里探听到敌人晚上"要到西寨来大清剿"的重要情报。在这样一场特殊的敌我斗争中，赵老奶奶赢得了胜利，并通过一系列生动的细节突出表现了赵老奶奶的机智。当伪军尾随县里的交通员进了家门，她先是像每次带生人进家一样，一迈进门限，就拖长声音喊，为藏在家里的区委的同志通风报信；走了两步，突然停下来，假装找寻东西，拖延时间，为里面的同志尽可能地争取了时间。此时的赵老奶奶已俨然一位成熟老练的地下工作者。

《爱》写于 1946 年 9 月，发表于 1946 年 11 月出版的《文艺杂志》第二卷第三期。小说具体描写了八路军的炊事员老程对革命孤儿小三子的深情厚爱，表现了革命大家庭的温暖和同志间父母兄弟般的爱。作品从日常生活的角度，描写了老程与小三子的亲密关系，生动展示了老程的爱。他像一位细心而慈祥的老母亲，对小三子呵护备至，甚至让人觉得都有些溺爱。不论是对小三子生活的照顾，还是对小三子没完没了的夸奖，抑或是小三子病时的忧虑、痛楚和爱怜，都折射出了这种"爱"。这种爱也体现了一个革命者对于牺牲的革命先辈的缅怀和对革命后代的殷切希望与期待。

在内容上，曾克的小说既有及时反映和表现边区人民生活和斗争经历的《解放5000发电厂》，也有对以往生活经历回忆的《爱》，还有对战斗生活的直接记录和对英雄人物热情歌颂的《掩护》和《女射击手》。不论描写什么题材，都不难看出作者表现新的人物、新的事件的热情，以及教育人民、鼓舞人民、鞭挞敌人的良好初衷。在艺术上，曾克的短篇小说表现出一定功力，如果说《解放5000发电厂》还带有速写的色彩，那么《掩护》、《女射击手》则是在艺术上比较成功的作品。情节生动、曲折，人物形象鲜明，个性突出，即便是一些着墨不多的次要人物，也给人留下了深刻的印象，如《掩护》中的肖金鱼。此外，作品的语言也比较生活化，通俗明快。

王南，原名黄襟亚，湖南湘潭人，1911年出生。抗战前当过中学教员。抗战爆发后到了延安，后来随八路军奔赴敌后，来到太行山抗日根据地，先后在八路军野战政治部、民运部、一二九师政治部工作。在此期间，王南先后在涉县王堡村及附近的部队驻地创作了多篇小说，这些作品以《扒手》为名于1944年在边区出版。这些作品大体包括两类内容：一类描写抗战爆发前东北人民生活和斗争；另一类反映的则是抗战时期边区军民的斗争生活。

《扒手》写"我"在从东北开往天津的列车上的见闻。一位东北老汉带着儿媳深夜赶车，随身携带的500元钱被小偷割包盗走了。日本宪兵在车上检查时，不但对失窃一事置若罔闻，且对老汉严加盘问，当得知老汉是去天津探望因抗日反满而被日本宪兵逮捕的儿子时，更是百般侮辱。当宪兵问老汉是哪里的人，老汉先后回答"东北人"、"奉天人"、"王家屯的"时，每次被打一个耳光，当他回答"我是中国人"时，遭到的是更凶狠的殴打。一直到老汉在宪兵的示范和胁迫下，连续说了几遍"我是'满洲国'人民"时，羞辱才算结束。在车即将到达天津时，亲眼目睹了老汉遭遇的扒手也被感动了，把钱又悄悄还给了老汉，并且在纸条上写了这样几行字："从信上知道你儿子是抗日好汉／钱全数退回分文没动／因为咱叫你吃苦了／保险一路上再没咱的人动你钱。"作品通过老汉在列车上的遭遇，反映了日本宪兵对中国人民的肆意侮辱和践踏，揭示了中国人民心头存活着的反满抗日情绪。"扒手"的转变，也有力地证明了日本人的欺凌在中国人心中所激起的民族正气。

《友情与敌意》直接描写了东北人民的生活，表现了中国人与高丽人之间的世代友好，以及在两国人民心中所蕴藏的反抗意志。王老殿是东北人，老金是高丽人，两家是有着几年交情的老朋友。后来，由于日本人造谣，挑拨中国人与高丽人之间的关系，甚至嫁祸于人，两家的关系蒙上了一层阴影。日本人对高丽人造谣说"中国人要过江杀高丽"，又对中国人造谣说高丽人"要'洗'安东"，又捏造事实，把自己杀害的三名高丽人硬要写在中国人的身上，试图挑起中朝两国人民之间的敌意，坐收渔翁之利。然而纸里包不住火，谎言变不成事实，日本人的险恶用心最终还是露馅儿了。中朝两国人民更加清醒地意识到，日本人才是他们共同的敌人。小说以两个家庭的关系来表现中朝两国人民的关系，以小见大，蕴涵丰富。

《枪》写了边区部队的生活，却没有正面描写激烈的战斗和残酷的战争，而是围绕着"枪的故事"来表现人与人的关系，反映战士思想的转变。新战士李来双和班长张锦田是同一个村子的人，张家和李家"结了好几辈子的仇"。这种旧的人际关系也带到了部队，有一次，当李来双到农民家借扁担，看见张锦田因病睡在炕上时，出于对人的"憎恶"和幸灾乐祸的心理，他偷走了张锦田的枪，并藏了起来。部队人与人之间友好的人际关系温暖了李，领导与同志们的信任激励着李，张锦田病愈后友好的态度感染着李，在经过激烈的思想斗争后，在全连接受战斗任务即将出发之际，李来双取出了枪，交给了指导员。作品围绕着"枪的故事"，表现了新战士李来双思想上的转变。刚刚参军的李来双，由于自私狭隘的意识而做出错误的行为，给部队带来混乱和不安。在部队这个大熔炉中，李来双克服了落后的观念，表现出勇于承认和改正错误的魄力。从李来双与张锦田的对照中不难看出，经过战斗的洗礼和部队的锻炼，现在的李来双就是未来的张锦田，李来双必将成长为真正的革命者。

如果说《枪》写的是部队中新战士的成长，那么《小柱子》则反映了在革命者的教育和影响下，农村少年的茁壮成长。生活在太行山区的儿童团员小柱子，从驻村的八路军工作人员王毅那里听到关于列宁的故事，从心底里流露出对列宁的挚爱。当王毅把列宁的画像送给他后，小柱子"喜欢得吃吃地笑"。随着斗争的愈加残酷，敌人"无耻和残暴"地统治了村子。小柱子的父母怕敌人查出列宁像要"丢脑袋"，于是搜索、哀求，甚至"横下心来"打小柱子。小柱子忍着疼痛，死也不交出来。在反扫荡斗争中，王毅英勇牺牲了，小柱子为此大病了一场。当八路军赶走敌人，全村召开追悼烈士大会的时候，小柱子在会上代表儿童团讲话，表示要用实际行动支援八路军，为王毅同志报仇。最后，小柱子又把那张珍藏的列宁像贴在墙上，还在旁边写了"王毅同志精神不死"几个字。正如作品最后所写的"在这个儿童的心里，该有多少伟大的东西在生长着啊！"小说写出了在列宁伟大精神的感召下，在革命者王毅的直接教育和影响下，革命的思想是如何走入了儿童的心灵，影响了他们的爱憎，改变了他们的行为，使他们一下子由一个天真幼稚的孩子成长为一个小革命者的。作品在刻画小柱子这一人物时，紧紧抓住其儿童特征。他在革命者王毅面前，表现出富有童趣的一面；而随着斗争的残酷，小柱子身上成熟、刚毅的一面则逐步显现出来。在隐藏列宁画像这件事上，面对父亲的毒打，表现了他的刚毅，但从两个大人久觅不到，也含蓄地暗示了他的机智。当得知王毅的死讯后，他谎称是"夜来做梦"知道的，但私下告诉了其他的儿童团员，并且发动大家找王毅的坟，表现了他的沉稳和执著，反映了残酷的现实对儿童的磨炼。应该说，小柱子的形象塑造得是比较成功的。

《洋狗》反映了另外一种现实——抗战时期国民党军队的生活。作品以一个八路军战士"我"的见闻，叙述了一名国民党士兵与一条洋狗的故事。洋狗最先是日本鬼子的，是一次战斗中的战利品。就是这样一条喝过中国人鲜血的洋狗，却颇得旅长的宠爱。作品采用对比的手法，写了狗"比人都阔气"，写了旅长重狗轻人、叫狗咬人。士兵在火线上常常几天吃不上饭，狗却每天总有二斤牛肉吃，而且光吃白米不吃馍；伤兵没药打针，狗不但有针可打，且还用药水洗澡；狗咬伤了小护士，被打骂的却是小护士。在这里，通过叙述狗的事情，实际上写出了国民党军队官兵之间的关系，从而也就为士兵后来成为一名八路军作了铺垫。作品虽然没有直接表现抗战，但通过一只洋狗的故事，揭露了阎锡山军队的腐败无能，指出这就是他们在敌人大举进攻面前节节败退的根本原因，同时也含蓄地说明只有八路军才是抗战的中坚力量，是抗战的希望所在。

《旅途的一夜》同样以见闻的形式写出了敌占区残酷的现实。一边是在日寇的掠夺和搜刮下，市面日渐萧条，大部分店面都关门大吉；一边是附逆的周二爷谋财害命，用"一个兄弟媳妇，一副杨木薄皮棺材，从日本人手里，换了自己亲兄弟的一大笔田产"。周偏头（周二爷的亲弟弟）在被气疯后所说的话，仿佛《狂人日记》中狂人的呼喊，却是对未来的预言："八路军就要来，给我报仇了！""日本鬼子长不了，你们快回头罢！"最后，周偏头虽然被日本人杀了头，但他临死前的呼喊却回荡在人们的心头。

王南的小说在内容上虽与抗战的现实有关，但很少直接表现重大题材，他善于选取一个合适的角度，从某一个侧面来反映生活，因此，作品大都具有较强的生活气息。在艺术上，他的小说结构严谨、巧妙，叙事简洁、含蓄。如《扒手》一篇，小说以"扒手"为篇名，但作品描写的重点却不是"扒手"，而是老汉。而从通篇来看，老汉在车上的遭遇都与扒手有关。老汉在车上被宪兵的盘问，系因钱被盗而起，"罪责"在扒手；又是老汉被日本宪兵侮辱的遭遇激发了扒手思想和行为的转变。可以说，作品在总体上是借扒手的转变来表现民众的转变，表现人民心中抗日情绪的高涨。在作品中尽管没有直接描写扒手的文字，但联系作品情节的发展，读者还是可以感知到扒手的存在。如作品描写老人上车后，一个青年坐在老人身边，他"鸭舌帽戴到眼皮上，遮住了半个脸"，他"随身没有带行李。开车不久就打瞌睡"。"他的头不像旁人摇晃得那样自然而无力"。这些已经暗示了扒手的身份特征。因此，当老人失窃之后，读者也就不会感到奇怪了。此外，王南的小说在描写人物的心理方面也是颇为细腻、生动的。如《枪》中对李来双转变的心理揭示，《小柱子》中对小柱子在惊悉王毅牺牲后的表现的描绘，都是十分细腻而又贴切的。

鹿特丹，原名李兴宇，又名李南力，四川省南川县人，1920 年出生。他于 1939 年奔赴延安参加革命，曾在鲁迅艺术学院文学系学习，随后开始了文学创作。1946 年由延安来到晋冀鲁豫边区，先后在边区的地方部门、野战军部队和边区文联工作，在此期间创作了多篇小说。

《团圆》写了冀南一个农民父子团圆的故事。锁子在大前年闹灾荒的时候出外逃荒，跑到山西，靠给人打短工为生。后来山西进驻八路军，家乡也解放了，儿子来信说"八月十五前"回家。到了八月十五这一天，直到天黑了锁子还没有露面。天下起了雨，当父亲去苫高粱时，发现一名身穿军服的人正在苫自己家的高粱，上前一看，正是自己的儿子锁子。原来锁子已经参加了八路军，这次他是心里挂念着家里回来看看，看到家乡解放了，"分了地，有了花（钱的意思——引者注），有了粮食"，也就放心了。作品通过对父子团圆的描写，在短短的篇幅里以小见大，写出了解放区农村所发生的深刻变化。八路军和共产党转变了锁子一家的命运，使他们在离散了几年之后，于中秋佳节得到了团圆。

《新的孔村》是作者 1946 年 4 月 8 日写于临漳县郝家庄的一个短篇。作品描写孔村的农民经过诉苦，斗倒了地主，分得了牲口和土地，开始了一种新的生活。作品中的老福是一个没有土地的农民，从父亲老柱开始就以给地主种地为生。一个旱灾之年，全家无以为生，只好向地主借粮，地主提出苛刻的条件，"夏粮一斗，秋粮要二斗"，后来又出主意让卖孩子，最终逼迫老柱不得不卖了两个小一点的孩子才算度过了荒年。以后老柱、老福父子拼命死做，使得老福成了家，有了两个闺女。可是好景不长，事变前两年又遇到灾年，老福迫于无奈再卖两个闺女，狠心的地主居然从中盘剥卖人的救命钱。由于长期遭受压迫，在斗争之初，别人鼓动老福诉苦，老福还有顾虑，担心诉了苦，主家不让再种地。看到大家都踊跃诉苦，老福受到鼓舞才倾诉了埋在心底多年的冤屈。斗倒地主后全家得到翻身，给地主喂了几十年牛的爹，"今天才有了牛"。作品通过老福一家解放前后不同的命运，写出了孔村的变化。

《不屈》是作者1945年秋动笔，后来在冀南完成的一篇小说力作，最初发表于1946年9月《文艺杂志》第二卷第一期。小说描写了一对抗日夫妇在被捕之后，为了掩护抗日的力量，在敌人的威逼利诱面前威武不屈的故事。这是沦陷区日寇统治下的一个"和平"的村庄，鬼子像疯狗般猖獗，人人学会了各种隐蔽的斗争。韦真被鬼子抓走后，鬼子要他承认是本村人，并招出村里的暗八路。为了不暴露本村的人，他说自己是长征过来的老八路。韦真在被捕的时候被敌人砍伤了脸，已经认不出原来的样子。于是鬼子设计让他们夫妻相认。怀孕的韦真嫂被带到岗楼。尽管屋子里昏暗不明，站在角落里的韦真还是认出了自己的妻子。尽管韦真由于伤痕，完全不像原来的样子了，韦真嫂也认出了丈夫。但为了避免"全村青年人的死灭，全村的大清洗，鸡犬不宁"，两个人都压抑住自己的情感，为了麻痹敌人，甚至还说着伤害对方的话语。即便是被关在了一起，为了不让敌人发现两人的秘密，两人甚至不能亲昵地交换眼光。当怀孕的妻子双手紧压着肚子，在和生理上的苦痛挣扎斗争时，情节发展到了高潮，把两个人所承受的生理上、精神上的痛苦渲染到了极致，人物的人格力量也达到了最美、最强的程度。当韦真夫妻为了群众的利益承受着最大的痛苦的时候，群众也没有忘记他们。游击队攻进岗楼，救出了韦真夫妇。

作品表现了一场特殊的斗争，之所以"特殊"，是因为在这场敌我面对面的斗争中，不仅要用视死如归、大义凛然的英雄品质来战胜敌人，更要克服夫妻之间的亲情，甚至是最普通的人情，对"情"的克服，也就战胜了自我。这是一种特殊的"看不见的战线"，其惨烈程度绝不亚于与敌人之间的刺刀见红。在这场特殊的斗争中，作者用一系列生动细腻的心理描写，成功地表现了人物特定情境中特殊的心理和情感，夫妻之间的想爱而不能爱的心态都在细致入微的心理描写中形象地展现了出来，从而表现了抗日夫妻的高度觉悟和坚强毅力。作品对人物心理的成功刻画，即便放在现代文学的大背景下也毫不逊色，显示出了作者艺术上的进步和成熟。

第四节　丁玲的小说创作

丁玲（1904～1986 年），原名蒋冰之，湖南常德人。丁玲 1927 年开始创作，以《莎菲女士的日记》震惊文坛。在延安时期，又创作出短篇小说《在医院中》、《我在霞村的时候》等，表现出独特的个性，影响广泛。抗战胜利后，丁玲与陈明等人一起准备奔赴东北解放区，但是走到张家口，由于国民党军队封锁道路，无法继续前行，只能留下来。丁玲参加了晋察冀中央局组织的土改工作队，在涿鹿温泉屯工作了 20 多天，参与了土改的整个过程。丁玲根据实际生活体验，同时遵循毛泽东《在延安文艺座谈会上的讲话》精神和土改政策，创作了长篇小说《太阳照在桑干河上》，这不仅是晋察冀文艺史上的重要收获，也是中国文学史上的重要收获。

丁玲在温泉屯深入生活，与当地老百姓打成一片，对他们有了深刻的了解，也建立了深厚的感情，她说："我好像同他们一道不只二十天，而是二十年，他们同我不只是在这一次工作中建立起来朋友关系，而是老早就有了很深的交情。"她在精神上完全融入温泉屯的民众之中，产生了要表现他们的强烈欲望。尤其重要的是，她对于土改运动的认识，她知道这是一次千载难逢的历史机遇，是中国历史上的一次伟大的变革，有幸成为这一伟大事件的亲历者和见证者，她要用笔记录下她的所见所闻、所思所想。她在构思写作的过程中，又先后多次到行唐、束鹿和石家庄等地参加土改运动，加深对土改的认识和了解。1948年6月，丁玲在正定县完成了长篇小说《太阳照在桑干河上》，同年9月，由新华书店东北总书店出版。

《太阳照在桑干河上》是一部具有史诗品格的作品。书中描写的人物有30多人，包括各个阶层的代表人物，全面反映了土改时期农村的社会风貌，表现了波澜壮阔的历史画卷。小说以阶级斗争的理念贯穿全书，表现农村阶级矛盾和阶级斗争，以土地改革为线索，真实把握了历史发展的必然趋势，记录了20世纪40年代中国北方农村发生的伟大历史变革。

小说写的是华北一个叫暖水屯的村子，正在进行的土改运动。地主阶级敏感意识到革命的气氛，他们在研究对策，进行密谋，以抵抗土改运动。钱文贵以革命家属的外表迷惑人，已经两次逃过清算。甲长江世荣也在与八路军周旋，以求自保，他甚至还在拉拢农会的赵德禄，主动借给他两石粮食，让他们全家渡过难关。本村的干部们觉得都是乡里乡亲的，拉不下脸面，对先拿哪个地主开刀产生了分歧，"咱们这次该斗争谁"的问题难住了他们。正如张正典所说："你们天天嚷着替老百姓办事，替老百姓办事，到了改革地主了，又慈悲起来，拿谁的地也心痛。程仁！你个屁农会主任！你们全是软骨头！"在考虑斗争谁的时候，农会干部却不自觉地替地主说情，而老实本分的农民更是胆小怕事，不敢起来与地主进行面对面的斗争。在上级派来的土改工作组的推动下，暖水屯的土改运动终于开展起来，农民解除了心理重负，地主李子俊、钱文贵、江世荣、侯殿魁得到彻底清算，农民分到了土地。

从全书来看，小说表现了阶级斗争的主题，但是丁玲没有把阶级斗争简单化。她从现实生活出发，看到在一个村子里生活的源流错综复杂，这里像一个竹园，一棵大树，盘根错节，彼此纠缠在一起。地主钱文贵是土改重点打击的对象，但是他的情况就很复杂，他的一个儿子参加了八路军，他成了"抗属"；他的女儿也嫁给了贫农出身的张正典；他的侄女黑妮又与农会主任程仁相爱。因此，钱文贵曾经逃过几次清算。土改运动中有扩大化倾向，丁玲注意到这一点，对富农顾涌的描写表现了她的思想。她认为，顾涌是靠辛勤劳动发家致富的，不是剥削来的。小说写道：

> 兄弟俩受了四十八年的苦，把血汗洒在荒瘠的土地上，把希望放在那上面，一年一年的过去，他们经历了一个朝代又一个朝代，被残酷的历史剥蚀着，但他们由于不气馁的勤苦，慢慢地有了些土地，而且在土地上抬起头来了。因为家属的繁殖，不得不贪婪的去占有土地，又由于劳动力多，全家十六口人，无分男女老幼，都要到地里去，大家征服土地，于是土地的面积，一天天推广，一直到不能不临时雇上一些短工。于是穷下来的人把红契送到他家里去，地主家的败家子在一场赌博之后也要把红契送给他。他先用一张纸包契约，后来换了块布，再后来做了一个小木匣子。他又买了地主李子俊的房子，有了两个大院。

这段描写让人感觉有些奇怪，一部表现土改的小说，为什么一开篇就这样写？这难道不是为地主富农申辩吗？农村土地的集聚过程是这样吗？显然，丁玲的思想是矛盾的，可能有像顾涌这样的富农，是通过辛勤劳动获得更多的土地，但这不是典型的具有普遍性的。如果是这样，土改的合法性就值得质疑了。而千百年来形成的封建的土地制度从根本上讲是不合理的，这才是土改的意义所在。而丁玲对此的立场具有一定的历史局限性。然而作为一个作家，这一点使她对土改运动的感受有了更多更复杂的表现。她笔下的地主形象是复杂的，她没有像根据地的其他作品，诸如《王九诉苦》、《王贵与李香香》、《白毛女》那样夸张地表现地主阶级的罪恶。钱文贵甚至没有血债。她主要表现的是土改运动中出现的矛盾与斗争。

在人物形象的表现上，小说也很有特点，丁玲没有写农民的高大形象，而是表现他们的怯懦。在土改工作组的反复启发动员下，他们仍然畏缩不前，不敢与地主进行面对面的斗争，农民侯全忠甚至把分到的一亩半地又给退回去了，他看到有史以来，就没有穷人当家的。就连妇联会主任董桂花对工作也不是那么坚定积极，她想，张裕民把她强拉到妇联会来，总说为穷人做事，可是"为穷人做事，如今为了个什么穷人，连自己还要更穷了呢"。丁玲真实地表现了土改运动中的另一个侧面，表现了生活的起伏和现实的矛盾。

学术界普遍认为丁玲对黑妮的描写最为成功，表现了作家鲜明的个性。这个半主半仆的姑娘，有着独特的生活经历，复杂的身世。在土改时期，她经受着双重的煎熬；一方面她是地主钱文贵的侄女，在政治上受到无形的牵连，连曾经深爱她的程仁也不得不疏远她；另一方面她又被伯父钱文贵利用，接近程仁就有拉拢农会干部之嫌。她的美丽和年轻，也会变成罪恶，她好像成了狐狸精，走到哪里，人们都以为她是来打探消息的。但是这个美丽善良的姑娘总是那么善意地对待一切，她单纯正直，积极参加各种文化活动，积极要求进步，但是现实的矛盾集中到她身上的时候，她表现出忧郁的神情。她受了委屈，甚至只能向二伯父钱文贵哭诉，因为她无处诉说。黑妮的命运使人同情，她未来的命运更让人担忧。这也是丁玲表现土改运动矛盾的地方。

小说的结构从时间上看是一个线性的结构，以土改的发展过程为线索，但不是平铺直叙，而是以场景和日常生活编织结构，以大量的生活细节和细致的心理描写表现人物和生活的错综复杂，以缓慢推进的方式推动情节的发展，表现了生活的鲜活性，增强了小说的艺术表现力，在同类土改小说中是难得看到的。小说的语言通俗朴实，农村和农民的口语的大量运用，表现了浓郁的生活气息。

丁玲在小说中写了土改运动的大方向，激烈的阶级矛盾和阶级斗争，各种势力的较量，反动势力的阴谋和抵抗，农民思想启蒙的艰巨性与反复性，最终以土地革命胜利告终，表现了历史的潮流和土改运动胜利的必然。与此同时，她也时常关注到与这个大方向相悖的某些方面，以及在大方向掩盖下的偏颇甚至错误的倾向，在这样的表现中，显示了一个优秀作家的良知和慧眼。

第五章 "晋察冀诗人群"的创作

在抗战期间,晋察冀抗日根据地的诗歌创作成为宣传抗日、组织群众对敌斗争的工具,街头诗、政治抒情诗、民间歌谣大量产生。抗日根据地的社团组织也十分活跃,出现了大量的文艺社团。由于当时斗争条件的恶劣,有些社团活动的时间不长。在诗歌创作社团组织中,"战地社"和"铁流社"影响最大。虽然他们的社团组织不同,诗人的创作风格不同,但是他们创作的主题是相同的,都是为了抗日。现在人们趋向于将他们看成一个整体——"晋察冀诗派"。

第一节 "战地社"诗人的创作

晋察冀边区战地社主要诗人有邵子南、曼晴、方冰,他们的诗歌创作在河北敌后具有重要的代表性。

邵子南,晋察冀边区最活跃的诗人之一,他感情热烈,精力旺盛,创作热情极高,边区几个重要诗刊上几乎每期都有他的作品。邵子南是"街头诗运动"的发起人之一,也是十分积极的实践者,先后写下了数十首街头诗,孙犁曾回忆说:"那用红绿色油光纸印刷的诗传单上,也每期有他写的许多街头诗。"① 邵子南的街头诗除了散见于边区各种文艺报刊,多数作品收入《文化的民众》、《粮食》、《力量》等街头诗诗集,其中,仅诗集《文化的民众》中就有街头诗 50 余首,包括《告诗人》、《准备投降的家伙》、《花》等,其中的《花》是他的代表作:

---

① 孙犁:《清明随笔——忆邵子南同志》,见《孙犁文集》(三),百花文艺出版社,1982年,第290页。

人民有了晋察冀，
心眼里开了花！

花——
又鲜明又大！

花——
长生不老
要开出新中华！

这是一首传遍晋察冀边区、脍炙人口的街头诗名篇，短小凝练、通俗明了，却言近旨远、寓意深刻。诗篇含蓄地肯定了晋察冀边区在全国人民心目中的显著地位，简洁地表达了人民对民主抗日的边区的无比热爱之情，并巧妙地借用"花"的引申义，传神地勾画出党领导的敌后根据地光明远大的发展前景，预示出将来的新中华是人民当家做主的崭新国家。以这种方式描写和歌唱晋察冀，或者说用如此宏大的场景来营造"花"的意象，的确令人眼前豁然开朗，耳目为之一新。

邵子南写作更多的是抒情诗和小叙事诗，这是处在火热的斗争生活之中，对眼前急剧多变的事态有太多感受的诗人作出的必然选择。1939年6月，邵子南曾在他的《诗的小论》中，对边区诗歌创作中出现的空洞、浮泛的现象提出了批评，他自己则率先垂范，陆续创作了一大批描写具体、刻画生动的叙事诗，一些作品收入1939年10月出版的诗集《组织》中，更多的则发表在此后出版的边区各文艺报刊上。在这些抒情诗和叙事诗中，一部分作品摄取敌后战场上激烈战斗的场面，直接表现抗日军民英勇顽强的对敌斗争。《模范支部书记》采自边区著名的大龙华歼灭战，最后的胜利被敌人一座顽固的堡垒所阻挡，支部书记率领一个排挺身而出，以勇敢和智慧力克敌堡，终于赢得了全歼敌人的胜利。诗篇的语句果决、有力，特别塑造了朴实、倔强的支部书记的形象。《大石湖》记述了1943年秋季阜平人民的反扫荡斗争，写了牺牲的烈士和拿起他的枪继续战斗的人民，生动说明了根据地巍然屹立的原因所在。《死与诱惑》、《好样儿》和《五十九个》同时写了不畏强暴、宁死不屈的边区人民，他们面对凶狠残暴的日寇，面对惨无人道的酷刑，面对金钱的诱惑和亲情的牵挂，毅然地为国抛舍这一切，用崇高的民族气节压倒敌人的嚣张气焰。在诗人的精心刻画下，这些普通的边区人民身上焕发出了耀眼的精神光芒。

诗人的另一些叙事诗直接取材于边区人民平凡的日常生活，描写诗人对这些司空见惯的普通事物的体验和感受，如《夜》、《土地》、《压面妇》、《大红枣》、《早上的歌声》、《关于火的诗章》等，他的这些作品被称为"战争的风俗诗"。邵子南在1939年《诗的小论》中批评一些诗歌"只知一般，不知个体"后，决心创作出"我们的实在风景与风俗画"。他希望通过描写晋察冀的日常生活面貌，使诗歌更贴近战时边区军民的生活和心理，因此，他在取材和构思上选取战火下一些平凡的小事物，着眼于日常所见的事物，如土地、墙壁、会场、火焰、红枣、黑夜等；刻画生活中普通的人物，如骡夫、压面妇、运输员、工人、妇女自卫队员、儿童团员等，并从这些普通事物和人物身上揭示出潜在的精神底蕴，在朴素和平凡中发掘出诗意，从而大大地强化了诗的艺术感染力。《夜》写了夜间露宿这样一件根据地极为常见的事情，但诗人以细腻的笔触描绘了夜宿山顶所独有的感觉，月光触到岩石，夜露凝成水珠，敌人的炮声在四周震响，战士们静听着岿然不动……诗人几笔便勾画出了敌后特有的游击生活。《大红枣》是诗人的组诗"晋察冀水与火的故事之四"，写的也是一件很普通的事，一个老乡送给诗人一升红枣，他晒着太阳，一边吃，一边和老乡拉家常。诗篇描写了老乡的纯朴、红枣的质好和香甜，更从中获取感悟："我吃着晒太阳，浑身温暖得像夏天，/我想起了这三者怎样相像：老乡大红枣和太阳。"《压面妇》颇为细致地描写了在严寒的清晨，一个压面妇的辛苦劳作。她赶着驴，扫着面，筛着箩，踩着月光一直干到大天亮。儿童团、军队、民兵起来上操了，压面妇还在"不张扬地工作着"。她不是同儿童团、军队、民兵一样在为抗战效力吗？田间在评邵子南诗作的文章《"战争的风俗诗"及其它》

中，称赞诗人"大致把握了游击战的'风俗'（部分群众某些方面的生活）"。的确，邵子南的战争风俗诗真实地描摹了战时边区人民的日常生活、心理状态和精神风貌，除了其艺术上的价值外，还给后世留下了生动的民俗学方面的资料。

邵子南是一个有着突出个性的诗人，他的诗"富于感觉，很有才华"①，对于那些是诗或者不是诗的事物，诗人总是通过精细的感觉和敏锐的捕捉，发掘出常人所难以发现的蕴涵。如由对春荒的体验，诗人感到："世界上，只有贫农，才了解春天。"（《春天，粮食的诗章》）由新开垦的荒滩，诗人看到："土地呵，你——/魅惑的，宽大的，黑褐色的，/潮湿的，细软的，整齐的，/就像来整理你的劳动者那样结实，/生产工具那样粗砺，/粗线条的，响亮的。"（《土地》）他的诗很追求哲理性，对于极普通的诗篇，诗人也努力去探究人物或事件本身所含有的深层意味。比如《死与诱惑》，写一个工会干部不受敌人的种种引诱，勇敢地走向死亡。诗篇没有直写事实，而是将其精神提炼出来，通过他与拟人化的金钱、生命、亲情、死亡的对话，显示了主人公纯洁而伟大的精神世界。曼晴称他的诗立意"非常深刻"，"给人的政治感受是多么的深沉"②。

曼晴，原名栗金襄，1909年生，河北省广宗县人。1926年高小毕业后考入河北省第四师范学校，开始接受"五四"新文化思想的影响。1932年因闹学潮被开除，流落平津，与王亚平、袁勃、路一、梁斌相识，参加了"左联"领导的诗歌团体中国诗歌会，为河北分会的发起人之一。他积极致力于诗歌大众化的工作，在《新诗歌》、《诗歌新辑》、《诗歌季刊》上发表反映农村经济破产的诗作。他的《兵灾》、《饥荒》、《劫》、《卖地》等一批"饥荒年代的诗"，以现实主义的笔墨真实描绘了旧中国苦难人民的悲惨境遇。抗战爆发后，曼晴流亡到武汉，后到延安参加西北战地服务团，1939年随团来到晋察冀抗日根据地。在边区，曼晴当过战地记者，编辑过《边

---

① 孙犁：《清明随笔——忆邵子南同志》，见《孙犁文集》（三），百花文艺出版社，1982年，第291页。

② 曼晴：《春风杨柳万千条——回忆晋察冀边区的诗歌运动》，《新文学史料》，1979年，第5期。

区诗歌》、《诗建设》等诗刊，被孙犁誉为晋察冀"新诗运动的播种人"。1942年到曲阳县抗联会工作，编辑《钢筋硬骨传》。1947年石家庄解放后，主编《石家庄日报·副刊》，以后相继担任石家庄人民广播电台台长、石家庄地区文联主席等职。1981年出版《曼晴诗选》。1989年病逝。

曼晴是一个热情、朴实、谦逊的诗人，他在30年代所写的诗来自生活的真切感触，表达了底层民众的悲愤情绪，"形成一种热情、朴实、自然、和谐的诗风"①。他在诗作《卖地》中写道："豆瓣大的洋油灯头，/拖着一条黑烟尾巴，/扫荡着围着破桌的几个男孩，/扫荡着坐在土炕上的妈妈。//……看着指手划脚的债主，/看着王先生在捏着笔管，/笔头儿像毛虫，在雪白的纸上乱爬，/一个一个的黑字，都张着黑嘴，/将把我们母子吞下。""豆瓣大的洋油灯头"把周围的黑夜反衬得更加浓重，更加阴森，特别是接下来诗人用第一人称写出孤儿寡母面对卖地契所产生的幻觉——"一个一个的黑字，都张着黑嘴"，逼真地反映了农民走投无路、哭告无门的悲绝境况。《逃难》一诗，采用民歌手法描绘了一幅灾民流亡图："又是淹，/又是旱，逼得我家逃了难。/推着独轮车，/挑着行李担。/爸爸走不动，/落在大后边。/两个小孩子，/抱着泥囡囡。一个个泪满面，把人心哭乱。/前面水拦路，点点金波远！/坐在长堤上，相对夕阳残。"其中"两个小孩子，抱着泥囡囡"，简直是泣血之笔，本应在母亲的怀里撒娇使蛮的幼童，却踏上漫漫无期的逃难之路，一经作者点出，便让人久久难忘。"前面水拦路，点点金波波。"后面是饿殍满地的灾乡，前面又横出一眼望不到边际的洪水，让人绝望至极，"坐在长堤上，相对夕阳残"。寒夜将至，逃难的一家只能露宿大堤。小孩子只知道哭泣，而沉默不语的父亲内心该会怎样的痛苦，由痛苦又会生出怎样的愤懑呵？曼晴本是农民中的一分子，也饱尝过衣食无着的辛酸，所以他才会写出这样语言朴实自然、富有时代气息的现实主义诗篇，"他以真正的农民代言人来写诗，所运用的语言也真是

---

① 甄崇德：《新诗歌运动的耕耘者——曼晴》，《新文学史料》，1996年，第4期。

农民常用的而又提炼加工的，这样创作的诗才能产生如此深刻的印象"①。

　　曼晴在晋察冀边区的诗歌创作是从街头诗开始的。曼晴原本是一个诗歌活动的积极分子，对诗歌有着非常执著的感情，他随着西北战地服务团到达边区后，很快同其他诗友们一起开展了轰轰烈烈的"街头诗运动"。作为这一诗歌运动的结晶，他的街头诗集《街头》于1939年7月作为"诗建设丛书"之四，由战地社出版。此后，随着边区诗歌运动的发展，曼晴还创作了大量街头诗和传单诗作品。曼晴的街头诗大都短小精悍，简洁有力，鲜明醒目，让人感奋，催人进击，如《匕首》："你的诗，/像匕首，/闪闪发光。/写吧！/让所有墙壁，/都披上武装。"他的另外一些街头诗作品，像《青纱帐》、《破路》、《枪》、《支应不了》等也都写得情绪饱满，朴素坚实，富有极强的号召力和鼓动性。这些诗作尽管多数不能传之久远，许多诗篇随着"街头墙壁泥土的剥落，战火的熏烧，早已不知去向"，但这些诗歌"在当时——对敌斗争，鼓舞士气，争取人心，坚持持久战，是起过一些作用的"，它们像"一只只火苗"依然燃烧在诗人的心里。

　　1939年，曼晴作为西北战地服务团的战地记者到涞源和易县、满城、徐水前线采访，广泛接触了冀西人民的战地生活，因而开始了富有具体生活意象的小叙事诗的创作。《捕捉》是平山人民反扫荡中的一支小插曲，民兵二梆子趁着黑夜袭击过路的鬼子，他伏在青纱帐里仔细端详，终于捕捉到一个掉队的敌人，正要缴下敌人的大枪，背后突然又出现一个黑影，原来是赶来帮忙的战友王大夯。诗篇写得轻盈、灵巧，与夜袭的气氛非常和谐，诗末出现的那场"虚惊"，真实反映了敌后游击战争的惊险和紧张，并给故事带来了起伏与波澜。《巧袭》讲唱了定县民兵英雄郝庆山的传奇故事，他胆大心细，智勇双全，在光天化日之下乔装成日本宪兵队，大摇大摆地拿下了敌人的炮楼。诗句简短，叙事清晰，显得从容不迫，游刃有余。《区长》写的也是发生在晋察冀边区的一件真人真事。敌人向被围困的全村群众逼问区长的下落，眼看四个无辜的青年就要惨遭毒手，区长大吼一声

---

① 王亚平语。见甄崇德：《新诗歌运动的耕耘者——曼晴》，《新文学史料》，1996年，第4期。

"我是区长!"挺身而出。敌人正要得意,人群中突然又"跳出几个人",同时高喊"我是区长!""我是区长!"结果,"原来的区长,/淹没在人群里了,/所有的人都变成了区长"。这首诗感情饱满,情绪激昂,加之环境气氛的渲染和斗争场面的生动描写,使诗篇产生了较大的艺术感染力。《粜粮食的》叙写的是敌占区人民对根据地军民的有力支援。敌寇严密封锁山区的根据地,机智的人民却在敌人的眼皮底下,在敌人刺刀的监视下,通过公开的集市,将一袋袋粮食转运到根据地军民的手中。诗写得很平静,很沉着,像穿过敌人炮楼的那些赶集人,而诗中反复出现的答语:"粜粮食的",却含有一种不易捉摸的自豪感。诗末的那些"空着口袋,骑着毛驴"、唱着大秧歌回家的赶集队伍,则给诗篇染上一层胜利情绪。

1943年边区文艺整风后,曼晴下乡到曲阳县抗日救国联合会,继续他在30年代开始的新诗大众化的有益探索,创作了《纺棉花》、《打野场》、《磨豆腐的老太太》等一批具有民歌、民谣风格的诗篇。《纺棉花》歌颂了边区人民热火朝天的大生产运动,妇女白天生产,夜晚纺线,一边哄着年幼的孩子,一边照顾年长的嫂子,为生产支前一直纺线到黎明。诗人以纺线时发出的"嗡——嗡——"的象声词入诗,增加了诗篇的动感,还为全诗渲染上一层活泼风趣的氛围。《打野场》描写了边区军民在野外抢收抢打的劳动场面。为防备敌人抢掠,保卫丰收果实,根据地人民争时间抢速度,快收、快打、快藏,不给敌人一点可乘之机。诗篇的节奏急促、明快,像曲艺中的快板书,同紧张热烈的打场劳动正相和谐。这些诗作与诗人的其他作品有着明显的不同,它们通俗平易,简洁质朴,节奏轻快明朗,语言明白如话,生活气息浓厚,单纯而有诗味。群众易懂、易记,还能顺口传唱,体现了一种自然、朴素的大众化的诗风。由于缺乏文字记载,无从加以考证,但我们相信这些带有民歌风的诗篇,在当时的冀西根据地一定妇孺皆知,人人会唱。

当然,为曼晴博得诗名的还有那些脍炙人口的抒情短诗,如《羊圈》、《打灯笼的老人》、《羊角》、《游击》等。《羊圈》是曼晴在晋察冀写的最早的诗作，也是诗人最喜欢的诗篇之一。诗作捕捉到边区游击队员经常采用的这种宿营方式，以乐观的情绪亲切地描写了羊圈中的篝火、围着篝火取乐的小鬼们、在温暖的稻草上熟睡的战士，以及在墙角嚼着草料的战马，还动静相间地留意到"像箭镞一样"，从草棚的缝隙间射进来的"冰冷的月光"。这首诗句式不整，没有韵脚，但感情真挚，情绪跳荡，朴素无华却韵味醇厚，情景、语言搭配得极为和谐，是一首自然天成的好诗。《打灯笼的老人》也是作者早期的一篇诗作，诗的镜头摄取的也是边区夜晚的一个普通场景：在风雪扑面的夜里，一位老人提着灯笼站在路边，为过往的抗日队伍照亮。老人佝偻着脊背，身披破旧而单薄的棉衣，手中的灯笼光线朦胧……诗人显然被老人恪尽职守的精神感动了，篇中连用的四个"深深"的感激，足以表达作者发自内心的深情。曼晴的诗"多是抗日战争的单纯的素描"，质朴平易、情感纯真、自然和谐。他的诗是作者以一颗"天真之心"抒写的一部"晋察冀战争生活诗的素描集"①。

方冰，原名张世方，1914年生，安徽省凤台县人。抗战爆发后进入延安陕北公学学习，1938年冬到达晋察冀边区，在军区政治部宣传部工作。1939年1月参加边区的"街头诗运动"，开始诗歌创作。三个月后调入西北战地服务团，担任战地社诗刊《诗建设》的编辑和刻印工作，他刻有一手工整秀丽的钢版字，被誉为边区著名的"钢版战士"，后期与邵子南一起负责《诗建设》的编辑工作，同时发表了许多歌颂边区人民抗日斗争的诗篇。1943年到京西游击区开展工作。1944年回到延安，进中央党校学习。翌年在《解放日报》发表反映晋察冀抗日军民英勇斗争的长篇叙事诗《柴堡》。抗战胜利后去东北开辟新区，新中国成立后担任大连市文化局长兼文联主席，出版了诗集《战斗的乡村》、《飞》等作品。

在边区的诗人中，方冰的诗歌创作持续时间比较长，从1939年到达晋察冀根据地开始，直至1944年下半年奔赴延安为止，共六年。方冰创作的街头诗数量不多，因此也没有流传下来，他的诗作多为抒情诗和小叙事诗，

---

① 孙犁：《红杨树和曼晴的诗》，见《孙犁文集》（四），百花文艺出版社，1982年，第465页。

一部分在新中国成立后被作者收入诗集《战斗的乡村》，诗人说："我的这些诗描写的就是农村的革命战争"①，正如诗集名所示，诗人方冰的创作视角始终对准了边区战斗的乡村，诗作的题材几乎包含了晋察冀边区抗日斗争的各个方面。《过平阳镇》、《写在断墙上》是两篇对日寇屠杀边区无辜人民野蛮暴行的控诉书，前者直写了日寇荒井大队制造的震惊全国的平阳惨案："血呵！/浸透了泥土和砂子；/血呵！/染红了平阳河"，诗作在平静的叙述中传达了无比悲愤的心情；后者则通过作者所熟悉的一个普通农民家庭的被毁，抒发了诗人的满腔仇恨，诗篇以对比的方式，写了这个家庭的温暖，写了勤劳的丈夫、贤惠的妻子、慈祥的老人和活泼的孩子，而正因为这样才更让人惋惜和痛心，让人愤慨和仇恨。《炸死那些野兽们》记述了山区根据地人们创造的令敌人闻风丧胆的地雷战，那些"推门门响，/上炕炕响；/打水水响，/烧火灶响"的地雷，为亲人和家乡报了仇，但诗篇还是一再呼吁"多埋一些地雷"，因为"就这样也炸不平/这太多的仇恨"。《歌唱二小放牛郎》是一首脍炙人口、广为流传的诗歌名篇，创作于1940年冀西军民秋季反扫荡之后的平山县两界峰。这首小叙事诗歌颂了13岁的放牛郎王二小，在被敌人抓住、强逼带路的情况下，机智勇敢地把敌人引进了八路军的埋伏圈，保护了后方机关和几千老乡的安全，他却献出了自己年轻的生命。诗篇以舒缓的笔调叙述少年英雄王二小的感人事迹，在深深的钦敬之中又渲染上一层悲壮的感情色彩，寄托了边区人民对抗日小英雄的深深哀思。

方冰的诗抒写更多的是边区人民平凡的日常生活，这些普通人和普通事构成了根据地人民生活的实在的内容，捕捉它们并努力挖掘出其中蕴藏着的诗意，便成就了一幅幅边区人民战时生活的风景画和风俗画。《拿火的人》描绘了根据地山区一个最平常的夜景：自卫队员手拿着火绳，在崎岖不平的山路上，一站接一站地为夜间工作的抗日干部引路。诗篇从这种司空见惯的现象中发现了边区人民的伟大，也发掘出了其中的诗情画意。我

---

① 方冰：《战斗的乡村·后记》，作家出版社，1957年。

们可以看到火绳构成的一个个流星，可以听到风吹火绳发出的"哔剥的响声"，还可以闻到阵阵艾火的香气。诗人摄下了活动在山间小路上一个个生动的身影，把他们合起来就是一个英雄集体的写照。可以想象，在晴朗的夜晚，无数拿着火绳的人穿行在根据地大大小小的山路上，漫山遍野的火绳，星星点点，飘来飘去，宛若一颗颗星星在天空中游动，其场面之壮观足以动人心魄。《三月的夜》写了动员参军这种边区经常进行的工作中所发生的一个故事，写了一对恋人在月下谈情说爱的窃窃私语。男青年参军要走了，女青年心里又高兴又难舍难分："我想你！"可是，"你要是老守在家里，我就讨厌你了"，几句话便将热恋中的女子内心既情深意切，又进步要强的矛盾心理反映出来，这或许是敌后战地青年所特有的一种恋爱方式吧。诗篇很善于寓情于景，借景抒情，三月的明月照着山里的夜，照着熟睡了的村庄；村边，杏花正闹哄哄地开放，散发着迷人的香气，年轻人"健康而甜蜜地呼吸着"三月的花香，而这花香也为边区的夜晚敷上了一层温馨的色彩。

诗人描摹边区人民日常生活的诗篇，明显地贯穿了一种坚定和乐观的情绪，这既可说是根据地人民乐观生活态度的反映，也可说是诗人一种艺术风格的表现。《过平阳镇》尽管写了敌人的残暴，但"平阳河，/并没有哭泣"，诗人再过平阳时，这里依然是"布谷鸟快乐地叫着"的春天。《饱满的夜》抒发了诗人对一个清凉而平和的夜晚的感受，这里白天还是炮火硝烟的战场，夜里开过晚会，汽灯照着饱满的麦穗，一片蛙声预兆了土地的丰收。《歌声》写了敌人刚刚扫荡后的村庄，地下一片瓦砾，空中不见飞鸟，路上没有行人。在一派狼藉的景象中，突然传来牧羊人的悠扬歌声，诗人的精神为之一振："在这黄昏的天幕下，/在这劫后的山村里，/我突然感到/晋察冀的精神！"这是敌后人民不屈民族意志的彰显，是边区人民顽强战斗精神的深刻体现，诗篇以饱满的热情和欢乐的调子书写了这些感人的景象，它给予读者的是更愉快地迎接新的战斗的鼓舞和鞭策。

方冰的诗是边区人民抗敌斗争的风俗画，他很注意诗歌的形象性，重视人民具体斗争场景的描写，并从实际生活的感触中抒发自己的情感。他在关于街头诗的讨论中，曾表达了自己对诗歌创作的一贯主张："街头诗的艺术手法的要求，一点都不能比叙事诗或是抒情诗低，它要求高度的艺术形象，同叙事诗、抒情诗一样，毫不能缺少一点，必须要将政治口号通过艺术的形象深刻地表现出来，才能完成它的任务。"① 街头诗的创作尚且如此，诗人在他的抒情诗和叙事诗中对艺术形象的要求则更严格了，诗中绝少概念化的抽象的语句，空洞的赞美词也非常少，描写细腻具体，情绪舒缓，叙事娓娓动听，给人一种深入肺腑的美的感染。

第二节　"铁流社"诗人的创作

庞大的河北抗战诗歌作者群有两大主力队伍构成，除了"战地社"之外，另一个就是"铁流社"及《诗战线》诗刊。"铁流社"作为河北抗战诗歌运动的另一个核心，为边区诗歌创作的发展作出了重要贡献。"铁流社"的领军人物和著名诗人是丹辉和魏巍，他们不仅有力地领导了这个文艺团体，而且在诗歌创作上也取得了非常显著的成绩。

丹辉，本名钱丹辉，原名钱大纯，1919 年生，江苏省金坛县人。1933年开始文学写作。1935 年在江苏省立南京中学读书期间，参加了"一二·九"学生运动。1938 年初到延安，入抗日军政大学学习，同年冬奔赴晋察冀边区，先后担任一分区政治部宣传干事、宣传科长、边区文协理事等职。到晋察冀不久，钱丹辉带头组建了边区第一个诗歌团体"铁流社"，创办了诗刊《诗战线》，并发起组织了晋察冀边区的"街头诗运动"，为晋察冀边区诗歌创作的蓬勃发展作出了重要贡献。解放战争时期担任新华社冀热察分社社长、察哈尔军区宣传部副部长，新中国成立后相继担任安徽省文化局长、西北局宣传部文艺处长等职，出版了《丹辉诗选》等作品。

作为晋察冀边区诗歌运动的一位重要组织者，特别是街头诗创作的积

---

① 方冰：《略谈街头诗的政治性》，《关于街头诗》，战地社，1940 年。

极倡导人，丹辉早期的诗歌创作以街头诗为主，其成果部分收入他与别人合出的街头诗集《给自卫军》、《力量》中。丹辉的街头诗比较注重形象性和具体的描写，很少用空洞的大道理来教育读者。《给——》是一篇号召边区青年踊跃参军抗战的作品，诗人不作正面的动员和规劝，而是以一个反面的例子来说明问题。在响起了"大战的号音"、猛烈的战斗就要开展之时，谁看了那位穿着臃肿、"脖子上还缠着一条花围巾"的青年，能不反感和加以嘲笑吗？诗作的力量在这种鲜明的对比中自然地显现出来。《敌人与黑夜》意在揭露敌人的无耻罪行，它具体描写了一个日本兵在"月牙挂在山头的时候"，放肆地闯进农家，结果，这天深夜"又有一个姑娘含着耻辱，/含着比石头还沉重的痛苦，/无声地死去了"。诗篇对敌人的残暴虽未进行直白的声讨和控诉，但给人的震撼和情绪感染却是巨大的。丹辉最著名的街头诗《夏收》，写于1939年6月一分区保卫麦收动员大会，后由田间推荐发表在重庆胡风主编的《七月》杂志1940年2月号上。这是一首对于夏收和粮食的赞歌："健康的笑，/健康的歌，/从田野里/播送出来了。/熟透的麦粒/像顽皮的孩子一样，/在战士的手里/跳跃呵！"诗篇绘声绘色地描写了边区一派紧张热烈的夏收景象，在田间劳动的子弟兵和老百姓，一会儿发出爽朗的笑声，一会儿又唱出阵阵歌声。他们在这种洋溢着欢歌笑语的氛围中，眼望黄灿灿的麦浪，手捧圆滚滚的麦粒，心中充满丰收之后的幸福与欢欣。作品以较强的画面感和充满活泼气氛的动感，摄下了金色的田野上热火朝天的军民团结收夏的场面，它给读者以具体和实际的感染与鼓舞，对唤起边区军民武装保卫麦收也就产生了更为巨大的号召力。

　　抒情诗是丹辉在抗战中使用较多的另一种诗歌形式，同他的街头诗一样，丹辉的抒情诗也融入了较多的叙事成分，这些人物或故事片断在诗篇中起着相当重要的作用，或者作为诗人抒发感情的依托，或者成为诗人情感的归宿，给人的是一种具体的、富有生活实感的阅读印象。《集场》一诗首先引出了一位在道上"骑着毛驴，/摇晃地/走向集场"的"穿着大红裤子的姑娘"，然后才就诗人在集场上的见闻抒发了内心的感受：热闹的大集场像"山里坦阔的平原"，里面沸腾着"人的海/活着的海/喧嚣的波浪"，它给人民丰富的营养和自由的呼吸，象征着根据地的繁荣和勃勃生机。诗人从集场上琳琅满目的物品中，看到了边区人民无比顽强的生命力，看到了敌后抗日根据地正"含着坚固的希望"。《五月之夜呵》描写了诗人从平原回到山乡，所听见的夜间山村到处不停的"劳动的音乐"：井边的辘轳转出水的欢笑，小屋里的纺车摇出了蜜蜂的飞鸣，织布机敲出了清脆的雨声。诗人被这熟悉的旋律所陶醉，感觉自己的心好像被"温柔的手在抚摸"，有一种回到家的温暖。诗篇真实地表达了作者与边区人民日益贴近的情感，这种情感是通过对劳动旋律的共同熟悉来沟通的。在《孕育新的中国》这篇较直白的抒情诗中，作者仍然写了"在壕沟里/向敌人开枪"的战士，写了如何"从尸骸堆/拖出受伤的俘虏"，并加以教育。这些具体的生活事象显然融合了诗人在边区的战斗生活经历，因此，诗篇在末尾发出的"在战斗里，/在跳跃的生活里，/孕育/新的中国"的召唤，才显得庄严而有力。

丹辉在边区的抗战诗歌创作中，成就最突出的是小叙事诗。丹辉的小叙事诗以自己在边区生活中感触最深的人和事入诗，"从一个侧面甚至一个片断或一点去反映敌后抗日战争的生活"①。其中引人注目的是一些描写根据地人民崭新精神风貌的诗篇。《风浪》写了一个为了自由、毅然走出富农家庭的年轻媳妇。《新的命运》通过一个山区姑娘以惊人的觉醒和勇敢报名外出当女工，赞颂山里人终于冲破了传统的重重"壁障"。《村选》则以生动的笔触和浓重的气氛渲染，记述了村选会场上庄严而热烈的场面。觉悟的农民认真地行使他们的民主权利，选举出"抗日最坚决"的人当村长。诗篇通过"一片彩色的浪潮"、阵阵"自豪的声音"、"越举越高"的手、紧敲的"大锣大鼓"、"热烈的掌声"以及插在新村长衣襟上的"大红花"，有力地烘托出了农民高涨的选举热情，生动表现了边区民主建设取得的巨大成就。丹辉还有许多叙写战斗的诗篇，《担架上》记叙了一位负伤的战斗英雄在担架上的表现。他在昏迷之中，仍然一再地询问他"从敌人手里夺来

---

① 丹辉：《晋察冀诗话》，《新文学史料》，1983 年，第 1 期。

的/那支三八大盖"，并挺着精神长久地凝望着"那支紫红色的新枪"。作品从一个很小的侧面细腻表现了战士的顽强战斗意志。《第七次》写了保定城郊的一个游击小组对西关警察所的第七次袭击。游击小组人少枪破，但凭着过人的胆量和赛过苍鹰的机敏，多次人鬼不知地深入敌巢，巧妙地活捉敌人。诗篇写得风趣幽默，举重若轻。《红羊角》是丹辉小叙事诗的代表作，它写的是在狼牙山一次反扫荡中，一位年轻的牧羊人站在山顶上吹响羊角，给村里的老乡报警。敌人的枪弹疯狂飞来，牧羊人身负重伤，鲜血染红了羊角，但他不顾子弹打得树皮飞落、岩石四溅，依然"立在岩顶上/猛吹着红色的羊角"。诗篇以千丈狼牙山为依托，用饱蘸激情的笔塑造了一位英武的边区民兵的英雄形象，由这首诗的成功描写，牧羊人和红羊角已积淀为英勇的边区人民的一种象征。

丹辉多以他在边区亲身经历而确有真情实感的细节入诗，并巧妙地挖掘这些细节的内在意蕴，由此抒发作者对边区军民英勇抗敌斗争的赞美之情，诗篇不长却很有力度和分量，"短小精悍，像一把把匕首"（田间语）。丹辉的诗很善于运用色彩来状物和陈情，在《集场》、《村选》、《红羊角》等诗中，诗人几乎使用了"赤、橙、黄、绿、青、蓝、紫"各种颜色，通过这一幅幅色彩鲜明、色调艳丽的图画，表现根据地人民丰富多彩的斗争生活，渲染和衬托边区美好的事物，讴歌抗日军民的美好心灵，同时显示了丹辉诗歌独具的艺术特色。

魏巍，原名魏鸿杰，曾用笔名红杨树。1920年3月6日生，河南省郑州人。读平民小学时喜爱诗歌，中学时代在郑州报纸上主编过《芦笛》和《铁笛》周刊。1935年开始发表诗歌作品。抗战爆发后，到山西前线参加了八路军。此时，创作了长诗《黄河行》，以黄河的雄浑壮美，表现中华民族不屈不挠的英雄性格。1938年初进延安抗大学习，1939年1月来到晋察冀边区，不久调到一分区政治部任通讯干事，加入了诗歌团体"铁流社"，参与了诗刊《诗战线》的编辑工作，并担任了边区文协常委、边区诗会执行委员。解放战争时期远征绥远，新中国成立后赴朝鲜前线，创作了散文名篇《谁是最可爱的人》。此后相继担任解放军总政治部文艺处副处长、北京军区政治部文化部部长等职。出版了长篇小说《东方》、《地球的红飘带》、《火凤凰》以及《魏巍诗选》等作品。

魏巍在晋察冀边区的抗战诗歌创作分为前后两个时期，前期从1939年初到1941年夏天，后期从1941年秋季反扫荡到1943年冬天。魏巍前期创作的街头诗先后被收入多人合集《给自卫军》和《力量》等街头诗诗集中。这些诗作的题材很广，有揭露和控诉敌寇对根据地人民野蛮烧杀的《在煤斗店》、《比点灯还省事》；有歌唱边区军民反扫荡战斗胜利的《谁敢再来讨伐"扫荡"》、《阿部中将之死》、《送死队》；有同情无辜的人民遭受日寇侵略战争之苦的《他是我们的同胞》；也有批评某些干部贪生怕死、擅离职守行为的《只能抱婆娘的村长》。后一篇写一个村长听到敌情便跑得无影无踪，部队打了一天仗却吃不上饭，"战士们望望粮票，/望望米仓，/肚子饿得咕咕乱响。唉，这样的村长，/还是请他回家去抱婆娘"。诗篇对这种不良现象提出了善意的批评，并以热讽的方式进行规劝，切实发挥了街头诗鼓动、劝导的战斗作用。与其他作者相比，魏巍的街头诗相对来说比较"文"一些，很少直白的口号化的诗句，比较注意诗体的整饬与合辙押韵，很多作品可以当做书刊诗来阅读。

魏巍在其前期诗歌创作中写作更多的是抒情短诗，《高粱长起来吧》表达了诗人一种渴望战斗的炽热情绪。夏天到了，战士们盼望高粱快点长起来，大平原变成了绿汪汪的海，八路军就能借助青纱帐消灭入侵的敌人。诗篇反复呼唤着"高粱长起来吧"，"高粱长起来吧"，通过设置这种特殊的期待视野表现出战士们急欲杀敌的迫切心情。《游击队部的夜》是一篇精巧的小诗，它捕捉到一个非常精彩的镜头：附近传来敌人的炮声，客人不免心中发慌，讨论政治课的小战士却无动于衷，游击队部"只听着窗外蛙声如潮"。诗篇动静相间，以动衬静，通过一个客人在游击队部的经历和感受，传神地写出了久经沙场考验的小游击队员们沉着冷静的大将风度。《深夜，我渡过溪水去敲门》描写八路军战士涉过河去唤醒沉睡的村庄，以躲避即将到来的灾难。诗人以咏叹调的笔法写子弟兵呼唤乡亲们从睡梦中醒来，不要留意快要成熟的庄稼，不要顾惜即将收获的山果，敌人就要来了，"呵，乡村，/我的乡村起来吧！"这样的呼唤在诗篇中反复出现，造成了一种急迫的动感，加之山村户户柴门上叮咚作响的铃声此起彼伏，构成了战时乡村夜晚特有的景象，具有一种别样的美感。《月夜短曲》则给我们描绘了一幅敌后边区幽静、美丽的夜景：月亮升起来了，"山谷的乡村哟，/投下黑发一样美丽的阴影"，水潭里盛满了星斗，秋虫在草丛中弹着琴声，儿童团的歌唱回荡在明月照亮的天空，河边洗衣的姑娘揉着小河一般的深情。诗篇通过对边区人民充实而乐观的夜生活的赞美，表达了诗人对敌后根据地由衷的热爱之情，同时也寄托了对胜利明天的美好憧憬。诗人这一时期的作品生动描绘了边区军民的抗敌斗争，诗写得很美，富有真挚的情感，只是还稍微缺少一点硝烟的气息。

　　1941年秋天，日寇对冀西根据地进行了长达三个月的秋季大扫荡，魏巍在战斗中经受了严峻的考验，他的诗歌创作也发生了显著变化。他说："在那战争激烈的日子里，随着和人民感情的加深，渐渐地晋察冀的群山和溪流，晋察冀的战士和人民，就渗入了我的诗的世界，或者说，我渐渐地生活在这种诗的感觉中。我的诗的触角似乎渐渐敏锐起来，我的语言也似乎自由了一些，那些不好惹的文字，也似乎变得驯服了。灵感也由生客变为不知什么时候就要来叩门的情人了。那真是我最快乐的时期。我写了很多。在一九四一年残酷的反'扫荡'中，我几乎每一两日写诗一篇，在夜行军中思索，在拂晓宿营中记下。饥饿和疲劳也似乎无干。"[①] 魏巍由此开始了他后期的诗歌创作。这一时期他连续写作了13篇关于边区军民秋季反扫荡的诗章，其中6篇记录了他个人在反扫荡中的艰难经历，真实反映了诗人在敌人包围网里的顽强搏斗，读来真切、感人。此时，魏巍的思想和情感都发生了深刻变化，诗思同八路军战士和根据地人民更紧密地拥抱在一起。《伏击》、《叩门》歌唱了八路军战士袭击和歼灭敌人的英勇战斗，

---

　　① 魏巍：《黎明风景·后记》，人民文学出版社，1955年。

《午夜图》进一步赞美了战士们面对滚滚而来的强敌、临危不惧、泰然自若的英雄气概。《蝈蝈，你喊起他们吧》则向战斗了一夜一早晨、正在沉睡的八路军战士，献上了一首充满深情的安慰歌。诗篇以浓浓的抒情笔调，通过跳在战士身上、似乎要"偷看他们的梦"的蝈蝈，曲折地展现了战士们的勇敢和美好心灵，同时表达了诗人对身边战友的深深崇敬之情。《羊铃》写了一位在淅沥的春雨中为过往部队烧水做饭的农家妇女，房门旁爽爽响动的羊铃，灶火光中从秀发间流淌的汗滴，锅碗里升腾起的阵阵白色水蒸气，都映照出边区妇女关爱子弟兵的美好心灵。《小小风暴》将笔触深入到边区人民的心灵深处，诗篇通过八路军打下敌人的炮楼、老百姓纷纷取回自己被掠夺去的物品的过程，细腻地写出了根据地边缘地区人民的所爱、所恨，他们的喜怒哀乐和真情实感。《好夫妻歌》则以浓浓的深情歌颂了根据地普通人民的勇敢与善良，诗篇以作者同狼牙山一对青年夫妻的三次交往为线索，满怀激情地回忆了这对夫妇对子弟兵的热情关怀和无私救助，诗人反复以"好夫妻"来呼唤和歌唱他们，充分表达了作者内心炽热的情感，读来荡气回肠。

这时期，魏巍还收获了荣获边区鲁迅文艺奖的著名长篇叙事诗《黎明风景》。长诗以宏大的篇幅真实地展现了边区困苦年代艰难的生活场景，歌颂了人民子弟兵坚持敌后抗战的顽强斗争精神，整首诗呈现出一种深沉悲壮的格调，给人一种浑厚的凝重感。这部堪称史诗的作品既是魏巍诗歌创作的一个高峰，也是诗人艺术风格成熟的标志。长诗共 36 节，塑造了许多生动的人物形象，其中有"夜夜守望着我们可爱的晋察冀"的连长；有扔掉羊鞭，甘当革命长工的牛二虎；有沉默寡言却诚实真挚的三班长；有年轻英俊，"将自己全身挂满"，率领战士扑向敌人，壮烈牺牲的二班长；有逃荒的老汉，等等。诗歌写二班长的死是十分悲壮的：

> 在他的眼睛上，
> 映画着黎明的山岳，
> 也映画着红霞漫流的天空。

这首长篇叙事诗还表现了诗人的哲思，一些富有哲理性的诗句很耐人寻味：

> 革命给每个战士，
>
> 准备好的伟大的人格，
>
> 都要在痛苦里来完成。
>
> 让我们心里黑夜的暗影，
>
> 快快陷落
>
> 我们才能成为黎明的人。

长诗集中记录了中国人民在黎明的黑暗中，"咬紧牙关，渡过困难"，战胜日寇和国民党的夹击，战胜严重的自然灾害，去迎接黎明的曙光的历史画卷，表现了诗人乐观主义的革命理想精神。

魏巍是一位人民革命战争的歌手，对部队生活有着深切的感受，对农村的战地风景也有超人的敏感，这使得他的诗自然地洋溢出一种对人民战争的博大情感。魏巍在诗中能敏锐地捕捉到晋察冀战斗的乡村中动人的故事，同时在平凡的生活中发掘出它的深刻内涵。孙犁说："红杨树的诗，在它的风格上说，近于一种低沉的呼唤。"[①] 的确，魏巍的诗以浓郁的感情为基调，并将这种感情融入复沓的句式中，从而幻化出一种亲切的、像与人倾诉、向人作深沉呼唤的诗歌情绪，这种情绪会深深地感染你，给人以心灵上的震撼。

第三节　陈辉、张志民等的诗

陈辉，原名吴盛辉，1920年生，湖南省常德县人。幼年丧父，由母亲抚养成人。在常德中学读书时阅读了大量进步书籍，并秘密加入中国共产党。抗战爆发不久，由家乡奔赴延安，进抗日军政大学学习，并开始诗歌创作。1939年5月来到晋察冀边区，任晋察冀通讯社记者，并在《诗建

---

① 孙犁：《红杨树和曼晴的诗》，见《孙犁文集》（四），百花文艺出版社，1982年，第465页。

设》、《晋察冀日报》等报刊发表了大量诗篇。1940年5月，受党组织委托，到斗争残酷的平西房涞涿县任县青年救国会主任、区委书记。1942年作为武工队的一名领导，带领武工队深入游击区开展工作，亲身参加了一个个激烈的战斗。他的头颅曾被敌人悬赏一千大洋。陈辉不愧是一位真正的战士诗人，他在斗争最艰苦的三年中，一边持枪与敌人战斗，一边写下了数十篇富有战斗激情、格调明朗的优秀诗作。他要求自己"更深入地接触生活，深入斗争，把新的血的战争的现实写进诗里"①。1944年春，陈辉在村中布置工作时被敌人包围在一间房中。经过激烈的战斗，突围时被敌人拦腰抱住，陈辉拉响了腰中的手榴弹，以自己壮丽的生命谱写了一首英雄的诗篇。陈辉的遗诗在1958年被结集为《十月的歌》出版。

　　陈辉是晋察冀边区一位年轻而有才华的诗人，写诗时间不长，却有着自己独特的风格。他的诗歌艺术是逐渐发展成熟的，1939年5月到1940年2月是其创作的初期，此时创作的叙事诗《平凡事》，记述了一个村庄民主选举村长的故事；《两兄弟》写了哥哥大义灭亲，亲手杀掉当汉奸的弟弟的故事。诗人这时期的诗作"还比较稚嫩和粗浅，甚至还带有一些摹仿的痕迹"②。1940年4月，诗人连续创作了《平原小唱》中的诗篇，诗歌艺术有了较大的发展，陈辉在他的诗稿上写道："'平原小唱'使我的风格大大改变了，我看出我的风格正在成长。"③诗人田间也评论说："斗争最艰苦的那两三年（一九四〇——四三年），也正是他的诗跃进的时期。他的大部分好诗都是在这两年写的……这些诗，都说明它已经有了自己的独特风格。"④陈辉诗歌创作的飞速发展主要得益于他同边区人民感情的逐渐加深，特别是在他深入平西地区之后，生死相依的命运把他同根据地人民紧密地联系在一起，他在《呈给五月的平原》里一改以前诗作中关于"第二故乡"的称呼，到了平原就是回到了家，他要亲一亲平原上的爸爸、妈妈、姐姐、

---

① 陈辉：《十月的歌·引言》，作家出版社，1958年。
②③④ 田间：《十月的歌·编后记》，作家出版社，1958年。

弟弟，而且情深意切地写道："平原，我的妈妈啊，/你这广大而沃饶的祖先的土地啊，/拿我的活血来浸润你……好么？"诗人思想感情的变化是显而易见的。

由于对边区土地和人民感情的加深，诗人的艺术触觉更加灵敏了，他从敌后的战地生活中逐渐发现并挖掘出许多美好的东西，对人民美好的心灵进行由衷的歌唱和赞美。《吹箫的》写了黄昏的平原上飘荡着的悠悠箫声。战地的箫声是优美的，它吹赞的是战斗的平原之夜，"箫声，/颤颤地/落下来了，/落在柳荫里"，吹箫人背起土枪去战斗了，而优美的箫声却长久地留在了战士的记忆中。《回家去吧》是对一个要求参军的少年的殷殷劝慰："平原已经黑啦，/回家去吧！/小孩子呀……"面对一个因年纪太小未被部队收留而流泪的孩子，这一声声亲切而温柔的劝慰，充满了浓浓的人情味，让人听了眼湿心热。《姑娘》一诗写出了战地姑娘朦胧的爱情追求。在三月飘着杏花的季节，姑娘坐在井边目送哥哥去打仗，她从心里猜想："这一声，/该是哥哥放的吧？"诗篇写得含蓄而优美，从姑娘的心灵深处发掘出她的追求和渴望，并通过这一细小的方面，表现出姑娘们爱慕抗日英雄的时代风尚。陈辉的诗很善于寓情于景、借物托情，通过富有诗意的物象表达自己的深厚感情。《吹口哨的人》以高亢、低微、急促、轻盈等多种音调的口哨声，表现了主人公坚强的意志和丰富的内心世界。《到柳沱去望望》寄情于一个小鸽子，通过反复劝说这只小鸽子同诗人一起去看看被敌人烧杀的柳沱，深切地表达了诗人极度痛楚的心情，读之让人心碎。《月光曲》则借天上的月亮和星星的眼睛，歌唱了边区军民歼灭敌人的勇敢战斗，这些居高临下的天体充满了灵气，它们在用欢快的笑声拥抱边区的子弟兵。诗篇借助外界事物叙事抒情，清新活泼，新颖别致，避免了诗的直白和粗浅，既便于自由地抒情写意，又给人一种新鲜和美的感受。

在斗争残酷的平西，陈辉创作了一批反映当地抗敌斗争的诗篇，真实记录了根据地人民英勇顽强的战斗历程。《夜，我们躺在大山岭上》、《麦草上的梦》写了游击队艰苦的斗争生活，以及他们豪迈乐观的战斗精神；《反扫荡小记》、《宽肩膀》控诉了敌人的残暴，记录下军民奋勇杀敌的场面，歌颂了勇敢健壮的战斗英雄。《红高粱》是陈辉的一首长篇叙事诗，也是一部堪称平西人民抗敌斗争史诗性的作品。长诗叙写了同诗人一起并肩战斗的战友史文柬的英雄事迹。在恶劣的环境里，史文柬领导青年抗日先锋队同疯狂扫荡的敌人进行了不屈不挠的斗争，直至英勇献身于这块流血的土地。诗篇从多个侧面反映了游击区复杂多变的战争形势，真实地表现了游击队员战斗情绪和乐观态度。诗作以生命力旺盛的红高粱来比喻抗日的英雄，用保卫拒马河的歌曲贯穿长诗的始终，给人一种色彩和节奏上的美感。

陈辉最有代表性的抒情诗是《献诗——为伊甸园而歌》和《为祖国而歌》。这两首诗都创作于边区抗战最艰苦的 1942 年，创作于战斗环境更为恶劣的平西游击区。越是处在艰苦的斗争中，年轻的诗人越升发出对祖国和人民、对脚下根据地的无比热爱之情。诗人感到燃烧着战火、田园简陋的晋察冀，比"天上的伊甸园，/还要美丽！"他以饱蘸着浓郁真情的笔触歌唱了这块神圣的土地，抒发了自己对祖国的一片大海般的深情，并表达了以身许国的铮铮誓言："我的血肉呵，/它将/化作芬芳的花朵/开在你的路上。/那花儿呀——红的是忠贞，/黄的是纯洁，/白的是爱情，/绿的是幸福，/紫的是顽强。"诗人最后终以他的生命为这块土地献上了一首"无比崇高的赞美词"。陈辉的诗有自己的独特风格，读他的诗你会感到"他是一个浑身渗透着忠诚、热情的年轻战士，他的诗流露着一片孩子式的纯真……"[1] 陈辉善于发现生活中美好的事物，并以轻柔、亲切、欢快的调子咏唱之。他的诗满含着年轻人的率真、单纯和丰富的想象，没有丝毫的虚夸和雕饰，在这些诗人内心真情实感自然流露的诗篇中，闪烁着爱国主义、理想主义和乐观主义的思想光辉。

远千里，原名远保坤，1915 年 8 月生，河北省任邱县人。1930 年考入保定第二师范学校，受进步文艺刊物的影响开始诗歌创作，同年加入中国左翼作家联盟。"九·一八"事变后，参加了保定学生的抗日救亡运动。

---

① 魏巍：《晋察冀诗抄·序》，中国青年出版社，1984 年。

1932 年保定第二师范学校被解散后，到北平中华中学继续读书。1935 年考入北平河北省电政管理局做电线技工，曾到重庆、成都等地工作。远千里 30 年代的诗歌作品主要有《在电线杆上》、《綦江的农民》、《母亲》等，是他到各地工作所闻见的产物。这些诗作描写了贫苦农民饥寒交迫的生活遭遇，揭露了旧社会的腐朽和黑暗，表达了对劳动人民的深切同情，具有一定的社会认识价值。抗战爆发后，远千里于 1938 年回到家乡，参加冀中根据地的抗日斗争，先后在冀中《自卫》报、《战地报》、新世纪剧社、前进剧社、火线剧社、冀中军区政治部从事新闻和文艺工作。新中国成立后相继担任河北省文联副主席、省委宣传部副部长等职，出版有《远千里诗文集》。1968 年被"四人帮"迫害致死。

在抗战时期，远千里是最早在冀中写作街头诗和传单诗的一位作者。1938 年 5 月，燃自延安的"街头诗运动"的火种还未烧到边区，他便写了《去找吕司令》这种被田间称为诗传单的作品。1938 年 11 月，《晋察冀日报》号召开展街头诗创作运动之后，他又创作了《拆城》、《亚五亚六》、《你想想吧》等明确标示出街头诗的诗作，在冀中根据地引领了街头诗创作的发展。远千里留存下来的街头诗篇篇都是精品，而且都在当年的抗日斗争中发挥了应有的战斗作用。《拆城》针对日寇对平原的进攻，鼓动人民拆除城墙、坚壁清野，开展平原游击战争。语言简洁明快，道理一点就透。《亚五亚六》是一首动员群众给部队做军鞋的诗篇，它热情赞扬了贺龙部队齐会一战的胜利，歌唱了子弟兵保卫冀中根据地的功勋，在十冬腊月里给这样的战士赶做军鞋，谁又不奋勇争先呢？诗篇运笔巧妙，写得有情有义，无人不为之心动。《你想想吧》的读者对象是投敌的伪军，诗篇没有讲什么大道理，而是直截了当地让他们想一想自己的后路："日本鬼子滚回东洋三岛时，/你到哪里去？"这种刺人心肺的问话，胜过千钧重磅炸弹，诗篇对当年迷惘中的伪军的强烈震动可想而知。《去找吕司令》是远千里街头诗作品中的名篇。这首号召青年参军抗战的鼓动诗，以对话的方式道出了当时平原人民中普遍存在的抗日保家乡的心态。诗篇用三句由表及里、步步深人的问答，将冀中人民高涨的抗日情绪逐渐揭示出来，并在最后将这种情绪引向高潮，从而产生了鼓舞人心、激励斗志的巨大艺术力量。远千里的街头诗不仅短小精悍、质朴通俗，而且善于抓住事物的本质和焦点，言简意赅，切中肯綮，一针见血，充分发挥出街头诗匕首一般的战斗作用。

远千里创作更多的是抒情诗和一些或长或短的小叙事诗，这些诗歌以绚丽多彩的画面，绘出了冀中根据地人民丰富多彩的抗敌斗争生活，描摹了敌后平原军民崭新的精神风貌。《青纱帐》勾画了平原人民这一特殊的斗争环境，它是敌人的坟墓，又是游击队员的课堂，战士们在这"自由的海洋"里"刺枪、投弹、瞄三角"，还学习政治写文章。《她驾着小船》描绘了战时白洋淀的风光，咕呱的鸟叫和报务站的暗号给人一种神秘感，而浩瀚的水面、茂密的苇丛和轻快的歌声则令人心驰神往。《冀中之歌》写了平原人民的觉醒，写了抗战初期冀中根据地出现的新气象："拿红缨枪的是老太太，/查路条的是小姑娘。""'小学教员'做了县长。"抗日战争给冀中人民带来了巨大变化，《深山，夜里的火把》更通过一个意外遇到的场景，捕捉到人民内心深处发生的深刻变化，成群的青年妇女在深夜散会后，还在回家的路上借着闪烁不定的火光，热烈地议论边区的民主建设……这深夜的火把不只冲破了浓浓的夜色，照亮了山路，而且烛照出人民在战争中思想觉悟的提高，由衷地赞美了他们那高涨的参政热情。《眸语》像一个特写镜头，拍摄下一对青年男女富有特定含意的谈话。在群英会上，姑娘对战斗英雄产生了爱慕之情，心里话不便明说，于是出现了这样的眸语："她嘴里说：向你学习，/她眼里却是：我爱你；/她嘴里说：请多帮助，/她眼里却是：你爱我吗？"诗篇以含蓄的语言描摹下一位脉脉含情的姑娘的形象，并通过寥寥几句谈话展现了边区姑娘那美好的心灵，短诗给人一种含而不露的美感，同时显示了诗人观察与表现生活的敏感和细腻。

诗人一些篇幅较长的叙事诗，表现的都是冀中军民直接的对敌斗争。《都是区长》采用的是许多诗人曾经写过的题材，一件发生在边区的真人真事。远诗的特点是对事件的描述贯穿始终，对日寇的凶狠残暴予以深刻揭露，并通过诗人营造的紧张的现场气氛，使人对故事有一个完整全面的了解，从而更突出地显示了抗日干部与人民群众生死相依的血肉关系。《"一丈高"打伏击》写了一场平原游击战中八路军经常使用的化袭战斗，区小队长为了吸引日寇化装成花大嫂，趁敌人未明真相之时给他们一个突然袭击，迅速消灭了入侵的敌寇，诗篇有点像曲艺段子山东快书，幽默风趣，含有对敌寇的嘲笑和蔑视。《六个新乐人》是平汉铁路线上的一个小插曲，写了不甘做被屠宰的羔羊的老百姓，由被逼为敌人看守铁路的奴隶，变成生擒两个日寇的英雄的故事。作品对夜间捕捉的紧张和惊险作了充分的渲染，读来颇为动人心弦。田间曾说远千里的诗像"一棵白杨树，有结实的树干，有青青的枝叶。白杨高耸在蓝天和平原之间，很像是时间和空间的一座碑"①。的确，远千里是冀中根据地成就突出的诗人，他的笔生动描绘了冀中军民英勇、机智的抗日斗争，诗中充满了豪迈乐观的战斗情绪。他的诗明朗、亲切，平实、自然，运笔从容，开合自如，兼有一些幽默风趣，具有较强的艺术感染力。

张志民（1926～1998年），河北宛平县（今属北京市）人。1940年入伍，先后在部队做文化教员、宣传干事等。1947年参加华北农村土改运动，创作了长诗《王九诉苦》、《死不着》、《野女儿》等，其中《王九诉苦》影响最大。诗歌采用信天游的民歌形式，运用群众口语，表现出通俗化、大众化的文学特征。

《王九诉苦》一开始就描画出一幅"朱门酒肉臭，路有冻死骨"的不平社会的悲惨景象，揭露了地主孙老财残酷剥削农民的罪恶。接着，王九控诉了孙老财抢粮、抢人，逼死老爹和女儿葱葱的血泪仇。王九到县衙去告状，不仅没有告倒孙老财，反招致孙老财更残忍的报复。王九被迫带领妻子女儿逃生在外，饥寒交迫，流离失所，女儿二娃冻饿而死，妻子跳崖自杀。王九被推上了生活的绝路。他要复仇！他连夜赶回孙家庄，抓起了菜刀去刺杀孙老财，结果被孙老财的手下擒住，孙老财打断了他的腿，把他

---

① 田间：《千里诗抄·题记》，见远千里：《远千里诗文集》，花山文艺出版社，1982年。

扔到荒野之中，后被人救回。直到根据地闹革命，穷人翻了身，王九才获得新生和解放。

诗歌用信天游的民歌形式，起兴非常自然，如"八月里呀秋风凉，一阵阵哭声落谷场"，"春天里缺雨秋天里涝，谷堆儿不如坟头儿高"，真实地描写了农村的自然景象和农民的苦难生活。

《死不着》与《王九诉苦》的题材相同，记叙了穷人"死不着"悲惨的人生经历。"死不着"生下来就挨饿，营养不良，身体病弱，经常受到地主儿子来喜的欺负。一年到头，"死不着"没有鞋穿，冬天全家人裹着一条棉被。"死不着"给来喜家放羊，结果倒欠了东家的钱。无奈之下，"死不着"和爹去背炭，半个月下来换不来救命的粮，秋后到地里去拾秋，被来喜诬陷偷了他家的谷。走投无路！来喜家卖了"死不着"的娘，还要赶走父子俩人。"死不着"在夜深人静的时候，点着了来喜家的粮垛。"死不着"的爹被打死，他自己被下到大牢里。直到共产党来了，"死不着"才得见天日，分了田、分了地、分了房，还娶了妻。"死不着"变成了"活不够"。

《死不着》用快板的形式，读起来琅琅上口。

《野女儿》写一个在野地里出生的穷人家的女儿的悲惨遭遇。其叙事的内容和风格与前两部作品大致相同。这首诗中的野女儿的经历更加曲折。野女儿在村子里是一枝花，却被村里的恶霸南霸天强暴。野女儿的娘要去找南霸天理论，反被南霸天的狗腿子推到河里淹死。野女儿逃到娘姨家，经娘姨搭桥，与苦出身的黑丑结婚。因为荒年收成不好交不上租，黑丑遭地主暗算被毒死，野女儿到县衙去告状，反遭县官欺负。野女儿尝尽了人间苦，直到王庄成立了区政府，野女儿才在公审会上愤怒控诉了南霸天、王财神的罪恶。

这些诗歌是时代的记录，但总的来看有一种模式化倾向，留有那个时代的鲜明印迹。

第六章　田　间

　　"战地社"是河北敌后抗日根据地影响最大的一个诗歌团体，它不仅拥有一大批成绩斐然的诗人，而且在它主办的诗歌杂志《诗建设》周围，聚集了边区差不多所有重要的诗歌创作者。"战地社"以其异常活跃的诗歌活动、一批重要诗人的巨大影响，以及创办时间最久的诗歌刊物，团结了边区规模庞大的诗人和业余作者，成为边区诗歌创作的主要堡垒。其领袖人物田间，在抗战之前即享有文名，在延安发起组织了"街头诗运动"，来晋察冀后又领导了诗歌团体"战地社"，不仅以自己的作品带动诗歌创作的发展，而且编辑刊物用以推动创作，扶持新人，同时撰写理论文章引导边区诗歌运动逐步走向了繁荣。田间也是"晋察冀诗派"的代表诗人，其诗歌创作成就最高。

　　田间，原名童天鉴，1916 年 5 月 14 日生，安徽省无为县人。中学时期开始写作具有反帝反封建色彩的新诗。1934 年在上海加入中国左翼作家联盟，以"健康、结实、战斗的小伙伴"的姿态登上诗坛。1935 年和 1936 年连续推出诗集《未明集》、《中国牧歌》和长诗《中国农村底故事》，并以充满蓬勃的斗争生活气息、迥异前人的粗犷刚健的风格，引起人们的普遍关注。抗战爆发后，创作了《给战斗者》等大量洋溢着爱国主义激情的诗篇，积极鼓动人民奋起抗战，被闻一多誉为"时代的鼓手"。1938 年初，田间在西安参加了西北战地服务团，夏天到了延安。这期间创作了《呈在大风沙里奔走的岗卫们》、《她也要杀人》、《假使我们不去打仗》、《义勇军》等诗歌名篇。1938 年冬，田间随西北战地服务团来到晋察冀边区。1939 年起担任中华全国文艺界抗敌协会晋察冀分会副主任，兼任边区文联常务委员、边区文救会执行委员、边区诗会主席等职，先后主编了《诗建设》、《山》、

《鼓》、《晋察冀文艺》、《诗》等文艺刊物，为繁荣发展河北敌后根据地的诗歌创作作出了杰出贡献。1985 年在京病逝。

第一节　政治抒情诗《给战斗者》

抗日战争爆发时，田间正在日本。民族危难之际，田间当即回国参加抗日。写作了《中国的春天在号召着人类》、《回忆北方》、《自由，向我们来了》、《给战斗者》等政治抒情诗。其中，《给战斗者》影响最大，广为流传。

《给战斗者》写于 1937 年年底。当时，诗人被侵略者的疯狂激怒了，被人民的痛苦强烈地刺痛了，他感觉自己的"心灵在燃烧，血液在沸腾"。他要呐喊，要呼吁。在序诗中，他揭露了日本帝国主义在中国犯下的滔天罪行：

> 日本强盗
> 来了，
> 从我们底
> 手里，
> 从我们底
> 怀抱里，
> 把无罪的伙伴，
> 关进强暴的栅栏。

接着他赞美英勇的中国人民"吹起冲锋号"，"巨人似的雄伟地站起"。他一遍又一遍地呐喊着："我们起来了!"我们"决心消灭强盗"，"我们要活着——在中国!"

全诗并不算长，但是具有巨大的思想容量，它是中国人民抗战的宣言和誓言。诗句简短，凝练，如敲击的鼓点，催人冲锋向前：

我们

起来了，

在血的广场上，

在血的沙漠上，

在血的水流上，

守望着

中部

和边疆。

诗人自己曾说："《给战斗者》，虽然有许多读者喜欢它，它不过是一个'召唤'罢了。我召唤祖国和我自己，伴着民族的号角，一同行进。"诗人听到了民族的号角声。在号角声中，诗人擂响了战鼓，鼓舞战斗者一往无前。田间因此获得了"鼓手诗人"的称号。闻一多高度赞扬这首诗，称其为"时代的鼓手"，他说："这里没有弦外之音，没有'绕梁三日'的余韵，没有半音，没有玩任何'花头'，只是一句句朴质，干脆，真诚的话，简短而坚定的句子，就是以声声的'鼓点'，单调，但是响亮而沉重，打入你耳中，打在你身上。"在当时抗日斗争的急流中，没有任何东西能够代替这样的作品，也没有任何审美的标准可以评判这样的作品，它就是时代的最强音。

第二节　《假使我们不去打仗》等街头诗

田间是一位热情如火的诗人，到达边区后，他被敌后抗日根据地的火热斗争生活所吸引，立即辞掉了西战团宣传股副股长的职务，以一个战地记者的身份奔走在对敌斗争的前线，创作了大量的诗歌作品。在晋察冀边区，田间先以街头诗创作闻名。1939 年 1 月他与"战地社"、"铁流社"的诗友们一道发起了晋察冀边区的"街头诗运动"，并带头写了大量的街头诗，这些诗作先后收入街头诗诗集《粮食》、《战士万岁》、《街头诗集》中。

在1941年边区"军民誓约运动征文"中，田间的总题为《我是一个中国人及其它》的24首街头诗获了奖。田间的街头诗不仅数量多，而且表现的内容非常广阔。其中最有影响的是他的《假使我们不去打仗》。

这首诗假定一个情境，假如我们不去打仗，结果会是怎样：

> 假使我们不去打仗
>
> 敌人用刺刀
>
> 杀死了我们
>
> 还要用手指着我们的骨头说
>
> 看，这是奴隶！

这首诗具有极大的震撼力，诗人告诉中国人民，与其跪着死，不如站着生；与其屈辱地死去，不如起来战斗。诗歌极大地激发了民族自尊心和自信心，号召民众奋起反抗，与侵略者决一死战。或许在今天看来，当时的街头诗都是宣传品，时过境迁以后没有多少艺术价值。但是田间的街头诗却创造了民族的经典，成为不朽的诗篇，无论时光如何流逝，艺术的价值观如何变迁，这样的诗是不会死的。

除此之外，田间还有其他的街头诗，也很有特色。《新战士万岁》刻画了一个八路军新兵初上战场的英姿；《保卫战》、《去破坏敌人底铁道》是两首号召边区人民与敌拼死抗争的诗篇；《她代替哥哥》则赞扬了一位手拉毛驴往前线运送子弹的勇敢的小姑娘；《鞋子》、《多一些》是两篇鼓动边区人民多生产、多做鞋，支援前线的动员诗；《创办合作社》向边区老百姓介绍了一个自己动手、改善生活的好方法；《投一票》是对边区民主选举活动的生动描绘；《你看》、《援助这大山沟吧》则向国际友人宣传了边区，努力争取他们的支援。田间在边区还创作了一些在现代文学史上留下深刻印迹的街头诗名篇，比如《坚壁》："狗强盗，／你要问我么：／'枪、弹药，／埋在那儿?'／来，我告诉你：／'枪、弹药，／统埋在我的心里!'"这首诗全篇都由答话构成，没有任何叙述、描写或提示，简洁得不能再简洁。而通过这样几句答话，诗篇却异常生动地塑造了一位大义凛然、视死如归的英雄形象。《我是庄稼汉》是一首另一种风格的街头诗，诗篇以第一人称的口吻，写了一个"黑黑的庄稼汉"当了边区政府的干部后的新鲜感受，原本是一个普通老百姓的他，现在办起了边区政府的大事、小事，而且还能直接同宋主任商量工作，诗篇写得活泼幽默，人民当家做主的自豪之情溢于言表。田间的街头诗短小精悍、结实有力、凝练精粹、通俗易懂，具有极大的感染力量，他的《多一些》、《鞋子》、《给饲养员》、《提防》等街头诗，跳荡着昂扬的节拍，回旋着激越的旋律，"鼓舞你爱，鼓舞你恨，鼓舞你活着，用最高限度的热与力活着，在这大地上"①。田间这些街头诗具有巨大的鼓动性和战斗性。

第三节　叙　事　诗

　　随着诗人对边区斗争生活的日益深入，田间终于"开辟了纪念碑式的大叙事诗的方向"②，陆续创作了一批长篇叙事诗。发表于1940年和1941年的《亲爱的土地》和《铁的子弟兵》是边区最早出现的两部叙事长诗，前者以刘大发、王桃夫妇的生活道路为线索，描写他们热爱土地、保卫家乡的斗争；后者则讲述了牧羊人邓兴华为抗日参军入伍，最后成长为战斗英雄的故事。两部长诗"反映晋察冀现实的两个主要的侧面。只有在亲爱的土地上，才能产生铁的子弟兵，只有铁的子弟兵才能保卫亲爱的土地。诗人以时代的眼光来照耀出边区新的家庭和新的人物之成长，以及群众怎样为保卫家乡和祖国的斗争"③。这两首长诗发表后在边区产生了较大影响，特别是在"比较完整的反映边区生活，以及口语化方面……起了开辟道路的作用"④。在此基础上，田间于1945～1946年又连续发表了两部长篇叙事诗《戎冠秀》和《赶车传》。第一首诗以纪实的方式叙写了戎冠秀在旧

---

① 闻一多：《时代的鼓手》，见乐齐主编：《精读闻一多》，中国国际广播出版社，1998年，第382页。
② 胡风：《给战斗者·后记》，见《胡风评论集》（中），人民文学出版社，1984年，第164页。
③ 何洛：《四年来华北抗日根据地底文艺运动概观》，《文化纵队》，1941年，第2卷第1期。
④ 丹辉：《我们铁流社为什么出版"亲爱的土地"》，《诗战线》，1940年。

社会的苦难经历，获得翻身后积极拥军支前、成为英雄模范的过程，热情讴歌了这位子弟兵母亲的高尚心灵。第二首诗是一部具有传奇色彩的史诗型长诗，在田间的诗歌创作中具有里程碑的意义。作品描写具有强烈反抗性格的贫农石不烂，在自发的反抗失败后来到晋察冀边区的河北，看到共产党领导使"天底下出了活路"，回乡发动群众，领导穷人获得翻身的故事。长诗的艺术形象坚实而完整，故事生动，结构严谨。形式上以五字上下的句式和短促有力的节奏，保持和发展了个人的艺术风格，同时创造性地运用一些民歌的表现手法，吸取生动活泼的群众语言，给长诗带来了动人的色彩，代表了诗人在向诗歌民族化、大众化努力方面取得的新成就。

　　小叙事诗是田间边区诗歌创作的另一重要收获，他是诗人那颗"投向了战争的心"，"伸入或拥抱客观的对象"的产物①，是诗人投身到边区人民火热的战斗生活之后诗歌创作必然要发生的变化。小叙事诗的出现表明田间的诗歌创作已从主观情绪的宣泄，转到对具体人物和具体生活事象的体验与表现。他早期的小叙事诗《一杆枪和一个张义》、《一百多个》、《王良》、《骡夫》等走的是抒情浓缩叙事的路子，诗歌取材于现实生活，表现时却不以具体事象为满足，而是努力从时代氛围和战斗情绪上把握生活。《曲阳营》记叙了一支刚刚成立的抗日队伍——曲阳营，但诗篇没有具体描写曲阳营的建立过程，详细介绍其缔造者安新方的事迹，而将笔墨落在沿着大沙河急速前进的队伍上，反复地咏唱"沿着大沙河，／我们的曲阳营，／一直开过去，／唱着新的歌"，使诗篇洋溢着一种昂扬、奋发的旋律，产生了如汹涌前进的河流一般的流动感。诗人摄取高唱战歌、阔步向前的曲阳营队伍这一特写镜头，来歌颂人民抗日武装的建立，表现边区民众抗战到底的决心，使诗篇呈现出一种"浩浩荡荡的气魄"（茅盾语）。田间晚期的小叙事诗发生了较大变化，澎湃的情绪为如实的抒写所代替，热烈的战斗召唤变成了对抗日英雄的由衷礼赞。他这时期写的一组《名将录》是对边区五位高级将领的咏唱，写人叙事已相当详细和具体了。《偶遇——题

---

　　① 胡风：《给战斗者·后记》，见《胡风全集》，湖北人民出版社，1999年，第162页。

聂司令员》写了聂将军在行军途中与一位老乡的交往，他在老乡的门前歇马、喝茶，同老乡亲切交谈，询问年景和庄稼，还风趣地同老乡开了个玩笑。诗篇采取倒叙的写法，把老乡事后的恍然大悟放在篇末，给诗作增添了一抹幽默、欢快的色彩。《马上取花——题杨成武将军》写了杨将军指挥的黄土岭歼灭战的胜利，诗中有阿部的进攻，也有我军的秋季反扫荡，但都是一种虚写，诗篇举重若轻的描写意在旌扬这场战斗的神奇。田间晚期的小叙事诗已注重叙事，但诗篇仍不缺乏完整的情节线索，诗人通过主人公所做的某一件事情，突出表现其精神风采和性格特点，刻画出形神兼备的艺术形象。

从艺术风格的发展上看，田间的抗战诗歌创作分为前后两个时期，1943年5月之前为前期，1943年5月之后为后期。在前期，诗人也想使诗歌尽量群众化，但其街头诗、小叙事诗、长诗的题材"偏重于鼓动性"，诗歌的句式长短不一，诗的词汇和形式"是文人的，属于白话，是前进的，却不就是如他所希冀的'大众化'的"[1]，诗人解释说："这是在战争环境中，情绪不稳定，写作不纯熟所致。"[2] 1943年边区文艺整风之后，田间响应党的号召，到农村基层深入生活，直接同农民群众打交道，思想感情发生了新的变化，并从民歌和群众语言中汲取了丰富的营养，形成了其诗歌民族化、大众化的艺术风格。田间后期的诗歌采用了大量的群众口语和农民谚语，运用了民歌的构思、想象方式和比兴、对偶、重叠等表现手法，诗歌章法句式大体整齐，又灵活多变，极大地适应了中国老百姓的欣赏口味。诗歌通俗易懂，乡土气息浓郁，读之琅琅上口，具有一种民歌、民谣的风味。胡风曾深刻指出："田间是第一个抛弃了知识分子底灵魂的战争诗人和民众诗人。"[3] 这个评价是颇为恰当的。

---

① 刘西渭：《诗丛和诗刊》，《文艺复兴》，1947年，第3卷第1期。

② 田间：《写在"给战斗者的末页"》，见《给战斗者》，人民文学出版社，1954年。

③ 胡风：《关于诗和田间底诗》，见《胡风全集》，湖北人民出版社，1999年，第600页。

第七章 冀西南的诗歌创作

冀南区是晋冀鲁豫抗日根据地的一个组成部分,抗战爆发之后,八路军一二九师进驻冀南开辟工作,冀南的抗战文艺也随之发展起来。在各种艺术门类中,诗歌创作是冀南抗战文艺中一个比较活跃并取得较大成绩的部门。在抗战前期,边区和各分区的报刊及文艺刊物发表了大量热情澎湃的抗战诗歌,一些作品还产生了广泛的社会影响。1942年日寇的"四二九"大扫荡给冀南抗战文艺造成了巨大损失,同时也影响了诗歌创作的进一步繁荣发展。尽管如此,冀南抗战诗坛仍涌现出一批颇有影响的诗人,马紫笙、莎寨是其中的代表。

第一节 马紫笙等人的诗

马紫笙在冀南素有文名,抗战爆发之前即开始在上海、北平的报刊上发表文艺作品,在《光明》杂志上发表的小说《卷烟犯》曾产生了较大的影响。他原名马之澍,生年不详,河北省南宫县人。家道殷实,受过高等教育,并多年从事教学工作。1938年在冀南区参加抗日工作,先后任新河县抗日政府秘书、冀南行署行政委员、冀鲁豫军区司令部参议等职。在抗战前期,他的创作热情极为高涨,除了诗歌之外,还发表了小说和剧本10余篇,以及一定数量的散文和杂文。1942年秋天,受党委派深入北平,在伪华北治安军首脑机关做情报工作,虎穴历险,两年有余。解放战争时期先在滏阳师范学校和冀县师范学校教书,后来担任冀南建国学院副院长。解放后担任河北省文化局局长,搜集编选了个人在冀南创作的一小部分诗文文集《战火余烬》(未出版)。1968年在保定病逝。

　　马紫笙是冀南抗日根据地一位活跃的诗人，1938～1942 年，他在冀南的《抗战知识》、《新文艺》、《冀南日报》等报刊上发表了大量诗歌作品，计有长短诗作 100 余篇，并油印出版了冀南根据地唯一的一部个人诗歌选集《老秋诗选》。马紫笙的创作眼界比较开阔，诗歌的选材也很广泛，既着眼于世界范围内的反法西斯战争的进程，写出了《战争与和平》等诗作，又关注中国正面抗日战场的总体形势，创作了《我爱你》、《反正你打了败仗》等篇章，还发表了在民族抗战之中怀念鲁迅先生的诗篇《纪念鲁迅先生》。但诗人创作的主要着眼点还是在边区人民的抗日斗争上，在冀南敌后根据地的发展和建设上。《中国人的本色》是一篇写于抗战初期号召冀南人民奋起抗战的鼓动诗。诗人为读者设置了一个具体的生存环境：前面有大河挡路，两边是千仞峭壁，后面有敌兵追赶，面临这样的绝境该怎么办？诗人轻蔑地否定了投河、撞壁、自杀这三种愚蠢的选择，因为"生命只有一个，／死要死得值得"。诗篇借用当地老百姓常说的俗语："拼死一个够本，拼死两个赚一个"，以决绝的态度宣告：这才是中国人的本色。作品弥漫着一种悲壮的气氛，表现出一种置之死地而后生的决战决胜的英雄气概。

　　诗人写作更多的是关于冀南根据地本身建设的篇章。《这是个烂熟的故事》用诗歌的形式讲述了一个流传甚广的民间故事：兄弟们因分家产闹起纷争，"明白二大爷"通过让兄弟们分别去折两种竹杆，终使他们懂得了团结的力量。诗篇借用这个民间故事宣传了根据地实行抗日统一战线的主张，形象、生动，具有很强的说服力。《游击战》像一支民间歌谣，又像一首打油诗，它用简洁、通俗的语言，相互对比的方式，道出了敌后游击战争的战略战术，对根据地普通老百姓是一种形象化的抗战知识教育。《献给晋冀鲁豫二届参议会》是一首对边区民主制度的热情颂歌。敌后抗日根据地人民经过艰苦的努力，在全中国首先实现了民主参政的权利，他们的代表——参议员"尽情地发扬民意"，"认真地行使四权"，诗篇由衷地赞美了这种在敌后才能真正实现的民主。《不祥的预兆》以反讽的方式，批评了根据地老百姓中仍然存在着的封建迷信思想，秋后的石榴树开花、香椿树发芽被一些人说成是"不祥的预兆"，诗人不为所动，摘花给老妻戴上，折椿大家吃下，并建议把它们送给前方的抗战将士。诗篇接过人们的迷信说法，用嘲笑的语言驳斥了在抗战中出现的这种不和谐之音，致力于从深层次调整边区人民的文化心理结构。

马紫笙在《纪念鲁迅先生》一诗中曾说，假如先生还健在，早早揭出了法西斯徒子徒孙的狐狸尾巴，诗人在他的诗作中也在进行着这一努力。1939年，马紫笙针对跑到冀南的国民党石友三部队倒行逆施、制造磨擦、糟害百姓的罪行，在《冀南日报》发表了著名诗篇《请看南宫东南乡》，深刻揭露了顽固派勾结日伪、破坏抗战的无耻行径。他们横征暴敛，肆行酷虐，"抢来张三播种的麦，／夺去李四下锅的米"，"朱五被打折了一条腿，／杨六的脊梁成了烂泥"。在顽固派统治下的南宫东南乡，人民早已失去了生活的权利和法律的保障，动辄便被抓起来，轻则"吊打，／轧杠，／皮鞭，／马棒"，重则"砰！／一颗黑枣完账！"诗篇以毫不隐晦的语言，活画出了顽固派的丑恶嘴脸。诗篇发表后惹恼了顽固派，他们气急败坏地逮捕了马紫笙。消息披露报端，冀南各界人士纷纷抗议，展开了一场营救马紫笙的斗争，终于迫使顽固派将他释放。马紫笙获释后又写了一首诗《逋逃薮》，继续揭露顽固派的丑恶面目："他们的口号是：／谁是积极的抗日者，／谁就是咱们的正敌头"，以犀利的语言和尖刻的讽刺，痛快淋漓地斥责了顽固派助纣为虐的罪恶行径，使冀南人民人心大快，马紫笙诗歌的战斗作用由此可见一斑。

马紫笙运用语言的能力极强，他的诗生动活泼，和谐自然，状情写物，丝毫没有人工斧凿的痕迹，而且大量采用活跃在群众口头上的日常用语，准确、新鲜、活泼，具有极强的艺术表现力。他的诗不大注意诗体的工整，格式随诗歌所要表达的内容而变化，读来自然生动。马紫笙诗歌的另一个显著特点是嬉笑怒骂，皆成文章，语言锋利，讽刺尖锐，对社会丑恶现象的揭露一针见血，富有很强的战斗性。

莎寨，本名王博习，1920年生，河北省威县人，是冀南根据地文坛难得的人才，既写诗歌，又写小说，还在编办文艺刊物方面颇有造诣。王博习出身于书香门第，自幼喜爱文学。中学毕业后去了北平，参加中国诗歌作者协会，并开始在《诗歌杂志》等刊物上发表诗作。抗战爆发后辗转到了延安，边学习边从事文学写作。1939年春到晋冀鲁豫边区晋东南文化教育救国总会工作，编辑机关刊物《文化哨》、《文艺轻骑》，并在《文化动员》、《战地生活》等刊物上发表不少作品。1940年秋，王博习回到家乡冀南，被委托创办冀南区第一个纯文学刊物《新文艺》，油印的创刊号供不应求，第二期改为石印。在王博习的辛勤耕耘下，《新文艺》荟萃了冀南当时的所有佳作，如小说《不是兵的故事》、《阔边眼镜》、《棉油不卖了》等，代表了冀南当时文艺创作的最高水平。1942年夏，王博习因患心脏病缺乏治疗病逝，时年22岁。

王博习在冀南从事了多种体裁的文学创作，小说《不是兵的故事》描写了冀南农民抗日自卫队的斗争生活，冀南区党委书记李菁玉称赞这篇小说"真是写得好"。他的诗歌创作也取得了颇为显著的成绩。从整体上看，王博习流传下来的诗歌作品都是小叙事诗，尽管有些诗作缺乏相对完整的故事情节，或者说诗篇只是通过某一件事情来抒发诗人的某些感想，但诗歌的形象性和描写的具体生动却是十分突出的。王博习诗作的数量不多，但反映的生活却比较宽广，几乎包括了边区斗争生活的各个方面。《拦牛人的故事》是其描写冀南根据地人民英勇抗敌斗争的代表作。故事的主人公小银是一个牛倌，地主的剥削和贫瘠的荒山让他们祖孙三代饱尝了人间辛酸，入侵的日寇杀死了他的母亲，使小银旧仇又添新恨。在敌人的一次扫荡中，小银独自一人留在村里，他用捡到的一支大枪"作了英勇的壮举"："打死了八个敌人，他也被敌人活活烧死"。诗篇以简洁质朴的语言和侧写的方式，刻画了一位英勇的有血性的中国青年农民的形象，并对青年一代在民族灾难中表现出来的顽强的战斗意志，表达了由衷的赞叹之情。诗人在创作中还涉及了一些他人很少涉及的题材，如《麦田里的骑者》便写了侵华日军的忧郁和绝望。一个逃出军营的日本士兵，在夕阳的照耀下独自流浪在麦田里，"破旧的皮靴像有拖不动的沉重，/ 钢盔扣着他满怀的忧郁"。他在偶然遇到一双中国母女时表现了少有的温存，他想起了留在家乡的亲人，不禁流下了痛楚的眼泪，最后他自杀在麦田里，带着太多的绝望和愧疚，而诗篇留给了人们的则是更多的思索。

诗人的另一些诗作着眼于边区的日常生活，侧重反映了敌后根据地的建设和发展。《二月春风吹》是一首对土地和边区人民劳动生活的热情赞歌。诗中写了恶霸地主"李二霸王"豪夺土地给农民造成的灾难，写了爷爷的无限悲伤，写了寡妇的一怀惆怅。这一切都因平分了汉奸地主的土地而烟消云散，犹如"二月春风吹来了清新"。诗篇描述了农民收回土地后的欢欣，歌颂了翻身农民对土地深厚的感情，歌颂了他们朴实勤劳的思想品质。诗中对寡妇内心世界的如实披露，对其心理活动的深入描述成为该诗的一大特色，比如寡妇对住在家中、给她们许多帮助的八路军战士产生的不同寻常的好感，她回想起丈夫生前恩情时引起的感情波动，写得都很细腻和生动，而这些情感后来都被劳动和生活的热情所取代："她不是在想那个八路，/ 也不是在想她的亡人，/ 勤苦的爷爷感动了她，/ 爷爷是个可爱可怜的农民。"《归队》叙述了一个开小差的战士由家乡返回部队的故事。诗人由游手好闲的李三同一个儿童的对话切入，写了力大无比的李三的觉醒和变化，写了儿童和村民们对李三的转变的欢迎与赞叹。李三怕苦从部队逃回乡间，受到村民的指摘和耻笑，他从民族大义出发终于醒悟了，打柴安下家返回部队。这首诗从某种意义上说，写出了边区人民热爱和崇敬抗日战士的时代风尚。诗人以民谣体写作的《河水谣》，写出了根据地繁忙的劳动景象：农民在田间挖渠引水，灌溉麦田，迎接即将到来的丰收。诗篇清新活泼、自然流畅，令人耳目一新，如诗的结尾："富国家，一枝花，/ 好抗战，两枝花，/ 打走鬼子三枝花，/ 中国解放哗啦啦……"

王博习还创作了当时冀南的第一首长篇叙事诗《指甲》，诗篇记述一个被俘抗日干部被敌人押进牢房，这位被囚在土牢中的抗敌斗士，怀着一颗必胜的信心，在没有任何工具的情况下，经过不懈的艰苦努力，用指甲划动并抠开囚室的坯缝，终于逃出虎口回到根据地，上演了一场中国式的胜利大逃亡，出色地表现了边区人民顽强的斗争意志。长诗的人物刻画细致入微，故事情节叙述得生动感人，具有相当强的艺术感染力。王博习的诗显示了他较强的语言运用能力，和"五四"以来新诗艺术的丰富素养，他的诗朴素清新，轻快活泼，既讲究词语修饰，又追求口语的自然生动，整个诗篇洋溢着青年人的朝气，给人一种蓬勃向上的艺术感觉。

胡征是边区诗坛一位后起的诗人，他出生于1917年2月19日，湖北省大悟县人。幼时读过私塾，30年代在河南信阳主编过诗刊《春潮》。1938年到延安，先后在抗大和鲁艺学习，曾任八路军一一五师编辑干事、鲁艺出版科长、延安市政府编辑等职。抗战胜利后奔赴晋冀鲁豫边区，先后担任边区文联研究员、《北方杂志》编辑、第二野战军战地记者等职。他这一时期创作的诗歌作品，大都收进诗集《主席台》中。

作为文学编辑的胡征，在解放战争初期根据工作的需要，曾一度经常往来于邢台、邯郸和武安之间，他这一时期发表的诗篇，基本上都取材并写作于这一地区。叙事诗《主席台》是胡征这一时期最重要的作品之一，1946年4月20日写于邯郸，最初发表在1946年6月15日出版的《北方杂志》创刊号上。诗篇以一个崭新的视角，把当时边区人民普遍开展的轰轰烈烈的翻身运动，浓缩在村政权印信的移交仪式上，把贫苦农民登上主席台，接掌"三寸长方的红官印"，作为人民大众实现当家做主愿望的象征，这在同类的作品中显得构思颇为新颖。诗人选取了村民们到新的掌印人家道喜、庄严的按印大典礼和全村群众大游行三个场景，记述了群众翻身斗争的历程，描写了以前受苦的老百姓如今扬眉吐气地庆祝胜利的欢快场面，抒发了人民当家做主人以后喜悦和自豪的情感。诗中的农会雇工委员景宽叔显得极为抢眼，这个铁一样的硬汉子当众哭了起来，"他揩着眼泪，／嘴唇在发抖"，激动地大声地叩念着，为穷苦人终于登台掌印喜极而泣。这首诗写了群众的斗争，同时生动地使用了群众的语言，因而受到群众的喜爱，并于1947年荣获了晋冀鲁豫边区政府颁发的第一次文教作品诗歌类乙等奖。

《声音》写了一个由外地逃到解放区的青年人的经历和故事。该诗于1946年6月21日写于邯郸，最初发表在1946年7月1日出版的《北方杂志》第一卷第二期。这首诗的构思也很奇特，诗人记述了一个来自"很远的夜的世界"的青年，为了逃避敌人的迫害，化装成哑巴，任凭敌人折磨拷打和暗地里观察一直没有发出过声音。这位被人称为"哑巴"的主人公，来到温暖的边区之后终于开口说话了，这一构思在歌唱解放区光明自由新天地的诗歌中无疑地显出了新意。诗篇为了说明主人公从"无声的世界"来到光明的世界，还通过环境的渲染突出了解放区的自由、幸福和欢乐，比如，主人公被抬进迎来黎明的村庄："醒得最早的大红公鸡／在唱着迎接黎明的歌／勤快而忠实的小播谷／聪明的百灵鸟／爱报好信的喜鹊们／都开始热闹的叫唤了。"它们都欢快地叫出了自己的声音，主人公受到了感染，并被边区处处的体贴温暖了心，终于恢复为一个正常的人。

《你们来得正好》是一首唱给光荣的国民党起义将领的赞歌。1946年中秋节写作于邢台，最初发表在1947年1月1日出版的《文艺杂志》第二卷第五期。解放战争初期，国民党军队中的一些有识之士由于厌弃了蒋介石一味破坏和平的内战，认识到国民党对人民背信弃义的罪恶行径，纷纷从天上飞来、骑马奔来、翻山越岭地走来向人民投诚。对于这些觉悟了的朋友，诗人以敬酒的方式给予了热烈的欢迎："圆圆夜／我举起满杯醇酒／祝贺你／起义的将军们。"诗篇言简意赅，却真诚地表达了对起义将领们的深深敬意，对人民解放战争取得最后胜利的百倍信心。诗人还有一篇《槐树下》，发表在1947年6月23日的《人民日报》副刊上。这是一篇写实的作品，写一个战士同坐在槐树下为子弟兵缝补衣裳的老大妈的一席谈话，反映了人民盼望打过黄河解放全中国的急切心情。诗中的"我"正是诗人自己，诗中所写的也是胡征亲身的经历。诗篇有着明显的民间歌谣的风格特点，通俗易懂，简洁明快，句句有韵，琅琅上口。总体上看，胡征这一时期的诗平实而生活化，擅长于叙事和描写，风格朴素自然。

　　刘艺亭，出生于1917年7月30日，河北省曲周县人。自幼在家乡读书，1934年考入大名师范学校学习，开始对诗歌写作产生兴趣。1938年在冀南参加抗日战争，在家乡白区战委会和抗日自卫大队工作。1939年到曲周县委编辑党刊《前途》，并参与编辑油印文艺刊物《习作》，翌年改任曲周县抗日政府文教科长。1942年调到冀南三分区《人山报》做编辑，后任总编辑。此时，刘艺亭陆续在冀南文救会主办的《抗战知识》等刊物上发表诗作，同时与几名诗友成立了"草芽诗社"，编印了诗刊《草芽》，积极开展抗战文艺创作活动。解放战争时期，刘艺亭为《冀南日报》记者、《冀南教育》主编，在太行区《文艺杂志》等刊物发表诗作，并担任冀鲁豫边区《平原文艺》的通讯员、《胶东文化》的特约撰稿人。新中国成立后相继担任河北省文联副主席、《蜜蜂》杂志主编等职，出版了五卷本的《刘艺亭作品选》。

　　在抗战时期，刘艺亭最初创作的也是一些短小的诗作，它们大多是作者在实际工作中的所见、所闻、所感，题材比较广泛，情感比较真挚。《六月的乡村》揭露和控诉日寇野蛮屠杀冀南人民的残暴罪行，在敌机的轰炸下，"牛、驴、鸡、鸭……碎成片片"，"脚、腿、手、臂……投向八方"，新妇的妆奁被火烧掉，黄灿灿的麦、谷满地抛洒。诗篇以人们惯常使用的写实手法，记录了日寇在冀南大地犯下的血腥暴行，形象、具体，并不空泛。如果说这首诗用血泪记下了日寇对"庄穆安详的家园"的肆意践踏，那么《滏河之歌》则以拟人的手法，通过滏阳河的眼睛展现了敌人到来之前，两岸安详的群山、田野、城市和村庄，遍地的绿菜、黄谷、红的高粱，歌唱了勤劳的冀南人民和平、欢快的生活。诗篇还用对比的手法，描写了隐藏在芦草中时刻准备歼灭敌船的壮士，挥舞着铁镐，把敌人的汽车路捣成烂酱的万千群众，这些情景构成了滏阳河岸边抗战前后两幅各具特色的风景画，构图尽管比较简单，却富有鲜明的时代色彩。

　　作者另外一些记人、记事的诗篇，写得更有特点。《关怀》记下了诗人在反扫荡中听到的一个传说，躲避敌人扫荡的孙子跑丢了，奶奶不禁痛哭流涕，边区政府的杨秀峰主任闻讯而来，亲自安慰焦急中的老人。黄昏时分，忙碌中抽不出身的杨主任，还专门派人打听孩子的下落。诗人敏感地捕捉到反扫荡中的这一小小的插曲，通过这件小事，从一个细小的侧面歌颂了边区高级干部关心群众、体恤民情的工作作风，表现了杨秀峰这样"一个戴眼镜的瘦人"，和蔼可亲、平易近人的高贵品质。《房东大娘》、《过馆邱路》、《夜宿刘永固》写的都是诗人在根据地和游击区亲身经历的事情，《过馆邱路》叙写了诗人一次脱险的经历。在一群敌人的尾追下，诗人骑车猛逃。前面小路上突然出现独轮车挡道，诗人正要暗中叫苦，小车却歪倒一旁。推车人放过诗人，又举枪阻击来敌，终使诗人幸免于难。诗中有"我"在，因而叙事、写人显得更加真实、亲切。这些诗作中有着相当数量的叙事成分，也可以将它们称为小叙事诗。作者的这些小叙事诗不仅增添了诗歌的生活实感，给读者以生动具体的边区抗敌斗争的真切感受，而且初步显示了诗人在叙事诗创作方面的才能，预示了作者日后长篇叙事诗创作的发展方向。

刘艺亭诗歌创作的成就主要表现在长诗上，1946年春，他根据冀南三分区劳动英雄荣林娘的先进事迹，创作了长篇叙事诗《滏阳河的女儿》，该诗在1948年荣获了晋冀鲁豫边区文教作品优秀奖。这部以真人真事为基础的长诗，用宏大的篇幅生动地记叙了著名妇女劳动英雄刘在勤一生的生活经历，堪称是一部刘在勤的诗体传记。长诗从主人公童年的悲惨遭遇写起，及至母亲早亡，被卖他乡，"十二岁的女娃作媳妇，扣不完的芝麻说不完的苦"。后来丈夫病死，双亲又亡，一个女人独自挑起了生活的重担。艰苦生活的磨炼使她的意志格外刚强，加上她的正直善良、深明大义，在抗日战争中焕发出了巨大的生命力量。她纳军鞋做榜样，不避凶险保护抗日干部；积极响应边区政府生产救荒的号召，带头纺线织布、拉犁、晒盐，入股组织合作社，带领群众脱苦难，"滏阳河边一位穷女人，／竖起根据地一杆红旗"。长诗以女主人公前后有如天壤之别的人生变化，生动地刻画了一位新时代妇女劳动英雄的典型形象。

作者1947年创作的另一部长诗《苦尽甜来》，取材于诗人在鸡泽县采访时听到的一个贫苦农民翻身的故事。它以抗战时期冀南人民的生活为背景，讲述了主人公四牛在地主安洪仁的剥削压迫下度过的苦难辛酸，抒发了土改斗争中农民获得翻身解放后的喜悦与欢欣。同《滏阳河的女儿》相比，《苦尽甜来》没有正面抒写根据地人民的抗日支前斗争，它侧重于表现抗战时期冀南农村的阶级矛盾和阶级斗争，日本侵略者只是作为地主压迫农民的一个靠山、一个大的时代背景出现的。如诗中四牛还不起地主安洪仁的债，地主马上威胁说："不还账炮楼上一句话，／张连长办案将你抓。"敌占区的地主阶级仰仗敌寇的势力欺压百姓，为虎作伥，是抗战时期一个重要的社会现象，诗人的着眼点尽管不在这里，但显然已注意到了这一问题。诗篇最为闪光的地方是农民组织起来，同顽固的地主展开说理斗争，这些用对话组成的诗行浸透了农民的痛楚和血泪，它产生于当时正在进行的土地改革运动中，具有很强的现实意义。

诗人长期生活在冀南农村，丰厚的生活积累使他的长诗具有浓郁的农村生活气息和丰富的文化蕴涵。《滏阳河的女儿》中女主人公名字的几次变化便带有深刻的文化印迹，她生下来叫"二妮"，女孩子从小就没有名字；出嫁后叫"孟三嫂"，随着夫姓起名字；有了男孩叫"荣林娘"，地道的"夫死从子"观念的产物；直到妇女解放了，她才有了自己的名字"刘在勤"，长诗中的这一细节是蕴涵着深意的。

刘艺亭将大量的民间歌谣、农事俗语和谚语入诗，给诗篇增添了具体可触的生活质感，像"干磨黍稷湿磨谷，／各人各有各人苦"，"一场春风三日暖，／椿树骨朵大如碗"，"水淹小葱连根烂，／饿倒炕上整三天"等，在长诗中比比皆是。长诗还常常使用古典诗歌的"比"、"兴"手法，吸收生动活泼的群众语汇，这些都极大地丰富了诗篇的艺术表达力，使长诗几乎达到了与同时出现的《王贵与李香香》、《王九诉苦》相媲美的艺术高度。

第二节　柯岗与冈夫的诗

太行和冀西同属于太行区，两地均为太行的深山区，是抗日根据地的腹心。特别是抗日战争的相持阶段之后，涉县几乎成为边区的半个首府，根据地的主要文化部门大多云集于此，这里的文艺人才也就较多地来自外地，诗歌创作自然也不例外。到达这里的诗人们无不为太行军民英勇顽强的斗争事迹所感动，情不自禁地唱出了一首首热情洋溢的赞歌。由此可见，这里出产的大量诗歌作品，正是太行和冀西这片土地的造化。

柯岗是由部队成长起来的诗人，原名张柯岗，曾用笔名 K·K ，1915年7月17日出生，河南巩县人。1937年大学毕业后参加抗日救亡运动，1938年底进延安抗大学习，1939年分配到太行抗日根据地工作，先后任八路军总部警卫团政治宣传员、一二九师政治部宣传部干事、晋冀鲁豫中央局《人民日报》记者、新华社编辑等职。1940年开始文学创作，有诗歌、小说、散文等多种文学作品，尤以"太行区一位活跃的诗人"著称，其诗作多收入《战地短歌》、《长着翅膀的朱银马》等诗集。

柯岗的诗歌创作可以分为抗日战争和解放战争两个时期。1940年6月，柯岗随一二九师政治部进驻涉县，先在常乐村驻扎，后来迁驻王堡。此时的柯岗在师政治部宣传部做部队报纸的编辑和记者，经常深入到边区各地采访，广泛地接触到部队的干部战士与驻地的老百姓。根据地军民丰富多彩的斗争生活激发了他的诗兴，由此而创作出了许多生活气息浓厚的诗篇，其中较有名的是一组题为"太行短曲"的抒情诗。《采椒》发表于1941年8月23日的《新华日报》（华北版），诗篇摄取了漳河岸边一群妇女采摘花椒的劳动场景，并以此歌唱了边区人民欢快的新生活："我在漳河岸上走，/ 她们在花椒树下笑，/ 她们一声笑，/ 剪落一串红玛瑙。/ 玛瑙落满筐，/ 河水带着笑意到远方，/ 玛瑙落满篮，/ 笑声走过了太行山……"可是在从前，采椒女是"一颗花椒一行泪"，沉重的官税犹如锐利的椒刺，刺破了手指刺破了心。如今，告别了辛酸的日子，她们才有了开怀的笑声。诗篇还利用通感的表现手法，由火红的花椒，衬托出边区人民欢快的心情："她们笑了，/ 笑红了花椒。"这笑声反映了人民当家做主后的喜悦，是边区劳动人民普遍幸福感的一种自然流露。

《月夜牧歌》采摘了太行山月夜牧牛人生活的一角，发表在1941年9月17日的《新华日报》（华北版）。诗人写了一群牧牛人赶着他们的牛群，来到月色照耀下的小树林，大家点燃了青藤篝火，围坐在一起。他们像对付野狼一样学会了战斗，为了保护自己的牛儿，牧牛人也会面对敌人举起太行山的石头。诗的结尾落笔在高高的天上，"天不会下雨呀！／天这么高，／星星在月的身边都模糊了……"似有一种悠远的情思在里面。《初夏的夜》于1943年6月25日发表在《华北文化》革新第三期。诗中的夏夜，月光在麦穗上翻着波浪，不知名的小虫静静地伏在成熟的土地上，然而，一场反抢粮的战斗，就要在初夏的夜里打响。老乡们转移进山谷，青年人则持枪匍匐在麦田旁，根据地的田园风光需要战斗来保卫。这组"太行短曲"写得十分轻盈和纯净，在诗人笔下，战斗的乡村里依然充满了蓬勃的生活气息，敌后的斗争生活中，随时都产生着诗情画意，我们将这些图景连缀起来，则构成了一幅色彩斑斓的敌后抗日根据地生活的风俗画。

《小顺他娘》是柯岗一首篇幅较长的叙事诗，写作于1943年1月。目的是配合当时边区群众响应党"组织起来"的号召，开展轰轰烈烈的大生产运动，表彰生产运动中涌现的劳动英雄——小顺娘。诗篇迟至1946年8月15日才在《北方杂志》第一卷第三期发表。故事的主人公是一个寡妇，家境贫寒，丈夫因病去世，上有老人，下有幼子，家庭的生产和生活重担全压在她身上。八路军给她家带来了好日子，也激发了她劳动的热情。对于这位获奖的光荣妇女，作者除了写她的辛勤刻苦外，还特别通过"雨后打场"、"送子参军"、"雪天砍柴"等场面，深入发掘了女主人公乐观开朗的心灵世界。诗篇为了更好地刻画人物性格，适量地穿插了一些俗语和农谚，如"一天多织二尺布，／不胜寻个好丈夫"，"麦盖三层被（雪盖麦苗），头枕油馍睡"，"天上下雪地上白，／砍柴不砍合欢柴，／湿了它不燃，干了它不耐"，等等，显示了主人公丰富的生活情趣，也使诗篇带有浓厚的生活气息。这首诗歌略显拖沓，但也有不少比喻新颖的好句子，如"日子好比过刀山，／一把血，一把汗苦往前盼"，"一路上两手搥的像车轮样，说不出有多高兴"，反映了诗人对人物和生活所具有的深刻的洞察力。

《燕赵秋野》是柯岗写作于解放战争时期的一首诗。1946年9月18日在开往邯郸的路途上写成，发表于1947年1月1日出版的《文艺杂志》第二卷第五期。诗篇写了诗人行进在燕赵大地秋日郊野上的所见所闻，写了棉田摘棉女、秋田里扶锄的老汉、水车旁送行的母子，对参战燕赵男儿的嘱咐和期盼。诗篇还将牵牛花和红果树作了拟人化处理，为了表彰爱国自卫战争的英雄，喇叭样的牵牛花，愿在雪天里开花，夹道的红叶果树，愿在冬天里结第二次果。柯岗比较擅长景物描写，这首诗了也充分显示出他的这一特点。在燕赵秋日的郊野上，诗人没有看到一片凋谢的叶子，"荞麦杆，紫溜溜，/狼尾谷呀，黄澄澄，/野牵牛的花开一朵蓝；/还有那夹道的叶红果树，/确比春花更娇艳。"燕赵大地如此艳丽的景色，恰切地衬托出燕赵好汉勇赴前线的美好心灵。诗篇的写人与绘景，如此相得益彰有机地融合在一起，给人带来了一种特有的美感。柯岗的诗歌写得很有灵气，诗心跳荡，语言鲜活而轻盈，散发着一股青春的气息。

冈夫是一位老资格的诗人，原名王玉堂，1907年1月4日出生，山西省武乡县人。1925年开始写诗，1932秋年在北平加入北方"左联"，后被捕入草岚子监狱。1936年出狱后回山西参加抗日救亡运动。抗日战争和解放战争期间，由于战争年代敌后斗争生活的流动性，诗人生活和创作的足迹交替在山西与河北之间，1940年秋天诗人一度转移到冀西山区，1942年以后长期在涉县的太行联中任教并在下温村参加整风运动。到了抗战胜利后的1946年，冈夫担任成立于邯郸的晋冀鲁豫边区文联理事，担任设在涉县的太行区文联副主任等职，与河北南部解放区发生了更为密切的联系，因而为我们留下了不少珍贵的诗歌作品，其中一些收入《战斗与歌唱》、《人民大翻身颂》等诗集。

冈夫在边区的诗歌创作分为抗日战争和解放战争两个时期。抗战时期诗作的品种较为多样，有街头诗，有民歌体，也有较为现代的自由体诗。1940年初秋时节，冈夫在随边区政府向冀西转移时创作了许多街头诗，这些诗由写有一手好书法的王巨慧同志刷写在沿途的墙上。比如："狼学狗叫在山岗，／鬼子学小孩哭爹娘，／老乡伤心出来看，／碰着那些两脚狼。"这首诗提醒在山里隐蔽的群众提高警惕，千万不要上了鬼子的当。又如："我们的抗战，／正像一场凶恶的扭打，／越是扭到最惨痛的时候，／也越是最有希望翻身的时候。"这首诗写得富有哲理，目的在于鼓舞群众的斗志，坚定边区军民抗战到底的决心。

《九月谷上场》是一首长约200行的诗篇，由多首短诗连缀而成，其中一大部分写作于冀西山区。这首诗曾在边区纪念十月革命节的干部会上朗诵过，后来又油印出版，产生了良好的反响。从现存的诗句片段来看，这首诗有着明显的民歌风，如"青山绿水呀好家乡，／望不尽的秋麦茂堂堂，""流水桥边洗衣裳，／太阳晒在脊背上，／正好不热也不凉。""晚风吹来菜根香，／敌人一来啊烧杀光，／怎不大家齐武装，／和那鬼子干一场！"诗篇活用了民歌的比兴，句句押韵，加上诗句中的助词增强了诗歌的节奏感，更便于流传和歌唱，这可能是该诗受到群众普遍喜爱的一个重要原因。《小孩和羊》大概是诗人在太行联中帮助学生整风期间的作品。这首诗写了边区一个普通的孩子，将自己牧养的肥羊送给子弟兵的故事。诗篇突出描写了孩子献羊的过程，再现了拥军会场一派热烈的景象：孩子将亲手书写的"拥军"两个大字，挂在羊儿的双角上，飘飘扬扬的红字条伴随着孩子和羊儿走进会场，而会场上黑压压的人群和经久不息的鼓掌声，"拍得孩子脸儿红了啊，／羊儿也心慌……"这首诗也具有民歌朴实明快、通俗上口的艺术特点。

解放战争时期冈夫诗歌创作的产量很高，而且多为篇幅较长的抒情诗和叙事诗，这些诗篇大多写作于太行区文联的驻地涉县。《胜利和平凯歌》发表在1946年3月1日出版的《文艺杂志》创刊号上。这首诗的气魄颇为宏大，诗人以一个人民斗争和胜利的参加者和见证人的身份，深情地讲述了边区人民可歌可泣的斗争故事，热情地歌颂了敌后根据地取得的辉煌战绩，同时愤怒抨击了那只瘸脚的"后腿"反人民的无耻行径。诗篇通过边区的每一个山头、每一片河滩、每一块土地，见证了人民从小到大、从弱到强的成长。而面对胜利，诗篇则充满了气冲云霄的豪情："我们的力气没有白费，血汗没有白流！／我们非赢到手不可的东西，／我们终于赢到手了！"这首诗不愧是对边区军民光荣战斗历程的概括性总结，是对人民斗争胜利的总体性歌颂。

《人民大翻身颂》也是一篇史诗性的作品，发表于1946年4月1日出版的《文艺杂志》第一卷第二期。这首诗记述了抗战胜利后边区农村开展的一场轰轰烈烈的斗争：同地主进行说理和算账，要求地主减租与退租。诗篇写了农民以前经受的无尽的痛苦和灾难，写了诉苦斗争大会群情激愤的场面，写了人民政府对汉奸和恶霸地主的严厉惩办，还写了村民们联合起来向城里的地主讨还被剥削的粮食的行动。诗篇驳斥了那些惊呼"秩序"的所谓"法律家"、"慈善家"的谰言，雄辩地说明了一个道理：一个人的哭怎样面对一群哭了一辈子的人，某个人的一滴血如何抵消千万人流成的血河？这首诗写了这样一个历史事件，如同诗人同农民一道唱出的一首人民大翻身的歌，一首大法律和大仁慈的歌。

长篇叙事诗《申海珠》是一篇英雄颂，诗人的这篇代表作发表于1947年3月1日出版的《文艺杂志》第三卷第一期。这首诗取材于真人真事，诗篇的主人公申海珠是河北沙河县的煤窑工，一位出席1946年12月在长治召开的边区第二次群英大会的二等战斗英雄。这首叙事诗大概是冈夫采访了主人公之后不久完成的。诗篇详细描写了申海珠由对八路军的不信任到为之拼命的巨大转变，写了他带领担架队勇赴自卫战争前线的果敢行动，写了他利用自己的挖掘技术打通深入敌堡地道的过人的精明，也写了他火线救助伤员的英雄壮举。然而，诗人似乎更为主人公耿直刚毅的性格所吸引。诗篇写了他在群英会上"撑手舞脚"的发言，写了他发言时脸上暴着的"一股一股的红筋"，申海珠以自己英勇无畏的行为和发自肺腑的言语，生动地表现了他对人民解放事业的一片赤胆忠心。这首诗写得较为细腻，叙事也层次分明，于1947年荣获了晋冀鲁豫边区政府颁发的第一次文教作品诗歌类甲等奖。

冈夫是一位勤奋的诗人，他总是孜孜不倦地追踪着边区人民解放斗争的脚步，诗歌表现的内容十分丰富，其诗作本身即能构成一部生动的太行军民的斗争史。冈夫有着多种笔墨，起初他的诗被李伯钊誉为"别具一种中国诗的风格"①，后来他学习了民歌的表现特点，抗战后期则专注于散文体新诗的创作。诗人笔下恣肆汪洋，挥洒自如，同时又讲究诗句的锤炼，显示出一位老诗人深厚的艺术功底。

另外，在涉县的诗歌创作中，除了柯岗与冈夫，张秀中也有一些诗歌创作。到了敌后抗日根据地之后，紧张激烈的战斗生活和文联机关繁忙的事务性工作，使他无暇更多地分心去结撰诗篇，仅有几首诗作。《民主，像初生的太阳》是作者献给晋冀豫边区临时参议会的诗篇，发表于1941年7月出版的《华北文艺》月刊第三期。由于当月边区第一届临时参议会在根据地隆重举行，这首祝贺性的颂诗便隆重地刊登在了刊物篇首的位置上。作为一首歌颂性的诗篇，作者没有抽象地诉说临时参议会召开的伟大意义，也没有细致地描述会议召开时隆重的场面和热烈的气氛。他跳出了这类诗写作的窠臼，以"初升的太阳"这一意象，来咏唱边区人民的民主生活，并通过边区普遍实现了的民主，来迎接和歌颂临时参议会的召开。诗歌以"初升的太阳"统率全篇，将这一意象通过老人、妇女、儿童的反映、河流和土地的变化而贯穿起来，并以"光芒"、"灼热"、"温暖"等副意象加强之，为诗篇增添了更为丰富的内涵。当年曾有人评论说："在用语的简洁郑重上讲，《民主，像初生的太阳》这篇诗，是值得人们揣摩的。"② 的确，这首诗在诗句的简约、用词的考究、意蕴的醇厚等方面，均显示了作者较深的诗歌创作功底。

《我底诗，永远是年轻的》写于1942年底，刊载于1943年1月1日出版的诗刊《诗风》上。曾有人说，新诗更适合年轻人来写。诗人此时虽已年近四旬，但由于生活在充满朝气的敌后抗日根据地，生活在一群抗日的

---

① 李伯钊：《敌后文艺运动概况》，《中国文化》，1941年，第三卷第二、第三期合刊。

② 义米：《〈华北文艺〉第三期的诗作》，《新华日报》（华北版），1941年9月29日。

青年人中间，诗人继续以一颗未老的诗心叙写着新的诗篇，因为他的诗是"永远年轻的"。诗人在这首诗里写出了自己以前的写诗经历，写出了自己诗歌构思和写作的过程，同时真挚地表达了他对诗歌由衷的爱意。他爱诗，因为他的诗"像牛一样／永远拉着犁／和劳动人民在一起／耕耘着祖国底土地"。这首诗写得纯净明快、朝气蓬勃，直接抒发了作者对敌后抗战诗歌热烈的情感，直可以看做是张秀中的一部诗观宣言书，一篇诗歌创作谈。《祝诗》是诗人向刘伯承将军祝寿的作品，发表于 1942 年 12 月 15 日的《新华日报》（华北版）。作者由著名的抗战将领的生日，联想到新的世界的诞生，由个人对刘将军的祝福，扩展到太行山和根据地人民的共同心愿。诗篇高瞻远瞩，以小见大，朝气蓬勃，热情奔放，显示了诗人一贯的诗风。

第三节 阮 章 竞

如果说在河北南部解放区文学创作中，每一类文学形式都涌现出了它们的代表性人物，那么在诗歌创作领域里，阮章竞则堪称一位杰出的代表。阮章竞的诗歌创作起步并不早，以前主要从事戏剧和歌词创作，后来在毛泽东《在延安文艺座谈会上的讲话》精神的鼓舞下，开始运用民歌的曲式来写作新诗，并且取得了突出的成就。他创作的民歌体长篇叙事诗《圈套》、《漳河水》，同李季的《王贵与李香香》、田间的《赶车传》、张志民的《王九诉苦》齐名，成为解放区文学的经典作品。

阮章竞，曾用笔名洪荒、啸秋，1914 年 1 月 31 日出生，广东省中山县人。他自幼家境贫寒，在乡读了四年小学后开始打工。1935 年到上海参加了抗日救亡歌咏活动，日军侵占上海后在江南一带从事抗日宣传工作。1937 年底奔赴太行山敌后抗日根据地，担任太行山剧团政治指导员、团长等职，并开始戏剧和歌词创作。1939 年被选为晋东南文协常务理事。1947 年初，阮章竞来到涉县，在下温村的太行文联任戏剧部长，同时担任中共太行区文委委员。他后期的主要作品，如大型歌剧《赤叶河》、长诗《圈套》及《漳河水》等，大都写作于涉县境内，或者取材于涉县人民的斗争生活。这些作品在边区及新中国成立后多次再版，受到广大群众的普遍欢迎。

在抗战时期，阮章竞主要是一位戏剧工作者，他以洪荒为笔名创作了许多大大小小的戏剧作品，诗歌创作只是他的副业。

《牧羊儿》是诗人1940年9月写作于清漳河畔的一首民歌体短诗，或者说是下乡采风的阮章竞由一首民歌改编而创作的。诗篇写了牧羊儿辛苦的放牧生活，他替"掌柜的"放羊，餐风沐雨，忍饥挨饿，吃着乞讨般的饭食，受着牛马一样的劳累："日头凶，风雨恶，／肚子饥，脚磨破！"，"掌柜的吃烙饼，／给我啃吃糠窝窝！"而且，牧羊儿还要因为羊的肥瘦遭到"掌柜的"打骂："羊儿长膘快，掌柜笑，笑呵呵！""羊儿不吃草，放羊儿，受折磨。"最后，诗人为牧羊儿找到了一条出路，即"八路军，过来了，／参军去，找哥哥！"这首诗风格清新，语言简洁明快，句式整齐，韵律严格，是一首几乎可以直接歌唱的民歌。

《柳叶儿青青》是作者以诗剧的形式试写的一首演唱长诗，1943年3月写作于涉县下温村。这篇作品通过一个农民家庭的矛盾纠纷，讲述了一个规劝懒汉积极发展边区农业生产的故事。作品的男主角大东子好吃懒做，游手好闲，不事生产；他的妻子"东子家"勤劳朴实，操持着整个家业。诗篇围绕着大东子睡懒觉这个中心，逐步展开矛盾冲突，大东子经过妇救会会长、农会会长的批评教育，儿子的奚落和讽刺，特别是妻子的"情感攻势"，终于觉悟过来，夫妻重新恩恩爱爱，全家齐心合力搞好生产。剧诗在大团圆的热烈气氛中终结："柳叶儿青，桃花儿红，／布谷欢笑柳林中；／岭头云，随风流动，／河水一路咚叮咚。"

《柳叶儿青青》这类演唱诗是一种探索扩大诗歌表现力的有益尝试，它是戏剧与诗歌的结合体，两者嫁接在一起，具有各自的艺术特点，同时由于有机的融合，它们在阅读或演出的效果上均加强了各自的艺术表现力。穿插于长诗中的"合唱队"的歌唱也颇有特色，它不仅填补了角色表现中的空缺，也对剧诗的结构进行了有益的调节，使全诗更为统一与和谐。

1947年初阮章竞调任太行区文联戏剧部长，来到涉县下温村。相对单纯的工作任务和相对稳定的生活环境，使诗人得以沉下心来，一方面整理自己多年来的生活积累，另一方面投入较大作品的创作。在涉县，阮章竞先后创作了长篇叙事诗《圈套》、民歌体抒情诗《送别》和《盼喜报》。此时，作者发表作品时开始正式使用阮章竞的名字，诗人的诗歌创作从此开始了"阮章竞时代"。

《圈套》反映的是"黄河边"人民的斗争生活，写作地点则是在太行区文联驻地——涉县下温村一带的"清漳河畔"。长诗题名为《圈套》，整篇故事也紧紧围绕着敌人设下的一个个圈套来展开叙事情节。黄河边上的槐树台村，恶霸地主杨道怀不甘心自己在土改运动中遭到的失败，他一方面伪装积极，清债又退地；另一方面却暗中设下一个个圈套陷害农会主任李万开。他首先利用万开娘的贪财心理，给农会主任家送礼行贿，引起村中富裕户的不满；然后借口正月十五闹花灯，栽赃农会强要青年妇女抛头露面，招来普通群众对农会的意见；最后在光棍汉万开与寡妇金女之间穿针引线，待计谋成熟后而前去捉奸，意欲把农会干部置于死地。紧急时刻，村长之妻英蛾娘舍生忘死搬来救兵，解救了被陷害的李万开，粉碎了敌人的罪恶阴谋。长诗写了土改运动中地主阶级进行的疯狂反扑，写了当时边区农村中触目惊心的阶级斗争，目的是"教育获得解放的农村干部，警惕地主阶级的阴谋"[1]，可见它在当时具有很强的现实意义。

在艺术上，这篇"俚歌故事"也很有特色。作品明显借鉴了说书艺术的表现手法，整篇诗歌叙事结构紧凑，情节发展环环相扣，步步紧逼，一个圈套连着一个圈套，既引人入胜，又扣人心弦，具有很强的可读性。作品还在语式、节奏、韵律等方面，学习了鼓词的艺术特点。整

---

① 阮章竞：《漫忆咿呀学语时》，《文艺研究》，1982年，第2期。

个诗篇直白顺畅，琅琅上口，很受农民群众的喜爱。长诗还大量地借用了群众的口头语言，如"割了谷子割豆子"，"砖头瓦块变成金"，"纸糊的老虎样儿凶"等，写人状物新鲜活泼，生动贴切，较大地提高了诗歌的艺术表现力。

这一时期阮章竞写作的诗歌都是叙事诗，除《圈套》外，还创作了小叙事诗《送别》和《盼喜报》。前者采用信天游的曲式，叙写作者所见之"豫北某村参军小景"：一位 78 岁高龄的老大娘，顶风冒雪为参军上前线打老蒋的儿子送行。母亲追昔抚今，感慨万千，对儿子千叮万嘱，情真意切。她反复告诉儿子："去吧孩孩你去吧！／去当咱毛主席个好部下。"在爱国自卫战争中英勇杀敌，"保住'抓地虎'和五亩八，／保住你娘保住家"。后者以一个士兵妻子写信给前方打仗丈夫的口吻，反映了老区人民对革命胜利的深切渴望。后方的妻子看到邻家收到了立功喜报，于是给丈夫写了封热情洋溢的家书，一方面表达了对丈夫的恩爱之情："我要给你绣个好暖肚，／绣一枝快枪绣一把锄；／再绣个桃儿作个心，我的心儿要记住"；另一方面则以夫妻间贴心的话鼓励丈夫英勇杀敌，早日立功，传回喜报："你是英雄我光彩"，"我的光荣在你身上"。从中可以看到战争年代边区人民对参战亲人的一种特殊的期望。诗人在两个月内接连写作了三首叙事诗，相比之下，《圈套》的叙事性更强一些，《送别》和《盼喜报》则以抒情见长。叙事与抒情达到较为完满的结合的，是诗人两年后创作的长篇叙事诗《漳河水》。

《漳河水》是阮章竞的代表作，在其诗歌创作生涯中占据十分重要的地位。它是诗人在边区诗歌创作历程中走过的最后一站，也是其整个解放区文学创作的总结性作品，或者说是阮章竞贯彻毛泽东的文学方针，进行民歌体诗歌创作所取得成就的集大成者，并由此为自己解放区时期的诗歌创作画上了一个比较圆满的句号。

这首长篇叙事诗完稿于 1949 年 3 月。当时，诗人所在的太行区文联住在涉县东豆庄村。1949 年 1 月 30 日至 2 月 2 日，太行区临时妇女代表大会在涉县东戍村举行，因为两地相隔甚近，阮章竞应邀列席了这次妇女工作会议。在会上，诗人亲耳聆听了边区妇女斗争与成长的光荣经历，深入了解当前边区妇女工作中存在的各种现实问题，由此促成了他为太行山妇女写一首长诗的冲动。阮章竞后来回忆说："要为太行山农村妇女写个东西，我早有这个愿望，但迟迟没有动手。1949年春天，我列席了太行区党委召开的妇女工作会议之后，又沿着清漳河，回到过去的驻地看了看。路上，我回想起会议上各地所反映的妇女问题，也想到战争即将结束，自己很快就要离开太行山，就要离开那些和我们同生死共患难的父老兄弟，那些在战争中为我们纺线、织布、做鞋、缝衣裳的太行山劳动妇女。要为她们写个作品的念头就像久蓄在太行山里的水，忽然打开了闸门。"[1]

这首长诗写作于何地、作品具体取材于何方，作者没有细讲，或者说好像在有意不说端详。"卧虎坡"属于哪县哪乡，诗人在多篇文章、多次谈话中都未明说。如果按照诗人自己的说法推测的话，他参加了太行区妇女工作会议之后，沿着清漳河回到过去的驻地。那么诗人行走的路线应当是，从东豆庄村由北向南走到涉县县城，然后从县城出发，沿着清漳河向西北方向溯流而上。沿途有原太行区文联的驻地下温村、原太行剧团的驻地悬钟村等。对于作品的取材，诗人在《漳河水·小序》中说："三个女主人公到底是哪个村的，没打听出来。群众说好多村都有这样的故事和大同小异的歌儿。"尽管如此，按照诗人对太行区妇女工作会议上所反映出来的问题的思考，可以说，《漳河水》取材于以涉县为中心的太行山区广大妇女的生活、劳动和斗争。

长诗写了漳河边上三个姑娘新旧社会的生活经历。她们三个好姐妹起初都向往幸福美满的婚姻，但在封建礼教的压迫下，"三个人的心事都走了样"，"荷荷配了个半封建"，"苓苓许了个狠心狼"，"紫金英嫁了个痨病汉，不到一年守空房"，每个人都陷入了痛苦的深渊。直到边区

---

① 阮章竞：《漫忆咿呀学语时》，《文艺研究》，1982年，第2期。

在土改中挖掉封建主义的根子，并经过她们自己顽强的斗争，消除了农民头脑中根深蒂固的旧有婚姻观念和对妇女的种种偏见，她们才得以重新实现自己的理想。诗篇的突出成就是刻画了三个不同性格的妇女形象。荷荷大胆泼辣，敢作敢为，富有很强的斗争性。她勇敢地同"黑心肝"离了婚，不仅找到了自己的幸福，还带头组织生产，帮助其他姐妹走上新的生活道路。苓苓的性格沉稳老练，柔中有刚，面对有着严重大男子主义思想的丈夫，以自己的聪明机智对他进行了"卓有成效"的教育。紫金英则自卑而软弱，善良的她在姐妹的搀扶下，最后也向前迈出了迟缓的脚步。这些来自生活深处的三个人物各具风采，这也是诗篇吸引读者的一个魅力所在。

《漳河水》是一部有感而发的作品，阮章竞从当时的太行区妇女工作会议上了解到许多现实生活中存在的妇女问题，他要以诗歌的形式，把太行山妇女内心的痛苦、渴望解放的心情痛痛快快地呐喊一番，把农村中根深蒂固的封建恶习狠狠地批判一通，把参加劳动、经济自立这些妇女翻身解放的道路指给她们。因此，这首诗便有了单纯而鲜明的思想主题，即通过太行区三个妇女在新旧社会的不同命运，她们的婚姻、家庭、经济和社会地位的深刻变化，愤怒抨击封建社会对广大妇女的野蛮压迫，热情歌唱新社会给广大妇女带来的解放和新生。

《漳河水》是一部民歌体的长篇叙事诗，得之于太行山清漳河两岸的民间歌谣。1949年春天，正是清漳河桃红柳绿的时候，诗人偶尔在河边散步，听到从山坡林间传出的娓娓悠扬的歌声，这是当地妇女生产互助组在歌唱自己的劳动，歌唱她们的翻身和快乐。阮章竞说，他"自听了歌声以后，萦绕脑中。找人口述，录下些片断的歌儿，自己又模仿着编了些，组织成现在的样子"[①]。由此可见，诗篇是经过诗人的艺术加工和再创造，"由当地的许多民间歌谣凑成的"，如《对花》、《平调》、《太平调》、《开花调》、《刮野鬼》、《梧桐树》、《绣荷包》、《打寒蛰》、

---

① 阮章竞：《漳河水·小序》，见《阮章竞诗选》，人民文学出版社，1985年，第273页。

《大将》、《一铺滩滩杨树根》，等等。诗人将这些曲牌统名为《漳河小曲》，并精心选择其中适合表现诗歌主题思想和人物情感的曲式，如三七言、七七言式、七七五言式和七言四句式等。由于诗人采用了太行山的民歌形式，博采众多民间小曲之长，同时根据诗歌情境的需要，进行创造性地灵活运用，其诗篇既具有自由灵活的艺术形式，又表现出鲜明而独特的地方色彩。

诗人在运用当地的民歌形式反映太行山妇女的喜怒哀乐时，更多地注重了学习人民大众中活的语言，并对群众的语言进行加工和提炼，极大地提高了诗篇的艺术表现力。长诗出于人物刻画及感情抒发的需要，积极运用太行山区丰富的农村语汇，以富有表现力和个性化的口语、比喻、谣谚等入诗，并适当地穿插了"娶来的媳妇买来的马，任我骑来任我打"等俗语，"北点豆，南栽瓜，河东河西种小麻"等农事活动，"猪不离圈狗不离院，母鸡不离破篮片"等农家生活事象，为诗篇添加了浓郁的生活气息。在景物描写和气氛渲染上，诗人为了烘托人物，抒发感情，则使用了"漳河两岸一切山光水色，风云天籁，鸟语虫鸣"，从而有效地增强了诗篇的艺术感染力。可以想见，作为广东人的阮章竞在熟悉和运用北方语言进行诗歌创作时，付出了何等艰苦的努力。

长诗在艺术结构上也很有特点，诗人从《乐府》及古典诗歌，从声乐曲和器乐曲中获得启示，将整个诗篇分为《往日》、《解放》、《长青树》三个部分，每个部分的开头都安排了"部首诗"，它相当于乐曲中的"序曲"，诗篇的末尾则安排了"终曲"。三首"序曲"之"漳河小曲"、"自由歌"、"漳河谣"，及"终曲"之"牧羊小曲"，均以"漳河水，九十九道湾"起头，既给读者以艺术上的美感，同时也使全诗前后连贯，首尾相牵，统一而完整。

第八章　旧体诗和民歌童谣

中国是一个诗的国度，粗通文墨的人都会吟诗作歌，以此来表达自己的思想和情感。中国的诗歌艺术发展到现代以后，新诗逐渐成为主流的诗歌形式。但是，有着上千年优良传统的旧体诗和一直为广大老百姓所喜闻乐见的民间歌谣，同样在人民群众的生活中占有十分重要的位置。特别是老一辈革命家在抒发革命情谊之时，古体诗词往往是他们最擅长的艺术形式，而普通老百姓更是常常借用脱口而出的歌谣，来倾诉他们的悲欢离合与喜怒哀乐。这种情况在边区的各个根据地同样普遍存在，并取得了相当突出的成绩。

第一节　老一辈革命家的旧体诗

由于工作和知识积累的特点，旧体诗一直是许多老一辈革命家喜爱并擅长的表情言志的艺术形式，他们在战争年代紧张的戎马倥偬之中，依然于战斗的间隙挥毫成章，抒发胸中的革命情怀，从而给我们留下了许多弥足珍贵的诗篇。

朱德创作的与边区有关的旧体诗共有两首，一首为《悼左权同志》："名将以身殉国家，愿拼热血卫吾华。太行浩气传千古，留得清漳吐血花。"这首哀悼诗写于左权将军1942年5月25日牺牲于涉县之后，诗篇高度评价了这位曾经一起指挥敌后抗战的战友，诗人将烈士的英名与其曾经战斗过的地方紧密相连，并以太行山脉和清漳河畔长存的浩气，表达了自己对这位名将深沉的哀思。另一首纪闻诗《攻克石门》，歌唱了我军收复冀南重镇石家庄的胜利。这场攻坚战打得干净利索，并使我军的战术有了新发展，对此诗人表现出由衷的欣喜："石门封锁太行山，勇士掀开指顾间。尽灭全师收重镇，不教胡马返秦关。攻坚战术开新面，久困人民动笑颜。我党英雄真辈出，从兹不虑鬓毛斑。"朱德的诗朴实自然，笔力遒劲，于豪壮之中又显凝重，遣词用句中颇见艺术功力。

叶剑英在延安担任八路军总参谋长的要职，时刻关心着边区的战事，他有三首诗词与边区相关。写于1942年7月的《满江红·悼左权同志》，是一首对战友的悼亡诗。叶剑英与左权同为八路军参谋部的领导成员，因而对左权将军的牺牲更为痛心："风起云飞怀战友，屋梁月落疑颜色。最伤心，河畔依清漳，埋忠骨。"诗词在怀人之中还凝结着一层悲壮的情绪。写于1942年12月的两首绝句，是向刘伯承将军献上的祝寿诗。这两首祝寿诗以简洁凝练的语言，通过朴素平实的记述，歌颂了将军尽管"遍体弹痕余只眼"，依然统军屹立在太行山抗日根据地的壮举，称赞了他忠勇踏实、坚定刻苦的人格魅力，特别是对"将军五十人称健，斩得倭酋不自夸"的骄人战绩钦佩不已。叶剑英的诗较为工整典雅，清新明丽，诗味很浓，并散发出一种秀丽的美。

陈毅是位儒将，尤擅诗词，抗日战争和解放战争期间他曾往返或转战于边区，写下了不少脍炙人口的诗章。写于1945年9月的《秋过濮阳，月下与人谈毛主席飞渝事》，是诗人由延安返回华东战场路经濮阳时所作。陈毅以诗回答了同事对毛泽东赴重庆谈判的担忧，借助发生于濮阳的两个著名典故，热情赞颂了毛泽东伟大的领袖风范和过人的革命胆识，并以"夜谈坐对中天月，白杨千树放光芒"，表达了对毛主席的无限钦敬之情。写于1948年6月的《渡黄河作歌》，是陈毅领导部队进行濮阳整训之后，渡河南下时的作品。诗篇写得很有气势，一方面纵横捭阖畅论国事，道出蒋家王朝落花流水的命运；另一方面通过"吁嚱"引起的四声歌唱，高歌了人民解放事业排山倒海般奔腾向前的大趋势，大声欢呼"华夏独立新世纪"的到来。陈毅的诗自然洒脱，气势磅礴，不刻意追求诗律，却常有许多神来之笔。

第二节 其他人的格律诗

在边区诗歌创作中，新诗为其主要品种，格律诗仅在一些旧学深厚的人中间吟咏流传。尽管如此，边区的格律诗创作也出现了一些较好的篇章。它们在激情飞扬的年代抒发诗人的火热情怀时，也以自己的特点各擅胜场。

李菁玉、贾廷修夫妻唱和的《姐妹闲谈》，是冀南文坛上一段颇为感人的佳话。1942年9月，冀南区妇委书记贾廷修被捕入狱，一年后，她的丈夫、冀南区党委书记李菁玉从太行山结束整风回到冀南，得知此事后心绪翻卷，随即在报纸剪下的一幅风景画背面写下七首短诗，托伪村长李老茂带给狱中的妻子。妻子读了这些诗非常感动，马上写了六首短诗作答，并由李老茂带给狱外的丈夫。这些统名为《姐妹闲谈》的诗篇，是革命夫妻之间互相安慰、互相勉励之作。为了蒙蔽敌人，夫妻在诗中以姐妹相称，姐姐牵挂着狱中的妹妹："妹好姐心喜，姐好妹无忧，暑夏宜珍摄，炎日正当头。"妹妹则宽慰狱外的姐姐："阿姊无悲伤，有妹志气壮。人生如朝露，忠信丹青扬。"诗篇一方面通过姐妹之间的关心和惦念来表达夫妻间的深情厚意，另一方面又以"寒风识劲草"和"前盟永不忘"来激励斗志，话语不多且隐晦含蓄，读来却荡气回肠，令人感慨不已。

艾大炎的《复活》和《忆四二九》写的都是作者的亲身经历，因而格外真实感人。1942年冀南"四二九"大扫荡中，时任冀南行署文教处长的艾大炎中弹负伤，后被村民救起。当年10月则被敌人抓捕入狱，第二年5月经组织营救方获自由。诗篇生动记述了诗人的这些"艰难历程"，一方面以"云月春柳下，重见抗日人"，抒发了冲出敌人囹圄后的欣喜；另一方面则通过"水饭恩情山河重"，来深深感念边区群众的救命之恩。此外，劫难更加坚定了诗人的斗争意志："被擒愧未死，归来幸此身。誓竭绵薄力，推转时代轮。"诗篇源自个人的深切感受，从中可见诗人的一颗赤诚之心。

孙品光创作了不少反映家乡抗战生活的旧体诗，写于1940年夏天的《雨夜》，描述了作者押送抗日物资的见闻："大雨倾盆已黄昏，路上仍有抗日人，雨水淋身不觉冷，胸怀一颗火热心。抗日物资交何处？岗哨笑指在前村。"诗篇巧妙地化用了前人"清明时节雨纷纷"的诗句，将边区的斗争生活写得颇有情趣，抗日群众也充满了乐观的情绪，给人一种与其他诗作不同的新鲜感。《破柏城炮楼小诗》写了1942年冀南"四二九"大扫荡后平原人民的反封锁斗争："柏城村西高土岗，敌筑炮楼窥沙行。敌修我破一月整，结果未成半寸墙。"面对敌人的"囚笼政策"，抗日群众进行了卓有成效的抗争，诗篇在歌唱这一胜利的同时，也暗含了一丝对愚蠢敌人的轻蔑，有一种讥讽的味道在里面。

第三节　丰富多彩的抗日歌谣

整个抗日战争时期，敌后根据地始终处在抗战的前线，边区军民每天都要同敌寇进行顽强的斗争，他们根据自己身边的斗争故事编创的抗日歌谣，真实地反映了边区抗日斗争的史实，生动地表达了敌后军民的战斗心声。

《难民哭五更》是控诉日寇血腥暴行歌谣的代表，写作于濮阳县西部的沙区。歌谣借用民歌中"五更调"的形式，通过孤儿寡母的口，哭诉了敌人的"沙区扫荡"给老百姓带来的无尽灾难。歌谣从一更天老百姓半夜逃难写起，经过二更、三更直至五更天，将难民的苦情一一写来，并层层递进，最终落脚于日寇造成的千百个家庭家破人亡的悲剧，人们愤怒的情绪也随着歌谣的终篇而达到高潮。当然，边区抗战歌谣中更多的则是歌唱群众积极抗战、入伍参军的篇章。同是"五更调"的《女子参军》，情绪却大不一样。这首歌谣产生于冀南，却像前一首《难民哭五更》的姊妹篇。歌谣写一个决心参军杀敌的女子，一更天盘算，二更天计划，三更天想定，四更天起程，五更天到达。参军的行程和情感的抒发层层递进，热情歌唱了边区穆桂英式的抗战妇女。《送哥哥上战场》是描绘边区民众参战情景最具普遍性的一首歌谣："七月七，炮声响，哥哥别乡上战场……"这类歌谣一般都展现出一种热烈的场面，全村或全家人为送子参军忙作一团，人人羡慕光荣参军的青年，大家齐声赞颂杀敌保家乡的好儿郎。歌谣中充溢的欢快的气氛，对准备入伍的青年人产生了巨大的鼓动作用。

由于边区群众时时处在与敌寇的战斗中，所以歌唱抗敌斗争生活的歌谣也就格外多。《青纱帐》对掩护游击健儿杀敌夺枪的天然屏障——青纱帐进行了热情的歌唱："青纱帐，似海洋，游击队，里面藏，说来，就来，要走，就走，回回不空手。不是得了鬼子的机关枪，就是捉住一群黄狗。"《东一阵，西一阵》歌颂了活跃在敌后的大大小小的游击队，他们声东击西、随机应变，以机动灵活的战略战术打得敌人疲于奔命："东一阵风，西一阵风，刮得鬼子头发懵。东一阵锣，西一阵锣，吓得鬼子打哆嗦。东一阵枪，西一阵枪，打得鬼子把命丧。"《武工队》则把赞美的歌儿唱给了神奇的武工队员，他们那些出神入化的战斗故事，无疑为这些歌谣作了最好的注脚："意志坚，胆子大，上山敢碰白额虎，下海能把蛟龙抓。找见日本小鬼子，一甩手枪，砰！砰！砰！叫他个个脑袋开花。"《逮狗》这首歌谣还描述了游击队员进炮楼擒敌的情节："蓝蓝天，挂日头，明明亮亮好时候，叔叔哥哥凑一块，说是给俺去逮狗。"叔叔和哥哥戴着礼帽，提着酒肉进了敌巢，没有一袋烟的工夫，游击队便在嬉笑中拿下了敌人的炮楼，"逮了一串大黄狗"。歌谣写出了敌人的贪婪和愚蠢，游击队则在机警之中显示了由自信带来的幽默与风趣。

边区也出现了一些篇幅较长的民歌，比较有名的作品为跑旱船调《抗战十二月歌》。这首民歌在 1942 年春节期间产生于濮阳县，后来在冀鲁豫边区广泛流传。民歌以一年十二个月的顺序，演绎了一个村庄抗日斗争的过程。"正月里来正月正，／正月十五挂红灯，／以往过年很热闹，／今年过节冷清清。"原因是李村修了大炮楼，鬼子汉奸遭踏百姓。后来，经过一个月又一个月的斗争，抗日军民终于取得了胜利，"十二月里又一年，人民群众笑开颜，消灭了鬼子汉奸队，欢欢喜喜过新年"。民歌结合一年的气候和节气的特点，并缀以农家和农事活动，逐月写出了抗日斗争的发展和边区群众生活光景的变化，有着很强的现实性与浓厚的生活气息。民歌采取坐船女与撑船人对唱的方式演唱，形式生动活泼，歌唱中间有表演，群众喜闻乐见。边区还有一些歌唱根据地抗日领袖的歌谣，流传较广的是《杨秀峰走遍冀西十三县》。歌谣写了杨秀峰在冀西广泛发动群众，先后组织了自卫队、青抗先、妇救会、儿童团，点燃起冀西抗战的熊熊火焰，并高兴地唱道："杨司令，真能干，武装民众千百万，到处开展游击战——炸碉堡，崩汉奸，扒铁道。过平汉，打得敌伪心胆寒。"这些歌谣对抗战领袖的赞颂，道出了群众的呼声和心声，是他们内心深处真情实感的真切反映。

一般来讲，边区的抗战歌谣大都短小精悍、朴素无华，在轻快的语调中表现出对日本侵略者的轻蔑，对敌伪和汉奸卖国贼的藐视。歌谣中普遍洋溢着一种大无畏的革命英雄主义和革命乐观主义精神，虽有一些理想化的色彩在里面，却是群众用来鼓舞士气、激励斗志的有力武器。

到了解放战争时期，边区军民赶走了日本侵略者，党的减租减息和土地改革政策在各地得到普遍贯彻，广大农民终于翻身做了主人。他们面对崭新的生活，心情格外欢欣与喜悦，因而创作了比抗战时期更多的歌唱翻身的歌谣。

在各地的翻身歌谣中，最早出现的多为揭露和控诉地主对农民的残酷剥削，以及广大农民在恶霸地主的压榨下过着牛马不如的悲惨生活的歌谣。《吃的什么？》从日常生活的方方面面，一一道出了贫苦农民可怜的生活境遇："吃的什么？瓜菜豆渣，喝的什么？清水白茶，穿的什么？破衣烂麻，住的什么？墙倒屋塌，做的什么？如牛赛马，挣的什么？星点没拿，为的什么？在人手下，怕的什么？连打带罚。"《大颠倒》是一首流传到许多地方的穷人谣，在冀南也出现了它的不同版本："泥瓦匠，住破房，纺织娘，没衣裳，卖盐的，喝淡汤，种米的，吃米糠，磨白面，吃瓜秧，卖糖的，苦难当，炒菜的，光闻香，编凉席的睡光床，抬棺材的死路旁。"与农民痛苦生活相对的是地主的花天酒地，《减租谣》对此作了如实的诉说："簸箕簸，扇车扇，交了租，粮食完，泥里水里干一年，黄米颗颗不见面。地主庄上好清闲，赌罢钱来抽大烟，吃酒肉，穿绸缎，吃穿哪儿来，都是佃户的血和汗。"这类歌谣侧重于事实的陈述，言简意赅，实话实说，意在发动群众，打破他们头脑中残存的封建传统观念。在土改运动中，这些歌谣对推动农民翻身首先翻心、提高对土地还家的思想认识的确起到了重要作用。

号召贫雇农群众团结起来，同恶霸地主开展积极的斗争，夺回自己应得的土地，是边区翻身歌谣中的一个中心主题。《天晴了》唱出了农民获得解放后，强烈要求闹翻身的那种欢快而急切的心情："天晴了，雨停了，恶霸变成狗熊了。天亮了，变样了，穷人起来算账了。太阳出山啊！穷人心欢啊！组织起来把身翻啊！"歌谣以雨过天晴、太阳出山这种大自然特有的景象，衬托出了边区人民得解放时那种豁然开朗的心境，表达了他们对获得彻底翻身的热烈企盼。《大家齐下手》用老百姓自己的道理，说明了团结起来才有力量："天上下雨地下滑，自己跌倒自己爬，要是爬不动，从前咱就认了命。太阳出来照四方，一人有事众人帮，大家齐下手，今天咱们有路走。"《自己干》则表达了农民群众积极行动起来，努力争得自己翻身的决心："受苦汉，穷光蛋，要想吃饭自己干！团起来，斗争忙，全体农民作主张。你积极，我积极，大家团结得胜利。"《报报仇》是一首新的摇篮曲："宝宝好好睡，妈妈去开会，开会干什么？斗争大恶霸！讲讲理，出出气，要回咱那宅子地，翻翻身，抬抬头，给你爸爸报报仇！"歌谣套用通常的摇篮曲曲调，以这种男女老少耳熟能详的形式，唱出了群众闹翻身的高涨热情，孤儿寡母都起来斗争了，翻身运动怎能不取得胜利呢？

随着翻身斗争的胜利，边区很快出现了大量歌唱新生活的歌谣。这类翻身歌谣大都以边区农村出现的新光景，来盛赞党和毛主席的好政策，歌谣中普遍充满了喜悦和欢快的情绪。《翻了身》是一首对翻身新生活的概括性颂歌，歌谣以简约的笔墨，绘制了一册解放区新气象的连环画："解放区，人享福，穿有衣，住有屋，翻了身，诉了苦，有工做，有地种，老百姓，兴民主，讲生产，讲互助，又开渠，又修路，大人小孩都念书，一跳，一跳，秧歌舞。"《梦成真》则从老百姓日常生活的视角，以饭食的变化歌唱了自己幸福美满的新生活："肉包子，猪肉馅，透明的皮儿，亮白的面，下在锅里滴溜转，一咬一个小肉蛋……"从这类朴实的歌谣中，读者可以真切地体会到农民对新生活由衷的满足感。《不是走了运》将艺术的触角伸向了恋爱婚姻领域。在农村，婚姻状况不仅可以衡量出一个家庭的境况，更成为社会进步与富裕的试金石。歌谣中所唱的："弯弯小道长又长，张三娶了个好姑娘，在家能纺织，下地能帮忙，都说张三走了运，小日子过得强又强，张三摇头开言：不是走了运，不是命里强，要不是分了弯弯道上八亩地，我小三怎能娶姑娘？要不是来了共产党，我小三还不是讨饭郎。"真实地反映了土改后边区农村出现的新景象，并给翻身歌谣营造了一种更为欢快的氛围。

边区群众的翻身歌谣普遍写得情真意切，爱憎分明，弥漫着一层强烈的感情色彩，"说悲痛，就能使人同情落泪，表激昂能使人伸拳鼓掌，说高兴的事也就使人不由得心花怒放"[1]。这些歌谣之所以感人至深，是因为这些歌谣都是翻身农民的肺腑之言，真实而简洁地道出了他们的心声，从而产生了强烈的艺术效果。

少年儿童的天真与稚朴滋养了儿歌与童谣，而这些童谣反映了儿童特有的童真和童趣，同时也透露出时代发展和社会进步的信息。在全民奋起抗战和积极争取解放的边区，根据地出产的儿歌与童谣也必然充满了战斗的色彩。

在边区的抗战儿歌中，歌唱抗日军民的对敌斗争，夸赞边区少年人小志高的篇章最多。《小日本，赔了本》以儿童特有的眼光和兴趣，嘲笑和诅

---

[1] 和柯编：《翻身歌谣·序言》，冀南书店，1947年。

咒了日本侵略者，听了让人开心和解气："日本鬼，喝凉水，打了罐，赔了本。上火车，轧了腿，下火车，过炮子。"《月亮爷》则与其有异曲同工之妙："月亮爷，高又高。骑白马，抡大刀。杀得鬼子满山跑。鬼子短，拿刀砍。砍不到，放大炮。炮没来，打草鞋，草鞋没后跟，拉住鬼子要抽筋。"歌谣的赶辙和换韵自然妥帖，读来琅琅上口，而对敌人的惩罚方式更具有儿童的特点。还有两首没有题目的童谣，一首是写幼童模仿哨兵去放哨，其中洋溢着小大人式的自豪："偏戴帽，狗抬轿，抬我村口去放哨，一手提个手榴弹，一手拿个'盒子炮'，你看热闹不热闹。"另一首是一篇讽刺歌谣："石友三，顽固蛋，一心想吃摩擦饭，吃了饭，没事干，帮助鬼子瞎捣乱，拉走对门毛驴子，踢打隔壁尿盆子，手里拿个'六轮子'，拉住百姓要银子。"歌谣后四句全以"子"字作结，既整齐押韵，又意味深长，活脱脱地刻画了国民党"摩擦专家"石友三的丑恶嘴脸。《豆芽豆》通过弟弟同哥哥一同玩耍这样一种儿歌中常见的艺术表现形式，写出了边区儿童的爱国热情和斗争决心："豆芽豆，水飘飘，我和大哥一般高。大哥拿着红缨枪，我就拿把短砍刀。大哥骑条麻绳马，我就骑个树圪槎。绳马跑，树马跳，我和大哥去放哨。大哥见人问他哪里去？我就跟他要路条。汉奸要从这里过，叫他一个也逃不了。"儿歌所反映的内容虽未直接涉及战争本身，却透露出浓厚的战斗气息，同时充满童趣。

　　童谣的内容除了战斗之外，还涉及敌后生活的许多方面。《摇萝萝》歌唱了边区人民拥军支前的忘我行为，赞颂了他们高涨的爱国热情："摇萝萝，磨面面，一斗麦，三转转，白的送军队，黑的饱自家，剩下麸子喂骡马，马儿喂得壮壮的，要和鬼子打仗去。"《睁眼瞎子》写一个不识字的老农民，走亲戚时竟拿了老婆的《公民证》，被儿童团员查出后羞红了脸："嘻嘻嘻，哈哈哈，老汉活了七十八，拿着老婆的公民证，带在身上走亲家。进村碰上儿童团，又要路条又检查。'哼！我有公民证，你还不让我走吗？'孩子瞪着眼睛仔细看，真奇怪！怎么啦？'你是个男人呀，为啥上面名字是个女人家。'老汉脸红羞答答，半天说不出一句话。……"歌谣善意地嘲笑了文盲老农，间接地宣传了读书识字的好处。在边区 1943 年开展的大生产运动中，儿歌和童谣也成为一种鼓励人民努力生产的宣传形式，恨虚的《母亲纺线》就是其中较好的一首："孩儿啦，快睡觉，娘给你做件花袍袍。做花袍，没有线，真叫为娘为了难。为了难，怎么办，领几斤棉花来纺线。棉花抽丝丝不断，银线里边有银线。今也纺，明也纺，一天能纺七八两。纺织厂里发工钱，纺好一斤几十元，家家女人不偷懒，纺线就能有吃穿。"这首童谣像一支母亲在摇篮边、照看婴儿入睡时歌唱的催眠曲，内容虽是对纺线生产的宣传，形式上却因浅吟低唱而娓娓动听。

解放战争时期的童谣相对来说比较少，较有代表性的作品可以举出两首。一首是歌唱翻身运动的《分果实》："斗争会，真是好，分了果实哈哈笑，你喜欢，我喜欢，好地每人分了三亩半，妈妈分了纺花车，姐姐分了大花袄，爸爸分了锄和镰，我分书包上学校。"歌谣唱出了农民平分翻身果实后的喜悦，并在结尾点出了篇章的重点，即翻身儿童要上学读书，通过学习文化来获得最终的翻身。还有一首歌谣是表唱支援爱国自卫战争的《小杆杖》："小杆杖，两头尖，我赶白饼滴溜圆，有葱花，有油盐，又是香来又是咸，为了支援上前线，把这饼儿带上前，饿了战士吃个饱，杀敌不怕胳膊酸。"歌谣以轻快的调子，写出了少女给解放军大哥哥烙饼时的欢乐，事情虽小，却是一个边区少女对爱国自卫战争力所能及的贡献。边区的儿歌创作在抗战时期相当活跃，并取得了非常可喜的成果。这些歌谣大多语言简洁明快，节奏感强，充满了淳朴可爱的童真，透露出生动活泼的童趣，极易歌咏和传唱，深受边区广大学生与儿童的喜爱。

第九章 外来作家的报告文学创作

在河北抗战报告文学中，最引人注目的是一批外来作家的创作。抗日战争一爆发，河北抗日根据地的火热抗敌斗争生活立刻吸引了大批外地作家来此生活、战斗和创作，他们深为敌后抗日军民的英勇斗争所感染，首先拿起了报告文学这一轻便的文艺武器，通过战场实录的方式来抒写自己在战地的见闻，记录下河北敌后人民艰苦的抗日斗争历程。这些早已成名的作家具有较高的文学素养，所写的报告作品人物形象鲜明生动，表现手法丰富多彩，以较高的艺术成就显示了河北抗战报告文学创作的实绩。在这些外来作家中，周立波、沙汀、周而复、李公朴是突出代表。

第一节 周立波等的报告文学

周立波是最早来到河北敌后抗日战场的外来作家。他原名周绍仪，湖南省益阳县人，1934年开始文学活动，译有基希的报告文学名著《秘密的中国》。1937年10月，周立波从上海经西安到山西八路军总部参加抗战。年底，受党中央委派，陪同美国军事观察家伊凡斯·卡尔逊到晋察冀边区访问。在半个多月的时间里，周立波一行人穿过了河北的井陉、平山、阜平等县，走访了边区的军政首长、农民自卫队员、妇女会代表和儿童团员，掌握了丰富的第一手材料。周立波回到山西后，朱德总司令要求他将敌后抗日根据地的实际情况写成文章，向外界作宣传。据此，他于1938年3月在武汉整理了在晋察冀边区采写的日记和笔记，创作了一系列报告文学，先在汉口的《新华日报》和广州的《救亡日报》发表了一部分，后来汇集成《晋察冀边区印象记》，于同年6月由汉口读书生活出版社出版。

　　《晋察冀边区印象记》是第一部全面记叙晋察冀抗日斗争生活的报告文学集，作品以简洁明快的文字真实报道了边区军事、政治、经济、文化和社会的各个方面，生动展示了根据地初建时期广大群众奋起抗战的壮丽图景，尽管作家的边区之行来去匆匆，但他深入战斗的前线，耳闻目睹了大量新鲜生动的战地实况，许多篇章给人留下了深刻的印象。《自卫队》记述了这支遍布边区每个村庄的庞大的民众抗日武装，在边区的旷野与山间，你随时都会看到他们手执披着红缨的长矛、握着巨大钢刀站岗放哨的英武身影。他们没有制服，没有固定的岗位，符号也隐藏起来，却布满了无论是白天或是黑夜的边区的山间和道路。除了放哨，他们还送信、袭击敌人的据点、运送伤员和战略物资，这些以前为生计发愁、与老婆吵架的农民，现在成了庄严威武的卫国战士。作品还特别描写了这些农民思想的变化，在平山、灵寿间的一个村庄，一个自卫队员的长矛上系着一面小红旗，上面写的不是标语，而是两位古人的名字：赵子龙和诸葛亮。现在的农民为了民族的解放，渴望着诸葛亮的智慧和赵子龙的勇敢。《北冶里夜谈》写了作家夜宿平山县北冶里村的见闻，作家与他所陪同的美国军事专家居住的房间，正是38年前入侵中国的八国联军士兵住过的地方，屋子的方桌上刻下的这个侵略者的名字还依稀可辨。作家从这一偶然的巧合中看到了其中的深刻含义：38年间世界发生了很大的变化，以前，英、美、法、俄等国帮助日本、德国疯狂镇压中国北方农民的反帝爱国运动；今天，睡在这个古老土炕上的"洋人"却成了中国人民的朋友，协助中国军队一同反对日本法西斯强盗。在夜谈中，作品还揭露了日寇假冒英美烟草公司的牌子，制造有毒香烟毒害中国善良的老百姓，以此破坏国际反法西斯战线团结的阴谋。

　　作家在报告文学集的"序言"中说，要把这本书献给晋察冀边区的战死者和负伤者，因为"他们的英灵和血，永远是中华民族的光华，和人世的骄傲"。为表达对负伤者的崇敬之情，作家特记下了一篇《伤兵医院》。由眼前的伤兵，作家揭露了残忍的日本侵略者使用国际禁用的达姆弹、施放瓦斯毒气杀伤八路军的罪行，控诉了敌人的惨无人道和丧尽天良。伤兵医院的医药极度缺乏，战士受伤之后只能在伤口上抹一些碘酒，缺医少药的伤员只能依靠精神的力量止痛，让肌体的再生力去治疗他们的创伤。尽管如此，那些身裹绷带、忍受剧痛的战士们仍在讨论政治问题，关心着祖国的安危。一位四川籍的重伤员流着眼泪表示："为国家流血，是应该的，是我们分内的事。只是，第八路军太穷了，打仗的没有饭吃，受伤的没有药敷。但是，请你们出去时，告诉外面的同胞，我们不要紧，请他们不要为我们难过；……既到这里来了，就是准备牺牲的，不把日寇赶出去，我们永远不回家！"从这些坚忍不拔的负伤者身上，似乎更能反映敌后八路军战士英勇顽强的姿影。

　　周立波在这部报告文学集中写下了《聂荣臻同志》、《田守尧同志》和《徐海东将军》三篇人物特写，最后一篇是其中较有特色的一篇。作品构思新颖独特，一开篇便吸引了读者。作家见到将军正是他的部队刚刚赢得洪子店战斗胜利的时候，但在他欢迎宾客的温和微笑中却隐含着一抹忧愁的痕迹。作品以主人公为何忧愁做悬念，逐次介绍了徐海东从一个湖北孝感窑工到"使敌人胆战的名将"的主要战斗经历，刻画了他那工人般坦白、淳厚、和穆的性格。作品用更多的篇幅记述了徐将军对战友和部属的关心，展现了他爱兵如子的崇高情怀。他为战士们在零下20度的严寒季节仍着单衣而深深痛苦；洪子店战斗中牺牲了几个可爱的战士，他的悲哀竟胜过了他的家庭的毁灭和个人的伤痛，以至在同作家谈话时仍流露出久久不能消散的哀伤。对徐将军爱护战士的诚挚情感，作家表示了深深的敬仰，他在作品的结尾以抒情的笔调写道："当我回到南边时，已经是春天了。平汉车过孝感时，我看见车窗之外，在我们的窑工的故乡，梅花已经开放了。而在他现在的所在的北方，还是雪吧？凭着这薄暮里雪白的梅花，祝福还在雪中的北方的战士，祝福我们的英勇的窑工。"

　　这部报告文学集简洁明快、朴实生动，既有统揽全局的鸟瞰，又有各方面的特写，写作手法灵活多变，不拘一格。作为首先向外间介绍被日寇围困封锁的晋察冀边区的文学作品，最重要的是作品的真实性。作家在记述真人真事时，除了严格运用客观的笔墨和科学的依据外，还注意调动必要的写作手段来增强作品的真实感。不少篇章引用了会议的发言、贺电、日本战俘的亲笔题词，以及边区政府关于加强农业生产的政策条文，将实际情况更加直观地诉诸读者的感官，提高了事实的说服力，也使作品显得更为活泼生动。在《几个战斗的例子》中，作家直接将一一五师徐海东旅出版的《战友报》某个专号引来，介绍作品所记叙的"房山战斗"，读后使人有身临其境的感觉。当然，由于作家的晋察冀之行过于短促和匆忙，作品尚欠具体和细致，人物形象也不够丰满，这是客观原因造成的，作家已尽到了他的时代责任。《晋察冀边区印象记》相当生动地展示了河北敌后军民同仇敌忾、英勇杀敌的战斗风貌，是晋察冀抗日根据地初期抗战生活的真实写照，作品出版后在全国尤其是国统区引起了强烈反响，它首次向外界形象地宣传了我党的抗战方针、政策，歌颂了英勇的八路军前方将士和边区人民，提高和扩大了共产党、八路军在中国和世界上的地位与影响，坚定了国统区人民抗战必胜的信念。同时，这部最早反映解放区军民伟大抗日斗争的报告文学作品，也以其艺术上的突出特点载入了中国现代文学史册，并在国内外产生了深刻的影响。

　　周而复是晋察冀边区报告文学创作较丰富的一位作家，他于1939年秋天作为八路军总政治部派赴晋察冀军区的文艺小组组长，从延安到达边区，同晋察冀根据地军民一起度过了三年的战斗生活。对于这段生活和写作情况，他后来回忆说："瞬息万变的惊心动魄的战斗给我以深刻的印象，边区人民和他们的子弟兵用自己的鲜血和骨肉，随时随地筑起一段又一段铜墙铁壁，连接起来便是一道道新的长城，使我来不及深入酝酿反复构思，反'扫荡'的生死存亡的激烈的斗争要求我尽快地把这些英雄事迹报道给边区子弟兵和广大人民群众，我便写了一些二千字左右的短小篇章寄给《子弟兵》三日刊编辑部发表。"① 周而复在边区写作的这些短篇报告作品记叙的多是根据地军民的对敌军事斗争，后来收进了作家散文报告集《歼灭》。其中，《黄土岭的夕暮》可视为它们的代表。作品从一个侧面描述了这场大歼灭战，在黄土岭南山战场上，陷入我军重围的敌寇想拼死挣破囚笼，一整天"烦嚣一时的枪声、炮声、手榴弹声、呼喊声，如狂潮一般地急剧地涌来又急剧地退去"。傍晚，我军的弹药打完了，敌人再冲锋很可能逃出重围，但机警的战士们巧妙地骗过敌人，应付危险的局面，终于在茫茫的夕暮里迎来了敌寇的末日。这篇作品在记述紧张激烈、扣人心弦的冲杀搏斗中，渲染了浓烈的战斗气氛。可以说，《歼灭》集中的篇章都是作家亲身参加的百团大战和边区军民各次反扫荡战斗的真实记录，描写真切、生动，现场感较强。但也如作家所说，这些作品"来不及深入酝酿反复构思"，稍嫌简略一些。

1944 年，为纪念白求恩同志逝世五周年，周而复根据在晋察冀边区搜集到的素材，创作了长篇报告文学《诺尔曼·白求恩断片》。延安的安定环境和较长时间的构思加工，使这篇报告获得了极大成功，它不仅比《歼灭》中各篇细致和充实多了，并且达到了作家报告文学创作的最高水准。作品以精心选择的几则生活片段，生动地叙写了白求恩大夫在晋察冀边区深入火线、救死扶伤的感人事迹，但作家并没有满足于主人公生平事迹的一般性介绍，而是着力通过典型的情节和个性化语言刻画白求恩同志鲜明的性格特征，塑造一位伟大的国际共产主义战士的形象。作品突出描写了白大夫对伤病员倾注的无限热忱，为了减少前方负伤战士的死亡，他不顾个人安危，坚持把手术台安在火线上；为了挽救

① 周而复：《谈报告文学》，《文艺报》，1981 年，第 6 期。

重伤员的生命，他毅然献出自己的鲜血；伤员行走的山路破损了一级台阶，别人跳过去走，他却搬来石头垫上。这篇报告在表现白求恩对伤员的热诚爱护时，还写出了他坦率、耿直的性格，他对那些不关心伤员疾苦的现象深恶痛绝，批评从不留情面。一位医生不负责任的工作使他十分气愤："中国共产党交给八路军的不是什么精良的武器，而是经过二万五千里长征锻炼的干部，为什么对干部这样不关心？"这位干部的腿不得已被锯掉后，白求恩拿着断肢很痛苦地自语道："这是生命啊，在海洋，在日光中，至少是一百万年的变化史呀……"这样的语言既反映出白求恩大夫职业上的特点，也表现了一位国际共产主义战士的思想情怀。白求恩同志为中国人民解放事业竭尽劳瘁的事迹十分感人，加之作家在报告中倾注了他深深的崇敬之情，整篇作品情酣意浓，感人肺腑，是一篇向人民进行共产主义教育的极好教材。

1944年秋天，周而复被派往重庆工作，这期间他又陆续给报刊写了一些关于晋察冀边区战斗生活的短篇报告，后来题名《晋察冀行》，于1946年由阳光出版社出版。这部包括20个短篇的报告文学集，以作家的活动为线索，真实记录了在晋察冀边区的见闻，内容涉及边区政治、军事、经济、文化等各个方面，是关于晋察冀根据地的翔实报道。在书中，作家兴奋地描述了走进解放区所获得的新鲜印象，并以全书一半的篇幅报告了边区幸福民主生活的各种姿态，赞颂了边区人民在解放斗争中焕发出来的蓬勃的精神和充沛的力量。《从村选看边区的民主生活》详尽地报道了曲阳郎家庄一次民主选举活动，这里没有虚假的张扬，农民群众对村长的工作进行了严格的、不留情面的批评，改选就是在这样的基础上开始的，人民有权撤换不称心的公职人员，选择忠实地给他们办事的人。《新式家庭的成长》触及改造封建意识的问题。抗日活动促使边区的青救会员和儿童团员挣破了父为子纲的枷锁，社会的变革改善了人与人之间的关系，改变了家庭成员之间的关系，解放区新式家庭中洋溢着民主的气息。《乡村文艺》描写了边区人民活泼愉快的战时文艺生活，平山县岗南这座昔日很荒凉寂寞的山村，如今变成了充满歌声的乐园，作家对农民剧团自编自演的真实故事赞叹不已："台词语汇的丰富生动形象，超出我所看过的任何一部名剧。"在人物特写中，《聂荣臻将军》是很别致的一篇，它先写了访问聂将军得到的"谨严、寡言笑，没有感情"的印象，然后写后来怎样逐渐修正了那个最初的印象。作品描写了聂将军接到胜利捷报的欢笑，写了对愚蠢敌人的"幽默谈吐"，写了对两个日本儿童父亲般的慈爱，也写了他看到白求恩的遗书嘤嘤的掩面哭泣，"在他的严肃的外表里却满孕着丰满的感情"。周而复是解放区较有影响的报告文学作家，在东北战场上也有多部杰作问世，他的报告剪裁精当，语言洗练流畅，具有质朴明朗的风格。

李公朴，1902年出生，江苏省扬州人。1932年创办环球通讯社，主编《读书生活》杂志，并响应中国共产党的号召进行抗日救国宣传。1936年11月同沈钧儒、邹韬奋等一起被国民党当局逮捕，史称"七君子事件"。抗战爆发后赴山西抗日前线，任民族革命战争战地动员委员会宣传部长，1938年年底奔赴延安参观访问，1939年夏天，在中国共产党的赞助下组建"抗战建国教学团"，深入到晋察冀边区从事抗战教育和动员民众的活动。在此期间，先后创作了一系列反映河北敌后人民抗日斗争的报告文学，其中，一部分作品先期发表于大后方的各报纸杂志，后作为"战地通讯"（上）收入《李公朴文集》。另外一部长篇报告文学《华北敌后——晋察冀》完成于1940年8月，并很快出版。李公朴于1946年7月在昆明被国民党特务杀害。

在晋察冀边区的六个月中，李公朴一行人走访了河北的涞水、涿县、房山、良乡、宛平、易县、满城、曲阳、唐县、完县、阜平、平山、灵寿、井陉、获鹿15个县，500多个村庄，访问了边区军政民各界的代表，并根据作者"亲眼见到的，亲耳听到的，亲手搜集到的活生生的事实"，写作了一系列包括边区军事、政治、经济、民运、文化、教育等部门工作的报告文学作品。在这部10余万字的集子中，作者突出描写了晋察冀人民在"抗日"、"民主"两面旗帜照耀下的觉醒和奋起，记录下抗日根据地"民众的活跃"的各种景象。作战时，展现在人们面前的是一幅"军民合作，紧张热烈，色调鲜明的战斗图画"；在日常生活中，这里"随便一间房子，一座树林，一片河滩，或是山坡，或是山顶，随处都是学生们的课堂"。边区普遍开展的文化教育在迅速扫除着文盲，作者随手记下的婆媳争上夜校、爷孙竞赛识字的小故事，都是非常生动感人的。而变化最大的莫过于"野三坡"的人民了，作品对此作了饶有兴趣的描述。这块地处房山、涞水、涿县三县交界的"飞地"，四周高达千仞的山峦隔绝了与外界的联系，直到民国十八年，这里才知道大清国早已灭亡了。"野三坡"的人民仍身着明朝人的装束，民性强悍，野蛮异常，曾将一个连的国民党溃军活埋于此。抗日战争使这些落后了300年的人民赶上了民主革命的新时代，他们废除了封建帮派"老人"的统治，选举了村长，人民享受着民主的权利，并以过人的悍勇抵御了侵略者，保卫着家乡和边区根据地。

为了生动展示边区人民抗日斗争的英雄事迹，作者在他的战地通讯中详细地讲述了一些简短的小故事。在平山，作者慕名走访了这里一位绰号叫"炮兵司令"的战斗英雄，他原本是一个木匠，"有着健壮的身躯，一副勇敢质朴的面孔"，在妻子和儿子被鬼子打死后，他复仇的方式是将空心的树干制成土炮，轰击出来扫荡的敌人。结果他先后炸死了百来个鬼子，敌人悬赏1000元钱来捉拿他。他虽然只有一个人，人民却赋予他"炮兵司令"的光荣称号。冀中的"土豹子"将军朱占奎曾使华北的日寇闻风丧胆，他以前是一个普通的自耕农，伟大的抗战将他从泥土里挖出来成为英雄。他率领的部队善于避实就虚、灵活机动地打击敌人。一次，一支小部队被鬼子包围起来，战士们换上便衣巧妙地隐藏在老百姓之中。敌人撤退时，这支部队神机莫测地突然出现，配合大部队给敌人来了一个毁灭性的里外合击。阜平县一个村庄的"后方医院"过的也是一种游击生活，没有敌情的时候，老乡家的门上挂着缀着红十字的蓝布门帘，如果发现敌人，伤员立刻变为老乡的儿子，医生也成了带着点心走亲戚的了，只不过点心包里包的全是药棉、绷带、药品和刀子、剪子罢了。这些小故事尽管是作者"随手拾来的几个平常的故事"，但由于它出自抗日斗争的前线，凝结着敌后人民的血肉，因而显得格外珍贵。

这部作品还描写了晋察冀边区的蓬勃发展的文艺活动，这是其他报告文学中所未曾出现过的。作者观看了边区的戏剧演出，感到其中"充满了晋察冀的乡土气息和人民英勇斗争的精神"，戏剧不仅在人民生活中发挥了巨大的政治作用，而且走上了"现实化"、"大众化"的道路。边区最普及的文艺活动是歌咏，"随便你走到田野，走进村庄，尤其是在会场上总是充满响亮雄壮的歌声"，晋察冀不管男女老幼，很少有不会唱歌子的，"歌咏已经形成了晋察冀人民大众的日常生活，而且救亡歌曲和抗日小调早已代替了以前的那些陈词滥调，西战团创作的200多首歌曲大部分传唱在士兵和群众中间"。村里每家门上贴的门神已不是秦叔宝和尉迟恭，代之而出的是手持红缨枪和亮闪闪大刀的自卫队员，过去从天津运来的《麒麟送子》、《老鼠娶亲》之类的年画，都换成了《妻子送郎上战场，母亲叫儿打东洋》、《抬伤兵，送茶饭》、《开展民主运动，选举好村长》一类的抗日年画，这些变化都具体反映了边区文艺工作者巨大的工作成绩。

李公朴报告文学的一个特点是比较全面地反映了晋察冀边区抗日斗争的全貌，作品的内容几乎包括了边区战时生活的各个方面，而且相当系统化和条理化，它提供给读者的认识是全面而深刻的。作品的另一个特点是真实性，作者说："本书的写法，是在能力范围之内，务求其存真存实。"的确，这部报告文学集由于是在作者"忠实地、毫无渲染地，加以组织，记录出来"的，因而具有高度的真实性。即使作品的血肉都是活生生的事实，但其中也不乏反映作者必胜信念和乐观态度的夸张的艺术描写，如在《会飞的将军和会飞的兵》中，作者撷取流传在冀中老百姓嘴上的神话般的故事，讲述了冀中骑兵团朱占奎司令员和他的队伍，神出鬼没地消灭敌人的战斗事迹，这些富有传奇色彩的故事不仅给读者以巨大的精神鼓舞，而且使他们由此获得了极大的艺术享受。这就使作品在全面、真实的基础上增加了形象生动和必要的可读性。

第二节　沙汀、何其芳的报告文学

沙汀是在读了周立波的《晋察冀边区印象记》后，前往延安，随后跟贺龙来到向往已久的晋察冀抗日根据地的。他原名杨朝熙，四川安县人，1904年出生，1931年开始文学创作，1938年夏天，他读了刚出版的《晋察冀边区印象记》后，心情激动，迫切希望去抗日根据地写作，经党组织批准，他与何其芳、卞之琳同赴延安。不久，随八路军一二〇师来到晋察冀边区。1938年12月至1939年4月，沙汀置身于边区英勇的军民中间，耳闻目睹了敌后艰苦的抗日游击战争和冀中人民英勇顽强的战斗事迹；在同贺龙将军朝夕相处、促膝谈心中，对这位富有传奇色彩的英雄人物有了全面深入的了解。作家回到延安后，依据在冀中获得的丰富素材，很快完成了记叙贺龙同志的长篇报告文学《随军散记——我所见之一个民族战士的素描》，先在《星岛日报》上发表，后于1940年11月由知识出版社出版。1939年底，沙汀到重庆工作以后，又陆续写作了《老乡们》等12篇反映冀中人民抗战生活的报告，分别发表在1940年的《全民抗战》、《中苏文化》等报刊上，后来辑为《敌后琐记》出版。

《随军散记》具体生动地再现了贺龙同志抗战初期在晋察冀边区的战斗生活经历，真实而艺术地展示了贺龙在那个特定历史环境中的崇高思想品质，并穿插记叙了他青年时代的许多传奇故事。在作品中，沙汀充分发挥了他善于写人的特长，于娓娓动人的日常生活的描述中凸现了贺龙同志"那种阔大不羁的精神，那种不可摧毁的自信力量，那种浓郁芳芬的人间温暖和喜悦"。

长篇报告从多方面刻画了贺龙同志阔大不羁、豪迈爽直的性格，写出了他那像大江一样倾泻而下的谈吐；写出了他周身流露出的那种蓬勃朝气和沸腾的热情；写出了他那幽默、风趣和自信的乐观主义精神；写出了他那广博的社会和历史知识。爱憎分明、真情毕露是贺龙豪爽性格的最主要的特点，对此，作品用典型生动的细节作了突出和细腻的表现。贺龙对党、对革命领袖和战友怀有火热真挚的感情，谈到毛主席时，作品描写他沉思地笑着，仰起脸来轻声地赞叹："毛主席在政治上、军事上的天才要有些人来比呢"；他赞扬朱德"是个帅才"；说彭真"这个人了不得，对革命坚决得很"；夸聂荣臻"人很能干"。作品特别记叙了一位勇敢的独臂团长对贺龙的描述：

> 有一回，我带了一团人单独出去工作，给敌人隔断了，好几天通不到信。他着急得不得了，几个通夜没有睡觉。嗨！他不晓得我已经抄小路转到他前头去了。忽然，一天在路上听见说我来了，好高兴呀！一路就那么叫我，贺炳炎喃？贺炳炎在哪里？赶快把他叫来……我才锯了手的时候，他把碎骨头拿毛巾包起，见了人就打开看，说，这就是贺炳炎的骨头呀……

贺龙那金子般的心灵的自然流露竟像孩童一样坦率和纯朴，谁读到这里，不会为他那深厚的革命感情所感动呢？

作品虽题为"随军散记"，却很少写战斗，更没有正面描写激烈的作战场面。作为贺龙将军战地生活的历史记录，这似乎很难让人理解，其实，这正体现了作家选材上的匠心独运。沙汀说他在作品中旨在描写"贺总风格品质上的精神面貌，不是写他在军事上的丰功伟绩"，作家为了不让过多的战斗过程的叙述影响了对贺龙思想性格的描绘，同时避开自己对战争陌生之短，选取了他接触较多、感受较深的日常生活来写贺龙，描写了他部署了战斗任务之后，拿出钓鱼竿让同志们欣赏的得意神态，替两位小战士系好领扣的细心动作，逗着小孩子做他的干儿子的悠然风趣。正是在这些平凡的、毫无装饰的普通生活中，贺龙的精神风貌和性格特征才得到真实全面的展现。作品多次写到贺龙谈马骑马、对马的特殊的感情和广博的知识。贺龙长期对马的癖好，使他一眼便能识别出马和骑手的优劣来，他更喜欢骑上一匹好马在战场上扬鞭驰骋。作家这样描写他纵马飞奔的形象：

> 他的帽子戴得略高一点，大衣的前襟飘扬着，而他骑在马上的宽大结实的身躯，就像岩石一样坚定。他的脸色比平日更红润，胡须更黑，脸上的轮廓也比平日更显现了。在这种情况下，我似乎更加认识了他那性格上的阔大不羁。他嚷叫着，带着一种感情洋溢的嘻笑。他的身影逐渐在尘雾中隐没了……

作品反复描写贺总爱马、谈马、骑马，通过他这一特殊的生活爱好，传神地写出了贺龙豪迈爽直的性格和勇往直前的战斗精神风貌。

《随军散记》的结构像四川人摆龙门阵，虽不似作家的小说那样严谨和凝练，但撒得开，收得拢，表面看写得很随便，按时间顺序，走到哪写到哪，实际上形散神不散，处处都围绕着多方面刻画贺龙的思想和性格，使得全书浑然一体，枝繁叶茂。贺龙的湘西话与四川话无大差异，因此作家运用语言得心应手，人物对话和叙述语言都富有地方色彩和表现力。整个作品描写细腻，洋溢着亲切而富有诗意的抒情色彩，因而产生了巨大的艺术感染力。

《敌后琐记》中的各篇从多方面报道了边区敌后游击战争和民主建设的光辉成就，歌颂了冀中军民英勇的斗争和抗战支前的热情。《老乡们》记述了把整个身心都投入战争的边区农民，如何往前线运军粮、接伤兵、捐献慰劳品，把公路挖成"纵横交错的沟渠"，使得敌人的坦克和汽车变成废物。作家对这些冀中老百姓表达了由衷的热爱之情，喜爱"他们那白杨一样直率的性格"，喜爱"他们的热诚和他们那一点也不含糊的真挚"。《民主政治》和《游击县长》，真实描述了敌后抗日民主根据地的崭新面貌和人民翻身做主人的可喜情景。这里建立了新型的民主政府，农民群众"用他们并不低于那些以高等人自命的先生们的智慧治理自己的事情"。在《事实胜于雄辩》等篇中，作家以自己在冀中亲身经历的频繁战斗，揭穿了国民党顽固分子散布的"敌后是郊外公园，可以随便游来游去"的谎言，驳斥了他们对敌后抗日游击队所谓"游而不击"的诬蔑。这些以事实为依据、富有说服力的战地报告，在国统区发表后产生了相当广泛的政治影响。同《随军散记》的抒情性相比，《敌后琐记》在形象化的描写中，则常以扼要、精当的议论，来表达作家对事实的感受和评价，使作品产生了较大的思想力量和感人的艺术效果。

何其芳是与沙汀一起从成都到延安，然后又奔赴冀中根据地的。他说："我应该到前线去，即使我不能拿着武器和兵士们站在一起射击敌人，我也应该去和他们生活在一起，而且把他们的故事写出来。"在冀中，何其芳为一二〇师的战士们编写教材和油印小报，由于各种原因，没有更多地深入到火线和士兵中间，但四个月的战地生活也使他掌握了许多宝贵材料，回到延安后，作家据此创作了一些报告文学，成为他这段生活经历的真实记录。《老百姓和军队》用书信的形式记叙了作家在冀中的见闻，讲述了冀中老百姓拥军支前的感人故事，作战的时候，农民坚持把饭菜送到战壕里；为了赶上捐献慰劳品，一个过路人竟捐出脚上的鞋，穿着棉袜子回家；因护送八路军过路，日寇接连杀害了平汉路东一个"爱护村"的两任村长，第三任村长毫无畏惧地继续着他的前任留下的工作。这些生动的事例有力地说明了"装备如此不完善的八路军为什么能够支持如此艰巨的华北抗战"，"为什么最后胜利一定属于我们"。

同沙汀一样，何其芳在与贺龙同志有较长时间的相处后，也写作了一篇记叙贺龙的《记贺龙将军》。作品写于1945年，为的是回答敌人因恐惧而用谣言来涂染的贺龙到底是怎样一个人。因此，它虽不像《随军散记》那样用宏大的篇幅描述贺龙的战斗历程和性格特征，但它以作家的亲身经历写出了贺龙的诙谐性格、乐观精神和生龙活虎般的气概，写出了贺龙对文艺工作者的热诚批评和帮助。何其芳这时期的作品都收在《星火集》和《星火集续编》中，同他以前的散文相比，这些报告文学从思想内容到艺术形式都发生了较大变化，由纤巧精致变得清新、自然和平易，语言也由华丽变得朴实。

第十章　战地记者的报告文学

报告文学一开始便与新闻记者结下了不解之缘，最初的报告文学都出自新闻记者之手，并且多发表在报纸上，因此报告文学又有"报刊文学"之称。在河北敌后抗日根据地，大量的报告文学作品也是由边区各报刊的新闻记者创作的。他们充分利用职业上的特长，奔走于边区的根据地和游击区之间，活跃在硝烟弥漫的敌后战场和热火朝天的生产支前活动中，迅速报告抗日军民惊天动地的抗敌英雄事迹，及时报道根据地各项建设事业的蓬勃发展实况。随着创作经验的积累，在这些战地记者中也涌现出了一批优秀的报告文学作者，仓夷、魏巍、周游是其中的突出代表。

第一节　仓夷等的报告文学

仓夷是边区"最年青最优秀的新闻记者与报告文学作者之一"①。他原名郑贻进，祖籍福建福清县，清末时举家侨居南洋。"卢沟桥事变"后，年仅16岁的仓夷告别父母和女友回国参加抗战，先考入山西民族革命大学，毕业不久来晋察冀边区工作。1939年起先后担任"民族革命通讯社"、《救国报》、《晋察冀日报》、新华社晋察冀分社、《解放》报记者和编辑，在农村基层和战斗第一线采写了数十篇战地通讯和报告。1946年8月，仓夷在前往采访安平镇事件，绕道途经大同时被国民党特务暗害。1947年8月，由周扬作序，晋察冀新华书店出版了他生前自选的报告文学集《幸福》，1986年，有人又将《幸福》和仓夷的其他

---

① 周扬：《幸福·前记》，见仓夷：《时代的浪花》，新华出版社，1987年。

通讯报告合为一集《时代的浪花》，由新华出版社出版。

仓夷将他的自选报告文学集题为《幸福》，并在书中生动地展示了边区人民幸福生活的几个侧面。《劳动美化了大地》描绘了阜平胭脂河两岸军民勤奋劳动带来的丰收景象，在晚风吹来的石碾碾麦和木锨扬场的声音中，似乎闻到了甜甜的麦香味。《冬学》报道了边区农民扫除文盲、普及文化的学习活动，在苍老与稚嫩嗓音合成的"中国人，爱中国……"的琅琅读书声中，蕴含着更为深远的意义。《婚礼》则通过阜平易家庄举行的一次气氛热烈的集体结婚典礼，表现了边区青年自由恋爱和幸福美满的婚姻生活。如果说边区的年轻一代是最幸福的，那么《小女工》中的左庆荣便是他们的普通代表。这个爹死娘嫁人的苦命孤儿，到了八路军的子弹厂就像到了另一个世界，真正得到了家庭的温暖。革命使小庆荣过上了新的生活，也提高了她的政治觉悟，她像爱护自己的家一样爱护工厂，被大家推举为劳动英雄。正如作者在《写在"幸福"前面》中所期望的，这几篇边区人民新生活的忠实素描，的确引起了人们对这个"新的光明社会生活探讨的兴趣"。

作者在报告文学中既写出了人民自由的新生活，也记叙了人民为争取生存与自由而进行的浴血斗争。1942年冀中"五一大扫荡"后，仓夷采访了被冀中军区命名为"纪念连"的一个反扫荡英雄连队，写作了同名报告文学。这部4万字的长篇作品在1942年10月15日《晋察冀日报》连载后，轰动了边区，产生了广泛的影响。作家丁克辛在随即发表的长篇评论文章中，称赞《纪念连》是"边区迄今为止反映民族神圣抗战，反映今年夏季中空前艰苦残酷反'扫荡'斗争比较完全的一部"。作品以丰富的材料详细记述了"纪念连"在残酷的环境中，依靠群众、英勇顽强战斗的事迹，并展现了平原游击战争的全部内容：铁壁合围中的突围、道沟战、民兵地雷战、地道战、村落战、长途急行军、夜行军、与民众合作、伪军归向我军等等。整个作品洋溢着浓烈的战斗气息和悲壮的情绪，故事情节错综复杂，曲折多变，特别是成功的人物性格刻画给作品增色不少，如热诚、直爽的民兵队长肖健，忠实、淳朴、粗中有细的战士胡瞪眼，勇敢善战、爱枪如命的机枪班长赫赞等，都给读者留下了较深刻的印象。这部长篇报告以思想和艺术上的成就获得了边区当年的鲁迅文艺奖金。1944年，仓夷突破敌人的封锁线，到平北游击区采访，创作了另一名篇《无住地带》，记叙一支坚持在伪满洲国境"无人区"战斗的八路军部队，同恶劣的自然环境和疯狂的敌寇进行的顽强斗争。作品如实地描述了在敌人"集家并村"野蛮政策造成的"无住地带"上，我们的战士忍受的种种难以想象的艰难困苦和牺牲，深刻阐明了人民自由幸福生活来之不易的道理。作品还毫不隐讳地表现了八路军在得不到人民群众支援的情况下，因疏忽大意而遭受的巨大损失，反映了作品所具有的思想深度。

仓夷的报告文学创作数量多，涉及的内容也较广泛。《永定河畔的一支抗战武装》报道了由土匪组成的"东进总队"的英勇抗日斗争。这群专门抱打不平的绿林好汉，事变后即奋起抗日，他们经常出没于永定河畔的"柳树行"里，袭扰敌寇，成为敌人的心腹大患。《日本士兵觉悟了》以具体生动的事例，介绍了日本投诚官兵在痛苦的现实和科学的教育启发下，毅然参加反法西斯战争的感人事迹。日本朋友同中国人民一道为解除人类的灾难而斗争，这对中国人民的抗战起到了巨大的鼓舞作用。《八路军拯救了他们》表现了一个特殊的题材：八路军冒着风险营救被日寇俘去的国民党军队官兵。作品描写了"中央军"士兵到达边区后思想所发生的变化，在国统区、敌占区和解放区的不同经历使他们认识到，八路军是最忠诚于民族解放事业的军队，抗日民主根据地是全国最光明的地区，八路军和边区才是苦难的中国人民的真正救星。

周扬在《幸福·前记》中写道："作品正如作者一样年青活泼，充满清新朝气，给予人一种衷心的喜悦。"朴素清新是仓夷报告文学的主要特色，作者反映边区人民自由幸福生活的作品，都洋溢着一种青春的激情，即使那些普通的事件也给人一种新鲜的感受。从《幸福》中各篇和《纪念连》可以看出，作者似乎在有意运用小说的笔法创作报告文学，他善于借鉴中国古典小说的某些表现手法，编织故事性较强的情节，重视人物形象的刻画，并注意到环境的描写与氛围的渲染，以至他的《无住地带》、《边界上》等优秀报告曾被认为是小说作品。仓夷的报告文学文字通俗平易，简洁直白，小学文化程度的读者便能看懂，深受广大群众的喜爱。当然，仓夷牺牲时年仅 24 岁，文学创作还未得到充分发展，一些作品记事尚嫌粗略，这也是在所难免的。

魏巍于 1939 年从延安抗日军政大学毕业后来到河北敌后抗日根据地，一直在部队担任营教育干事、分区政治部宣传干事、宣传科长等职。在边区，魏巍不仅以诗人闻名，而且以晋察冀通讯社特约记者的身份，创作了许多优秀的通讯和报告文学。他的这些作品都是在跟随部队南征北战中，对每个战役和一些英雄人物光辉事迹的实地报道，因此，从魏巍的报告文学作品中可以明显地寻出他的战斗足迹。

1939 年 11 月初，边区军民在秋、冬季反扫荡中打了一系列的漂亮仗，在冀西雁宿崖、黄土岭两次战斗中歼敌 1400 名，击毙了日寇的"名将之花"阿部规秀，魏巍作为这场战斗的直接参加者，真实报道了这一著名的歼灭战。《雁宿崖战斗小景》记叙了雁宿崖下八路军老一团与敌寇殊死搏斗的激烈景况。这个首先冲过安顺场大渡河的红军团，以高昂的士气和百倍的勇猛，同陷入重围而又负隅顽抗的日寇展开了艰苦的对攻战。在第三次冲锋中，病号排也勇敢地杀上战场，终于占领了制高点，赢得了全歼敌人的最后胜利。这篇战地报告在坚毅骁勇的战士形象和凝重悲壮的战场景色的描写中，明显地渗透了作者热烈和激动的感情。《黄土岭战斗日记》以日记的形式，详细记录了作者在黄土岭战斗中的见闻，描述了那些腿上还带着田野泥土的新战士冲锋陷阵的英姿，记下了我军炮火击毙敌寇"名战术家"阿部规秀的战斗场面，突出表现了接连取胜的战士们乐观自豪的战斗情绪，人们一传十，十传百，后来竟把八路军一二〇师攻占涞源城的希望传成了新闻。在这种高昂的士气鼓舞下，战士们感到敌人孤守的大黑山似乎"在群山的火光与繁密的枪声中微微颤抖"，给作品增添了一种浪漫的色彩。

　　1943年秋季，狼牙山地区军民两度粉碎日寇大规模的扫荡，魏巍到前线采访后，很快创作了四篇报告文学作品。《狼牙山的儿女》用大量事实全面记述了敌寇的野蛮暴行和边区军民无比壮烈的抗日斗争。作品感人至深的是对狼牙山人民那种坚强的生活信念的真切描述：反扫荡的战斗结束不久，一个被敌人砍掉一只手的青年人便出现在田野上，用他的另一只手在烈日下除草。一位50岁的妇女从荒野搬回织布机，立刻奏起了新生活的音节。作者敏感地捕捉到这些富有特色的生活细节，典型地刻画了狼牙山儿女不屈的生活意志和顽强的战斗风貌。《晋察冀，英雄多》是收进《延安文艺丛书·报告文学卷》的一篇佳作。它用特写的镜头，分别描述了八路军战士郭文华等在悬崖上与敌人的拼死搏斗，以及游击小组成员许文信负伤后用身体保护枪支的感人事迹。抗大分校的伙夫牛进喜在敌人的严刑拷打下只字未吐，他那惊人的坚强使得日本法西斯军官似乎发现："这是一个共产党员！"这篇报告明显地借鉴了电影蒙太奇的表现手法，作者将狼牙山附近大东寨反扫荡中的四场战斗片断，巧妙地剪接和组合起来，展示了一组晋察冀各类英雄形象的生动画面。

　　1944年春天，边区召开了规模空前的第二届群英大会，魏巍到会采写了报告文学《燕嘎子》，生动记叙了边区著名战斗英雄燕秀峰机智灵活、神出鬼没歼敌的故事。燕嘎子常穿一身便衣，戴一个小帽盔，出没于敌后。他以超人的胆量在集市上除奸毙特，在公路上一人生擒13个伪军。燕嘎子足智多谋，灵活善变，有一天夜晚他到莫州执行任务，在据点门前被敌人发觉，燕嘎子机智地回答"是自家人"，说着抢起手枪开了火，只听大机头"乒"的一声——子弹没响。伪军立刻端起枪来凶狠地说："自己人为什么扣扳机？"他故意大声笑着说："我试试你的胆量，跟你闹着玩呢。"然后趁势顶上枪机，甩手一枪，转身闪进胡同。

第二天，莫州的老百姓嚷动了："八路军打枪真准，那家伙一嘴狗牙全被打掉了。"燕嘎子两年多化装袭击了八座炮楼，亲手斩杀伪军特务100多名，敌人临出门都要叮嘱："别叫燕嘎子打你的主意啊！"作品还通过许多生动事例介绍了人民群众对燕嘎子的关心和掩护，说明他并不是一个孤胆英雄，他的勇敢和机智大多来自千百个群众的支持和帮助。

作为一个诗人，魏巍的报告文学充满了战斗的抒情色彩，作品在紧张激烈的战斗描写中，常将人物的思想情绪与自然景物融合在一起，创造诗的意境，有力地抒发抗日勇士一往无前的胜利豪情。诗人善于将叙事和抒情有机地结合起来，使作品流动着一种激动人心的力量。除《燕嘎子》外，魏巍描绘更多的是英雄人物的群像，这些作品用笔不多，但抓住了人物的性格特征，仅一两个故事片断便使人物栩栩如生，给读者留下深刻的印象。不过，同作家新中国成立后那些成熟的报告文学与散文作品比起来，这些篇章显得稚嫩一些，思想深度也还不够，但从中可以看出作者进步的轨迹。

周游，原名夏得齐，江西泰和县人，1915年出生。1935年在北平燕京大学参加了"一二·九"学生运动，1938年4月考入延安鲁艺文学系，毕业后先奔赴冀南区，后来到晋察冀边区，相继担任晋察冀军区政治部《子弟兵报》编辑，军区司令部作战科军事报道股股长，《晋察冀日报》国内外新闻主编和采访部主任等职。周游长期在部队从事通讯报道工作，"得到了军事生活的严格训练，多次参加反扫荡作战"①，这使他那些军事题材的报告文学记叙准确、真实，富有浓郁的战场气氛。

《冀中宋庄之战》是周游的代表作，它给作者带来了较高的声誉。这篇报告写于1942年6月，当时正值日寇对冀中根据地施行空前残酷的"五一大扫荡"，作者响应聂荣臻司令员关于边区的文艺工作者深入生活、反映敌后艰苦卓绝的抗日斗争的号召，积极报道冀中人民反扫荡斗争的光荣事迹，先后创作了《冀中军民顽强的斗争》、《敌人在冀中的

---

① 周游：《我从事文学工作的经历》，《新文学史料》，1985年，第3期。

血腥"建设战"》等作品。《冀中宋庄之战》也是在这个时期，采访撤到冀西整训的冀中军区二十二团后写作的。作品完成后，首先刊登在《子弟兵报》、《晋察冀日报》、《晋察冀画报》等边区几大报刊上，其后，延安的《解放日报》、重庆的《新华日报》分别作了转载，引起了全国文艺界的广泛注意。作品以细密的笔墨，详尽地记叙了 1942 年 6 月 9 日发生在冀中的这场惊天动地的模范战斗。八路军以两个连的少数兵力，依据宋庄这座平原上的孤立村落，抗击 2500 名处于绝对优势的敌人。在这种兵力众寡悬殊、装备优劣殊异的情况下，顽强果敢的冀中子弟兵从白天打到黑夜，英勇坚持了 14 个小时的艰苦战斗，击毙了日寇冀渤特区司令官坂本旅团长，歼灭敌寇 1100 余名，而自己仅伤亡 73 人，最后胜利突出重围。作者说："用一支像我这样生硬的笔，来复写由血肉所创造的如此雄奇壮伟的场面，是难以圆满传达出它本身的完美性和生动性的。"实际上，作者相当细致和生动地描述了这场以少胜多的典型的平原村落战，特别是对战斗的前因后果，敌我双方的兵力部署及优劣形势的转变过程等，记叙从容，挥洒自如，并在激烈战斗的真切描述中，表达了对光荣的英雄战士们的热烈敬意，对人民用勇敢和智慧创造的神奇般胜利的崇高评价。作品结尾还意味深长地描写了一位在村里亲耳听到战斗的情形，后来被八路军救出的双目失明的算命先生，他每天在各村播扬着宋庄战斗雄壮伟烈的事迹，更给作品增添了一种诗样的光彩。周游另一篇报道敌后游击战的《正定铁路边奇妙的战斗》，记叙的也是一场以少胜多的战斗，但别有一种景致。在正定七吉村，5 名游击队员以麻雀战术赶跑了 70 多个前来清剿的伪军，敌人误以为遇到了八路军的大队人马，迅速增援了部队，四面包围村庄互相射击了 3 个小时，死亡十数人，5 名游击队员却早已转移到附近，悠然地坐山观虎斗。这篇报告以喜剧般的情节，写出了敌后游击战争巧妙灵活的特点。

　　周游也写了不少记叙边区英雄模范的篇章，《侯松坡越狱记》写于边区第二届群英大会，作品以朴素的文笔刻画了这位在敌人严刑摧残下宁死不屈的硬骨头英雄人物，他率领难友冲出敌狱的壮举，更显示了一个革命战士顽强的战斗意志。《一个工人出身的排长》描写了战斗英雄李鸿山的事迹，这个有着"英勇而坚定的容貌，爽直而轻快的性格"的矿工，在夜袭石家庄飞机场的战斗中，只身勇斗 20 名鬼子兵，以大无畏的革命精神威慑住敌群，他那非凡的英勇和机智受到人们的交口颂扬，《唐河之畔》塑造了两个不知名的小英雄的形象。姐弟俩为了掩护水堡龙门一带"无人区"的乡亲们，将搜山的敌人引开，弟弟被日寇杀死，姐姐毅然跳进汹涌的唐河。老乡们用眼泪和厚厚的黄土埋葬了 13 岁的弟弟，"伟大的姐姐"的墓志铭则永远刻在了"无人区"人民的心上。周游读大学的时候就开始在《申报》、《世界日报》上发表散文和报告文学，积累了一定的创作经验，因此，他在边区的斗争生活中写作的一些篇章，明显地带有较浓厚的文学色彩，描写细密，文笔流畅活泼，给人一种美的感受。只是战时环境和战地报人的主要任务不允许用更多的时间去精心撰写作品，这样的篇章没有更多地出现。

碧野在抗日战争爆发后，先后参加了华北游击队和河南农村巡回演剧队，开始创作报告文学，较早的有《滹沱河夜战》，描写滹沱河地区的一场激战，经过一夜的战斗，在战士们的奋力拼搏下，打退了敌人，保卫了滹沱河。1938 年，碧野出版了三部报告文学作品：《北方的原野》、《太行山边》和《在北线》。茅盾对碧野的《北方的原野》进行过评介，肯定了作者的创作才能，认为作品表现了"我们民族今日最伟大的感情，最崇高的灵魂的火花"。"它是一部报告文学，然而处处闪耀着诗篇的美丽的色调。"① 《北方的原野》由四篇相对独立的短篇构成：《一支火箭》、《血辙》、《牛车上的病号》和《午汲的高原》。《一支火箭》写行唐的一场战斗，战斗中始终舞动着一面红旗，枪烟中飘动的鲜艳红旗鼓舞着战士们的斗志。《血辙》写的是日寇的暴行和中国人的反抗。《午汲的高原》写的是战斗间隙的和平生活和景象，老百姓对军队的爱

---

① 茅盾：《评〈北方的原野〉》，《文艺阵地》，1938 年，第 1 卷第 5 期。

护，腾房子、送被子、洗衣服送饭，战士们乐观的情绪，司令员平易的姿态。作品以素描的手法记录了抗战时期军民同仇敌忾的精神面貌。碧野的报告文学表现出豪放的风格，文笔刚健，富有诗情画意。

张帆，原名张英池，1919年生，河北清苑县人，保定育德中学毕业。1938年到延安军政大学学习，1939年随抗大总校来晋察冀边区，在晋察冀总社任记者，后转到《晋察冀日报》社工作，写出了大量的新闻通讯和报告文学作品，其中人物特写《焦大海》描绘了一位游击队大队长焦大海的英雄形象。这位血性青年，曾在战斗的紧要关头，怀抱机枪为部队杀开一条血路。在保卫秋收的战斗中，他指挥战士声东击西，以少胜多，用智慧吓退了数百名出来抢粮的敌人。在行唐一带，焦大海的事迹像传奇一样被到处传颂。张帆的通讯报告善于抓取现实生活中新近发生的事件，及时反映边区人民关注的问题，具有较强的新闻性和现实指导性。

第二节　哈华等的报告文学

在河北南部各个敌后战场，新闻记者同样及时报道边区发生的各种战况，迅速采写抗日军民英勇顽强的抗敌斗争，积极向外界宣传根据地各项建设成就，在边区的发展壮大过程中发挥了重要作用。他们中间也涌现出一批战地报告写作的佼佼者，最突出的是《新华日报》（华北版）的几个特派记者。

哈华，四川省新繁县人，1918年出生，1938年进延安抗日军政大学学习，并开始文学创作，1939年春由延安来到河北抗日根据地。到达河北抗日前线后，哈华曾在八路军一二九师做政工干部和军校教员，后在太行区和冀南区从事宣传工作。1944年返回延安后，陆续在延安的《解放日报》和重庆的《新华日报》等报刊上，发表了一批反映河北南部解放区军民战斗生活的报告文学作品。

　　《新闻工作者在冀南》以作者的亲身见闻记叙了冀南新闻工作者在抗战中同敌人的斗争，生动描述了他们英勇无畏的战斗事迹，热情歌颂了冀南人民为保护报社而表现的无私奉献精神。作品真实地描述了在冀南艰难的生存环境，在残酷的"四二九"大扫荡中，在敌人频繁的"清剿"和搜捕中，抗日报人付出了自己的鲜血和生命，但他们仍以顽强的精神战斗在自己的岗位上，切实保证了报纸的正常出版。更令人感动的是冀南人民对报社的无私支援，老大爷被敌人打得死去活来也不肯吐露报社一点消息；老大娘在日寇面前冒着生命危险以婆婆的身份掩护女记者；两个十几岁的孩子深夜护送报纸纸型和工作人员越过敌人严密把守的封锁线，表现出了惊人的机智和勇敢。作品用更多的笔墨表彰了冀南人民对抗日报纸的爱护，从一个小的侧面真实展现了冀南根据地和游击区艰苦卓绝的抗日斗争。

　　《秋山良照》和《记山杉伍长》是题材相同的两篇作品，写的都是在华日人反战同盟盟员的故事。前者较全面地记叙了在华日人反战同盟冀南支部书记秋山良照的英雄事迹，他在铁的事实面前受到教育，义无反顾地投入反战工作。他卓越地领导同盟盟员，以各种新奇的方式进行反战宣传，极大地促进了日本士兵的觉醒，逼得日酋不得不以重金悬赏秋山的头。秋山则以他出色的工作被批准加入了八路军，成为一名真正的与中国人民一道战斗的战友。后者的文笔较为活泼，作品没有具体描写八路军对被俘日兵的教育过程，而是以作者同山杉伍长的三次会面为线索，用三个片断描述了主人公在反战同盟同志的帮助下所逐渐取得的进步。起初，山杉的态度放肆而无理，有时还摆出一副无耻的面孔，几个月后再次见到他时，山杉已有了显著进步，他穿上了八路军的军服，还给日本兵写信介绍了八路军优待俘虏的事。一年之后又遇山杉时，他正在鬼子炮楼前施行政治攻势，并以准确的枪法教训了顽固不化的敌人。这两篇作品题材较为新颖，作者选取被俘日本兵参加中国人民的抗日战争这样一个很少有人涉及的内容，因而给人耳目一新的感觉。作品语言亲切生动，作家善于对生活环境和人物的心理与行为特点进行艺术描写，并注意运用多种文学手法加强作品的可读性，从而使他的报告文学达到了较高的艺术水准。

贺义彬，《新华日报》（华北版）特派记者，专注于冀南区的战地报道。从1939年春天开始，他在冀南一带流动采访了三个多月，写下了一批通讯报告。其中，给人留下深刻印象的，是他1939年5月中旬至6月上旬连续发表的几篇"敌后方通讯"。《坚持平原游击战的两位行政长官——杨秀峰与宋任穷》，发表于1939年5月19日的《新华日报》（华北版）。在这篇通讯中，作者简要介绍了杨秀峰在抗战前的经历，从1929年留法时起，他就站在为被压迫民族谋解放的最前线，抗战开始以后，在太行山上历尽艰辛，建立了冀西抗日游击队。现在他又把自己和家人全都交给了自己的民族，因此，这位"杨主任"才真正赢得了千万同胞的爱戴。文章深情地写道，杨秀峰"是个温厚诚朴的长者，有着热烈的民族自尊精神，坚强不屈，见难不退，勇于负责的人"。对于宋任穷，作者虽无过多的文字进行介绍和描写，却突出了他作为儒将文武兼备的特点，并让人们感受到在冀南转入最残酷的斗争时期里这位行政长官的坚定、乐观和必胜的信念。这篇作品以深深的敬意分别介绍了杨秀峰、宋任穷这两位在冀南坚持抗战的共产党领导人，并以他们伟大的人格力量，坚定了中国人民抗战必胜的信心。

与这篇通讯形成鲜明对比的，是发表在1939年5月29日《新华日报》（华北版）上的《我没有见到鹿主席》。作者对时任河北省主席的鹿钟麟在抗战中严重的言行不一给予了无情揭露，开篇便点出了鹿主席曾发表过让人记忆犹新的"坚持河北抗战到底的讲演辞"，然而此时的鹿已"连电台也丢了，一个人'落荒而逃'"。鹿的"功绩"则是使冀南的摩擦"达到使人惊骇的尖锐程度"。这篇通讯以大量的事实揭露了鹿在冀南积极反共、排斥异己、空口抗战的真面目，并以反讽的口吻写道："我坚决相信鹿主席是不会离开冀南的，他是这样爱这个平原与二千万的同胞，坚持平原游击战也必然是他的责任。"不抗战的鹿主席离开了冀南，而阻挠抗战的摩擦，所谓"自家人"对抗日力量的摧残却没有停止。为此，作者怀着愤怒的心情又写了一篇通讯《立刻猛省吧！摩擦专家们》。通讯写道，冀南在各个抗日根据地中"怕算是命运较苦的地方了"，因为"一方面是敌人的暴力，一方面还有自家人的摧残"。然后，作品详细记述了河北省政府所做的种种不利抗战的行为：他们对前来抗战的八路军、对民选的冀南公署不断制造谣言，制造事端，对公署提出的团结抗战置之不理，其下属的军队则对八路军"活埋"、"勒死"、"投河"等等。最后作者严正指出：他们这样做实际上是日寇灭亡中国的内应，继续下去绝"没有出路"。贺义彬的这些通讯爱憎分明，事实充足，议论犀利，深刻揭穿了"摩擦专家"们的真面目，让广大人民了解到在血与火交织的冀南抗日大地上的另一面。

在冀南平原，贺义彬还创作了一些报告文学作品。《一个夜袭》以朴素而简练的文笔，记述了一场从敌人手中夺回大杨庄的战斗。在这篇千余字的报告中，有对敌人实力的介绍，有对夜袭前几天为赢得"最后"胜利所采取的使敌疲劳战术的描绘，还写了老百姓对自己军队的关切与慰劳，更详细地写了二连突击班夺得敌人大炮的过程，这是保证夜袭胜利的关键。作者通过对这次夜袭的描写，戳穿了国民党顽固派关于"八路军不打仗"的谣言。在《追怀一个悲壮殉国的民选县长》一文中，作者怀着敬仰和悲愤之情讲述了深受群众爱戴的曲周县县长郭企之，在被捕后英勇不屈、壮烈殉国的事迹。对于这位牺牲时只有 21 岁的青年县长，作者用诗一样的语言向我们介绍道："他就是这样一个县长，带着颇浓厚的农民气氛，却被另一种有力的思想武装了。……这就是对于祖国的热爱，对于革命的热爱而且确信祖国一定会在革命中解放前进。"郭县长在牺牲前，一直生活战斗在曲周老百姓中间，他骑着自行车走遍了敌人势力之外的曲周所有村庄。作者用深情的文字写了老百姓对这个勤劳为民的县长的敬爱，也写了游击队员对这个能文善武的指挥员的钦佩和赞叹，让人读后深受感动。更令人动容的是郭县长被捕之后，在敌人软硬兼施下宁死不屈的英雄行为。他面对敌人的极刑和封官许愿，正义凛然地说："你知道，我就是曲周县长，一个中国人……要杀我就请动手！"敌人派来向郭县长作"安抚"工作的安抚员倒被郭县长"安抚"得流下了眼泪。郭县长被迫写下一本供状，供状内容完全是一部论持久战夺取中华民族胜利的大道理。在被敌人活埋过程中，面对敌人安抚员一遍遍地问"不能投降吗？""不能暂时投降吗？"郭县长坚定地回答："不能，不能，一分钟，一秒钟也不能！"最后，他高喊着"打倒日本帝国主义"壮烈殉国。作者在文章结尾处写道："现在你假若能到曲周的话，在郭县长殉国处，你可以找到一块大石碑，那是全曲周老百姓立的。年代若久远，石碑也许会淹灭，但在曲周，不，在全冀南的人民的心里，你都会找到它！"其实，贺义彬这篇感人至深的报告文学，不也正是为郭企之县长留下的一座文字丰碑吗？

　　华山是边区战地记者中极其活跃的一位。他是广西龙州县人，1925年出生，1938年到达延安，同年10月参加鲁艺木刻工作团赴晋东南抗日前线，1939年4月到沁县后沟村《新华日报》（华北版）从事木刻工作，并任战地特派记者，直到1944年返回延安。在这几年间，他随八路军转战各地，写出了60多篇通讯和报告文学作品，其中反映河北南部解放区人民斗争生活的有《冲出敌寇"共荣圈"的武东》、《阳邑的血》、《纺娘李婷子》等篇章。《冲出敌寇"共荣圈"的武东》（1941年2月5日），写了武安东部地区人民在饱尝了做亡国奴的滋味后，终于得出"抗日、斗争，才是活路"的认识。武安因是连接平原与太行山的交点，日寇煞费苦心地要把它建成"东亚模范县"，而武安东部就是这个"模范县"的模范地区。通讯一方面写出被套进"共荣圈"的人民苦不堪言，各种名目的捐、税自不必说，招待、送礼、请客、摊派、抓差、苦工、充军等等，让人喘不过气来；另一方面也描写了当年轻的抗日政权（成立不到半年，只有二人一枪）一号召，就有7200多名青壮年投入到九天十夜的大破击中，破公路、毁碉堡，借邢沙战役之势，把敌人的统治网彻底打散了。通讯既有对敌人统治时严峻形势的介绍，也有对饱受奴役后觉醒的人民所喷涌的热情的描绘，还有对武东之所以能冲出"共荣圈"的分析，显示了作者较宽的写作视野。

华山在对邢沙一些战役进行报道时，选择了不同的题材，使人们更全面地了解到敌后武装斗争的各个方面。《邢沙武大破击》（1942年1月10日），详细描写了敌人的封锁沟给人民造成的危害和苦难，以及在五天之内被破得稀烂的结局。《九月出击中的沙河民兵》（1941年9月25日）则描写了为战斗胜利作出巨大贡献的支前民兵们。他们在县"参战动员指挥部"的统一部署下，承担了运送伤员、送饭上前线、搬运战利品、破击交通、拆敌碉堡等艰巨而复杂的任务。在沙河，不仅根据地和敌占区的民兵都"动"起来了，连老人和妇女也各尽所能，烧水，照顾伤员，运送鸡蛋、水果、蔬菜等。文章高度赞扬了民兵和群众的支前热情，肯定了他们不可低估的作用。作者还激动地写道："从这次实际斗争中，我们可以看到民众的伟大力量，特别是在反复的顽强的斗争中，更可以看到民众的不可战胜的力量。"

《阳邑的血》（1942年1月22日），既记述了1941年年底八路军痛歼日伪的一场胜利的战斗，也写出了一个血的教训。对于这次日伪军要出动，抗日军已向武安阳邑镇传出消息，但这里有些人竟相信汉奸散布的"皇军不烧不杀武安"的谣言，不仅不像太行区其他地方那样组织民兵空舍清野，反而笑话别人是"怕死"、"逃跑"，结果目睹了敌人的抢粮、杀人、烧房。而同样出人意料的是八路军的突然出现，以不到30人的队伍，迎击100多个敌人，被歼之敌中包括一个少将旅团长，一个大队长，两个小队长，迫使预计出来四天的敌人，在第二天就撤回去了。阳邑的血终于让武安民众相信：敌人终究是老百姓的敌人，八路军才是"咱们"的，而且"到底顶事"。通讯还写了敌人出发前的嚣张、狡猾。以他们的失败，更衬托出八路军善于创造战机、抓住战机，一举取得胜利的神勇。

《秦庄反正前后》，写于 1941 年 9 月 15 日，这是一篇来自邢沙前线的报道。不过，它不同于其他的战地通讯，篇中没有刀光剑影、炮火硝烟，而是写在整个战役发起前，平汉纵队争取据守秦庄的 200 多名中国弟兄起义反正的过程。对这场不流血的战斗，作者既写了他们在起义前的犹豫不决的复杂心理，也写了起义后根据地老百姓对他们的热情欢迎。行文中有人物简介，穿插了一些对话，显得比较生动、真实。

《纺娘李婷子》发表于 1943 年 4 月 21 日的《新华日报》（华北版），作品通过纺织能手李婷子和她一家的故事，反映了沙河人民在灾荒年奋起自救的情形。他们靠政府贷款，买棉花，纺线，织布，然后卖布买粮。其中，李婷子最能干且最能吃苦，别人一天纺八九两，李婷子边哄孩子边干竟能纺一斤多。别人或许也能熬一两个晚上，她却能六七个晚上都没好好躺过。就这样，不仅维持了一家四口的生活，而且略有积蓄。通讯以朴实、简洁的文笔，突出介绍了李婷子吃苦耐劳的坚韧毅力，写出了边区人民在抗日政府的领导下，自立、自强的精神面貌。

吴宏毅是一位勤奋的新闻记者，在战地长期与战士、群众生活在一起，写下了一系列"冀南通讯"和"冀西通讯"，详细报道了边区一个个大大小小的战斗，如《内高线上》（1942 年 1 月 21 日）、《悬钟之捷》（1942 年 3 月 13 日）、《旧魏县战斗》（1940 年 7 月 17 日），《梅花岭上麻雀战》（1941 年 6 月 9 日）等。吴宏毅善于在不长的篇幅中讲述战斗的全过程，具体地写出时间、地点、进展过程中的敌我双方，以及最后的战果。《旧魏县战斗》写了一次"以少胜多"的模范战斗。1940 年 4 月 5 日，临漳、安阳、武安的日伪军集结了 1300 多人，分三路向大名旧魏县进犯，这里驻着八路军某旅某团的一支游击队。黄昏时分战斗打响，游击队英勇还击，在夜里十二点之前打退敌人四次冲锋。作者不但描写了紧张激烈的枪炮，还腾出笔来写了在冲锋与反冲锋的间隙里我军展开的攻心战："战士们唱打倒汉奸，唱日本反战歌，于是比枪声更可怕的歌声响起了，是那样雄壮、响亮，火光下的敌人静静地听着，间或有人骂着，或响起一梭子机枪。"这一段文字的插入，使我们看到了战斗的有起有伏，也使人感到文章有张有弛。接着，通讯又写了当得到从八里外赶来的八路军某团某营的增援后，终于在天亮时分打退了数倍敌人的最后一次猛烈冲锋并乘胜追击至 15 里外的郭洛。作者还详细写了敌我双方的伤亡情况，在结尾时交代：敌人留下 200 多具尸体、50 多支枪，而游击队壮烈牺牲的 25 名队员，则"以他们的血，又一次创造了冀南平原上的'以少胜多'的模范战斗"。

在敌占区，日伪军常常会出动到各村去烧杀、抢掠，敌后的人民武装为了保卫自己、打击敌人，采用灵活的斗争形式与敌周旋。吴宏毅的"冀西通讯"——《梅花岭上麻雀战》就生动地描写了民兵和独立营的几十个战士，像麻雀似地利用梅花岭的有利地形，打出了一个漂亮仗。"这边山头一排枪，那边山头一排枪"，"到处是民兵，到处是枪声"，把要在林中点火的敌人打跑，把敌人抢夺老百姓的牲口截回来，打伤了六个敌人，而自己只有一名民兵的腿受了伤。第一次打仗的民兵还有点紧张，战斗的胜利则给了他们极大的鼓舞。《悬钟之捷》写了涉县的索堡与悬钟之间的一场伏击战。作者不仅详细写了战斗的经过，而且引用了谢富治对伏击战的精辟见解："这是对付敌人，捕捉战机最有利的战斗方式，尤其是敌归路上，更为有利。"而悬钟之役便是他指挥的许多伏击战中的一次模范战斗。作者还以敌我伤亡比例之惊人的战果，赞叹了伏击战的成功。《内高线上》记录了 1941 年底八路军走出太行山在平汉路西侧进行"开展敌军工作"、"争取敌伪军"、"平毁封锁线"斗争所取得的辉煌战果。通讯以描写敌人的嚣张气焰开始，然后详细讲述了 12月 18 日至 22 日的大破击，八路军组织上万群众，分成一个个大队，毁封锁沟，断电话线，打增援的敌伪军，使从鸭鸽营到高邑再到内邱的敌人完全陷入混乱之中。五天时间，破坏了敌人用五个月时间而且是用残酷手段修成的封锁沟，争取了 200 多伪军带着 100 多条枪反正过来，打死敌人300多人。从这些通讯作品可以看出，吴宏毅善于写战斗，而且能写出每次战斗的不同特点。

吴宏毅的通讯不仅有对战斗的报道，还较广泛地涉及了其他方面。《冀西"王道乐土"上的人民》以具体翔实的数字与事实，揭露了敌人在"王道乐土"的幌子下，无恶不作、搜刮民财的罪行。为了具体反映事实的真相，作者以一个村的账单为例，说明敌人的贪婪、狠毒给人民带来的灾难。那些名目繁多的捐税，足以戳穿敌人玩弄的杀人不见血的花样。1941年年底至1942年年初冀西冀南一带根据地和沦陷区的青年掀起参军热潮。发表于1942年1月6日《新华日报》（华北版）上的《焦世昌参军》，记述了赞皇县玉皇庙村青年焦世昌在大会上带头报名参军后，回到家里耐心做母亲和妻子思想工作的故事。文中主要以对话的形式，委婉细致地写出了不同人物的不同心理，对当时的群众具有很好的说服力和教育意义。

第三节　报告文学集《冀中一日》

河北敌后抗日根据地的群众性报告文学写作运动，在全国各解放区独树一帜，它以持续不断的创作活动和颇为突出的创作成就，谱写了中国现代文学史上光辉的一页。群众性报告文学创作活动的蓬勃开展主要得力于边区艰苦卓绝的抗日斗争，广大群众以自己亲身经历的斗争，写就了一篇篇真实感人的作品。这些创作活动大多出现在冀中根据地，冀中地区文化教育发达，人民文化水平普遍较高，加之冀中区党政军领导层的有力组织和领导，广大文艺工作者的积极辅导和努力工作，保证了群众性集体创作活动的顺利进行，并取得卓有成效的创作实绩。

河北敌后抗日根据地的群众报告文学创作活动始于1938年年底，当时，晋察冀边区的存在和发展已引起了全国人民和国际友好人士的关注，他们迫切期望了解敌后根据地的民主建设，边区军民英勇的抗敌斗争。为此，边区政府和各群众团体共同发起组织了"晋察冀一周"创作活动，号召工、农、商、学、妇女、青年、儿童、党政军首长和普通工作人员，将新年1月10日至17日"这周里最有意义的工作和生活片断写出来，经过一番整理，合成一本书，使它能够最活泼地反映出全边区各方面的动态"。这次写作活动收到上至边区领导、下至乡村的农民、妇女、儿童送来的稿件十五六万言，只是由于某种原因未能编辑出版。"晋察冀一周"是边区首次开展的群众性的创作活动，它开了"把事实具体地写成故事报告"集体写作运动的先河，在根据地产生了较大影响。此后，边区群众性写作运动便持续不断地开展起来。

"冀中一日"是晋察冀边区群众性报告文学创作规模最大，并取得显著成绩的一次写作运动。1941年4月，在高尔基主编《世界的一日》、茅盾主编《中国的一日》的启示下，冀中区党政军领导程子华、吕正操、黄敬等同志倡导冀中广大军民开展了抒写自己战胜民族敌人和创造新生活斗争的写作活动，冀中区文建会与冀中各群众团体组成了编委会，各地进行了深入的宣传动员工作。"街头识字牌"上写着"冀中一日"四个字，站岗放哨的儿童和妇女查清了行人的通行证，还要行人念念"冀中一日"四个字，并提醒他在哪一天写一篇怎样的文章。"冀中一日"定在1941年5月27日，这不是任何纪念日，也没有什么特殊的活动，选择这样一个极普通的日子，是为了真实地反映出敌后根据地军民日常的斗争生活。冀中平原的每个人都热烈地等待着这一天的到来，为了获得一个好题材，有些连队经上级批准打下了敌人的据点，其他人也进行了各式各样的对敌斗争，并为这次写作流了血，一些不识字的老大娘甚至拿着早已准备好的纸去找人"代笔"，他们把"冀中一日"写作运动当成对自己的鼓舞和向敌人的示威。在5月27日，从党政军首长到农民和战士、从上夜校识字班的妇女到用四六句写文章的老秀才，都记下了自己这一天的斗争经历，最后上交稿件达5万篇。经过编委会40位编辑4个月的编选，初选上3500篇，后来由王林、孙犁、李英儒编定草行本，收稿 233 篇，共 35 万字，根据内容分为四辑：第一辑 "鬼蜮魍魉"，揭露敌人的残暴罪行；第二辑 "铁的子弟兵"，反映部队的战斗和生活情况；第三辑 "民主、自由、幸福"，记叙根据地的民主建设；第四辑 "战斗的人民"，表现群众在党领导下进行的抗敌斗争。这个初印本于 1941 年 10 月用麦秸纸油印出版。当时只印行了 200 部，准备广泛征求意见后再加工定稿。审订工作尚未完成，日寇开始了残酷的 "五一大扫荡"，绝大部分书稿被战火和雨水毁坏。新中国成立后，经过百般寻求，《冀中一日》才以初印本的面目正式出版。这部经过冀中数万人的脑和手的劳动、用血和肉创造的报告文学集，是 "冀中党政军民各方面有组织的首次集体创作，是大众化文学运动的伟大实践，是我们向新民主主义文化战线上进军的一面胜利的战旗"①。在此还应提到的是，孙犁在编辑《冀中一日》中写作了《区村和连队的文学写作课本》一书，这一写作运动的优秀副产品，对后来的边区群众创作起了重要的指导作用。

正如《冀中一日》的编者所要求的，"不加润饰，不拿文学腔调，怎样真，就怎样写"②。这部报告文学集最主要的特点是真实，其中的每一篇都是一份敌后游击战争生活的真实记录，是日寇血腥暴行的控诉书，是根据地军民英勇斗争的生动写照。《永远不能忘掉的一天》记载了日寇欠下的一笔血债：敌人在安国县一个村庄，打死张家父子四人，活埋了清真寺阿訇父子三人，将马家的闺女糟蹋后，又用刺刀挑开她的小肚子……在《大和魂的狗》中，作者揭露了日寇不仅用枪炮屠杀中国人民，而且训练洋狗吃人的残忍和凶狠，在 "囚笼里，野场上，洋沟里，日寇铁蹄踏到那里，那里就会发生这种野蛮而残酷的兽行"。《如刀刺心》描述了日寇烧杀抢掠造成的断壁残垣、一片焦土的凄惨景象，而

---

① 程子华：《冀中一日·题词》，见冀中一日写作运动委员会编：《冀中一日》（下集），百花文艺出版社，1963 年。

② 孙犁：《关于 "冀中一日" 写作运动》，见《孙犁文集》（四），百花文艺出版社，1982 年，第 170 页。

不知事的孩子的哭闹声，更将人们的悲愤情绪推向了高潮，他们的"血已沸腾起来！愤怒的火焰，也在心里熊熊地燃烧起来！复仇！复仇！……"敌人的暴虐激起了冀中人民更猛烈的反抗斗争。《战斗在滏阳河上》记叙了英勇的子弟兵在滏阳河上的一次漂亮截击战，消灭了100多个敌人，缴获了敌船上的武器弹药和军用物资。《在梯形地带》描写了我军小分队深入敌占区开展的宣传斗争。小分队激动人心的演讲和雄壮洪亮的歌声，揭穿了敌人"强化治安"的阴谋，鼓舞了喘息在敌伪汉奸蹂躏下的敌占区人民。小分队像一把火炬，给梯形地带送来了光明。《破击正太路》生动描绘了万名群众挥镐破路、斩断吸血毒蛇的壮阔场面，字里行间跳荡着作者无比兴奋和激动的感情："敌人的两个碉堡被打得起火了。火花冲破了漆黑的天幕，燃烧着敌寇的残暴，燃烧着人民的愤怒，照耀着千百万破路军民的心。"

敌后抗日根据地的生产发展和民主建设，以及边区人民的崭新精神风貌是《冀中一日》所表现的另一重要方面。《县议会上》记叙了作者在藁无县议会第二天会议上的见闻，绘声绘色地描述了大会热烈活泼、团结融洽的气氛。这块以前被称为"土匪十三村"的抗日根据地，人民当家做了主人，50多位代表带着全县人民的快乐商讨着自己的事情，几位须发斑白的老先生衷心赞叹："今天的政府和以往的衙门，真是不能同日而语。"《生产品展览会》集中反映了边区人民自力更生发展生产的成果。人民就地取材，制出了麦秸纸、植物油和大型纺车，解决了生活急需，粉碎了敌人的经济封锁。《家庭识字牌》、《民校速写》、《据点附近的学校》等篇，从不同角度记述了边区群众学习文化的热潮，小学生学会了在课堂上同敌人打游击，成年人入民校，建立家庭课堂，迫切地希望通过学习明白更多的抗日道理。边区妇女社会地位和生活状况的提高，在《小翠也自由了》、《冲出了重围》和《交通战场上》等篇中得到了反映。她们在人民政府帮助下解除了童养媳婚约，获得了自由，并且挣脱了封建礼教家庭的束缚，毅然走上了抗日战场，救伤员、抬担架，和男人一样参加各式各样的战斗，充分显示了北方妇女特有的泼辣和善良的品格。

《冀中一日》以千万人在平常一天的所做、所见和所闻，构成了敌后抗日根据地生活的横断面。这里有敌寇残酷的奸淫烧杀和农民的辛酸血泪，也有边区人民愤怒的复仇反抗和前线游击战士的勇猛杀敌；有边区人民的民主选举和对地主高利贷剥削的清算，也有翻身农民活跃的文化学习和蓬勃开展的生产劳动竞赛。它像一幅画卷，真实地展现了边区从军区政委到机关伙夫，从县议会到农民家庭，从燃烧着炮火的战场到气氛热烈的劳动田间的各种景象。这部报告文学集是"千万人用血泪凝炼的书"，倾注了他们的真情实感，"所写出的文字也就会有血和肉的动人力量"。

质朴、刚健和富有浓郁的生活气息是《冀中一日》所表现的整体风格和特色，其中的一些篇章也写出了各自的艺术特点。《钢笔的故事》以第一人称，写了作者与八路军小战士一段关于一支被损坏的钢笔的对话。作品以此为纬线，"织出了这个动人的故事，织出了他的感情花纹，织出了八路军是个好学校这个图案"①。文章写得亲切生动，富有抒情色彩，是篇少有的佳作。《不稀奇的故事》记述了一个战士出差顺路探家的情形，在母子、夫妻、父子之间一系列有趣的谈笑中，生动表现了敌后根据地人民战斗生活中欢快、乐观的一面。作品还通过幽默、活泼而富于个性化的语言，惟妙惟肖地描画出人物的音容笑貌和性格特点。此外，《轿车里呆了半天》、《谁不尊敬她》、《房东》和《"我要回去告诉他们"》等，在选材、结构和描写等方面都是各有特色的优秀报告作品。

《冀中一日》的作者多是地方和部队的干部战士、农民，他们缺乏文学创作锻炼，绝大多数人如果不是这次写作运动，或许不会想到创作文学作品。因此，这些出自胼手胝足的劳动人民之手的"处女作"，不

---

① 孙犁：《文艺学习——给〈冀中一日〉的作者们》，见《孙犁文集》（四），百花文艺出版社，1982年，第82页。

可避免地存在文字粗糙、内容单薄的不足，但它们有着其他作品无法比拟的质朴、情真、言直、述简的品格。而且，其意义并不完全在于作品本身，"其意义在于以前不知笔墨为何物，文章为何物的人，今天能够执笔写一二万字，或千把字的文章了。其意义在于他们能写文章与能作战，能运用民主原则，获得同时发挥"①。许多专业文艺工作者从《冀中一日》中看到了自己作品的不足和与人民群众生活感情的距离，促进他们向人民群众学习，深入体验生活。《冀中一日》的影响比它的直接目的更为深远。

---

① 孙犁：《关于"冀中一日"写作运动》，见《孙犁文集》（四），百花文艺出版社，1982年，第169页。

第十一章　冀西南的报告文学

地处河北南部偏西的太行区和冀西区，既是我党创建最早的抗日根据地，也是敌人蚕食和扫荡的重要目标。一场残酷的斗争，往往会孕育出许多悲壮的故事，谱写下许多英雄的篇章。即使是在支前和劳动生产中，也常常会出现一些虽然平凡却也值得歌颂的人物，这一切都为报告文学创作提供了丰富的内容。太行、冀西区报告文学创作的主体，是那些随着抗日烽火来到这片土地上的作家和记者，他们奔走于这里的山川与平原，深入到连队和村镇，以不同的创作风格写出了自己的见闻和感受。曾在这一带工作和战斗过的报告文学作者主要有袁潮、董彦夫、袁毓明、刘备耕和佩兰等。

在伟大的抗日战争中，太行和冀西区同各抗日根据地一样涌现出许多优秀儿女，他们在前线、在敌后、在山沟、在田野，或英勇战斗，或带头支前，或积极生产，或无私奉献，为民族解放事业作出了巨大贡献。当报告文学作者们在深入生活、深入基层的过程中，了解和采访到这些英雄模范人物的先进事迹后，便用自己的笔描写他们、歌颂他们、宣传他们，于是便出现了一批记述英雄人物的报告文学。这些作品以记述人物为主，同时在真人真事的基础上进行了不同程度的艺术加工，因而呈现出较多的文学色彩。

在抗日战争进行到最艰苦的相持阶段后，日本侵略者面对英勇不屈、坚决反抗的中国人民，实行的更为残酷的报复手段便是疯狂地、频繁地"扫荡"。粉碎敌人一次次的"大扫荡"，便是根据地和游击区军民用血和泪为抗战谱写的一首首壮丽乐章。用报告文学来反映扫荡与反扫荡的残酷与壮烈，也就成为作家们义不容辞的责任。

　　袁潮就是勇敢地承担了这一重任的众多作家中的一个。《白云山上》是袁潮记叙 1942 年 5 月太行根据地人民反扫荡斗争的一篇作品。浆水是冀西太行山邢台西部的一个大镇，是太行根据地开辟最早的一个地区，也是敌人此次扫荡的重点区域。在敌人到来之前，浆水等五个村子的民兵和老乡，转移到了白云山上，并在山上同疯狂的敌人展开了顽强的抗争。作品如实记述了敌人的暴行：在"清剿"老爷山和王莽山时，敌人把"一批一批的青年、老人、小孩、妇女，从万丈悬崖的山头上推下去"。这让退守在白云山上的民兵们气炸了肺，更加坚定了他们报仇的决心。作者以详尽的笔墨，叙写了民兵们为了保卫乡亲们一次又一次顽强地打退冲锋的敌人。特别是在第六天，子弹、手榴弹都打光后，民兵们"在云雾里挥动着闪光的刺刀"，"个个都很勇敢，他们习惯了山间生活，在灌木丛里托着刺刀穿来穿去，十分灵活"，硬是把"穿着沉重的高筒大皮靴、在青草窝里，像鸭子一样笨拙"的鬼子拼下山去。在这次战斗中，他们的队长和两位班长牺牲了，每个民兵都挂了彩。但挫折、敌人的谣言、飞机散发的传单，没有粮食，没有子弹，这些都没能使他们屈服。他们和全山的群众一起，用木杠、铁锹把白云山顶上的石头全掀起来了，大的像碾盘，小的也有粮斗大，他们就用无数这样的"小钢炮"、"迫击炮"砸向企图冲上山来的敌人，一直坚持到主力部队从外线打过来，逼得敌人撤回敌占区，取得反扫荡战斗的胜利。作品的前半部侧重叙写敌人的"清剿"，后半部则记述民兵在白云山上所坚持的十几天的战斗，其中突出写了三次战斗，线索清晰，疏密有致。

　　《李家沟反维持记》写作于 1944 年的邢台，后来连载于 1946 年《文艺杂志》的第二卷第二期和第三期，是袁潮的一部反映游击区、敌占区人民斗争生活的长篇报告文学。作品共有 14 节，全面记述了李家沟村在 1941 年秋到 1944 年春这两年半时间内，从维持到半维持到反维持的曲折斗争经历，也写了人们思想认识上所发生的根本变化。在第一节"接头"中，当敌人第一次捎来公函让李家沟派人去接头时，村中有人害怕。以李志有为首的部分村民认为，"谁坐了天下，咱就随谁"，李二怪、李成群等年轻人虽反对，但在鬼子把全村人集合到一起训话后，多数人感到非维持不行了。于是"全村伙买了一只小黑羊，五只公鸡，二百个鸡蛋，还有一些土产的柿子、黑枣等东西"，由保长李三保带着去敌人据点"接头"了。然而维持后的李家沟日子并没有太平，支夫越来越勤，从每五天轮一次到两天轮一次，还要遭打骂，派款也是得寸进尺，再加上保长仗着鬼子势力为非作歹，老百姓受够了罪。1942 年 8 月，在八路军展开政治攻势后，区干部秘密联络了村中的一些骨干，斗倒并捉走了原来的保长。从此，新选的保长李成群带着大伙儿假维持，并秘密成立了民兵组织。事实促使了李家沟人的觉醒，他们认识到：屈辱地忍受，只能助长敌人的嚣张气焰。作品也写了反维持的艰难，因为敌人是不甘心失败的，他们要把公路修到李家沟来，以便更好地控制村子。对此，民兵们便白天打枪捣乱，晚上破路；鬼子抓走民兵的领头人李二怪等严刑拷打，李二怪等找机会逃回来还继续干；敌人几次包围村子烧杀抢，民兵们或突围出去后再打跑敌人，或在敌人归途上打埋伏，夺回被他们抢走的粮食和牲口。流血和牺牲也没有吓倒他们，村子里还不断有人报名参加进民兵队伍中来。作品还生动地写了群众心理发生的变化，从前最先认为维持才安全的李志有，在民兵帮他夺回被敌人抢走的大青骡后，高兴地说："我情愿拿五只羊给民兵，让民兵捏顿饺子吧，我过去总看民兵是瞎闹的，原来真顶事！"作品所写的时间跨度比较长，但作者能用简洁的语言，围绕李家沟反维持这条主线来组织内容，起伏有致，还不乏一些生动场面的描写，如村民关于维持还是不维持的激烈争论、黑石垴埋伏战后的祝捷大会、民兵们从区上买回小炮后的喜悦等，读后都能给人留下深刻印象。

董彦夫于 1947 年五六月间采访了太行军区的一个由落后变成先进的模范连，并以这个连的转变和在战斗中的英雄事迹为素材，在涉县下温村写出了一部长篇报告文学《走向胜利的第一连》，1948 年 12 月起连载于《华北文艺》第一至第三期，后来收入"中国人民文艺丛书"，以单行本形式出版。这篇作品详细记述了第一连由原来作风涣散、上下不团结、干部有军阀作风等毛病的连队，转变成各方面起模范作用、在战斗中多次立功的模范连的过程。作品塑造了一群性格鲜明的人物形象，其中的主要人物是连指导员韩守红。这是一个革命队伍中培育出来的有良好素养、能吃苦耐劳、肯动脑筋、遇事讲道理、走群众路线，既有斗争性，又肯做耐心细致的思想工作的优秀基层指挥员。他从到一连当副指导员开始，便发现这个连队气氛不对劲，通过观察、思考，找出症结所在，争取连长的配合，一起走群众路线，仅用三个月，便使全连精神面貌焕然一新，而且成为战斗力很强的模范连。他本人也被太行独立第一旅记功一次，发银质奖章一枚。

作为一部长篇报告文学，《走向胜利的第一连》表现出这样一些特点：第一，内容丰富充实。作者在连队生活了十多天，在与战士朝夕相处中，了解了许多鲜活的第一手资料，写起来得心应手。连队的训练、打仗、开会等被作者写得有血有肉。第二，在从容描写人物时，刻画出人物的不同特征。如平时工作样样争先，战场上机智沉着最后光荣牺牲的六班长董文；对连长有意见，赌气不服从，到后来主动检讨自己的二排副郭英；经常打骂战士，经教育改掉暴脾气，汤阴战斗后入了党的一班长张仓义；战斗中恐惧逃跑，公然主张可以向敌人缴枪，转变后勇敢地在敌人的炮火下指挥全班打得最好的四班长贾孟起；还有那位虽然脾气暴躁，但热情爱才、善良虚心、知错就改的连长秦启忠。这些人物在读过作品后，都会给人留下鲜明、深刻的印象。第三，结构不枝不蔓，作品紧紧围绕一连的转变来组织事件和人物，而且对一些人物还注意到前后照应。

苗培时是冀南人民熟知的记者和作家。他在1940年作为《全民抗战》报记者（全民通讯社）和新华社特派记者来到华北后，一直到解放战争时期都没有离开这片土地。在此期间，苗培时大部分时间生活和工作在冀南一带，用报告文学和小说等不同文艺形式反映这里的生活和斗争。长篇通讯《咆哮了的冀南人民》（约15万字）中的不少篇章，曾在大后方（如《大公报》）和根据地用化名、别名发表，起到了很好的宣传作用。日寇投降后，苗培时继续用笔反映这里的城乡人民在新形势下的斗争和生活。

抗战胜利了，熬过漫漫长夜的人们终于迎来了曙光，但这场灾难性战争带给人们的创伤却是难以弥合的。那些在日本占领时期为非作歹的汉奸恶霸们，欠下人民的一笔笔血债，现在该是偿还的时候了。苗培时写于1946年2月的《邢台市大斗胡同公》（载《文艺杂志》创刊号），写的就是邢台西关外的小车工人联合起来，斗倒作恶多端的汉奸胡同公的故事。作品共七节，分两条线索。一条是写在共产党八路军解放邢台后，聚居在西关外的小车工人们经过串联、发动，由原来怕"变天"、有顾虑，到提高了认识，争相到斗争会上诉苦。另一条线索则详细讲述了被胡同公害得家破人亡的三户人家的悲惨遭遇：齐聂氏家，因胡同公逼着"支夫"，卖了两个闺女出钱雇人顶夫，钱花完后，54岁的老汉去支夫时被胡同公打死了；王孟氏和老汉带着三个孩子逃到邢台要饭，胡同公以没有"良民证"为由把老汉抓起来活活饿死了，又逼着她卖掉闺女，送给他50元大洋才让暂住；金十妮，因只有一只眼睛能看到一点微弱的光，他的妻子怀着六个月的身孕去支夫时，胡同公说她"不尽力"，用铁锹重重打她，回来后没几天便小产死了。

这篇作品在结构上比较讲究，两条线索交叉进行，三户人家的遭遇分别安排在二、四、六节，为作为主线的发动、说服三部分（一、三、五节）提供了有力的事实，使人们更清楚胡同公的罪恶，提高了斗争的自觉性和思想认识。这两条线索在第七节汇合到了一起：1945年12月13日在斗争胡同公的大会上，"齐聂氏拿着剪刀来了"，"王孟氏拿着擀面杖来了"，"金十妮娘拉着瞎了的金十妮来了"。小车工人们群情激愤，区政府也应群众的要求，宣布了胡同公的死刑。作者以热情的笔墨描绘了斗争大会的热烈场面和工人们终于扬眉吐气的喜悦。作品的另一特点是借鉴了传统小说中在每章末用韵文做诗的写法，在每一小节的后面用几句白话诗来概括本节的内容，如第一节后面就写道："群众要翻身，/大家来点火，/你点我，我点他，/大家捧火火焰高，/火越烧越大。"

　　苗培时因为长期在冀南一带工作，跨越抗日战争和解放战争两个时期，使他能用文字把这里的历史与现实连接起来。特别是在解放战争时期，冀南作为较早的解放区之一，人民的生活状况和精神面貌都发生了很大变化，表现这块平原上人民翻身后的生活自然也成为作家笔下的新题材。苗培时在"第一个抗战胜利纪念日"写的《新"北良村"》就是一篇很有代表性的作品。内邱县的北良村是作者曾经工作过的地方，作品写了他应邀重返故地的见闻。北良村按照党中央、毛主席的指示实行"组织起来"和"彻底减租"后，农民生活有了很大的改善。村子里家家有了土地种，人人有了饱饭吃，这对老百姓来说是多么大的喜事呀！他们说是"毛主席给了我们这些福气"。为此，当听到国民党要发动全面内战的消息后，村干部们都很坚定地对记者说："我们当然要拼着一切力量，保卫着得到的福气，保卫着咱们的解放区！"因为作者主要是通过一进村就碰到的老劳动英雄王兰和村里干部们的介绍来展现北良村的新面貌的，所以写得非常质朴和口语化，让人们从中感到解放区人民发自内心的对新生活的热爱和对领袖毛主席的感激。

第十二章　散 文 创 作

在边区各类文学创作中，散文以其取材自由、形式灵活、既可叙事又可抒情等特点而被作家们所钟爱。写小说的可以不写话剧，写诗的可以不写小说，但几乎所有作家都有散文发表，这使得边区的散文创作呈现出繁荣的局面。一些外来作家、诗人和记者的加盟，更为它增添了光彩。虽然他们在边区活动的时间有长有短，但较高的文学素养和文学功底使他们成为散文创作队伍的优秀代表。需要指出的是：在抗战和解放战争时期，这些作家和诗人们与当时大多数进步知识分子一样，把"为祖国而战"作为自己义不容辞的责任。首先是战士，其次才是作家，这样的角色定位，决定了他们创作的出发点和主体话语，他们的作品属于它们所产生的时代。

王林的散文作品不多，却写得很有特色。他的《微笑》被收入著名的群众散文和报告文学集《冀中一日》，作品描写作者于 1941 年 5 月由冀西回到冀中一路上的见闻，并从中抒发了作者独特的心灵感受。山区的老农赶着用缴获敌人的炮车改造成的马车拉粮食、运肥料，在人们面前表现出一种特有的骄傲神情；游击区的老百姓观看八路缴获的鬼子的"洋马"，不由地发出"啧啧"的称赞声；夜间穿越敌人封锁线的根据地军民，在短暂的会面之时，也忘不了互相传递胜利的笑脸……紧张、战斗的一天过去了，琐碎的事情随着日落而暗淡无光，留在作者脑海里的，只有人们见面时相互给予的愉快的微笑。作者颇有感触地写道："微笑，胜利的微笑，英雄的微笑，互相鼓励、互相慰问的微笑，对于战胜日寇的具有高度民族自尊心、自信心的微笑，在战斗中，在夜间悄悄的行军中，在日常生活中，我经常看到，而且留下永恒的印象。我相信我们也要用这种微笑迎接我们最后的胜利。"作品捕捉敌后根据地军民典型的面部特征，简洁而生动地表达了人民对于抗战胜利的乐观和自信。作家的另一篇散文《一个美的矛盾》，通过冀中一个小姑娘对焚香祈祷的前后不同的态度，表现了她那美好的心灵。这位常到作者居住的堡垒户玩耍的小女孩，天真活泼，聪明顽皮，她反对迷信，常常做鬼脸讽刺和嘲笑房东老太太的跪香祷告。一天，敌人突然出来扫荡，小姑娘慌张之际，老太太提出烧香可以止住敌人，单纯的小姑娘顾不上许多，跑到佛桌前非常虔诚地烧了一炷香，然后好像摆脱了危险似的松了一口气。作品拿眼前的小姑娘与巴尔扎克《无神论者的弥撒》中的主人公相比，对她前后自相矛盾的举动表达了喜爱和感激之情。

吴伯箫是一位在散文园地辛勤耕耘并取得重要成就的作家，原名熙城，字伯箫。山东省莱芜人，1906 年出生。抗战前在山东从事乡村师范教育。1938 年经由武汉到延安，同年冬天作为"抗战文艺工作组"的成员从延安出发到达太行山。在半年多的战地生活中，足迹所至，到过涉县、武安及冀南地区，他在此时此地创作的一批反映河北南部敌后抗日军民斗争生活的散文作品，收入后来出版的《烟尘集》中，比较重要的作品有《响堂铺》、《路罗镇》、《黑红点》、《打娄子》、《化装》、《文件》等。

作家在谈到他根据这一时期的采访内容所写作的散文时，曾把它们分成两种情况："一种是急就章，经历了就写出来，甚至不过夜就仓促付邮，时间性强，希望它及时发挥作用……一种经过酝酿，整理，结合成篇，字句也反复斟酌；从胚胎到分娩，真像动物一样要经历几个月或者更长的时间，才能产生一个有血有肉的生命。"[①] 前者成文于这次战地之行的途中，后者则是回到延安后才陆续写出的。

属于前一种情况的常常是"行军时构思，宿营时写作，情绪时时都是振奋的"。虽是急就章，却并不像作者自谦地说的"读者看过就忘

---

① 吴伯箫：《无花果——我和散文》，见《吴伯箫散文选》，人民文学出版社，1983 年，第 378 页。

了"，相反，由于作者用笔写出的是他自己鲜活的见闻和感受，所以同样也会让读者产生如临其境之感，给人以深刻印象。写于1939年2月的《响堂铺》，是作者在参观访问了涉县响堂铺后，怀着非常自豪的心情所写的一篇对一场胜利战斗的追述与感怀。响堂铺位于河北通往山西的太行要道上，"天关叠峰"，地形险要。1938年3月11日，八路军在探得准确情报的基础上，经过周密部署，在这里截击日寇180辆汽车，三个小时结束战斗，整整毁掉敌人93辆军车，缴获了满车的军用物资，获得全胜。作者在详细介绍战斗过程时，还特别点出了这个战斗的不同寻常之处："当时请了很多参观战斗的来宾，登在道南最高的山头上。打仗还请人参观，这不是轻易来得的事情，非胸有成竹指挥若定是办不到的。"作者对指挥员和战斗员的敬佩与赞叹跃然纸上。文中作为对战斗描写的对照和补充，还揭露了敌人在响堂铺村烧杀奸淫的罪行。作者看着村里被敌人烧了一多半的房舍，听着人们讲述侵略者禽兽般的罪行，非常愤怒和坚决地写道："实在敌人是应该这样教训教训的。"

　　写于1939年3月的《路罗镇》显示了作者的另一种笔墨风格——开阔而浑厚。它写了这个"四面被一重重的荒山包围着的镇店"，在抗战初期的各种错综复杂的社会关系及斗争形势。这里地处冀豫晋交界处，民贫地瘠，风习奇特，不仅有许多奇异的传说，还是会门的中心，"什么红枪会，什么真武道、太乙道，在这里都有他们的把师首领"。作者重点写了声势浩大的红枪会，"冀南豫北民众都操纵在他们手里"。在抗战开始时，他们被汉奸所利用，这个本来带有农民反压迫反剥削革命意味的红枪会，成了抗战中的逆流。八路军以一个团的兵力，解决了枪会几个头目，对老百姓进行说服教育，拆穿其符、咒的把戏，成立自卫队，选举民主政权，终于使路罗镇获得"新生"。当作者从这里路过时，虽逢热闹的市集，"却很少看见那包了头巾，扎了绣花腰围，手里搦着红缨枪，嗨嚎一声便百数千数聚集起来的草莽英雄们了"。因此，作者发出感慨："若是山中健儿都能好好地组织起来的话呵！"作品还敞开笔墨写了浓郁的地域色彩、奇特的文化现象以及传统的人情风俗等，这些都给人留下了深刻印象。

吴伯箫在前线半年，见闻感触太多了，不能一一成篇，因而把一部分采访素材储存起来，回到延安后才陆续写出并发表出来。《黑红点》讲述的是冀南军民用记录黑红点的方式争取和教育伪军的故事。这是老百姓在冀南这种与敌人犬牙交错的复杂形势下发明的一种非常灵验的斗争方法：对汉奸伪军，谁做一件坏事就在他的名字下面记上一个黑点；做了好事的则点上一个红点。强大的宣传攻势加上兑现黑红点的实际教育作用，使那些为敌人跑腿服务的人心里都要有所掂量，因为"红点，不是焚香叩头能求得来的"，最终的评判权是掌握在人民大众手中的。这篇散文写得具体生动而又富有哲理，读后使人对冀南人民聪明的斗争方式不得不产生由衷的敬佩。《打娄子》用细致的文笔，叙述了打掉敌人楔在冀南根据地××分区中间的据点的战斗过程。从八路军战前的化装演习，到对据点内敌人的驻防布局、武器配备情况，直到正式袭击敌人据点时的每一步进展、每一个细节，作者都从容、详尽地给予描写和介绍，显示了厚实的叙事功底。

在回到延安后写出的散文里面，我们可以看出吴伯箫对艺术创新的一些追求。下面这组作品便颇有些小说的笔法，有情节，有人物，有对话，生动地再现了曾在冀南大地上发生的斗争故事。《游击队员宋二童》分三节讲了游击队邱县大队侦察员宋二童的三件事：当民兵时用一只哨子神奇地破坏了日军拂晓前偷袭游击队的计划；参加游击队后，拿"一杆坏到不能用的独出子"，惩办了作恶多端的伪区长，还换了一只轻便的盒子枪；机智勇敢地两进县城，既完成侦察任务，又找回了丢失的自行车，传神地写出了一个胆大心细、有勇有谋的游击队员的形象。《化装》叙述了老百姓智斗化装成八路军出来探访的日伪军的故事，其中，妇救会长徐凤的机灵、细心、干练，徐凤婆婆的随机应变、假戏真做，都通过她们的言谈举止被表现得活灵活现，使作品带上了一层浓厚的传奇色彩。《文件》是这一类散文的代表作品，它写的是1941年5月发生在冀南四分区反"扫荡"中的一件事情：青年连的指导员和通讯员在途中遭遇近八百敌人，指导员被打伤，他让通讯员快回连队通知转移，并拿出关系全连生活和战斗情绪的伙食账让通讯员交还司务长。他自己在打光子弹的情况下，埋好手枪和文件，自己撕裂伤口，让血流出，带着胜利的微笑牺牲了。清晨，驻地村子的孙老汉发现了指导员，让家人抬回后，用自己的寿衣，又找了寿棺，把指导员安葬在自家祖林旁，还郑重地把包着枪和文件的纸包交给连长。作者在短短的篇幅中刻画了指导员和孙老汉两个鲜明的人物形象，抒发了敬佩、悲愤、激昂、肃穆的感情。读这篇散文，容易联想到茹志鹃的《百合花》和王愿坚的《七根火柴》，一样地写战争背景下的小人物，平凡而崇高，一样的带有诗意的描写笔触，不一样的是吴伯箫这篇使用的是散文的结构，作者说他"曾妄想创一种文体：小说的生活题材，诗的语言感情，散文的篇幅结构"①。《文件》可以看成是作者对这种文体创作的一种尝试。

　　杨朔是中国当代文学史上的散文大家，抗战时曾在冀南区工作过半年时间，先后创作了多篇反映冀南人民抗日斗争的短篇小说，同时写作了一组题名为《冀南散记》的散文，分别发表在《抗战知识》等刊物上。《狮子头》写的是武邑某区的人民群众勇敢机智地掩护他们的胡区长脱险的故事。"狮子头"是胡区长的外号，因他的脑袋瓜子又宽又大，高高地突出来而得名。这位庄稼人出身的区长，因为想群众所想，积极带领游击小组打日本鬼子，所以深受人民群众的爱戴。在他意外遭遇敌人、被鬼子围在村中后，老百姓拼着性命保护了他，使他感动得哭了："我有多大好处，值得乡亲们对我这样好啊！"作品中那沉着、聪明的婆媳俩给人尤为深刻的印象，她们把胡区长藏在柴禾堆里，又在柴禾堆周围撒满大粪，把已搜到柴禾堆前的日本鬼子臭跑了。战争年代的干群关系令人感动，也令人深思。

---

　　① 吴伯箫：《无花果——我和散文》，见《吴伯箫散文选》，人民文学出版社，1983年，第378页。

《赶集》写了八路军与日本鬼子在另一个特殊战场上的较量。在游击区，集市也是敌我激烈争夺的一个目标，敌人为了证明敌占区的繁荣，频繁出来捣乱骚扰，企图把我们的集市搅黄，然后逼着老百姓去赶他们据点脚下的集市。八路军则针锋相对，也去破坏敌人的集市。这篇作品写了一个很有戏剧性的故事，三个八路军战士化装去刘镇赶集，在酒馆里抓了两个鬼子，趁集上大乱安全撤了出来。作品结尾时，作者还写了人们发明的另一种斗争方式——游击集：它"因为没有定规的地方，这次在这，下次在那，弄得敌人没法捉摸"。

《英雄爱马》写一名连队的劳动英雄程金明养马的模范事迹。程金明是涉县程家庄人，他因家乡被鬼子糟蹋得不能活，在 1943 年 40 岁的时候，隐瞒了 5 岁年龄参加了八路军。他们连队有一匹青马，瘦得皮包骨头，连长便调从小赶脚贩牲口的程金明去养马。从此他把心思全用在了马身上，作品详细写了他对马的精心照料，一个月后，瘦马变成了壮实的千里马。马生病时，程金明自己扛着 120 斤的驮子，马却空着鞍子。连里添了牲口，程金明则星夜割草。他还喜欢盘着腿，抽着旱烟，慢吞吞地笑着给别人讲他的"牲口经"。程金明是从心里爱护马，作者说"英雄才爱马，难怪他变成了劳动英雄"。杨朔这一时期的散文作品以"叙事"为基本特征，比起他创作成熟后写作的那些充满诗意的散文来，尽管还不够精致，但已让读者从中看到了他追随时代前进脚步所留下的坚实足迹。

在记叙人物的散文中，有两篇描写冀南行政公署主任杨秀峰的作品，二者时间背景相同，文字风格相近。它们分别是李风的《杨秀峰印象记》和马加的《杨秀峰同志片断》。这两篇散文，不仅采访和描写的人物相同，而且都是以平易、朴实的文字，叙述了在 1939 年初夏分别与杨秀峰同志短暂接触时的亲身感受，也都突出描写了杨秀峰的儒雅、平易、繁忙的特点。不同之处是前者善于从细微之处写人物，后者则选取一些生活片断予以表现。李风是《新中国报》的记者，《杨秀峰印象记》是他采访杨秀峰后写作的《杨秀峰先生访问记》中的一章。作品以简洁朴素的文字描述了杨秀峰一天普通的日常工作。作者首先介绍了杨秀峰和他的公署所处的环境及艰苦状况："因为是在游击环境中间，故一切都简便异常：工作、生活、吃饭、睡觉一无定时。"他们随时准备战斗，随时准备"游击"，却始终顽强的坚持斗争。作者在采访中，观察极细，注意到杨先生身穿的军装"是那样宽大的衣服，以致同他并不强壮的身体比起来显得十分不相称"；注意到杨先生由于过度劳作和营养不良导致的苍白的脸色；注意到杨先生桌上满堆着的文案。在一天的采访中，杨先生一边要回答作者的问题，一边要迅速接待请示工作的人，批改送来的报告、呈文，解决一切事情。作者正是通过这些看似琐碎的事情得出了对杨秀峰的印象："我只觉得他们是勤苦的，真正称得上是'为民父母'的人物。"而从杨秀峰热情的态度和耐心细致的作风中，作者感受到"他谦逊而不做作，他叫你感到亲切而不拘束，他也没有执政者所惯有的威凌的气势"。

马加的《杨秀峰同志片断》以更加简洁的文字，通过几个片断展示了杨秀峰主任的风采。作者首先描绘了他所见到的杨秀峰主任的形象："穿了一身粗布的蓝军服，没有打绑腿，清瘦的脸上表现出学者仪容，两颊印着浅浅的皱纹，眉毛淡淡的，他的亲切的态度使人感到温暖。"然后写了这样几件事：杨主任与农民促膝谈心时亲如兄弟的情景；他在与作者的谈话中胸怀全局，发表了对抗战民主的精辟见解；在杨主任身边工作的同志所讲的杨主任公私分明，坚持原则，不借用工作团一分钱的事情；在一次游击战斗中，杨主任把自己的马让给作者骑着冲出包围圈。通过这些生活中的点滴事件，读者看到了一个胸襟坦荡、平等待人、关心同志、严于律己的抗战领导者的风范。这两篇散文的作者都是怀着由衷的敬意，用不加修饰的朴素文字来写冀南行署的最高长官杨秀峰的，读来亲切自然。

雷烨是冀东散文创作的唯一代表，他是边区著名的新闻记者和诗人，1939年作为八路军总政治部前线记者团成员，由延安来到晋察冀边区，在斗争异常艰苦的冀东地区战斗了三年时间，有多篇通讯和报告作品问世。1943年他作为冀东区的代表出席了晋察冀边区参议会，会议期间在《晋察冀日报》连续发表了采写冀东地区抗日军民斗争生活的系列散文，受到文艺界和广大读者的一致好评。这一系列散文包括三篇作品：《那是，从喀喇沁赶来的牛群》、《我们怎样收复了塞外的乡村》、《塞外，新收复的乡村为什么拥抱子弟兵》。他的散文真实地反映出冀东地区极为恶劣的斗争环境，写出了坚持在冀东从事抗敌斗争的八路军将士艰苦卓绝的斗争生活，写出了冀东及塞外沦陷区人民悲惨的亡国奴遭遇，写出了他们对八路军的企盼和拥戴的心情，同时生动地记叙了在这贫瘠偏僻的地方八路军与人民的血肉联系。难能可贵的是，他的作品在记叙那些艰难困苦的生活和斗争时，始终贯穿着一种豪情满怀、乐观向上的基调，如那响彻偏僻林间欢快的口琴声，回荡在山谷中喊老百姓回村的悠长呼唤声，都产生了这样的效果，而飘忽飞旋在塞外纳尔河畔的八路军战士手中的红色枪带子，则更像主旋律一样在作品中多次出现，反复渲染，使之具有一种明确的象征意义。红色的枪带子复活了姑娘们童年的梦，唤起了草原上母亲们的憧憬，她们从这鲜红的色彩里看到了幸福的生活。雷烨是晋察冀诗人群中的一位重要作者，他在散文中对冀东军民的顽强斗争作了充满诗意的描写，其中含有许多色彩浓郁的抒情段落，如站岗的哨兵："山脉的棱角在阳光里闪着鲜明的虹彩，蔚蓝色的峰峦仿佛是海兽们奇怪的头角，巨大的背脊在光波里浮动着，在这燕山山脉的光艳里，队伍的哨兵和两个青年农民，屹立在山头上了望着长城线上的要塞，那屹立的人像看上去仿佛是巨匠雕成的铜像。"这使得他的散文在真挚、热烈的感情之外，又增添了清新典雅的文采。

平西也是斗争环境颇为艰苦的地区之一，文学活动尚未获得充分发展，但散文创作却有不少的收获。马加以此地的见闻为题材写作了多篇散文，较有代表的是《萧克将军在马兰》。作品通过在平西根据地与萧克将军的几次接触，写下了自己的零星印象。作家在平西时无缘得见这里的战斗场面，因而作品的着眼点只集中于主人公普通的日常生活，重点描写萧克将军的学识修养、精神面貌和性格特征。这位闻名遐迩的将军是"一个样子平凡的青年军人"，"没有胡须的脸孔上充满着直爽而诚恳的表情，嘴唇浮着智慧的微笑，一对水晶般的眼球放射着愉快的亮光，表示着高尚的友爱"。他最显著的特征是穿了一条补有补丁的裤子，这是作家在前方的第一次所见。他的态度是"沉着与冷静"的，性格则"爽朗而健康"，他平时总是坐在办公室里从容地工作着，带着一种轻松的姿势翻阅着桌上的文件、战报，有时也像战士一样在街上快活地走来走去，同驻地的老百姓打成一片。作家以极大的兴趣和相当多的篇幅记述了萧克将军对文学创作的真知灼见，他不仅阅读了大量的中外文学名著，创作了一部20万字的长篇小说，而且对许多名著都有自己独到的见解，这大概是主人公异于其他将军最显著的特点。作品开头关于百花山的描写和议论看似闲笔，实际是作品重要的有机组成部分。作品开始先不直接写人，不提作者所要记述的主人公，而把笔墨花在萧克将军驻地附近的一座大山上，却是作者一种别出心裁的构思。由遥望北平而引出了萧克将军，并以一句双关语"萧克将军的眼力真好呢！他不使用望远镜，就能够看见北平"，道出了平西根据地的重要地位、萧克将军的高瞻远瞩以及对抗战胜利的坚定信念。文章具有一种借物写人、迂回婉转的艺术效果，读之使人感觉饶有韵味。

金肇野的《忆白乙化同志》，记述的是平西根据地另一位著名的抗日将领。这篇散文是作者得到白乙化牺牲的消息后撰写的忆旧文章，作家与白乙化曾经是长期共同战斗的战友，因此，在文章中满怀深情地回顾了两人一起渡过的战斗岁月。他曾以"平东洋"的名字闻名于热河义勇军中；后因参加"一二·九"学生运动而与作家成为敌人监狱的同房难友；以在东北讲武堂学到的军事知识而成为1936年北平大学生夏令营的总队长；抗日的平西挺进军建立后，部队中又活跃着他那富有"西班牙骑士风度"的矫健身影；1940 年他率领一个团英勇地开辟了平北抗日根据地，取得了一个又一个战斗的胜利。作品还以生动的笔触描述了主人公的战斗英姿，以及在边区老百姓中的崇高威信。他经常镇定自若地站在山巅上指挥战斗，除夕之夜则在被夺取的敌人据点里领导部队的破袭战。他那一把大胡子的特征给人民和敌人都留下了深刻印象，敌人用手比划着胡子寻找他的踪迹；老百姓到处称赞他，却不知道他姓甚名谁，是多大的官。作品以第一人称的口吻叙写，像与主人公追忆往事，侃侃而谈，又像同读者面谈一位他们也熟悉的老朋友，充满感情，作品给人的是一种真实、热情、亲切的感觉。作者在篇末写道："你真的死了吗？那么你就安息在塞外的风沙里吧！我们，你未死的伙伴们，担起了你留下的事业，向着你奔走的方向迈进！"表达了作家哀而不伤的思想和继承先烈未竟事业的决心。

第十三章　晋察冀边区的戏剧创作

在抗日战争中，为了便于宣传群众动员群众，晋察冀边区的戏剧创作发展迅速，作家队伍集中，创作的作品数量多，种类多。其中产生了不少优秀作家和作品。

第一节　崔嵬、丁里等的戏剧创作

崔嵬（1912～1979年），山东诸城人。1937年初，崔嵬参加上海左翼剧联组织的抗战前线慰问活动，曾改编街头剧《放下你的鞭子》，影响广泛。1938年初，他奔赴延安，参加了鲁迅艺术学院的筹建工作，并在戏剧系任教。1939年，崔嵬到达晋察冀边区根据地，在华北联合大学文艺学院戏剧系工作，其间创作了《矿工队》、《三个游击队的故事》、《灯蛾记》、《参加八路军》等剧作。

《矿工队》是一个多幕话剧，以冀东煤矿工人的生活为题材，揭露了日本侵略者对矿工的残酷压迫。在地下党的领导下，矿工们团结起来，同日本侵略者展开了机智英勇的斗争。《三个游击队的故事》表现三支不同性质的游击队，在党的领导下，最后改编为八路军的曲折过程，歌颂了共产党的领导。

《灯蛾记》是一部多幕话剧，曾获鲁迅文艺奖。这部作品的主题是揭露日寇宣传的"王道乐土"的欺骗实质，剧作以一位富商李正泰的悲剧经历形象地揭示出这一点。李正泰为了躲避日寇的烧杀掠抢，从一个小城市迁移到小乡村居住，由于受到日本鬼子的"王道乐土"宣传欺骗，他又重回故里。然而，他遭遇的却是悲惨的命运。这部剧作结构严谨，人物形象个性鲜明，较好地运用舞台效果，运用人物的行动性语言，以尖锐的矛盾冲突加强剧作的戏剧性，舞台演出效果很好，在晋察冀边区受到群众热情欢迎。

丁里（1916～?），山东济南人。曾在上海救亡演剧一队当演员，后到鲁艺任教。1940年到1942年任华北联大文艺工作团团长。1942年调任晋察冀军区抗敌剧社社长。丁里的主要剧作有《两亲家》、《冀东暴动》、《群妖》、《打特务》、《英雄儿女》、《子弟兵与老百姓》等。

《两亲家》以农村日常生活为题材，表现人们司空见惯的生活现象，婆媳关系是家庭矛盾的焦点，而解放区的新生活加剧了这种矛盾。剧本旨在破除封建意识和观念，鼓励青年妇女走出家门，投入到社会生活中，具有一定的启蒙意义。

《冀东暴动》表现开滦煤矿工人的生活。在日本侵略者对中国资源大肆掠夺、对中国矿工残酷摧残的情况下，地下党启发工人的觉悟，与敌人展开英勇的斗争。

《群妖》是一出讽刺喜剧，揭露国民党的反动罪恶。《打特务》是为了配合肃反任务，整肃内部隐藏的变节投敌的特务的剧作。在当时影响很大，曾获鲁迅文艺奖。总的看来，这些剧作都强调社会的宣传功能，重视题材表现，艺术上相对比较粗糙。

《子弟兵与老百姓》创作于1943年，是丁里戏剧创作的代表作。剧情主要是写在日本侵略者的大扫荡中，北岳山区军民共同抗敌，军民结成血肉深情的故事。老百姓为了保护子弟兵伤员，不惜牺牲自己的生命。子弟兵消灭了日寇的据点，为老百姓报仇雪恨，军民同心战胜了敌人，表现了中国人民同仇敌忾的革命精神。全剧以子弟兵和老百姓的血肉深情为线索，以老汉"老妖精"一家的命运为主要情节，着重用三个场面把故事统一起来。第一个场面，描写军民共同抢种抢收，欢快热烈，洋溢着田园气息。第二个场面，表现日寇"扫荡"时，老百姓为保护子弟兵伤员、临危不惧的壮烈情景。第三个场面，写子弟兵星夜赶来，消灭日寇据点，为乡亲们报仇雪恨。

这部剧作在艺术上很有特色，完整的故事和情节结构，表现了抗战期间军民之间的坚实基础和血肉关系。生活化的场景表现了时代的精神。剧情的因果关系合乎逻辑，每场戏都有相对的独立性。语言充满生活气息，细节化的生活语言使作品充实饱满。

胡苏（1915～?），原名谢相箴，浙江镇海县人，1939 年任华北联合大学文艺学院戏剧系教师，1942 年到冀中火线剧社任副社长。他创作的剧目很多，包括《冷谈酒》、《自己的书》、《税》、《三个日本兵的故事》、《父亲和女儿》、《船》、《陈庄战斗》、《母亲》等。其中《母亲》成就最高。《母亲》塑造了一位慈祥可亲而又大义凛然的中国母亲形象，戏剧冲突曲折，母亲形象真实生动，既慈祥又大义凛然，曾经多次公演，受到观众喜爱。剧本也多次再版。

《冷谈酒》是一个反特务题材，剧情是写一个敌寇侦探，以小酒馆掌柜的身份作掩护，从事间谍活动，他施用各种隐秘狡猾的手段刺探情报，但最终被我方识破，暴露了特务身份，束手就擒。

胡苏还写了不少儿童剧，其中《自己的书》描写抗日根据地的少年儿童，拒绝阅读敌伪编发的课本，躲在高粱地里阅读抗日小说课本的故事。独幕剧《父亲和女儿》用喜剧的形式，表现军民关系。

胡可（1921～?），山东益都县人。1938 年进入晋察冀军区军政干校，在军区直属抗敌剧社工作，并开始从事话剧创作。先后创作了秧歌剧、快板剧、话剧等数十部，大多数在舞台上演出过，产生了较大影响。独幕剧《喜相逢》收入 1937～1949 年的《中国新文学大系·戏剧三集》。剧中主人公刘喜是一个新四军战士，他一上场就自报家门，点出这出戏的主题是遵守纪律。刘喜抓了一个国民党的俘虏王相，在他身上搜缴了五万块法币，他没有上交，而是藏在自己的衣服口袋里，但是心里一直不踏实。班长与刘喜的一番对话，让刘喜感到班长对自己的信任，心里越觉得不自在。班上来了个新兵，正是俘虏王相，刘喜与王相相见，心里都有些别扭。最后，刘喜经过激烈的思想斗争，把五万法币还给了王相，维护了军队的纪律。剧情安排入情入理，真实表现了人物的内心矛盾和战争伦理。

胡可影响最大的话剧是写于1944年的三幕剧《戎冠秀》，这是一部表现真人真事的剧作。戎冠秀是"子弟兵的母亲"。剧本以戎冠秀的人生经历为线索，表现了战争条件下中国劳动妇女由传统的贤妻良母成长为革命母亲的过程。

胡丹沸（1913～?），1942年到冀中军区政治部火线剧社创作组工作，经过深入生活和兼职下乡锻炼，执笔创作了独幕话剧《把眼光放远一点》，收入1937～1949年的《中国新文学大系·戏剧二集》，曾获1942年鲁迅艺术奖金委员会奖。

《把眼光放远一点》的背景是1942年"五一大扫荡"后，根据地变为游击区，建立了两面政权的冀中农村。剧本表现一户农民家庭对于抗战态度的前后演变，具有一定的普遍性。故事围绕这个家庭要不要儿子参加八路军的问题展开。老大支持儿子在八路军抗战到底，老二却希望儿子回来过安生日子，老二媳妇给儿子二傻写信要他回来，二傻开小差回来了，不料正碰到日军搜查，差点儿丢了性命。二傻娘才意识到自己目光太短浅，明白了"不打走日本鬼子哪儿也没有安生日子过"的道理。正在这时，老大的儿子大刚也从队伍上跑回来了，想在家里过太平日子。老大说了一番话教育儿子和家人，他说："过太平日子，太平日子在哪儿啦？鬼子三天两头下岗楼，今天抓人明天要东西，这哪儿有太平日子给你过，你不好好地在队伍上抗日，偏要开小差回来！"大刚看到二傻回来后的遭遇，又听到爹的一席话，也明白过来，他劝二傻说："你不把日本鬼子打走，没有安生日子给你过啦！你也不打日本，我也不打日本，全中国都像你，那日本就能打出去啦？你好好的想想吧，把眼光放远点，打走鬼子再回家。"剧作从生活实际出发，没有人为地拔高人物形象，真实表现了农民的心理矛盾，他们渴望过安生日子的理想。这部作品没有像"十七年"文学那样描写光彩照人的人物形象，而是写出了生活真实的一面。在严酷的现实面前，农民只好放弃家庭的正常生活，投入到抗战当中去，他们所付出的牺牲是巨大的。剧本用通俗的语言，以一个最普通的心理"过安生日子"为核心来展开戏剧冲突，既合情理，又容易让观众接受。周扬曾高度赞扬此剧，他说："这是一个好剧本。以它所描写的内容的新鲜和它的艺术力量，以及它的大众性和艺术性的结合程度来说，它在抗敌以来所产生的剧本中，算得是最特殊的，非常优秀的一个。"①

王血波，1943年参加了减租减息工作，他根据工作经验和体会，在1944年创作了话剧《王瑞堂》。剧中主人公王瑞堂是一个狡猾的地主，在形势的逼迫下，他一方面应付抗日干部，表示拥护减租减息政策，另一方面却加紧盘剥农民，明减暗不减，使减租减息政策落空。一些农民被王瑞堂所迷惑，上当受骗。在边区政府和党的引导下，农民逐渐觉悟起来，与王瑞堂展开斗争，使减租减息工作顺利进行。剧本还生动刻画了一些农民形象，如长工五月儿，贫农赵志刚、赵顺、黑成等，都表现得真实可感。这样的题材是在现实斗争中直接面临的问题，具有很强的现实意义。

杜烽（1920～?），河北邯郸人。1938年到晋察冀军区抗敌剧社工作。1942年开始话剧创作，先后创作了独幕儿童剧《党的孩子》，独幕话剧《生产模范一家人》、《保卫咱们的好光景》，多幕剧《人民战士》等。1944年发表话剧《李国瑞》，在当时产生广泛影响。杜烽说他是在毛泽东《在延安文艺座谈会上的讲话》精神的指引下走向话剧创作道路的。他根据自己在连队生活的体验，写出了反映部队生活的五幕喜剧《李国瑞》。

《李国瑞》记叙了八路军战士李国瑞由后进变先进的成长故事。剧作的主题旨在说明人民解放军是一个大熔炉，是教育人和改造人的大集

---

① 周扬：《解放区独幕话剧·序言》，东方书店，1947年。

体。剧本的成功主要在于它的真实性，这是一个以真人真事为基础的故事。剧本创作的原初目的是为了配合部队的整风工作，推动整风运动的发展，但是剧作的形象性和艺术性，使这部作品超出了简单的宣传品的意义，成为一部优秀的话剧作品。曾获晋察冀边区政府奖。

《李国瑞》从现实生活出发，没有概念化地表现人物。八路军战士都是农民出身，他们身上存在着农民和小生产者的某些陋习，诸如自私、狭隘、散漫等，这些在李国瑞身上都有不同程度的表现，他的行为特征就是"大纪律不犯，小错误不断"。这样的一个普通战士形象具有很大的代表性，让人感到真实可信。李国瑞是个老兵，自由散漫，满不在乎。通过整风运动，在党组织的帮助下，李国瑞由后进变成先进。这个人物形象具有很强的典型意义，因此获得成功。李国瑞形象塑造的成功，不仅在于写出了一个性格复杂的人物，而且剧作是放在反扫荡和大生产运动的背景下，放在部队整风运动中，使其具有普遍的教育意义。

剧中的其他人物如老王、李镇山等也都写得真实动人，语言朴素明快、幽默俏皮，具有浓郁的生活气息和喜剧色彩。

1946年10月，《李国瑞》在延安上演，毛泽东观看了演出，演出结束后到后台看望演员时说："你们带来个好戏，谢谢你们。"

随后，杜烽又创作了一部内容和题材与《李国瑞》相似的作品《郭志强》（又名《打通思想》），在当时也产生了一定的影响。

第二节　民族新歌剧

晋察冀边区民族新歌剧的诞生先后经过了许多新形式，诸如歌舞活报剧、秧歌剧、小调剧等，都是边说边唱，边舞边唱，很受老百姓欢迎。活报剧是红军传统戏剧形式，把舞台当成"活动报纸"，宣传和组织民众。在抗战期间，根据时代的要求，剧作人员对这种形式进行改造，使之更加成熟。较早的作品有崔嵬编剧，吕骥、卢肃作曲的《参加八路军》，控诉日本侵略者的罪恶，表现八路军英勇抗战的事迹，鼓动老百姓积极参加八路军。形式通俗，内容与现实紧密联系，很受老百姓欢迎。秧歌剧是中国民间的戏剧形式，在河北流传很早。1940年，丁里创作了秧歌剧《春耕快板》，邢野、陈强创作了《反"扫荡"》等秧歌剧。1944年，胡可创作了《翻身记》，张学新创作了《万年穷翻身》等秧歌剧。

在运用民族民间戏剧形式的同时，剧作人员还尝试借鉴西方歌剧形式进行创作。可见在当时环境封闭的情况下，作家的思想并没有因此而封闭。1941年，丁里编剧，集体作曲创作了两幕歌剧《钢铁与泥土》。剧作讲述的是八路军在反扫荡中留下的几个伤员和几个掉队的文工团演员，一起寻找部队的故事。在他们中间，有的悲观绝望，胆小怕死，在日寇和日伪特务面前跪地求饶，成为一抔泥土。而另一些人，英勇无畏，不怕牺牲，与敌人展开生死反抗，成为钢铁战士。剧作歌颂了民族反抗的崇高精神，鞭笞了贪生怕死的软骨头。歌剧以音乐的形式渲染气氛，制造音响效果，给观众以更加强烈的震撼。

1942年，邵子南编剧、周巍峙作曲创作了大型歌剧《不死的老人》；田野编剧、周巍峙、李劫夫作曲创作了歌剧《八路军与孩子》。歌剧创作如雨后春笋般发展起来，积累了丰富的创作经验，创作水平也在不断提高。

1943年，王血波编剧、王莘作曲创作了小歌剧《纺棉花》。这出剧以边区大生产运动为题材，以一个家庭为代表，以推动大生产运动为宗旨，表现在大生产运动中新旧思想的矛盾和斗争。剧作的歌词通俗易懂，甚至还有教妇女如何纺棉花的歌词，群众易记易背。王血波和田野编剧、王莘作曲创作的大型歌剧《过光景》也产生了很好的演出效果。主人公王好善是一个勤俭持家的老实农民，千百年的封建文化和小农经济的耕作形式，使他养成了保守和自私的性格，他不相信新事物，也不相信集体的力量。他想把光景过好，但在现实面前总是碰壁。经过了事实的教育，王好善终于明白过来，要过上好光景，只有依靠集体的力量。剧作是对农民的一次启蒙教育，使他们明白时代不同了，光景应该怎样过。因为剧作的内容与老百姓息息相关，所以很受农民观众欢迎。

1945年4月，由傅铎编剧，集体作曲的歌剧《王秀鸾》在冀中饶阳县公演，标志着民族新歌剧开始走向成熟。

《王秀鸾》以深县等地劳动模范生产自救的事迹为素材，以农村最常见的婆媳之间的矛盾为核心，讲述了一个富于普遍意义的家庭故事。戏剧冲突围绕婆媳之间的新旧观念展开。媳妇王秀鸾在艰苦的战争条件下，积极响应边区政府的号召，勤奋劳动，努力生产，大力支持抗日前线，成为劳动英雄。在家中，她敬老扶幼、善良忍让，是一个好媳妇。而她的婆婆是一个反面的形象，懒惰、刻薄，把家庭搞得乱七八糟，以封建传统的方式对待媳妇，成为王秀鸾进步的障碍。歌剧最后是大团圆的结局，王秀鸾出席全县劳动英雄大会。歌剧以农村现实为基础，表现了农民的悲欢情感。剧情安排自然，没有大的事件和波澜，只是日常的生活琐事。孙犁称赞这部剧"是一幅完整的农民历史画"。

第十四章　太行区的戏剧创作

太行区是晋冀鲁豫边区的中心地带，尽管这里地僻人稀，群众的文化生活比较单调，戏剧演出却有着广泛的群众基础，因此，抗战戏剧自然而然地成为最受这里群众欢迎的艺术形式之一。太行区地处河北西南部，与河南、山西交界，戏剧形式丰富多样。这里除了一些大剧团的鸿篇巨制外，富于地方色彩的当地小戏创作更加繁荣，如武安落子、山西曲剧等，并以小型剧目为多。太行区的剧作者中虽有赵树理、胡奇这样的戏剧行家，但绝大多数人为边区普通的戏剧工作者，他们来自生活深处，有着丰厚的生活积累和艺术实践，因而写出了许多深受群众喜爱的戏剧作品。

第一节　《万象楼》等戏剧创作

赵树理的《万象楼》完成于 1942 年 5 月，随后在涉县周围的农村进行了演出，剧本迟至 1950 年 3 月才在《工人日报》连载。该剧以1941 年太行山某县为背景，写了当地以何有德为首的旧佛道头子与以吴二为代表的汉奸相勾结，妄图假借佛训煽动群众推翻抗日县政府，八路军及时粉碎了这一阴谋，团结教育了群众。

剧中的"万象楼"是佛道头子何有德坐堂参拜的地方，被教徒们奉为禅堂，同时也是何有德与汉奸吴二阴谋作乱的地方。作者取其为剧名，高度凝聚了剧作内涵，具有较强的象征意义。剧作共分两幕，由"万象楼"开场，何有德万象楼上居中坐，开口的第一段唱腔就简明地交代了人物的本性及其生活经历。曾任旧统税局局长的何有德，当年

"欺上瞒下""把钱抓"，老年回本县后依然横行霸道。如今世道不同了，一想到共产党，何有德心中就又怕又气："从今后再不能凭空讹诈，气得我何有德咬碎钢牙。"恰在此时，在统税局给何有德当过听差的吴二来见。如今的吴二已当上了日军特务"副队长"，今非昔比，何有德诚惶诚恐地接待了他。吴二以县总会长为条件，鼓动何有德借八月十五拜佛之日，率两千弟子攻打抗日县政府，两人一拍即合，达成了肮脏的交易。无恶不作的汉奸、流氓吴二垂涎信徒李积善之到女李月桂的美貌。八月十五阴谋作乱之夜，何有德利用有"守坛护法"之称的李积善的愚忠愚信，将其支开，命其女代父守坛，并谎称吴二是李月桂的丈夫，两人是隔世姻缘。神坛前吴二欲对李月桂强行不轨，被突如其来的枪炮声惊动，何有德、吴二仓皇逃命。前来请命的李积善见到女儿的惨状警醒了，带领群众，配合八路军，跟踪追击，活捉了何有德和吴二……

剧作生动细腻地描写了 1941 年太行山区复杂的革命斗争形势，深刻揭露了反动势力利用意识形态领域的各色反动思想来对抗革命，妄图推翻抗日政府的罪恶行径，真实地反映了在党的积极引导下群众的觉悟过程，塑造出何有德、吴二、李积善等鲜活的人物形象。关于剧中的人物，作家指出："人物的形成是积累的，我写何有德不是根据一个人。我在涉县一个村里碰到一个收核桃仁的掌柜，谈起话来，总有不遇时之感，总感屈了自己的架子。另外，还有我小时敬神老师的形象；有王春说过的场面。何有德上场那段唱，就是说，没有共产党，没有你们这些人，我是大的。何有德和吴二是流氓，什么人也吃。一个是滑溜溜的流氓，一个是铁杆子流氓。如何有德介绍自己身份那段，就是说明他的流氓性质。何有德和吴二原来是上下级，吴二和日本人勾搭上，地位高了，又来勾搭何有德。如他说做洋官，吃洋饭，当了副队长，便把何有德给吹住了。铁杆子流氓，好时嬉皮笑脸，翻脸就不认人。当何有德没答应下来时，他翻脸要去找别人！就是这么个东西！李积善是一般道徒中的小头头，老老实实，受人欺骗。一当他发现被欺骗，报复也是厉害的。我把农民的老老实实的善良性和报复性结合起来。反迷信，最好从内部揭发，现身说法，比八路军揭发说服力更大……"①

剧作在人物性格的塑造中，特别注意了人物的秉性和心理特点，同时写出了与之相称的身份感。何有德在人前处处打着佛祖的幌子，带有极大的欺骗性。例如，在他帮助吴二践踏李月桂时，冠冕堂皇地以佛祖口气告诉李："这本是前生里一宗公案，你二人原来是隔世姻缘。今夜晚在坛前夫妻相见，月下老托吾神来把线牵。"作品对汉奸吴二则直接暴露其流氓本性。他以日军副队长身份对以往上司何有德有了发号施令的权利，同时，毫不掩饰其打麻将牌、吸毒、奸淫妇女的流氓本性，其语言粗俗、直率，大有小人得志之势。"守坛护法"的李积善，其封建愚昧和信仰的执著是相辅相成的，因此，才有了他忠实的信奉和觉醒后的反击，这也是精神生活的逻辑。

《万象楼》以戏剧的形式真实地反映了革命政权建立之后，意识形态领域里纷繁的矛盾和斗争，揭示了这种矛盾和斗争的错综复杂性，对于巩固革命政权以及此后长时期的文化建设不无启迪。剧本的写作极其生活化，历史氛围和人物性格既是艺术的，又是生活的，由此也使得剧中事件和人物行为真实而生动。戏剧结构紧凑集中，剪裁得当，情节发展入情入理，表现出了作者深厚的生活基础和艺术积累。剧作中的唱段较多，行文自然流畅，可以随起随落，承接自如，每一个主要人物和中心事件都有核心唱段，它们都为剧作增添了较浓郁的戏味。

三幕落子腔《王好善翻身》于1945年初由涉县劳动剧团集体创作，孙应南执笔。剧作表现了在根据地减租减息运动中，农民王好善在党和群众的帮助支持下，由不觉悟到觉悟的过程。故事发生在1944年春天。王好善与其二婶合租了地主李德旺的两亩水地，并按照政府法令交了200斤租子。照往年，地主李德旺要收租400斤。这天，李德旺在自家庭院里盘算着，想把这两亩水地从王好善手中夺回来，并逼迫他再交

---

① 赵树理：《运用传统形式写现代戏的几点体会》，见《赵树理文集》（四），工人出版社，1980年。

200 斤租子。李德旺叫来寄宿其家中的侄儿李小丑，借口把这两亩水地给了小丑，让他出面夺地逼租。被夺了地补了租的王好善忍气吞声，一家人面临断粮断肠的厄运。佃户张黑旦得知此事后热心相助，将自家的糠炒面匀给王家度饥荒，同时，动员王好善一起同地主作斗争，落实抗日政府颁布的减租法令，而王好善却顾虑重重。

时至冬日，穷苦农民度日越发艰难，减租运动也进一步深入人心。这天，农会小组长带领大家与地主作斗争，"拿理压住"了地主的嚣张气焰，"这一仗打胜了"。大家兴奋之余，批评王好善只管"在那里站着，连一句也没有吭"，态度暧昧。大家帮助王好善分析了抗战形势，揭露了地主的剥削本质，农会组长带头诉说了被压迫受迫害的经历，使王好善提高了斗争觉悟。在农会组长的带领下，大家共同确定了与地主李德旺斗争的具体方案。

次日，担心减租运动会找上门来的地主李德旺与李小丑商量，夺地逼租一事仍由小丑出面应付。小丑知道自己已被李德旺利用，坚决回绝了。这时，觉悟了的王好善与二婶、张黑旦等群众来到李家，揭露了李德旺无故夺地、违抗法令的反动行为，要求他退地退租、赔偿损失。地主李德旺在人民面前终于低下了头，按照抗日政府的法令妥善处理了与王好善的租赁关系，赔偿了损失。王好善扬眉吐气翻了身。最后，组长对李德旺进行了一番团结教育工作，指出减租是为了打日本，保证军民吃穿，争取抗战的胜利，点出了剧作的主题。

《王好善翻身》是一出较为成熟的落子戏，剧情感人，结构合理、流畅，人物语言生动、活泼，性格塑造也较有分寸感。剧中对地主阶级的剥削本质，对地主李德旺的性格特点，对农民王好善、张黑旦、二婶等的思想觉悟和阶级感情，都有较好的艺术把握。特别是通过对农会组长在减租减息斗争中，认真按照政府的法令行事、讲究斗争策略的描写，使人体味到了党在抗战时期各项政策的正确性，也在一定程度上反映了太行抗日根据地干部较高的领导艺术。

该剧为落子腔，是太行区群众喜闻乐见的一个剧种。落子腔又名武安落子，因发祥于武安县而得名，流行于河北武安、涉县、磁县、临漳及山西东南部、河南北部等地区。武安落子是地方小戏，多表现民间生活故事，以小生、小旦、小丑为主。表演朴实自然，唱念口语化，多用真嗓演唱，操当地方言。因为该剧种具有鲜明的地方特色，因而受到当地广大群众的普遍欢迎。

由涉县河南店的履祥编剧的《范小丑参军》也是一出落子戏，剧本于1945年12月由韬奋书店出版发行。剧作写了涉县河南店青年范小丑在妻子、老母的鼓励下，在抗日政府的帮助下，排除后顾之忧，积极响应党的号召参军打鬼子的故事。全剧分为三幕，文字不长，唱腔较多。在冬学下课回家的路上，拥军组长范小丑想参军，又挂念家中老母幼侄，左右为难。回家来，细心的妻子刘现明发现了小丑情绪低落，范小丑遂将心事倾诉：

> 咱的娘年高迈需我照应，你与咱小侄儿又在年青。今日里我若还离乡背井，老的老小的小（您）怎度光阴？你再说对参军（我）不闻不问，不抗战怎对起自己良心？

范小丑深知在他参军问题上母亲和妻子的态度。一语罢，不成想原本不主张他去参军的妻子今夜也思想开通，鼓励丈夫去参军。听妻子一席话，范小丑坚定了参军的决心。这时，范老太太也闻讯赶来，得知儿子决定去参军，老人家也同样表现出了宽厚的心胸和爱国的热情。她为"年时格冬天参军时候"不叫小丑参军感到后悔。范母眼见了边区政府对军属无微不至的关怀和帮助，并向范小丑控诉了日本鬼子残害小丑大哥范金才的罪恶行径，鼓励范小丑"报兄仇救同胞"做"忠孝儿男"。于是，一家人决定，天一亮就去村公所为小丑报名。

第二天，工作繁忙的村长正在翻阅昨晚各拥军小组的文字汇报，发现唯独没有范小丑小组的汇报。这时，范小丑夫妇来到，郑重为小丑报名参军。村长大喜过望，热情接待他们，并安排召集干部群众大会，欢送范小丑。通讯员老王又打鼓又撞钟，在麻港河广场召集欢送大会。妇救会、工救会、青救会、商联会、武委会、农救会、学生会、儿童团等群众组织，都纷纷向范小丑致敬并赠送礼物，妇救会带头向小丑献花，为他戴上奖章。热情的干部群众一直将范小丑送到了区署门口……

《范小丑参军》全剧人物都是积极向上的正面人物，除了剧目开头为范小丑设置的人物内心冲突外，剧中基本没有外部冲突。因此，该剧强调艺术功能，突出地方戏的艺术特色和语言特色便显得十分重要。范小丑在全剧中的唱念并不很多，在第二、第三幕中所占分量更轻。但是，通过妻子刘现明、范老太太、村长等人物，通过剧中所展现的太行抗日民主根据地的生活环境，主人公的人物性格大大丰富，成为一个丰满、真实的模范青年形象。此外，村长、各群众组织代表、通讯员老王等人物热情向上、幽默诙谐的语言，也为该剧增添了浓郁的喜剧色彩。

该剧的结构和写作方法更多地体现了落子剧种的艺术特色，人物出场多采用"自报家门"的传统方式，剧中矛盾冲突不多，但结构较严谨。依据剧种特点，多处唱念采取了重复手段，以强调节奏和情感，唱词准确、规整，以七言、十言句为主，兼有三、四、五、六言句。剧中唱腔有高腔、挑腔、喊腔、罗腔、哭腔、二板、八板、念板、叫板等较为丰富的板腔变化。艺术上的成功和积极的现实意义使《范小丑参军》成为一出常演的剧目。

落子腔《乔老汉唤子回头》由刘正一编剧，韬奋书店 1945 年 12 月出版发行。该剧写了在抗战即将胜利的历史时刻，农民乔老汉及儿媳、女儿在区干部的引导下，主动做当了敌特队员的儿子乔经林的转化工作，并最终使其弃暗投明，从与人民为敌的道路上回到人民的怀抱。剧本创作于中国人民解放战争即将爆发这一特殊历史背景之下，因此，它在团结教育民众、分化瓦解敌对势力、扩大人民力量等方面都有着积极的意义和影响。

该剧无场次，其内容分为三部分。剧目开场，乔经林家中，妻子乔家嫂想到丈夫乔经林效劳于日本鬼子特务队，精神惆怅，有心叫丈夫回心转意，不知丈夫怎么想，又怕八路军杀汉奸，丈夫落不了好下场。不时，乔小妹兴致勃勃地跑进来向嫂子讲述街头区干部王同志的宣讲内容，告诉嫂子日本鬼子投降的好消息。但是，日本鬼子拒绝向中国共产党缴械投降，为此，中国共产党发动一百万八路军、二百万民兵，一万万解放区老百姓参加人民战争，向日本鬼子发起了大反攻。乔家嫂越听越不安，便叫小妹唤爹爹回来商议。此时，乔老汉正在村头路口看那山前山后、满山遍野向鬼子的老窝进发的八路军和民兵的队伍。乔老汉自然也想到了为鬼子充当汉奸的儿子乔经林，打心眼里怨恨他。这里，编剧通过乔家嫂"想"、乔小妹"听"、乔老汉"看"三个戏剧动作，交代了剧作的历史背景、人物关系、情感冲突和思想倾向。在乔家，乔嫂找来了王同志，把自己一肚子的心事向她言明，请求她帮着出出主意，甚至想到与乔经林离婚。王同志耐心细致地向乔家宣传大好革命形势，痛斥了乔经林投敌当汉奸的罪恶行为，讲述了政府的宽大政策，乔家老小不尽感激。乔老汉连夜到敌人据点去找儿子。

夏日夜，在谷场独自乘凉的乔经林也正在自我盘算着：日本鬼子投降，树倒猢狲散，他乔经林又投靠了蒋介石。他明知"日本鬼蒋介石都打共党，一心要老百姓大大遭殃"，但是，对于他"投日本扶老蒋都是一样，有吃喝能发财混他一场！"乔老汉的到来给了乔经林很大震撼，但是，毕竟蒋介石势力强大，升官发财梦使乔经林还想继续混下去。父子间发生了激烈的交锋，终于在乔老汉义正词严的劝训下，乔经林回心转意，跟着父亲回到家乡，投奔了八路军。

《乔老汉唤子回头》在思想内容方面体现出了积极的革命倾向。剧作用意鲜明，艺术手法简洁，在人物的塑造上并没有过多地铺陈，而是恰当地渲染了不可阻挡的革命形势，并以此作为剧作正义的力量，推动剧情向前发展，改变人物命运。剧作对乔家嫂、乔老汉、乔经林等人的心理冲突有较为准确的把握，不作矫饰和人为拔高，从生活中来，人情入理，使"唤子回头"成为一个真实可信的、有说服力的宣传品。

1947 年 11 月 20 日由涉县文教石印局印刷出版的短剧《劝识字》，写了农民高仁亭夫妇在日常生活中，因为不识字而遇到了许多困难，发生了不少有趣的误会，由此来表现根据地人民积极学习识字、提高文化水平的主题。

老实厚道的农民高仁亭，既不识字，也不会算账，在地主阶级的欺压下愚昧无知地过活。共产党、八路军领导穷苦百姓翻了身，他一家拿到了租地文书。高仁亭琢磨着要把这租地文书"放到个稳当地方"，最后放在了炕毡子底下。一天，高仁亭到集市卖粮，挣了 2500 元钱。他拿着这些新崭崭的"冀南"票（指边区币）满心欢喜。在集上，高仁亭拴好牲口，进了饭店买了个烧饼，心想："半辈子没买过烧饼，这回买了个烧饼吧，又怕人家说浪费，装回去给孩子尝尝新鲜吧，也免得人家看见笑话。"在慌忙之中，卖 50 元一个的烧饼他却付了 500 元钱，店主人要退钱却被他倔了回来。

家中，高妻刘月英为支前给部队做军鞋，从邻家二婶借了张鞋样，从炕毡子下面找了张好纸替了下来。高仁亭粮食卖了好价钱，回到家中把钱和烧饼交给家人，妻子发现高仁亭拿回的 500 元图案像是 50 元，识字的女儿确认钱花错了。一家人商量把钱分开来包好，防备再花错了。妻子刘月英拿出剪鞋样剩下的半张好纸，高仁亭一见大吃一惊，原来妻子将租地文书剪了鞋样。夫妻俩心急气不顺地吵了起来。恰遇互助组长路过，得知事情原委，告诉他们可以拿着碎文书到政府补办，也不必再花费什么钱。饭店主人也主动退还了高仁亭买烧饼多付的 450 元钱。高仁亭一家人由忧变喜。剧作通过这样一个故事，凸显了不识字给人们的生活带来的困扰和麻烦，劝人识字学文化，真正翻身做主人。

《劝识字》虽分为七场，但每场都很短，第二、五、六、七场更像是简短的过场戏。这出小戏紧密配合革命形势，具有一定的宣传教育作用。该剧使用了涉县当地农民的生活口语，情感表达生动、流畅，同时给观众以真实、亲切的艺术感受。剧作的构思具有一定的戏剧性，埋下的伏笔和发生的误会都较有情趣，这正是剧作吸引观众的地方。

第二节　胡　奇

在边区戏剧创作队伍里，许多编剧来自生活和斗争的第一线，这些群众业余作者具有较丰厚的生活积累，经历了长期创作实践的锻炼，艺术素养获得了较大提高，逐渐成长为边区剧坛上的骨干作家，并创作出一批颇有造诣、广有影响的剧作，胡奇就是这样一位从基层成长起来的剧作家。他作为边区剧运中涌现出来的杰出人物，具有相当广泛的代表性，他所走过的革命足迹及创作历程，真实地反映了边区发展的历史。

胡奇出生于 1918 年 11 月 10 日，江苏省南京市人。15 岁当学徒、做店员。1938 年奔赴延安参加革命。1939 年到太行革命根据地工作，先后任八路军宣传员、一二九师先锋剧社演员。在这里，他受到师长刘伯承、政委邓小平和边区著名作家李伯钊、徐懋庸等人的教育与关怀，在革命队伍中迅速成长。1941 年开始戏剧创作，作品有《闷热的晚上》、《清平乡》、《纺花车与枪》、《模范农家》、《金戒指》、《麦登之夜》、《报功单》等。胡奇的剧作注重戏剧冲突，生活气息浓厚，剧场感强，极易收到良好的演出效果。

独幕话剧《纺花车与枪》创作于 1943 年 7 月，随后在太行区广泛演出，剧本于 1946 年 11 月年发表在第一卷第六期的《北方杂志》上。剧作表现了青年民兵铣孩和妻子春枝响应根据地党委关于"劳武结合"、生产自救的号召，夫妻之间开展的团结互助活动。铣孩为了给自己心爱的枪配上一条称心的子弹袋，背着妻子春枝偷偷地攒下了几个钱。这时，积极响应妇女参加生产号召的春枝，也正在为筹钱添置一架纺花车而犯愁。这天，春枝看好了一架新纺车后来找铣孩，无意间发现了铣孩的秘密。春枝理直言巧，铣孩执理坦然，一来二去，小两口儿相互理解了各自的心思，达成了谅解，并最终找到了解决问题的好办法——春枝答应铣孩再"等个一半天"，用纺花车纺线赚下的钱买布给铣孩缝制一个子弹袋，铣孩拿出体己钱给春枝买下了纺花车。同时，小两口约定，要"比赛比赛"，春枝积极参加生产，争当劳动模范，铣孩则要用手中的这支枪打死更多的日本鬼子，再立新功。

《纺花车与枪》的主题是展现敌后抗日根据地朝气蓬勃的生活气象，反映青年一代热爱边区、积极向上的精神风貌。剧作的主要成就是对春枝和铣孩两个主人公性格的突出刻画。他们一个心灵手巧，聪明伶俐；一个勤劳勇敢，朴实厚道。同时，他们又是一对热爱共产党、热爱劳动、热爱家乡的新青年，浑身散发着浓重的边区农村新生活的诱人气息。剧作通过对这两个人物的塑造，充分表现了边区新的家庭和社会风习，观众从中可以深深地感受到抗战时期革命根据地群众的劳动生产和思想觉悟状况，感受其特殊的时代和斗争生活。

剧中还表现了鲜明的反对旧的封建传统的思想，作者在剧中安排了这样一个细节：春枝从抽屉里拿出来一条长布，要为铣孩缝制一个子弹袋。铣孩忙问："这是啥？"他把布翻来覆去地看着，继续问道："我知道这是布，这是哪里来的呀？"春枝这才开口说出："铣孩，我告诉你吧，如今妇女放了脚，就用不着它了。"原来，这是春枝用过的裹脚布。要强的铣孩自然不会同意用裹脚布来做子弹袋。而作者安排这样一个细节显然是另有用意的，即对封建主义陈规陋习进行批判，对新的社会生活进行热情讴歌。

此外，剧作还以鲜活的生活语言和细节表达了提倡男女平等、人民群众翻身当家做主、自觉建设和保卫家园等进步思想。譬如春枝开初向铣孩讨要纺花车时故意说道："有些妇女人家说：'嫁汉，嫁汉，为了吃穿'。你说这话对不对？"铣孩紧接着答道："当然不对啦，如今男女平等，女人吃穿全靠汉子那就是死脑筋，不进步。"当铣孩无奈地说："你怎么一没钱就来找我呢？"春枝却调侃地回答："灯里无油点捻子，媳妇没钱找汉子，我不找你找谁呀。"这些生动的富于生活气息的戏剧语言既增加了戏剧的演出效果，同时也反映了剧中人物新的思想观念。这部剧作演出后在边区产生了强烈反响，并成为一二九师先锋剧团长期的保留剧目。

三幕话剧《模范农家》是胡奇另一部较有影响的剧作，写作于1944年秋天。1944年11月由先锋剧团排练后为太行区战斗英雄和劳动英雄群英大会演出，受到与会者热烈欢迎。随后又在涉县一带多次演出。剧本迟至1947年上半年才在《平原文艺》第三、第四、第五期连载发表，当年由华北新华书店出版单行本。该剧在1946年晋冀鲁豫边区政府教育厅举办的第一次文教作品征集活动中获得多幕戏剧类甲等奖，奖金2万元。

剧作通过太行区一个八口农家由合到分，再由分到合并最终成为模范农家的治家过程，反映了抗日根据地人民在抗日战争的锻炼和现实生活的教育下，依靠民主团结、齐心协力和辛勤劳动，共同创造边区崭新生活的时代风尚。

《模范农家》以三幕的篇幅，详尽地讲述了张乐旺老夫妻与三个儿子、儿媳的一段家庭生活。剧作以1944年初春的一个清晨开篇。第一幕铺陈了许多情节来揭示家庭矛盾，包括"做在人前，歇在人后"的张老汉的家长作风与晚辈之间产生的矛盾，老人的持家之道与儿子的小家利益的矛盾，儿子间的苦乐不均，妯娌间的钩心斗角等等。最后，全家人闹着分家。第二幕设置在当日晚上，气恼的张乐旺老汉找来了在邻村当农会主席的孩子他大舅商量这个家如何分。与此同时，家庭矛盾愈演愈烈。在得知要分家的消息后，家里的白瓷壶不翼而飞，大母鸡被擒走，有人想私下拿走粮食，有人想独占靠村的两亩肥地……大舅在详细了解了这些情况之后，首先为张老汉分析了灾荒之年青黄不接之时分家的不利之处，耐心指出了张老汉的错误；之后，又把一家人召集到一块儿，循循善诱，引导大家说出心里话，开导孩子们认识自己的错误，说合一家人齐心协力度过灾荒年，奔向好的生活光景。

事隔三个月后的第三幕则着重写了张老汉一家的新气象。一家人心往一处想，劲往一处使，勤俭持家，积极生产，不仅为大家庭创造了物质财富，而且由于张老汉改进了治家方法，儿子们的小家也多劳多得，收获了财富和喜悦。到了尾声，秋后的这个普通农家，大儿媳福花当上了全区的劳动英雄，张老汉当上了模范家长，次子荷宝则当上了模范民兵。一家出了"一个英雄两个模范"，群英会上，披红戴花。为此，政府奖励，新华日报记者跟踪采访，拍下了全家福，准备"寄给毛主席"，县长还请他们全家参加会餐。这个八口之家成了令人羡慕、名副其实的模范农家。

《模范农家》的艺术结构相当完整，情节紧凑，尤其是第一、第二幕的矛盾冲突设置巧妙、自然，一波未平一波又起，给人一种不断撞击心扉的艺术感。尾声的高潮部分描写也很充分，勤劳致富和科学治家结出了丰硕的果实，一场大团圆的戏剧结局，给了剧中人物和台下观众普遍满意的答案，观众通过舞台上上演的动人的场面，看到了根据地人民光明和幸福的未来。

这部话剧表面上是表现一个普通的农家生活，家务琐细，事件平凡。但是，作者在剧中潜心安排了大舅这样一个重要人物。身为邻村的农会主席，这位大舅见识广、思想新、作风正，他所代表的党的实事求是、调查研究的工作作风和民主团结的思想作风具有广泛的代表意义，这个人物身上充分体现了边区坚强的政治基础，真实地反映了根据地思想教育工作的巨大力量。这部戏，也暴露了在家庭琐事中所深藏着的各种各样的封建落后思想，他们在以大舅为代表的进步思想的批评教育下，得到了初步的改造和纠正，使剧作的思想主题得到了有益的深化。

《模范农家》对人物性格的塑造也是比较成功的。大舅自不必多说了。既有严重的封建家长作风，又宽厚、慈爱的张老夫妻，在作家的笔下显得有血有肉，真实可信。少言寡语、吃苦耐劳的大儿媳福花，给人带来了一种暖暖的温情。爱慕虚荣但也聪明开通的二儿子荷宝，刁钻、世故的二儿媳凤娥，思想狭隘的大儿子冬宝等人物，也写得性格鲜明，特点突出，他们的言语和活动尽管详略不一，但基本上都写得栩栩如生，给观众留下了较深的印象。

这部三幕话剧是胡奇的代表作，也是边区篇幅最长的一部大型话剧，不仅人物众多，场面比较大，而且作家的艺术把握也比较到位，人物性格鲜明突出，语言生动活泼，富有浓厚的生活气息，显示了剧作家深厚的根据地农村生活积累，这些因素促成了剧作的成功。因此，《模范之家》不仅成为一二九师先锋剧团的保留剧目，而且被边区各地的大小剧团广泛排练演出，在边区内外产生了较大的社会反响，它受到普遍赞誉可谓是名副其实。

独幕话剧《金戒指》写于"1945年10月13日晚解放安阳城的炮声中"，1945年12月由韬奋书店出版发行，是剧作家转战到外地后创作的作品。该剧通过解放战争初期某城的一位普通市民为躲避战争的掠夺，藏匿一只金戒指的故事，讲述了小城百姓对八路军从不了解到了解的过程。

故事发生在太行区的一个小城。这天，八路军在城外攻城，伪军则负隅顽抗。市民赵胡子一家已断粮炊。儿子金根因脚被日军狼狗咬成重伤不能再去车站干活，待在家中。城内烧杀掠抢的伪军刚刚撤走，惊魂未定的穷苦人赵胡子家紧闭的大门悄悄打开，上了年纪的赵胡子要出去为家人买点吃的回来。不巧，他刚一出门就迎头碰上了两个伪军，将他身上借来的300元"联合票"搜走。家境稍好的邻人四奶奶来赵家给金根送药，见赵胡子老俩儿正在相互埋怨，便讲起自己家遭抢劫的事来安慰他们，并庆幸自己早有预料，把一些值钱的东西埋了起来，只剩下粉盒里一只忘记埋藏的金戒指，顺手放在鞋筒里，结果免遭劫难。看着还戴在自己手上的金戒指，四奶奶颇感有些侥幸。

四奶奶离开赵家不久又惊慌失措地返了回来，原来八路军已经进城。对从未与八路军打过交道的小城百姓来说，天下乌鸦一般黑，不相信会有好军队。因听说八路军杀人如割草，穷富都不能活命，四奶奶未见其面就被吓了回来。在赵胡子家里，四奶奶脱去了干净衣服，换上了赵妻的一件又脏又破的衣衫，将白白胖胖的脸上涂抹上了煤烟子，又夺下赵妻的包头布裹在自己油光发亮的头发上……这手上的金戒指又成了心病，放到墙缝里怕房子被烧，含在嘴里怕掉到肚里要了命。慌乱之间，四奶奶碰到了金根的伤脚，她急中生智，把金戒指戴在了金根受伤的脚趾上，再套上一只破鞋，感觉万无一失。

这时，解放军连长来到金根家，告诉他们解放军是人民的军队，不要听信谣言。当连长得知金根脚有重伤时，立即叫来卫生员为其疗伤。四奶奶怕事情暴露，极力阻止，并寻找托词。金根也推说脚臭，躲躲闪闪，不肯脱掉鞋子。终于，在卫生员的再三恳求下，金根推脱不开，脱下鞋子，露出了那只金戒指。惊慌失措的四奶奶急忙跪下，乞求卫生员饶了她。为眼前情形惊异不已的卫生员突然恍然大悟，他从金根脚上取下戒指交给四奶奶，告诉她八路军是人民的队伍，是不会抢百姓的东西的，手上带的东西，还是带在手上吧，只要八路军在，就没人敢抢。四奶奶接过戒指带在手上，与周围人会心一笑，不断地点着头表示赞许……

《金戒指》是一出观赏性较强的戏剧，它紧紧抓住普通百姓对私产的格外关注，以一只金戒指作为贯穿剧情的道具，穿针引线，以小见大，引导人们逐步走近和认识自己的军队，制作出一部生活气息浓厚、风格幽默诙谐、构思缜密的艺术作品。剧中的四奶奶、赵胡子、赵妻、金根都是生活中的人物，他们的经济状况略有不同，但人物性格真实可信，有血有肉。作品通过他们，不仅准确地反映了市民阶层的政治态度和物质生活状况，同时还集中反映了在敌人的占领下广大市民的悲惨境遇，歌颂了为人民打仗、为人民服务的人民军队——八路军。

剧作一方面努力营造攻城守城的战争气氛，描写惨遭战争涂炭的百姓生活；另一方面又以幽默诙谐的喜剧手法缓解紧张，增加内容的张力，将一个小市民气十足的四奶奶和她的一只金戒指有机地写入战争过程，寓人物性格和剧作主题于特定的具体事件中。应该说，这部剧作表现出了较为娴熟的创作技巧，结构、情节、细节的安排都颇用心思，产生了较好的艺术效果。

秧歌剧《报功单》是胡奇解放战争时期的另一部剧作，也是作家转移到外线工作之后创作的作品，最初发表于1947年8月出版的《文艺杂志》第三卷第六期。该剧写了冀鲁豫边区山东前线大捷，有消息传说孟大爷家有人立了大功，区长要亲自前来送报功单。孟大爷的儿子孟二喜、女婿苏贵堂同在前线作战，二人都是非常出色的好青年，立功的到底是哪一个？真让孟大爷难说得准，姑嫂二人似乎都心里有了数，各自夸夫，展开了一场"争夺战"……

剧作开场写了孟大爷的女儿和儿媳同学习、同劳动的亲密感情，和共同盼望丈夫前线立功的迫切愿望。剧作通过她们的口，把孟二喜和苏贵堂两位好青年一个不善言辞、埋头苦干，一个口齿伶俐、能干巧干的不同性格特征生动地反映出来。当孟大爷把赶集听到的他家里有人立功的消息告诉女儿、儿媳时，姑嫂俩就不约而同地想到了她们各自了解和最心爱的人。

"妹"故意俏皮地问爹：咱家那两个人，你说哪一个好？我哥哥好？还是你女婿好？孟大爷爽快地回答：他们两个都好。"嫂"也直截了当地表白自己的心思：十有八九是他。"妹"自然不服。恰巧这时快嘴的二婶来传信，女婿苏贵堂立功。"嫂"将信将疑。这时，村长又来报喜，见孟家人已知喜讯，话未说透就急忙离去了，更加深了误会。二婶再次来到孟家，告诉"嫂"立功的不是苏贵堂而是孟二喜。区长为孟大爷和"嫂"披红戴花，送上报功单。"妹"虽略感失落，但由衷地为哥哥立功欣喜。一家人激动地表示："好好生产，保证前方得胜利。"

《报功单》以明快的节奏、幽默诙谐的语言和严谨的戏剧结构，编写了一个歌颂人民战争、歌颂人民子弟兵的动人故事。剧作没有对战争的正面描写，被颂扬的两位优秀战士也没有出场，它仅仅把剧作限定在孟大爷家人闻信儿后，到区长送报功单这样短暂的时段里，并主要通过孟大爷的女儿、儿媳两个不同侧面来反映孟二喜、苏贵堂二人的性格特征和突出表现，反映解放战争的大好形势，反映了后方对前方的有力支援，写出了前后方通过作战和生产来共同保卫和建设家园的心愿。该剧在编剧手法上显示出一定的艺术功力，人物、事件简洁并紧密联系，人物性格形成强烈的对比，精心设置了多处戏剧悬念，在一个单纯的事件中生发出一波三折的戏剧故事，寓教于乐。《报功单》唱段不多且较为自由，依剧情需要而定。唱念中间有快板形式，反映了当时戏剧创作中一些常用的表现手法。

第三节　歌剧《王克勤班》

六场歌剧《王克勤班》是晋冀鲁豫戏剧创作中影响较大的一部作品。该剧由冀鲁豫军区文艺工作团和第二野战军六纵文艺工作队集体创作，周宗华、张立友、史超、江涛执笔，吴毅作曲。剧本于 1947 年 7 月由冀南书店出版。

《王克勤班》是在英雄王克勤的真实事迹的基础上创作产生的。王克勤，安徽阜阳水围子边人，贫农出身。王克勤原来被迫参加国民党军队，1945 年平汉战役时在邯郸附近加入中国人民解放军，成为河北南部解放区的一位人民战士。他在对敌作战中英勇机智，屡建奇功。1946 年 10 月加入中国共产党，被授予纵队一等杀敌英雄荣誉。他根据自己的作战经验，"创造了技术与勇敢的典范"。《解放日报》曾专门发表文章，提倡"开展王克勤运动"。1947 年 7 月 11 日夜，在鲁西南定陶攻城战中英勇牺牲，时年 26 岁。在王克勤烈士追悼大会上，王克勤所在旅旅长宣读了刘伯承司令员和边区政府的唁电。野战军司令部决定：命名英雄生前所在部队一连一排为"王克勤排",一班为"王克勤班"。定陶县委决定把定陶北门改名为"克勤门",以永久纪念王克勤烈士。王克勤的事迹后来被收入《河北英烈传》。

歌剧《王克勤班》写的是1946年10月王克勤参加龙凤之战前后的冀鲁豫前线。班长王克勤作为全班同志的表率,做耐心细致的思想工作,带领新老战士苦练本领,英勇杀敌,带出了一个英雄的队伍,成为军旅学习的典范。

该剧从迎接新战士的到来开场,王克勤正在带领班上的老战士为新战士准备铺盖、烧洗脚水、包饺子等,忙得不亦乐乎,由此反映了王克勤对同志体贴入微的好作风。同时,交代了副班长作为"解放战士"的身世,表现了人民军队与国民党军队的不同作风。部队立即转移的命令几乎与新战士的到来同时下达,王克勤顾不得吃饭,为战士们分配枪支弹药,让老战士多分担。他动员全班同志自愿组成两个互助组,以老带新,团结互助。夜行军中风雨交加,道路泥泞,放羊娃出身的新兵白志学产生了畏难情绪掉了队,王克勤急忙上前帮他背东西,帮他绑好鞋,把自己来不及吃的晚饭拿给他吃。互助小组长、副班长也在左右帮护他,完成了行军转移任务。

三四天后,同志们在刻苦练兵,白志学因疥疮发痒没去。王克勤给白志学烧水洗疥,小组长给他打饭,可白志学还是想家,想开小差。副班长觉得像这样的兵没法带,王克勤却教育同志们:"没有不能打仗的兵,只要看咱们能带不能带。""在家靠父母,革命靠互助。"王克勤有意安排与白志学一起长大、一起参军的杜双建找白志学谈心,引导他放下思想包袱,积极疗病,及早投入练兵。白志学深为班长的行为所感动,病好后就参加了练兵。在老同志的热心帮助下,白志学很快掌握了军事技能。他从同志们那里知道了班长的痛苦经历:王克勤出身贫寒,被国民党军队抓去当壮丁,挨打受气。到了革命队伍,王克勤为人民打仗,"真是把一身本事,全交给革命啦!"他对待战友"像亲兄弟一样",

在战场上杀敌立功，成为"杀敌英雄"。白志学从班长王克勤身上看到了一个革命军人的高贵品质，坚定了杀敌立功的信心。

接到上级命令，部队要出发去打仗。王克勤召集全班开会，提出"要打胜仗，还要牺牲挂彩少"的作战要求，为此，重组了战斗互助小组，"组长要有战斗经验，能照顾大家的"来承担。经过自由选举，赵清年和杜双建当选。班长、副班长各领一个小组召开讨论会，在制定了具体的互助方法后整装出发。在炮火硝烟的战场上，王克勤依据自己的作战经验，指挥战友英勇作战。新战士在他的带领下，挖工事，帮助群众转移，战友们紧密配合，越战越勇，直至战斗的最后胜利。

王克勤英勇善战、足智多谋的战斗事迹很快在全军传播开来，部队中新老战士紧密团结，互帮互助，提高技术，提高战斗力，争做杀敌英雄和互助英雄。王克勤所在班也成为全军学习的榜样，《解放日报》特别发表社论《开展王克勤运动》，号召"整个八路军学习王克勤"。

由于歌剧《王克勤班》创作上的成功，在当时引起了轰动效应，1947年5月24日，《人民日报》曾专门就这部歌剧发表了署名文章——《介绍歌剧〈王克勤班〉》和《〈王克勤班〉这类歌剧值得提倡》，文章指出："如果说王克勤运动是标志着人民军队的军政工作深入到部队的最基层——班，那么反映王克勤运动的歌剧《王克勤班》就起了对部队普遍的教育作用；如果说王克勤是互助友爱，勇敢与技术结合，善于带领新战士作战等的典型，那么反映王克勤典型的歌剧《王克勤班》就对部队在各种方面工作——从接受新战士、行军、练兵、作战，教育新兵以技术和带领新战士，各种情况下的互助，解决战士思想与生活上的问题，拥爱工作以至总结战斗，选举英雄等——有着广泛的教育意义。""正因为如此，许多连队和班排看过了《王克勤班》之后，都进行讨论，所有这样的讨论都是和自己的实际生活密切结合起来的。"在分析歌剧《王克勤班》为什么值得提倡的问题时，文章指出："第一，这种歌剧是在为兵服务的精神贯注下而创作的。第二，它的内容合乎目前爱国自卫战争的需要, 在教育部队团结互助提高作战能力的要求上, 在开展王克勤运动的推动作用上, 都直接成为政治工作的有力的助手。第三, 就以形式来说, 它也有创造的意义。部队是喜欢歌剧的, 但要用目前流行的秧歌剧的形式来表演部队活动, 显然又不适当, 一种新式的歌剧必须创造出来以适应于部队的要求。《王克勤班》虽然不能说是一个典型的部队歌剧, 但它却成了部队歌剧的一个雏形。"

由于有着杀敌英雄王克勤真人真事作基础, 歌剧《王克勤班》在人物塑造上显得血肉丰满、生动鲜活, 并由此产生了一个较为复杂、厚实的艺术结构。可以说, 该剧主题鲜明, 情节真实, 事件丰富, 细节感人, 尤其是对主人公王克勤英雄形象的着意刻画多有妙处。剧中, 王克勤的形象是十分突出的, 不仅充分展现了革命英雄主义的阳刚之气, 同时, 他细腻、耐心的个性特征也展现了阴柔之美, 比较全面地反映了革命战士的可贵品质。他对革命的忠诚、对新老战士的热爱、对敌人的仇恨, 巧妙的思想工作方法, 熟练的杀敌本领, 是随着剧情的发展逐步展现出来的, 并且编排得十分自然、流畅。

副班长、白志学、赵清年、杜双建等人物也给人留下了深刻印象。副班长头脑简单, 性情急躁, 身上留有国民党军队的坏作风, 这些特征恰恰从一个侧面烘托了王克勤的形象。新兵白志学在剧中是用以展现王克勤工作方法的主要对象, 这个人物的塑造不仅丰富了剧目的人物关系, 还以他较典型的行为和思想转变过程, 为王克勤生动有效的工作方法提供了一个真实而动人的范例。同样是新兵的赵清年、杜双建, 由于刻苦练兵, 思想向上, 分别被推选为互助组组长, 他们以身作则, 与同志互助互爱, 在战场上英勇顽强, 这些可贵品质又是对王克勤精神的歌唱和弘扬。为了使二者有所区别, 剧作有意赋予赵清年一个幽默风趣的性格, 好似电影《小兵张嘎》中的"快板刘", 在剧中多处以数快板的形式表达自己的态度, 调节舞台气氛, 推进剧情发展。

《王克勤班》全剧共编写了 20 段曲子, 其中的 18 段歌曲分为合唱、齐唱、独唱三种。演唱以合唱、齐唱为主，情绪热烈、坚定、亲切、激昂，歌词简练、通俗，内容积极向上，表现了人民军队团结战斗、勇往直前的集体风貌。剧作还分别为王克勤、白志学等人设计了多个唱段，用以表现人物的内心独白。这些独唱都比较准确地反映了人物的思想状况，且真实、细腻，风格和谐，紧紧围绕剧情发展塑造人物，产生了很好的艺术效果。

歌剧《王克勤班》的创作和演出，在晋冀鲁豫边区广大解放军指战员中产生了热烈反响，边区文艺界也受到极大的鼓舞，1947年四五月间北方大学艺术学院开展的一次创作运动中，就出现了鼓词、歌词、歌曲等三种以王克勤为题材的文艺创作。1947年5月20日，晋冀鲁豫边区文联还特地对在前方演出时受到热烈欢迎的歌剧《王克勤班》奖励一万元，并去信向文工团表示了真诚的敬意。该剧还在晋冀鲁豫边区政府教育厅第一次文教作品评奖中荣获得多幕戏剧甲等奖，获得奖金两万元。

第十五章 工人生活题材的剧作

在河北南部解放区，随着人民解放战争胜利前进的步伐，一些中等城市陆续回到人民的怀抱。于是，在河北南部解放区文学领域，人民的城市文艺便应运而生。而作为新生的城市文艺，其主要艺术形式依然为旧有的、为市民群众所普遍欢迎的戏剧。在这些戏剧创作中，一批反映石家庄工人生活题材的剧作显得较为突出，代表了这一时期边区城市文艺创作的最初成果，其主要代表有《红旗歌》、《不是蝉》、《砂轮》和《缓期结婚》等。

随着解放战争的节节胜利，我党逐步实现了工作重心由乡村向城市的战略性转移，以城市工人生活为题材的优秀剧作不断涌现。在河北南部解放区文学中，工人题材的剧作曾产生过广泛的影响，其中话剧《红旗歌》被称为"第一个描写工人生产的剧本"[①]，是这一时期工人题材剧作的典型代表。

第一节 话剧《红旗歌》

《红旗歌》由刘沧浪、鲁煤、陈怀皑、陈淼、辛大明、刘木铎集体创作，鲁煤执笔。1949年3月7日的《石家庄日报》第五版刊登了鲁煤、陈淼、辛大明的文章《〈红旗歌〉的写出》。文章以热情、朴实、诚挚的语言，记述了他们一年来在石家庄大兴纱厂参与工会工作及生产劳动，"亲身体会到全厂职工们在工作与思想上飞速的进步，特别是自发动生产竞赛以来，工人们劳动热忱的提高，与普遍建立的新的劳动态

---

① 周扬：《论〈红旗歌〉》，见《周扬文集》（二），人民文学出版社，1984年，第19页。

度；职员和工人打成一片，相信与依靠工人，树立了新的民主管理的工作作风"。文章说："许多活生生的事实，教育了我们，感动了我们，于是才促使我们写出以生产竞赛争夺红旗与怎样在民主管理方法上，建立了新的劳动态度为主题的《红旗歌》。"在创作过程中，"女工们来给我们谈她们自己，或她们那个竞赛组在竞赛中，如何争红旗的事实"；厂长、总支部长、管理员"帮助我们分析和研究问题，使我们在政策、思想、民主管理等问题上，有了更明确的认识，他们都要求在创作中能更全貌地看到他们工作中所创造的，新生的各方面……于是在他们的帮助与鼓舞下而大胆地写了"。周扬同志看了《红旗歌》"粗具规模的草稿"，并作了指示，鼓励剧组大胆创作。"有艺术修养与舞台经验的导演团陈怀皑、刘沧浪、刘木铎，艺术股长张德发等同志，在如何能更富于戏剧性、合于舞台表演等艺术问题上提供了许多具体的修改意见，这样帮助我们，从头至尾加以整顿与修改，而成了现在的《红旗歌》。"《石家庄日报》在发表这篇创作谈的同时，还发表了未署名文章《介绍〈红旗歌〉》，对该剧作了高度评价。

四幕话剧《红旗歌》是一部以解放后不久的石家庄大兴纱厂为生活原型，反映工人生产、工厂民主管理的优秀剧作。该剧准确地抓住了新旧两个社会中，工人的劳动与管理之间矛盾的不同性质，深刻揭示了工人的内心世界及由社会发展所引起的深刻变化。这在当时所能起到的教育作用是极其广泛而深入的。它有效地树立了工人群众在新的社会主义制度下自己当家做主的主人翁信念，坚定了他们不断改造自我、向一切旧的观念和作风宣战的决心，鼓起了他们积极创造，建设好自己的厂子、建设好自己的国家的冲天干劲。

正如作者所介绍的，《红旗歌》是以反映生产劳动竞赛为基本事件的作品，具体时间选在石家庄解放半年后。可以想见，解放后工人群众中迸发出极大的劳动热情和自主精神；同时，在推翻国民党统治之后，共产党领导下的新的民主管理制度还没有真正建立起来，劳动组织和劳动秩序尚处在过渡阶段，特别是从旧社会而来的活的因素——部分劳动者的思想和行为的转变，是极为艰巨的任务。为此，《红旗歌》着力塑造了马芬姐、金芳、大梅、彭刚、万国英等不同类型的人物形象。

剧中的主要人物马芬姐，是一个从旧社会过来的看车女工。她有着"一个被旧世界的剥削、压榨、凌辱所扭曲了的性格，一个痛苦、孤僻、倔强，甚至有些无赖的性格。在不觉悟时，她破坏、捣蛋、仇恨而反抗；觉悟之后，则奋勇生产、深刻地谴责自己，成了一个杰出的积极分子"。马芬姐是贯穿全剧的重要人物，她所代表的落后情绪、消极怠工与大梅所代表的积极劳动、创优争先成为戏剧冲突的主线。剧作在解决矛盾的过程中，在充分展现大梅的人物个性的同时，还塑造了共产党员、管理员彭刚，生产组长、职工分会主任老刘，共产党员、落纱女工金芳等先进人物形象。在他们的共同帮助下，马芬姐获得了转变。大梅、美兰、仙妮、月香等，也在矛盾斗争中不断成长、成熟。

剧作在表现旧的管理方式与民主管理作风间的矛盾时，深刻地揭示了社会矛盾的根源。剧作主要以助理员万国英与马芬姐之间的冲突来表现这条复线。而解决这一矛盾冲突、帮助他们一道进步的过程，仍是以彭刚、老刘、金芳等所代表的先进力量与之斗争、团结的过程，由此较好地表现了党在解放初期对工业生产的积极领导和重要影响。

《红旗歌》在情节结构安排、人物性格塑造和语言锤炼方面都较为成功。它的情节繁复，语言细腻，细节生活化，人物性格复杂，没有直奔主题作简单化处理。在落后人物的转变过程中，较充分地体现了人性的自然和社会深层因素的真实。这是《红旗歌》在广大观众中产生震撼的重要原因。

戏剧情节的生动感人是打动观众的直接因素，也是主题思想、人物性格得以展现的关键。马芬姐和万国英两个人物都是真实的，他们身上所反映出的思想有它的社会根源，具有一定的典型性。马芬姐在解放前受剥削、欺压，曾两次被该厂开除，其心理和性格被扭曲。解放后，她不参加党组织领导的学习，认识跟不上社会的发展变化。该剧的第一幕，集中交代了戏剧矛盾的两条主线。马芬姐敌视工友，反对开展劳动竞赛活动，认为别人都是"瞎积极"，与厂里的关系仍是给钱干活。因此，她在情绪上与以大梅为代表的生产积极分子严重抵触，反以为是工友们成心和自己过不去，拿自己不当人看。她消极怠工，还带着小美姑一起给别组扔白花，给他人栽赃。旧工厂留用的技术人员、助理员万国英工作认真负责，习惯于用旧的管理方法严苛管理，对尚未成型的民主管理制度缺乏信心。因此，在出现问题时他总是表现出急躁、怀疑和不满情绪，处理问题武断。在白花问题上，他断定是金芳干的，使金芳受了委屈，导致矛盾复杂化，同时在争执中与马芬姐形成矛盾。

第二幕，由于助理员万国英的错误判断，矛盾不仅没有得到解决，反而进一步尖锐化。管理员彭刚经过认真调查，弄清了事实真相。万国英气愤至极，痛斥马芬姐，马弃厂而去，万也不干了，矛盾进一步激化。第三幕，马芬姐以为厂里一定会开除自己，迫于生活压力想重找工作，又为自己因固执轻率丢掉工作而懊悔。这时，金芳、大梅、管理员和众工友来到马家，耐心劝说马认识错误，重返工厂。马终于被感动了……第四幕，转变后的马芬姐积极劳动，终于与小组姐妹们一起夺得了红旗。万国英通过马的肺腑之言，增进了对马的理解和对自身错误的认识。全厂上下团结协作，"胜利地开始第二阶段竞赛"。

该剧塑造的彭刚也是一个成功的人物。他"性格认真而不呆板"，工作方法积极、多样，善于调查研究和做耐心细致的思想工作，是一个优秀的党员干部形象。在新中国成立初期，特别是党的工作重点刚刚由农村转移到城市、由武装斗争转向经济建设，彭刚的形象更具有现实意义，更为难能可贵。大梅在剧中表现出的爽直、倔强、思想方法简单的个性，也可看做是解放初期一部分要求进步的群众对民主管理和对落后思想斗争的简单理解，由简单到复杂、由浅表而深刻，也正是广大群众觉悟和进步的路径。金芳、美兰、仙妮、月香、小美姑、"娘"等角色都有各自的光彩，在此不予展开叙述。

《红旗歌》作为"第一个描写工人生产的剧本"首演于1949年7月召开的全国第一次文代会。此后，《红旗歌》在北京、上海、南京、重庆、兰州等城市陆续演出，受到广大观众的热烈欢迎。周扬的《论〈红旗歌〉》中说，《红旗歌》"在上海已连演一百四十八场"后继续上演，"在南京的演出也突破了从来该地话剧卖座的纪录"①。鲁煤也曾在他撰写的《〈红旗歌〉前言》中介绍了该剧演出所引起的强烈反响，指出，"仅上海一地在《红旗歌》上演时发表在报纸上的文章就有五百篇之多"，由此可见该剧社会影响的广泛性。

第二节　话剧《不是蝉》

话剧《不是蝉》是新中国成立初期另一部具有较大影响的工人题材剧作，作者魏连珍是河北获鹿县降北村人，1919年1月出生。读过小学，15岁到石门学徒。20岁到石家庄检车段当车役，后为车工。曾于1947年参加家乡土改，被推选为农会主任。1949年当选为石家庄市人民代表。他在这一时期创作了《解放乐》、《归来》、《不是蝉》、《不是梦》等剧本。

作为一位工人剧作家，魏连珍的艺术创作经历了一个极为困苦的过程。他在回乡参加土改的日子里，写了他的第一个剧本《解放乐》。"没钱买纸，他就到处收集碎纸破片，甚至一张包烟的小白纸，也要很宝贵的塞在口袋里当稿纸用。在小学读过的课本上也写满了。由于他的文化低，便想尽了办法用音同字不同的字来代替他不会写的字，如没有其他音可替代，他就凭想象来记外形……"②魏连珍家乡农民和他所在的石家庄铁路检车段工人业余剧团都曾演出《解放乐》。魏连珍的第二部剧

① 周扬：《论〈红旗歌〉》，见《周扬文集》（二），人民文学出版社，1984年，第19页。
② 邹琏：《介绍魏连珍和他的创作》，《河北日报》，1949年12月2日。

作六幕话剧《归来》（写作于1948年）是一部反映工人生活的作品，曾由石家庄铁路检车段工人业余剧团排演。该剧"演出20多场，受到热烈欢迎"①。1949年5月魏连珍创作了他的第三部也是最有影响的一部剧作——《不是蝉》。

1949年8月1日，建团不久的石家庄市委文工团排演了《不是蝉》，石家庄铁路检车段工人业余剧团在1949年"十月革命节，也演出了该剧，引起了工人们和当地文艺工作者普遍的注意与欢迎。以后，《不是蝉》又在河北省文代会和太原等地演出，也获得了很多好评。1950年5月开始，《不是蝉》由石家庄市委文工团在北京演出数十场，在社会上引起很大反响。铁道部将该团改编为'铁路文工团'沿铁路线进行演出，直至上海市，连续两个多月才返回石市"②。该剧在石家庄、太原等地演出后还举行了座谈会，当地报纸上也发表了一些关于这个剧本的创作与演出的文章，有的还提出了"向魏连珍学习"的口号。③ 远千里同志在他的文章《回忆看〈不是蝉〉》一文中谈道："《不是蝉》在全省文代会上演出的时候，真是发出了鲜艳的光彩！它兴奋了所有的观众，当剧终闭幕以后，观众们欢呼着要求介绍剧作者、演员和全体舞台工作人员与大家见面……"④ 以上记载，部分地反映了《不是蝉》的演出盛况及其影响。1950年《不是蝉》获河北省首届文艺作品评奖甲等奖。该剧的剧本最初于1950年1月24日、25日、27日、30日、31日由《河北日报》副刊连载，随后由上海新华书店华东分店出版单行本。

话剧《不是蝉》引起强烈反响的一个重要原因，就在于这是一部"工写工"的戏，它由工人业余作者和业余剧团"自编、自导、自演"。

---

① 晋察冀革命文化史料征集协作组编：《晋察冀革命文化艺术大事记》，花山文艺出版社，1998年，第245页。

② 晋察冀革命文化史料征集协作组编：《晋察冀革命文化艺术大事记》，花山文艺出版社，1998年，第274页。

③ 达之：《介绍〈不是蝉〉及其作者》，《文艺报》1950年，第一卷第十二期。

④ 远千里：《回忆看〈不是蝉〉》，《河北日报》，1950年2月4日。

"《不是蝉》的生动具体的材料，都是从检车段实际生活中得来的。"魏连珍的创作遵守"一面写一面排一面改"的原则，他曾说："一个人的脑子是有限的，多多吸收大家的意见就会更完善了。"①

剧作描述了一段铁路工人的工作和生活。作者采用象征、比喻、对比等艺术手法，生动鲜活地反映了1949年五六月间劳动竞赛活动中，铁路工人积极奉献和团结互助的创业精神。解放初的石家庄铁路车站，被国民党军破坏得很严重，工作条件极差。工人的劳动觉悟也参差不齐。作者从生活中挖掘素材，将优秀老工人白师傅搬上了舞台，并集中了工人身上的一些落后思想和行为，塑造了落后工人"马唧了"（俗语中的"蝉"）马顺保的形象。剧作始终以白师傅和马顺保的行为为主线，在鲜明的对比中，教育和改造落后。

剧作以炎热的夏天开场，以一位工人捉蝉为契机，巧妙地交代了"蝉"与"马唧了"、马顺保的借代关系，表明剧作的寓意，点明主题。剧作还通过马顺保在向卖烟老头买烟时所表现出的顽劣和与游手好闲之徒的密切往来，揭示了马顺保的品行。在劳动竞赛中，马顺保所在的检车段，白师傅带领工友们正在为抢修十辆大破车加班加点，而马顺保却不伸手。他自有一套理论："我才不听那一套哩，劳动英雄也当不了饭吃呀！""我为谁呀！谁为我呀！反正是谁多干活谁多费劲，我这个脑袋就是转不过弯来。""不到点干活，真是贱骨头……""他们来，是他们有这个瘾，八路军的手腕我算知道，反正是累死人了不偿命。当英雄，当狗熊吧！模范、麻烦、劳模、妖魔，我先休息一会再说。"工友张志斌气愤地打了马。马谎称被张打伤，借机休息，故意用炉火烧坏了张的胶皮鞋。马顺保装病在家，招来赌友朱杨二人赌博，结果输掉了自行车，欠了债，马妻气愤之下回了娘家。白师傅到家里看望马，耐心引导，并背着马为张买了一双新胶皮鞋。作者进一步运用寓言故事教育马，以"光唱不干"的蝉和"光干不唱"辛勤劳动的蚯蚓寓意，激励马

_____

① 张璞、贺昭：《魏连珍和石家庄检车段业余剧团》，《河北日报》，1949年12月12日。

顺保"拿出无产阶级的作风，工人阶级的力量，来为我们的新民主主义国家经济建设而奋斗"。工人曹玉岭把自己受日本帝国主义和国民党反动派欺压的亲身经历讲给马顺保，白师傅随时随地对马进行教育、引导。马的思想终于发生了转变。检车段接到新任务，为支援平汉铁路建设装修144辆底边车。白师傅发愁缺五分螺丝完不成任务。马顺保想起了日伪时期自己丢弃在乱铁堆里的七八麻袋五分螺丝，与妻子、工友张志斌一起连夜捡了回来。次日晨，激动、兴奋的白师傅和马顺保与工友们一起开始了装修底边车的劳动竞赛……

《不是蝉》的成功不仅在于它的积极的思想意义，更得益于作者熟悉生活中这样的事件和人物，字里行间透露出作者的艺术表现力和诗意的追求。《不是蝉》的创作演出对于一位工人剧作家来说，的确是一个了不起的成功。

第三节　其他剧作

三幕话剧《砂轮》由郭原画、乔蓝编剧，发表于1949年7月14日的《石家庄日报》。该剧写了石家庄铁路工厂制炉所管子班工人，在解放一年后的1949年5月劳动竞赛中，忘我劳动的热情空前高涨，但劳动工具落后、耗费资金、拖延工时，影响了劳动进度。管子班老工人王有能带领全班工友，开动脑筋想办法，终于以创造性的劳动，在改进工具的同时，大大地提高了劳动效率，成为全厂工人学习的模范。

剧作从管子班使用的落后的劳动工具"砂轮"写起。管子班工人在每日下班后，"加义务点"，在砂轮上打磨管子接口。即使这样，他们仍感到砂轮因磨损报废太快，购买新砂轮成本高，影响工作效率。这天，管子班工人又像往日一样下班后加班。制炉所主任来到工作间，关切地催大家回家休息。老工人王有能、姚金成向主任提出了砂轮的问题，建议大家一起讨论讨论解决问题的办法。这个提议并没有立即得到工友们的支持，特别是切管子的老工人李得昆、电机工陈秀全最为反对，理由是竞赛期间活很紧，各车间流水作业，研究新问题会影响出活儿；再者，多少年来一直是这样干的，要搞技术创新，谈何容易？还不如抓紧时间，老老实实地干下去。最后，大家同意在每天下班后抽出两个小时来研究改进劳动工具的问题。

五天后，王有能真的拿出了一个"不用砂轮"的革新方案，但在实际操作中失败了，"管子口砸坏了，冲子也崩了"，使得一些人对革新工具再次产生怀疑。主任来车间，恰好撞到了这一幕。他热情鼓励大家团结互助、继续努力，为解决这个生产难题允许工友在"上班时间研究"，并用装修所成功改造蒸汽机大大提高劳动效率的实例鼓舞大家。一直在一旁沉思不语的王有能猛然醒悟了，他认定尺寸和图样都没有问题，问题时"沾火不大合适"。工友们散去后，王有能又重新打造了一个冲子。

次日晨一开工，王有能便再次进行实验，并取得了成功。王有能兴奋地把不用砂轮的新工具拿给工友们看："这是边的冲子、甩子、胎，小管子使冲子抹边，大烟管使甩子，底下垫上胎，管子口一抹边就小了；两头一对焊起来，焊的地方刚好跟管子一抹平，就不用磨了。"管子班工人大胆创新、改造工具的举动受到全所上下的赞扬，所里特为他们拍照、写通讯稿送往报馆，表彰他们的劳动首创精神。

剧作在表现王有能的发明创造精神时显得不温不火、恰到好处，这个人物既有技术又有理想，他勤于动脑、发奋工作的动力正如他自己所说："在共产党民主政府的领导下，咱节省原料还不仅是为了咱自己——工厂是咱工人阶级的嘛！"剧中的主任也是一个可亲可敬的人物，在他身上表现出了热爱工厂、体贴工人、鼓励先进、鞭策落后的思想作风和工作作风，是工厂的合格管理者、工人的贴心人。《砂轮》得到广大工人的喜爱，是由于它热情歌颂了当家做主的工人阶级的主人翁精神，歌颂了工人中所蕴藏着的无穷的智慧和力量。正是这些进步思想的传播，在解放不久的石家庄市工人群众中产生了积极的影响，有力地提高了生产效率。

独幕剧《缓期结婚》也是一部工人题材的剧目，同样写了1949年石家庄市工人"红五月劳动竞赛"中发生的故事。男主人公李兢新是某铁路机厂电焊匠，人称"快手李"；女主人公张培耘是某纱厂女工，二人都是劳动模范。他们原定五月结婚，但是，"红五月"劳动竞赛工作任务繁重，为再夺模范，二人商定，待劳动竞赛结束后再择日完婚。某日下午，李兢新又在"加义务点"，争取在夜班上班前将一批烟管焊好。这时，李母来到工地，劝说儿子"明天"结婚，说她已专门为此找人占卜过，"这几个月就'明天'日子好"，是"黄道吉日，五龙抬头"的日子。李兢新知道结婚就需要请两三天假，就要耽误工期，不同意"明天"结婚。李母见自己说服不了儿子，便谎称这是培耘的意思，并假传培耘妈的话："要结就明天结，明天要是不结就退了算了。"这可真让兢新为了难。这时，培耘也来到工地，因误会与兢新互相埋怨起来。为婚事担心着的张母也来到了工地。原来，兢新、培耘都意在竞赛，欲推迟婚期，这事是李母与张母为儿女早日成婚商定的"圈套"。事情弄明白了，兢新、培耘互相理解，互相激励，要在这次竞赛中再争模范。在两位母亲的关爱下，他们的婚期定在竞赛结束后的头一天——七月一日，党的生日这天。兢新继续投入劳动，"绚烂耀眼的火花又闪射起来！"

《缓期结婚》热情歌颂了青年工人热爱生活、热爱劳动，以及他们在社会生活中的模范带头作用，从一个侧面生动地反映了新中国成立初期的城市产业工人的精神风貌，反映了他们热爱祖国、建设新中国的思想感情，丰富了工人题材的戏剧创作。剧作的艺术构思颇有独到之处，特别是兢新和培耘间发生误会的一段戏，写得比较巧妙。从李母布下"圈套"，兢新、培耘产生误会，到解除误会的过程，环环相扣，特别是在李母、张母同时在场的情况下，埋下伏笔，设下套子，再将其层层剥离开来，到最后解决矛盾，这种现场性无论是在写作上还是在舞台表演上都有一定的难度，体现了剧作者较高的水平。

参 考 文 献

C

陈思和. 2003. 中国现当代文学名篇十五讲. 北京：北京大学出版社

程光炜. 2000. 中国现代文学史. 北京：中国人民大学出版社

D

董大中. 1994. 赵树理年谱（增订本）. 太原：北岳文艺出版社

F

范伯群，孔庆东. 2003. 通俗文学十五讲. 北京：北京大学出版社

方乐庄. 2000. 河北通史·清朝下卷. 石家庄：河北人民出版社

冯至. 1999. 冯至全集. 石家庄：河北教育出版社

G

葛一虹. 1990. 中国话剧通史. 北京：文化艺术出版社

顾随. 2000. 顾随全集. 石家庄：河北教育出版社

H

河北省社会科学院地方史编写组. 1990. 河北简史. 石家庄：河北人民出版社

胡沙. 1982. 评剧简史. 北京：中国戏剧出版社

胡适. 1924. 胡适文存. 上海：上海亚东图书馆

J

纪弦. 1935. 行过之生命. 北平：未名书屋

冀南革命斗争史编审委员会. 1996. 冀南革命斗争史. 北京：中央编译出版社

贾植芳，俞元桂. 1993. 中国现代文学总书目. 福州：福建教育出版社

焦菊隐. 1930. 夜哭. 上海：北新书局

晋冀鲁豫边区革命文化史料征集协作组. 1999. 晋冀鲁豫边区文艺史. 济南：山东文化
音像出版社

K

康保成. 1991. 中国近代戏剧形式论. 桂林：漓江出版社

L

蓝棣之. 2002. 现代诗的情感与形式. 北京：人民文学出版社

老向. 1936. 黄土泥. 上海：上海人间书屋

李大钊. 1984. 李大钊文集. 北京：人民出版社

李济东. 1990. 晏阳初与定县平民教育. 石家庄：河北教育出版社

梁茂春. 1985. 张寒晖传. 西安：陕西人民出版社

梁启超. 1996. 清代学术概论. 北京：东方出版社

林志钧. 1936. 饮冰室合集. 上海：中华书局

刘艺亭，宋光复. 1989. 冀南文学作品选. 石家庄：河北教育出版社

刘增杰. 1988. 中国解放区文学史. 开封：河南大学出版社

柳风. 1938. 烟盒. 北平：海音书局

陆耀东. 2005. 中国新诗史. 第1卷. 武汉：长江文艺出版社

绿波社丛书. 1923. 春云. 天津：新教育书社

M

马龙文，毛达志. 1982. 河北梆子简史. 北京：中国戏剧出版社

N

牛仰山，孙鸿霓. 1990. 严复研究资料. 福州：海峡文艺出版社

Q

齐如山. 1979. 齐如山全集. 台北：台北联经出版事业公司

齐如山. 1989. 齐如山回忆录. 北京：北京宝文堂书店

齐武. 1995. 晋冀鲁豫边区史. 北京：当代中国出版社

R

任访秋. 1988. 中国近代文学史. 下编. 开封：河南大学出版社

S

沈从文. 1984. 沈从文文集. 第11卷. 广州：花城出版社

舒新城. 1933. 近代中国教育史料. 上海：中华书局

宋时. 1981. 宋之的研究资料. 北京：解放军文艺出版社

宋之的. 1986. 宋之的剧作全集. 北京：中国戏剧出版社

苏迟. 1999. 李叔同传. 北京：团结出版社

孙犁. 2004. 孙犁全集. 北京：人民文学出版社

T

唐弢. 1995. 唐弢文集. 第5卷. 北京：社会科学文献出版社

W

王剑青，冯健男. 1989. 晋察冀文艺史. 北京：中国文联出版公司

王维国. 1999. 河北抗战题材文学史. 石家庄：花山文艺出版社

王维国. 2002. 河北南部解放区文学概观. 石家庄：河北人民出版社

王卫民. 1989. 中国早期话剧选. 北京：中国戏剧出版社

王卫民，王俊年等. 中国近代文学论文集·戏剧、民间文学卷. 1982. 北京：中国社会科学出版社

王亚平. 1986. 王亚平诗文选. 北京：中国文联出版公司

王之望. 2002. 天津作家论. 天津：天津社会科学院出版社

X

夏家善，崔国良，李丽中. 1984. 南开话剧运动史料（1909～1922）. 天津：南开大学出版社

夏晓虹. 1992. 梁启超文选（上）. 北京：中国广播电视出版社

谢忠厚. 1994. 河北抗战史. 北京：北京出版社

谢忠厚等. 1990. 近代河北史要. 石家庄：河北人民出版社

解志熙，王文金. 2004. 于庚虞诗文辑存. 开封：河南大学出版社

许怀中. 1994. 中国解放区文学史. 福州：海峡文艺出版社

Y

杨升祥. 2003. 天津文化史. 天津：天津社会科学院出版社

杨义. 1988. 中国现代小说史. 北京：人民文学出版社

俞元桂. 1997. 中国现代散文史. 济南：山东文艺出版社

袁勃. 1981. 袁勃诗文选. 昆明：云南人民出版社

Z

张煌. 1942. 创作文丛之三. 桂林：桂林华侨书店

张秀中. 1984. 秀中诗文选. 北京：红旗出版社

张永泉. 2000. 河北解放区作家论. 石家庄：花山文艺出版社

赵景深. 1999. 我与文坛. 上海：上海古籍出版社

赵立忠，田宏. 1987. 张秀亚作品选. 西安：陕西人民出版社

政协天津市委员会文史资料委员会. 2004. 天津文史资料选辑. 天津：天津人民出版社

中共冀鲁豫党史工作组文艺组. 1989. 冀鲁豫文学史料. 石家庄：河北教育出版社

中共冀鲁豫党史工作组文艺组. 1989. 冀鲁豫文学作品选. 石家庄：河北教育出版社

周贻白. 1960. 中国戏剧史长编. 北京：人民文学出版社

周雨. 1991. 大公报人忆旧. 北京：中国文史出版社

周振甫. 1959. 严复诗文选. 北京：人民文学出版社